民族图书馆藏

《薄伽梵歌》梵文写本（182 号）

ŚRĪMAD BHAGAVADGĪTĀ RAHASYA

OR

KARMA－YOGA－SASTRA

BY

BAL GANGADAR TILAK, B. A, LL. B.,

TRANSLATED BY

BHALCHANDRA SITHRAM SUKIHANKAR M. A. LL. B

FIRST EDITION

1936 A. D.

POONA

印 度 圣 典

भगवद्गीता

薄伽梵歌

Bhagavadgītā

张保胜 译

中国社会科学出版社

图书在版编目（CIP）数据

薄伽梵歌/张保胜译.—北京：中国社会科学出版社，1989.8（2016.5 重印）
ISBN 978－7－5004－0529－0

Ⅰ.①薄… Ⅱ.①张… Ⅲ.①史诗—印度—古代②印度教—宗教经典
Ⅳ.①I351.22 B982

中国版本图书馆 CIP 数据核字(2007)第 139529 号

出 版 人 赵剑英
责任编辑 李树琦 雁 声
责任校对 李 莉
责任印制 戴 宽

出 版 中国社会科学出版社
社 址 北京鼓楼西大街甲 158 号
邮 编 100720
网 址 http://www.csspw.cn
发 行 部 010－84083685
门 市 部 010－84029450
经 销 新华书店及其他书店

印刷装订 北京君升印刷有限公司
版 次 1989 年 8 月第 1 版
印 次 2016 年 5 月第 5 次印刷

开 本 880×1230 1/32
印 张 12.5
字 数 356 千字
定 价 38.00 元

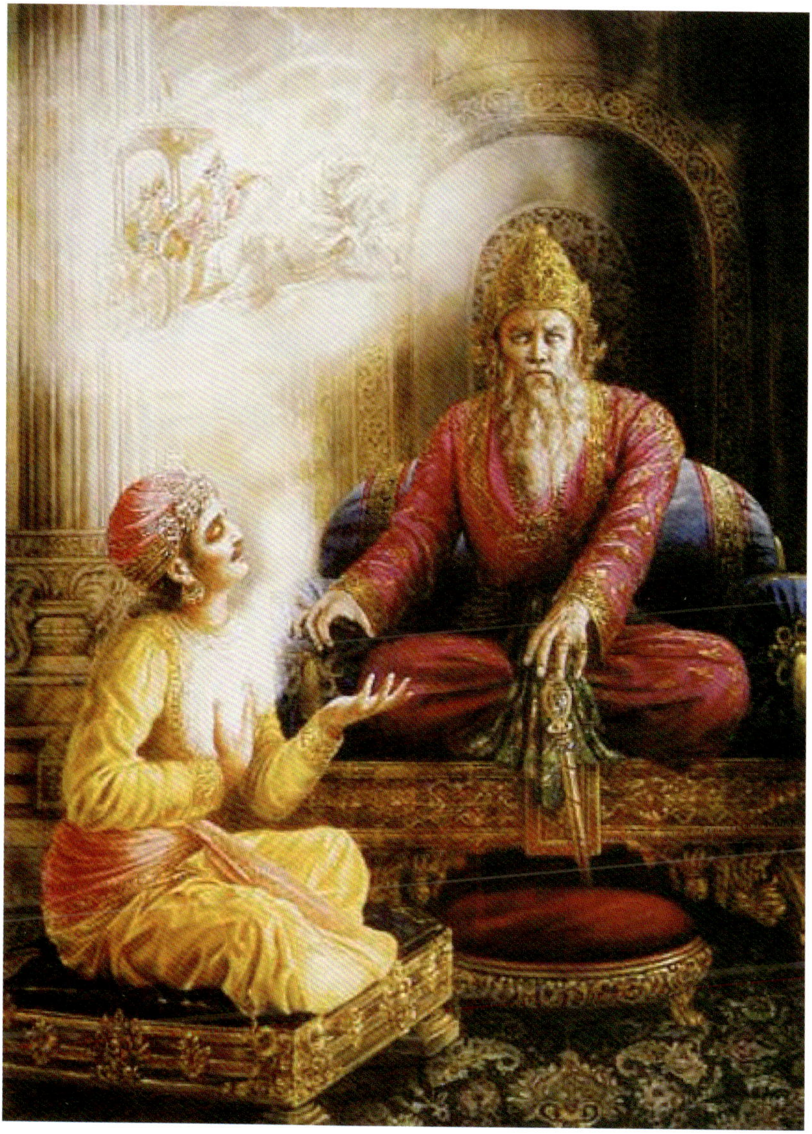

俱卢族盲君持国的御者桑遮耶凭借广博仙人所授予的慧眼将目睹般度和俱卢两亲族大战的实况禀报给君王（1.1）

持国长子难敌向俱卢族大军统帅德罗纳报告两族军况（1.3 — 1.10）

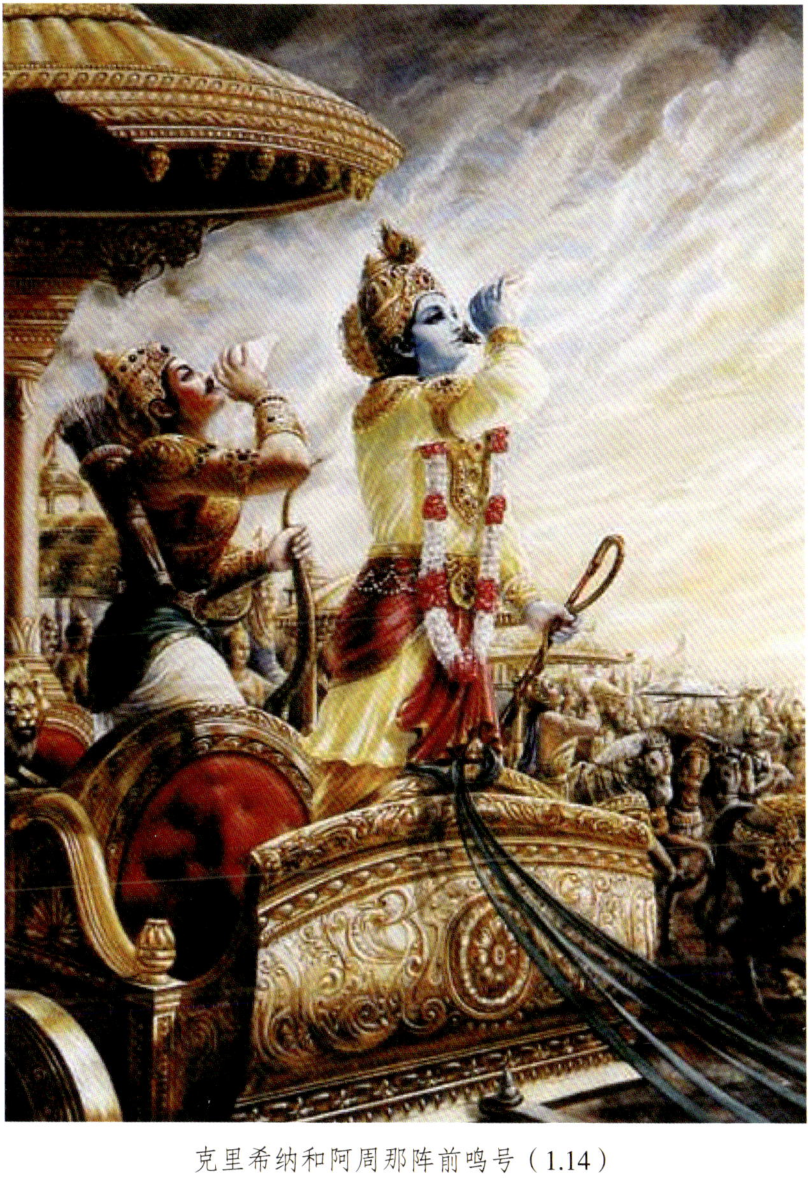

克里希纳和阿周那阵前鸣号（1.14）

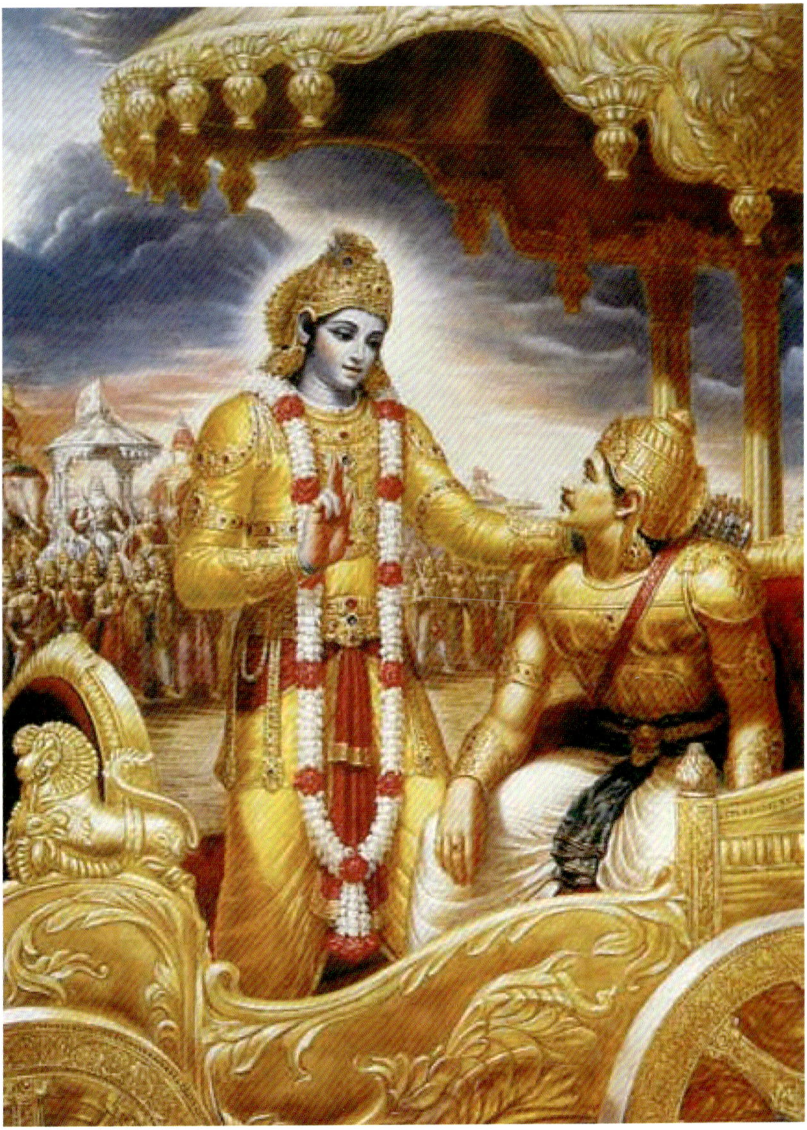

阿周那目睹敌方的父老兄弟、亲朋好友便油然生发悲悯之情，克里希纳见此况便上前为他排解愁肠（1.46 — 2.1）

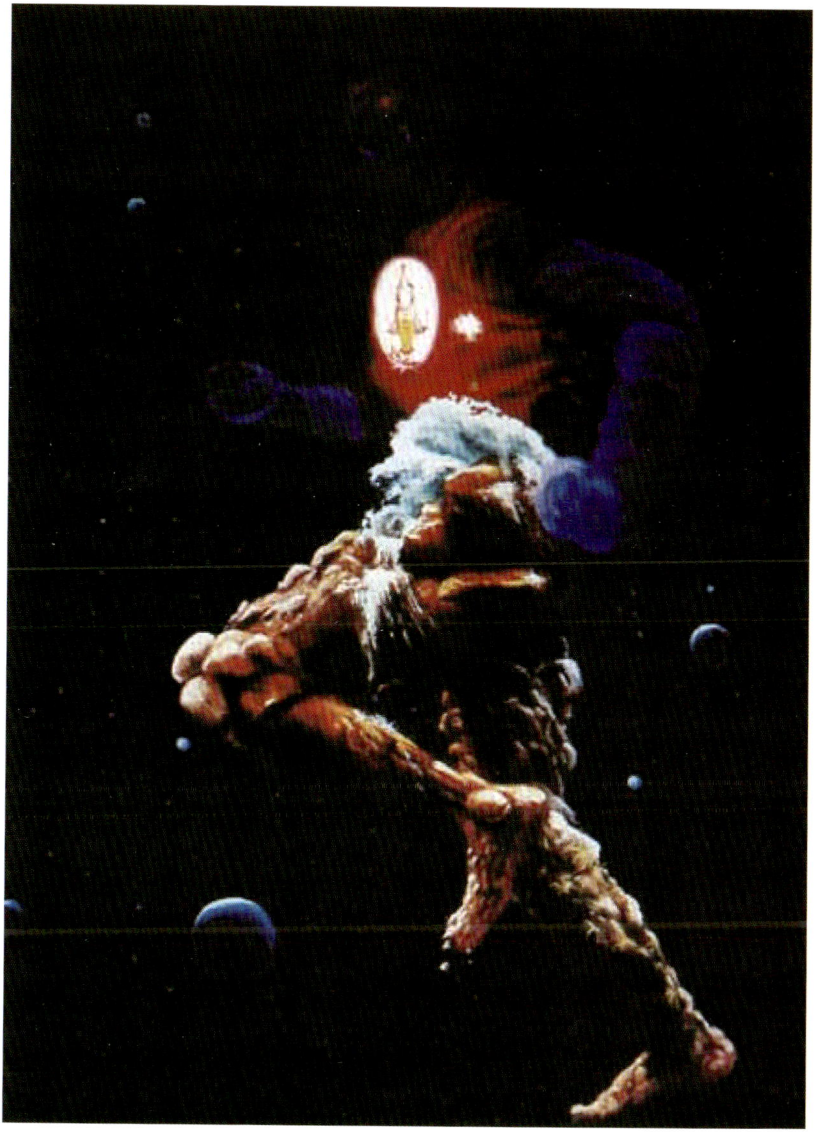

由地、水、火、风、空五组大素所构成的躯体，褐为地、蓝为水、红为火、紫为风、黑为空（7.4 — 7.5）

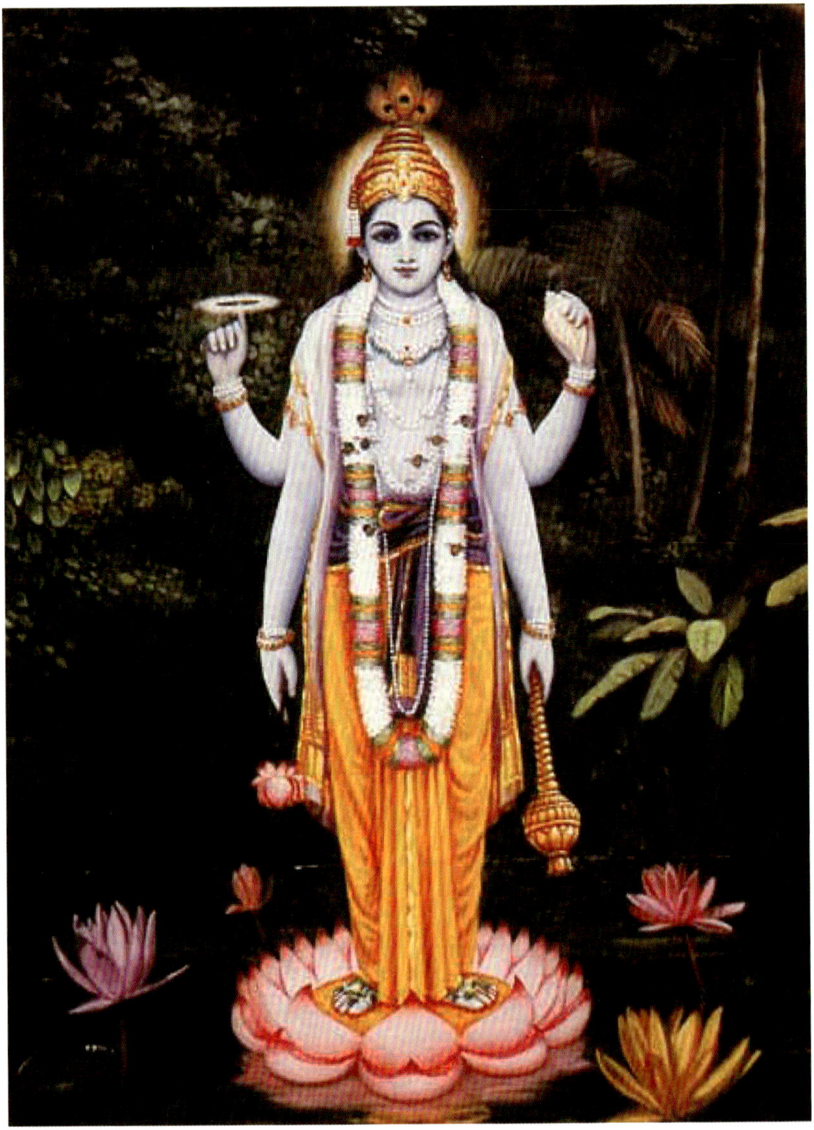

至尊的克里希纳展示出不同的形象（13.15）

克里希纳幻化的宇宙（15.12）

阿周那聆听了克里希纳的教诲，消除了忧虑，准备参战（18.73）

目　　录

薄伽梵歌

《薄伽梵歌》译本序

季羡林

对于印度哲学，我没有深入的研究，因此了解得不多。但是对于《薄伽梵歌》的重要意义，却是了解的。印度反英斗争的伟大领袖甘地的哲学基础就是《薄伽梵歌》，它在甘地思想中起过多么大的作用，是众所周知的。去年，我曾遇到两位印度国会议员和一位印度著名的物理学家，他们对我说："听说你们正在翻译《薄伽梵歌》，这真是一件有巨大意义的工作！它必能加深中国人民对印度人民的了解，我向你们表示热烈的祝贺！"可见一直到今天，《薄伽梵歌》对印度人民仍然有极大的权威。因此，我们今天出版这样一个译本，是有着极大的现实意义和学术意义的。

《薄伽梵歌》在印度历史上，对广大印度人民为什么有这样大的影响呢？

这个问题，三言两语，难以回答。事实是，千百年来印度几乎所有的教派、所有的哲人，都对这一部圣书发表过意见，做过注释。但是结果却是：仁者见仁，智者见智，异说纷纭，莫衷一是。我对本书没有研究，不敢乱发议论，张保胜同志的介绍，可以参阅。我只有一个感觉：本书的思想内容是比较一致的，没有什么突出的矛盾。它批判什么，宣扬什么，都讲得一清二楚，不会引起人们的猜疑。但是解释、崇敬、发扬、利用本书的那一些印度哲人却是矛盾重重的。比如圣雄甘地就是一个非常显著的例子。甘地毕生反对使用暴力和种姓制度，提倡非暴力，人人平等。但是《薄伽梵歌》中心思想却正是提倡使用暴力，主张种姓制度。甘地同印度其他哲人一样，是在《薄伽梵歌》中取其所需，我们不必深究。

为了帮助中国读者阅读、了解这一部印度人民的圣书，我在下面介绍印度近现代几家研究这部书的学者的意见。他们之中有的试图用历史唯物主义的观点来解释《薄伽梵歌》。据我所了解到的，他们的意见在我们国内还没有引起足够的注意与重视。而我认为，我们所重视的正应该是这些学者的意见。我们虽不能说他们的阐释已经尽善尽美了，但是比起过去和现在那一大批死抱住旧观点、旧方法不放的学者的意见，却完全不可同日而语。旧的解释，看似玄妙，实际上却是没有搔着痒处。结合介绍，我也提出我自己的一些看法，供同道者参考。

首先，我想介绍号称印度马克思主义史学家一世祖的高善必(D. D. Kosambi)。他在许多历史著作中都讲到《薄伽梵歌》，归纳起来，可以有以下几点：第一，这部书是公元三世纪末以前写成的；第二，它赞扬非暴力（这一点同 Basham 有矛盾）；第三，黑天是唯一的尊神，他充满了整个宇宙，天、地、地狱，无所不在。他能调和根本不能调和的东西，他是人们皈依的绝对的神。

其次，我介绍印度历史学家 Basham 对《薄伽梵歌》的看法。第一，他认为这书所表现的是成熟的有神论，它代表的与其说是婆罗门教，毋宁说是印度教，它把印度教从一个祭祀的宗教转变为一个虔诚皈依的宗教。这种皈依（bhakti）的思想可能是受到了佛教菩萨的影响。佛教虔诚的皈依早于印度教。第二，它宣传行动的哲学，人间的正道不是圣人们的无所作为，这毫无用处。上帝是经常不息地行动的，人也应该如此。人的行动不应该带着执著，带着个人的欲望和野心。人是社会中的一员，他必须完成任务，他必须为了神（上帝）的光荣而行动。这本书的教义可以归结为一句话：你的任务是行动，而不管结果如何。第三，这本书与其说是神学，不如说是伦理学，它的目的是维护旧社会的秩序，抵制新的改革和非信徒的攻击。

最后，我介绍印度马克思主义哲学家恰托巴底亚耶（Chattopadhyaya）对《薄伽梵歌》的看法。他的看法约略可以归纳为以下几点：第一，俱卢之野以后，般度兄弟得胜归来，成千的婆罗门集合在城门外，为坚战祝福。斫婆迦派哲人（顺世外道，唯物主义者）也在其中。他对坚战说："婆罗门聚集在这里，诅咒你，因为你屠杀了亲属，你一定要死。"婆罗门杀死了斫婆迦。他的伦理价值是部落性的，谴责坚战屠杀亲属，他代表的不是非暴力，而是代表部落社会的伦理标准。俱卢之战是兄弟残杀，部落伦理标准被践踏。斫婆迦反对之，被焚死。部落伦理标准要重新调整，以适应新的环境。《薄伽梵歌》就完成了这个任务。阿周那在战场上，面对屠杀亲属和长辈的局面，心里犹疑、愁苦。黑天要把他的灵魂提高到崇高的形而上学的高度，只有从这样的高度来看，这样的屠杀才能被认为是合理的。但在达到这样的 高度之前，黑天先从面对现实的、世俗的考虑开始。这是一种享乐观点，或在今世，或在天上，都要去追求享乐。这可能是在印度哲学思想史上真正的享乐哲学第一次表露。斫婆迦的伦理是反对这个的。第二，恰托巴底亚耶把印度古代哲学分为两大派：一派他叫作提婆（deva，天，神）观点，这是唯心的；一派他称之为阿修罗（asura，魔）观点，这是唯物的。《薄伽梵歌》属于第一派，而顺世外道则属于第二派。顺世论主张：阿提茫（The Self）除了肉体之外，什么都不是，因此被称作肉体论（dehavada）。《薄伽梵歌》书中描绘的阿修罗观点很可能与密教（tantrism）有关，而密教在印度河流域文明的遗物中已有所表现。

上面我介绍了印度三家的看法，并不是说，我就完全同意他们的意见，我只是想，他们的意见同平常的不同，颇多新意，极有启发。我们研究印度问题（别的国家也一样吧），往往囿于习惯看法，而这些习惯看法又多来自欧美，眼界短浅，故步自封，这样对研究很不利。这种情况必须改变，我这篇短序只能看作是一点尝试。

最后，再讲一点我自己对《薄伽梵歌》的看法。我认为，《薄伽梵歌》标志着由多神论向一神论发展，由祭祀向皈依（bhakti）发展。这一点同印度整个宗教思想发展潮流是相一致的。这种潮流也表现在佛教上。从小乘的修习，到大乘皈依的发展，就是这种潮流的表现。释迦牟尼最初并没有被神化。以后逐渐把释迦牟尼神化，神化成唯一的上帝，只需向他皈依即可得到解脱。到了此时，小乘就变成了大乘。天国的入门券越卖越便宜了。佛教大乘的起源，我认为滥觞于阿育王大帝国时期，因为只有人间有了大帝国，天上才能有唯一的尊神。这个道理是显而易见的。从时间上来看，大乘起源比《薄伽梵歌》要早。《薄伽梵歌》受了佛教大乘的影响。

我决不敢说，我这一点看法是正确的。像《薄伽梵歌》这样内容复杂的书，应该从各方面去探讨，去分析。然后集众家之观点，加以对比，加以评判，去粗取精，去浅存深，庶能逐步了解它的真正含义，把对印度哲学史的研究向前推进一步。有志于此者，盍兴乎来！

1984年2月27日

甘地的《薄伽梵歌》译本序

金克木　译

（一）

甘地《神歌》（Bhagavadgītā）译本序（提要）

狄拉克（B. G. Tilak——整理者，下同）的和古甲拉第（Gujarathi）译本我看过。我初接触 Gītā（《神歌》，即《薄伽梵歌》——整理者，下同）是 Arnold（阿诺德）的英译，以后读古甲拉第译本。我与少数其他人每日照 Gītā（《神歌》）行动多失败，但失败中有成功。少数人所依照而行动的 Gītā（《神歌》）的意义，见于本译文中。

译本也是为了不识字的妇女及第三、第四种姓。

此译本的背后是（我）三十八年的努力（经验）。

梵文知识不足，仗友人合作，如 Vinoba（巴维）Cake Kälewar，Mahader Desai，Kishoselel Mashrecwala。

（二）

现在我讲 Gītā 的意义。

我 1888—1889 年初接触 Gītā，即觉这不是历史书，而是在物质的战争的掩盖下描写每一个人内心的不断出现的对立斗争，后来对 Gītā 和宗教研究并读了大史诗以后，这个思想更坚定了，大史诗不是现代意义的历史，第一部分就是证明。那些人物的非人的和超人的出身就表明不是帝王和人民的历史，尽管人物中有些是历史人物，但在史诗中是为了表现 dharma（达磨）的。

大史诗作为证明的不是物质战争的必要性，反而是它的无意义，胜者也哭泣、后悔，除痛苦外，一无所得。

大史诗中 Gītā 占首要位置，第二章不论战争而谈 sthitaprajña（智慧坚定者），这种人与世上的战争毫无关系，我从所描写的特征觉察出来。Gītā 这样的书的写作不可能是为了决定普通家庭争吵是非的。

Gītā 的 Kṛṣṇa（克里希纳，即黑天）是纯粹的完全的 jñāna（智慧）的化身，可是又是想象的，这不是否定以 Kṛṣṇa（克里希纳）名义下凡的人。我不过说，完全的 Kṛṣṇa 是想象的，作为完全化身是后加的，下凡化身的意思是某一特定的有身之人，单是生命（jīva）就是上帝[①]（神）的化身（下凡 avatāra），但是世俗语言并不把我们都叫做下凡化身（avatāra），一个在其本时代中最好的 dharmavān（有 dharma）的人，人民就尊之为神的化身。我不觉得这里有什么错（下引伊斯兰教语“人不是神，但人不离神之光”），照这想法，Kṛṣṇa 形象的化身就主宰了今日的印度教。

这是人的最高愿望，人不成为上帝形象（Īśvararūpī）时就没有平静（śānti），人生唯一目的（puruśārtha）就是努力成为上帝形象。一切宗教书都讲这个，Gītā 当然也如此，但它不是为此而作，它是对求得 ātmā（我——宇宙灵魂）的人（ātmārthī）讲达到 ātmā（ātmadarśana 心灵学）的唯一方法，这在印度教经典中是零散的，Gītā 不厌重复地用多种形式树立了这一思想。

这唯一不二的方法就是 karmaphalatyāga（放弃行动的结果）。

这是 Gītā 的中心点。Bhakti（虔信）、jñāna（智慧）等等都是它周围的星辰，有身体就有行动（karma），无人能从此解脱。然而把身体当做神庙，由此可以得到解脱。这是所有宗教都讲的。可是行动（karma）里总有过失（dośa），而解脱是无过失的（nirdośa），那么，

① 此为金先生原译，传统译为“自在天”（Īśvara）（下同）。

怎么脱离行动的束缚（“业缚” karmabandhana），即过失的束缚呢？Gītā 用明确的语言，作了答复——“由无欲望（niṣkāma）的行动（karma），为了祭祀而行动，放弃行动的结果，把一切行动归之于 Kṛṣṇa，也就是把心、语、身都献给上帝（Īśvara）。”

可是，无欲望，放弃行动的结果，不能只是口头上的。这不只是心理（buddhi）上的。这是从内心的扰乱中产生的。为产生这放弃的力量，智慧是必要的，为不致陷于干燥无味的学问，Gītā 提出虔信神（bhakti），并且列于第一位。不虔信神的智慧是有害的。因此说：“虔信神，智慧就有了。”可是虔信神是脑袋的货物（sira kā saudā），因此 Gītā 作者把虔信神（bhakti）的特征由智慧坚定（sthitaprajña）来说。

Gītā 的虔信神不是外部行为，不是盲目信仰。外部形式（花环等）虽也有关，但不是虔信的特征，不恨任何人，充满慈悲，无私，不骄傲自大，苦、乐、冷、热都一样，能宽容，知足，有决定永不改变，一心一意信神不使人不安，也不害怕人，无喜、忧、恐，纯洁，能干而守中立（冷淡），不问吉凶，对友敌一样，对尊敬与侮辱一样，闻赞美不喜，闻斥责不忧，沉默寡言，只有欢喜，智慧坚定，这就是虔信神（bhakta）的人，这对有染着（āsakta 迷恋结果）的人是做不到的。

由此可见，得智慧与虔信神就是 ātmadarśana（心灵学，达到 ātmā），若说像金钱可以与毒品交易，也可以与仙丹（甘露）交易，所以智慧或信仰可以得束缚，也可以得解脱。这是不对的，这儿方法与结果（手段 sādhana 与目的 sādhya）不完全是一回事，它们差不多是一件事，手段（sādhana）的极限（parakāṣṭhā）就是解脱。Gītā（《薄伽梵歌》）中，解脱就是最高的平静（paramaśānti）。

这样的智慧和信仰总是放在放弃行动结果这个试金石上考验的，世间认为干燥的学者就是智者。他们什么也不干，以为用手举一下水罐子都是行动束缚（karmabandhana），不行祭祀就当做智者，那怎么能有拿水罐子这样世俗行为的地位呢？

世间认为虔诚信仰就是形式上的，拿念珠念神名。他要为人服务就要放弃念珠。因此，吃喝享受时他的手离开了念珠，要他摇手纺车或则为病人服务，他就决不放念珠了。

对这两类人，Gītā 明白说："没有行动（karma）任何事也不能成就，Janaka（禅那迦）等人也是通过 karma（有为）成为智者的，假若我懒而不行动，世界就要毁灭了。"

可是一方面，单是行动会成为束缚，这是没争论的；另一方面，有身者（dehī），不管愿不愿意总要行动，身体的或精神的活动都算行动。那么又行动又能从束缚中解脱怎么行呢？就我所知，Gītā 解决这个问题的方式，在其他任何宗教书中都没有过，Gītā 的教导是"放弃对结果（phalāsakti）的染着而行动（karma karaḥ）"，"不怀希望（āśārahita）而行动（karma）"，"无欲望（niṣkāma）而行动"，这是 Gītā 的不能忘记的声音。不行动的堕落下去。行动而放弃结果的上升。放弃结果不是说不关心结果，对结果和手段的考虑及其知识是非常必要的，这样做了以后，对结果不存欲望而一心致力于手段的人，那是放弃结果的人。

可是，放弃结果的意义决不是放弃者得不到结果，Gītā 里没有这样说法，放弃结果的意义是对于结果没有染着（āsakti 迷恋），实质上放弃结果的人得到的是一千倍的结果。在 Gītā 的放弃结果中有对于无限信仰的考验。一个人老是想着结果，他会多次弄错应有的行动——（义务、责任）。他会愚昧，由此而恼怒，而做不应做的事，从一件事，到另一件事，又到第三件事。考虑结果的人的情况跟迷恋外界（享受 viṣayī）而糊涂的人相仿，最后也同样分不清本质和现象，道德（nīti）与不道德（anīti），而且为了得到结果，一切手段都用，而且把那叫做 dharma（宗教，法）。

离开染着于结果（karmāsakti）的这种苦果，Gītā 提出了不染着（anāsakti），即放弃结果（karmaphalatyāga）的理论并且用最吸引人的语言把它提交于世界面前。一般认为 dharms（宗教）与 artha（利）是相反（virodhī）的东西，"经商等等世俗活动（vyavahāra）中，不能救出 dharma（宗教），不能有 dharma（宗教）的地位，dharma（宗教）的应用只能是为了解脱。dharma（宗教）在 dharma（宗教）

地方上放光彩，而 artha（利）在 artha（利）的地位上（放光彩）”。我们听到许多人都这样讲，Gītā 作者清除了这种错误。他在解脱和实际活动之间不设立这种分别，而是把 dharma 降到实际活动中来了。不能放到实际活动中的 dharma 那就不是 dharma。我认为《神歌》(Gītā) 中有这样的思想。这就是说，按照 Gītā，不染着(āsakti) 就不能办的事 (karma)，就都应当放弃，这一条黄金定律不止一次把人类从宗教危机 (dharmasaṃkaṭa) 中拯救出来。依照这一思想，流血，说谎，奸淫等行为就应该自动放弃，人类生活成为纯朴 (sarala) 了，从纯朴中就得到平静 (śānti)。

按照这一思想路线，我觉得一个要在实际中应用 Gītā 教导的人自然要实行真理 (satya) 和非暴力 (ahiṃsā)。如果没有对结果的染着（迷恋结果 phalāsakti），那么人就既没有说谎话的欲望也没有用暴力 (hiṃsā) 的欲望了。不管我们要的是什么样的暴力和谎话，显然其后面有着对于结果的欲望。在 Gītā 以前的时代里非暴力（“不害” ahiṃsā）也是被认为最高 dharma 的。可是 Gītā 还必须讲说(pratipādana) 不染着 (anāsakti) 的理论，在第二章里这一点就很清楚。

可是如果 Gītā 承认非暴力或则说在不染着中自然包括了非暴力，那么 Gītā 作者为什么要用物质的战争作为比方呢？在《神歌》Gītā 时代里，尽管非暴力被认为 dharma，由于物质的战争是平常的事(sarvasāmānya)，所以 Gītā 的作者不怕也不必怕用这种战争作比方。

可是在论述放弃结果 (phalatyāga) 的重要性时，Gītā 作者心中怀着什么思想，他把非暴力的界限 (mayārdā) 划在什么地方，我们不需要考虑。诗人把有重要性的理论提出于世界面前，这并不等于说他就对自己提出的理论的重要性永远都认识得很完全，或则完全认识以后能够完全用语言表达出来，这正是诗和诗人伟大的地方，诗人的意义 (artha) 是无限的，正如同人类一直在发展格言 (mahāvākya) 的意义一样。语言的历史告诉我们，不少伟大的词的意义经常变成新的，Gītā 的意义也有这种情形。Gītā 作者自己就把已经流行的伟大的词的意义加以发展。用上述的观点看 Gītā，可以看出来这种情况。在 Gītā 时代以前也许（有时）祭祀中是承认杀牲的，而 Gītā 说的祭祀中连它（杀生）的气味都没有。在这里，念经祭祀（japayajña）是祭祀之王。第三章说，祭祀的意义首先就是为有利别人而应用身体。第三章和第四章结合起来也可以得出另一些解说。可是得不出杀牲（paśuhiṃsā）（的祭祀），这一点与 Gītā 的舍弃（saṃnyāsa）有关。仅仅舍（放）弃行动（karma）不算是 Gītā 的舍弃。Gītā 的舍弃者（出家人）是超乎行动的，也同样是超乎非行动的，照这样，Gītā 作者教导我们把伟大的词加上广义（vyāpakārtha）使自己的语言也得到广泛意义。从 Gītā 作者的语言的字面上看，似乎可以说，通过完全放弃行动结果也可以进行物质战争，但是经过四十年不断努力完全实行 Gītā 的教导，我谦卑地认识到，不完全执行真理和非暴力，完全放弃行动结果，对于人类是不可能的。

Gītā 不是一部经典（sūtragraṃtha），Gītā 是一部伟大的宗教诗（dharmakāvya）。在这里你钻得多深，你就可以得出多少新的美丽的意义。Gītā 是为人类社会的，其中一句话用许多方式说，因此，Gītā 里的伟大词的意义一直在各时代中变化并且发展。Gītā 的根本经咒（mūlamantra）要旨却永远不能改变。这个要旨照什么方式能够成功，求知者（jijñāsu）就能照那种方式得出什么意义。

Gītā 也不是讲什么该做什么不该做（vidhiniṣedha）的书，对一个人是该做（vihita）的，对另一个人可以是不该做（niṣiddha）的。一个时代或则一个国家中该做的事，在另一个时代另一个国家中可以是不该做的。不该做的只是染着（迷恋）于结果（phalāsakti）。该做的是不染着（不迷恋 anāsakti）。

Gītā 承认智慧（jñāna）的重要（mahimā），然而 Gītā 不是凭智力可以理解的（buddhigamya），它是要凭心去理解的，因此它不是为不信仰的人的。Gītā 作者说：——

18/67 不修苦行者，不虔诚的信仰者，不愿听者，仇恨我者，你决不要对他讲这个（智慧 jñāna）。

18/68 可是那个将这秘密智慧给了我的信徒的人，由于对我最高虔信，无疑将达到我这里。

18/71 而且那个没有仇恨的虔信者听了（《神歌》），他就得到解脱，达到有福之人住的福国去。

圣雄甘地（M. K. Gandhi）
（1929 年 6 月 28 日）

《神歌》18 章目

第一章　阿周那的悲伤的修炼（瑜伽，Arjunaviṣādayoga）
第二章　智的修炼（Sāṃkhyayoga）
第三章　业（行动）的修炼（Karmayoga）
第四章　舍去智慧与业（行动）的修炼（Jñānakarmasaṃnyāsayoga）
第五章　舍去行动的修炼（Kramasaṃnyāsayoga）
第六章　禅定瑜伽（习禅入定的修炼，Dhyānayoga）
第七章　智与识的修炼（Jñānavijñānayoga）
第八章　不灭梵的修炼（Akṣarabrahmayoga）
第九章　王明密—首要（主宰）的知识和秘密　的修炼（Rājavidyārājaguhyayoga）
第十章　威力修炼（Vibhūtiyoga）
第十一章　显示一切形象的修炼（Viśvarūpadarśanayoga）
第十二章　虔信修炼（Bhaktiyoga）
第十三章　田与知田的分别的修炼（Kśetrakśetrajñavibhāgayoga）
第十四章　三“德”分别的修炼（Gunatrayavibhāgayoga）
第十五章　“无上士”瑜伽（最高人物的修炼，Puruśottamayoga）
第十六章　神力与魔力的分别的修炼（Daivāsurasaṃpadvibhāgayoga）
第十七章　三种信仰的分别的修炼（Śraddhātrayavibhāgaoga）
第十八章　“舍弃”的修炼（Saṃnyāsayoga）

甘地 Gītā 译本中注语

第一章 阿周那的悲伤的修炼（瑜伽）
（Arjunaviṣādayoga）

若没有求知欲望（jijñāsā），就没有智慧。宗教（道德）危机——心灵危机，对一切求知者（jijñāsu）都会产生一次。

1. 这个以身体为形象的地（kṣetra），就是 dharmakṣetra（法地），因为它可以作为解脱的大门，它是从罪恶产生的，又是（倾向于）罪恶的，所以这又是 kurukṣetra（俱卢之野）。

Kaurava（俱卢族）就是阿修罗（恶魔）的行为。Pāṇḍu（般度）族人是 daivī（神）的行为，每一个身体中在善行与恶行之间经常进行着斗争，这一点谁没有经历过呢？

第二章 智的修炼
（Sāṃkhyayoga）

人由于愚痴（moha）而把 adharma（非法）当做了 dharma（法），由于愚痴（moha），Arjuna（阿周那）将自我（ātmā）和他人分别开了。Kṛṣṇa（克里希纳，即黑天）说明这种分别是错误的，同时说明身体与 ātmā（自我，灵魂）的分别，身体是无常（不永恒）和分裂孤立的（pṛthaktā）。而自我 ātmā（灵魂）是永恒和统一（ekatā）的。人只是对人生目的有权（支配 adhikārī）而不是对结果，因此，他应当在决定了应当做的事（kartavya 职责、义务）以后就坚决做下去。由这一条主要原则（parāyaṇata）他就可以获得解脱。

28. bhūta 即指动植物界（sthāvara-jaṃgama-sṛṣṭi）

30. 以上（至此）应用理智（buddhiprayoga）解说 ātmā（我，灵魂）永恒而肉体无常。指出，如果在某种情况下消灭肉体被认为正确，那么分别自己人与他人而把 Kaurava（俱卢族人）当做同族人，以为怎么能杀他们，这种想法是由愚痴产生的（错误的），以下（现在）对 Arjuna（阿周那）说，刹帝利的（dharma）是什么？

37. 这样，大神说明了 ātmā（自我，灵魂）永恒而 deha（身体）

无常，又说明了，不费力得来的战争不妨碍刹帝利的 dharma（达磨），这样，从引颂起，大神把最高真理（paramārtha 真谛）同世俗应用说法（upayoga）混合起来了，说了这些以后，大神用一个颂子，指明了 Gītā 主要的教导（按：指 38 颂）。

41. 当 buddhi（思想和念头）一个消灭了又生一些，那就不是 buddhi 而成为 vāsanā（欲望）了，因此，buddhi（复数）的意义就是 vāsanā（欲望的）复数。

42—44 上面三个颂子中描写了与 yogavāda（瑜伽—修行的理论）相对的 karmakāṃḍa（即祭祀行为）即吠陀一派（Vedavāda）理论。这种 karmakāṃḍa 即 Vedavāda 的意思是为了产生结果而进行无数纷繁的行动（祭祀），这些行为不同于吠陀的奥义，不同于吠檀多，而且是有很少的效果，因此是无意义的。

55. 由 ātmā 而在 ātmā 中有满足（saṃtuṣṭa）。这就是说 ātmā 的 ānanda（欢乐，欢喜）要在内心去寻找，不要把能给人快乐和痛苦的外界事物当做欢乐（ānanda）的基础（ādhāra）。欢乐（ānanda）和快乐（幸福 sukha）是不同的东西，这一点必须记住。我有了钱就可以从中得到快乐，这是（愚痴 moha）错误想法。我当乞丐（比丘）也罢，尽管受到挨饿的痛苦也决不盗窃或则贪图别人的财富，这里面的想法会给人欢乐，这才是 ātmasaṃtoṣa（自我满足）。

59. 这一颂并不是禁止绝食，而是指出其限界。为了平息（śāṃta）感觉对象（viṣaya）（的扰乱），绝食等等是必要的。但是它们的根子，也就是说它们中间的味（rasa），只在见上帝（Iśvara 大神）时才消失。直接体会（亲证）到上帝（大神）时感到的味（rasa）就会使其他的味都被忘掉了（“三月不知肉味”！——译者）。

61. 中心意义是没有虔信大神（bhakti）——没有大神（上帝）的帮助——人类的努力是错误（虚妄 mithyā）的。

62. 有欲望（kāmanā“贪”）就不可避免要有愤怒（krodha“嗔”），因为欲望是永远不会满足的。

69. 享乐的人（bhogī）夜间直到十二点钟，一点钟，都在跳舞，娱乐、吃喝等之中度过时光，然后一直睡到早晨七八点钟。修道人

(saṃyamī）夜间七八点钟睡觉到半夜起来专心思念（dhyāna“禅”）上帝 Īśvara（大神）。此外，享乐的人扩大了世界的多种活动，而忘了上帝（大神）。而修道人不注意世俗的多种活动，而与上帝直接相对（亲证 sākṣātkāra），这样，两者的思想是相反的，大神在这一颂中讲的就是这个。

第三章 行动的修炼

(Karmayoga)

第一章可以说是认识《神歌》本质（svarūpa）的钥匙。这里面阐明了怎样行动（karma），干什么行动（karma），以及应当把什么称为真正的行动（karma）。还说了真正的智慧（jñāna）应当化为最高意义的行动（paramārthika karma）。

1. buddhi（智慧）就是指 samatvabuddhi（平等看待一切的智慧——思想认识）。

2. Arjuna（阿周那）迷惑了，因为一方面大神责备他不想行动，而另一方面在第二章第 49 颂、50 颂里又好像是说放弃行动，深刻思考就知道其实不是这样，这一点，大神下面就讲到。

4. niṣkarmatā（即 niṣkarmya 无所作为）的意思是心、语、身都不行动。这样的无所作为（niśkarmatā）的体验（anubhava），谁也不能由不行动（karma）而做得到。那么怎么才能有这样的体验呢？看下文吧。

6. 例如，一个人禁止了语言（实行禁语），可是在心（思想）里骂人，他就不是无所作为（niṣkarma），而是个伪君子。这意思绝不是说，只要心（manas 思想）不能停止（降伏），身体（śarīra）（活动）的停止就是无意义的。身体（活动）不停止，决不能控制住心（思想）。只是在控制身体的同时也应当努力控制住心（思想）。有人由于恐慌或其他外界原因而停止了身体（活动），可是没有停止（控制）心（思想活动），不但如此，而且在心里（思想中），还在享受那感觉对象（viṣaya 外物），一有机会，身体也决不失去享受（的机会）。这里是对这样的伪善者（伪君子）作了谴责。下一颂就讲了与此相反的情况。

7. 这里面决定了外（界）的和内（心）的相契合（mela），尽管控制住了心（思想），人还是通过身体即通过行动器官（karmendriya）做一些事。可是控制了心（思想）的人的耳朵就不听坏话，而只听对大神的祷告歌颂，只听善人的声音。自己控制了心的人对于我们认为是感觉（享受）对象（viṣaya）的东西，不感兴趣。这样的人只做使自我（灵魂）大放光彩的行动（karma）。干这种行动是krama-mārga（行动之道路）。通过它可以实现使自我（灵魂）脱离身体的yoga，名为karmayoga（行动修炼，或有为瑜伽）。这里面不可能有对感觉（享受）对象的染着（迷恋 viśayāsakti）。

8. “niyata”这个字原文颂中就有，前一项就与它有关，那里称赞了用心控制器官（indriya），没有染着（迷恋 saṃgarahita）而行动的人。因此这里要求干 niyatakarma（控制住的行动）即控制住身体器官而做的行动。

9. yajña（祭祀）即为他人造福（慈善 paropakārārtha），为上帝（大神 īśvarārtha）而干的行动（karma）。

12. 这儿的deva（天神）的意义是指bhūtamātra（一切生物，一切物），即上帝的创造物，对bhūtamātra（一切生物）的服务（seva）就是对神的服务（deva-seva 侍奉天神），这就是祭祀。

22. 太阳、月亮、地球等等的不停的不错的运行（gati）表示了大神（上帝）的行动（karma）。这些行动不是精神的（mānasika），而应算做身体的，尽管上帝没有身体，他还是有身体的行动。这怎么讲呢？不必有这疑问，因为他虽然没有身体，仍然表现出像有身体一样的行动。因此他虽然有行动，可又是无行动（akarma），而且不沾染（alipta）。人们应当这样了解，正如上帝每一创造物都像机器一般行动，同样人也应当有意识（buddhipūrvaka）地可是又像机器那样进行合规律的（niyamita 有控制的）行动。人类的特点并不是在于反乎机械活动（yaṃtragati），而任意行动，而是在于有意识（jñānapūrvaka）地顺从它行动，不沾染（alipta），不染着（asaṅga 不迷恋），像机器一样活动，他就不受磨损。他直到死时都是新鲜的。

身体按照自己的规律（niyama），到时候就毁灭，可是存在于其中的自我（灵魂 ātmā）照旧不变。

正像呼吸等等活动（kriyā）自动进行，人在其中没有沾染（迷恋 āsakta），只在那些器官生病时，人才关心到它们或则意识到这些器官的存在。同样自然行动（svabhāvikakarma），自动进行，其中没有沾染（迷恋 āsakti）。本性慷慨（品质高尚 savabhāva-udāra）的人自己并不知道自己的慷慨（高尚）；他只是不布施（dāna）就过不去，这种不沾染（anāsakti 不迷恋）是由练习（abhyāsa）和大神的慈悲（īśvarakṛpā）而得到的。

30. 认识了在身体中的自我（灵魂），而且认识它是最高自我（宇宙精神 paramātmā）的一部分，他就把一切都献给了最高自我（宇宙精神，梵，上帝），这正如同仆人在主人的名义下（为了主人）工作而把一切都交给他（主人）一样。

33. 这一颂跟第二章的 61 颂和 68 颂是不相矛盾的。在控制（nigraha）感觉和行动器官的同时，人走向死亡。可是如果没有成功，那么控制也就是说强迫（balātkāra）是无意义的。这里不是批评控制（感官），而是表明本性（svabhāva）的统治力量（sāmrājya），说我的本性就是做坏事（恶习）。这样的人没有懂得这一颂的意义。我们并不知道本性。所有的习惯并非都是本性，自我（灵魂 ātmā）的本性是向上的（ūrdhvagamana），因此当自我（ātmā 灵魂）向下行时就应该加以对治。由此，下一颂就说清楚了。

34. 耳朵的对象（viṣaya）是听。有它，就想听，这是 rāga（爱）；没有它，就不想听，这是 dveṣa（恨）。不应当说这是本性，因而服从爱和憎，而应当抗拒它们。自我（ātmā）的本性（svabhāva）应当是脱离快乐（sukha）与痛苦（dutkha）的，人应当达到这种本性（svabhāva）。

35. 社会上，一个人的 dharma（职责）是扫地，另一个的 dharma（职责）是算账。尽管算账被人认为是最好的事，可是扫地的人放弃自己的 dharma 就会犯错误（bhraṣṭa），而且给社会以损害。在上帝的宫廷中，两人的服务（seva）价值是按照他们的 niṣṭhā（忠诚信仰）估计的。职业的价格在哪儿都是一样的，两人都用（一切）归于上帝（Īśvarārpaṇa）的精神，履行自己的职责（kartavya 应当做的事），两人就同样有权（adhikārī）得到解脱（mokṣa）。

37. 我们真正的敌人（vāstavikaśatru）在（我们的）内心（antara），叫它为爱（kāma），或叫它为怒（愤），都是一回事儿。

40. 在（感觉和行动）器官中充满了爱（欲望），心（manas）就污染（malina）了，由此，分辨的能力（vivekaśakti）迟钝了，由此智慧（jñāna）消失了。参看第二章 62 至 64 颂。

42. （本颂）的含义是：如果把感觉器官控制住了，对细微（sūkṣma）的欲望的控制就容易了。

43. 如果人认识了住在身体里的自我（ātmā 灵魂），那么心（manaḥ）被他控制了，他就不受（感觉和行动）器官控制了。心（manaḥ）一被征服，爱欲（kāma）还能干什么呢？

第四章　舍弃智慧与行动的修炼

(Jñānakarmasaṃnyāsayoga)

这一章是第三章的特殊说明，描述了一些不同情况的祭祀（yajña）。

8. 这是对信徒的保证也是对真理（satya）——dharma——的不可动摇的誓约（pratiśā）。在这人世界上上升下降是常有的事，但最后总是 dharma（达磨）胜利。善人（saṃta）是不会灭亡的，因为真理（satya）是不会灭亡的。恶人（duṣṭa）总是要灭亡的，因为伪（asatya 非真理）的存在是没有的。人类应当谨记着这一点，不要由于自己行动者身份的骄傲（abhimāna）而杀害（hiṃsā 暴力），不干坏事。上帝（大神 Īśvara）的深奥幻术（māyā）一直是在活动的，这就是天神下凡（avatāra）或则上帝（大神）的降生。实质上上帝的降生是没有的事。

9. 因为，如果坚决相信上帝（īśvara）会使真理（satya）胜利，他就不会放弃真理，会保持坚定，会忍受痛苦，而且由于无私（mamatārahita），他脱离了生死轮回（cakra），一心思念（dhyāna）

上帝，就会化入他（上帝）里面去。

11. 意思是，谁也不能破坏上帝（Īśvara）的规律（niya 限定）。种什么，收什么；做什么，得什么。在上帝的法律中，即 karma（业）的规律（niyama 限定）中，没有例外。所有的人都同样，即按照自己的 yogyatā（能力，价值）获得正义（nyāya）（的对待）。

12. 神（devatā）的意思不是指住在天上的 Īndra（因陀罗），Varuṇa（伐楼那）等人物。神（devatā）的意思是上帝（Īśvara）的部分形象（aṃśarūpī）的力量（śakti）。在这种意义上，人也是神。蒸气、电等伟大力量都是神。崇拜（ārādhanā）这些的效果（phala）在现世就立刻有，这是我们都看见的。这种效果是极短时间的（kṣaṇika）。它不能给灵魂（ātmā）以满足，更不用说能给予解脱了。

14. 因为在人的面前，有行动（karma）而仍无行动（akarmī）的最高典范，一切的创造者只是上帝，我们不过是标志（nimitta），那么怎么能有创造者身份（kartāpana）的骄傲（abhimāna）呢？

18. 有着行动（karma），而没有创造者（行动者）身份的骄傲，他的行动（karma）就是不行动（akarma）；在外面放弃行动（karma）而在心的大厦中继续进行，他的不行动（akarma）还是行动。患中风瘫痪的人有了决心——有了骄傲心——要摇动那无用的肢体，就摇动了。他就成了以要摇动病肢为形式的活动的行动者。ātmā（自我，灵魂）的性质（guṇa）是非行动者（akartā）。为愚痴所蒙蔽（mohagrasta）而自认为行动者（kartā）的 ātmā 好像是中风瘫子。

他骄傲起来就行动起来，知道了这样的行动情况的人，他就算是有智慧（buddhimān）的修道人（yogī），忠于职责（kartavya-parāyaṇa），他忘记了认为我作（行动）的行动（karma）与非行动（vikarma）的区别，不去考虑手段的好处、坏处。ātmā 的本性的活动是高尚（向上 svabhāvika gati ūrdhva）的，因此当一个人离开了道德的途径（nītimārga）时，就应该说，他必然有了自傲（自私 ahaṃkāra）。没有骄傲的人（abhimānarahita）的行动（karma）从本性（svabhāva）说就是 sāttvika（光明，真诚，大公无私）的 。

20. 这就是说他不会受到行动（karma）的束缚（bandhana）。

21. 有骄傲（abhimāna）地进行的全部行动（karma），不论怎样sāttvika（真诚的，大公无私的）都是造成束缚（bandhana）的。如果是出于归于上帝的思想，没有自傲（自私 abhimāna），那就成为脱离束缚的了。那个把“我”达到了空（śūnyatā）的人（即无私心者），他的全身体还在行动（行动）。可以说睡觉的人全身仍在活动（karma）。囚犯不得已而不自愿地耕田时，他只是身体在行动，那个自愿做上帝的囚犯的人，他也是只有身体在行动，自己成为空无所有（śūnya），推动力是上帝（Īśvara）。

26. 把听等等活动加以控制（saṃyama）是一件事，应用器官（感官）而将其对象（viṣaya）放在讨上帝（神）欢喜的事中去又是另一回事，例如听祷告（或敬神歌曲）实质上两者是一回事。

29. 有三种 prāṇāyāma（调息）——（交替使用调息的三个环节：）recaka（用右手的拇指和无名指控制两个鼻孔交替呼气的活动），pūraka（用右手的拇指和无名指控制两个鼻孔交替吸气的活动），kuṃbhaka（用右手的拇指和无名指关闭两个鼻孔停止呼吸片刻的活动）。在梵文中 prāṇavāyu（气）的意思同在古甲拉第语（以及印地语）中恰好相反，那里的 prāṇa 指的是从内向外出的气，我们把从外向内吸的气叫做 prāṇavāyu（氧气）。

32. 这儿是 karma（行动）的广义，就是说身体的，思想的，言语的。没有这样的 karma（行动），祭祀（yajña）就不可能。没有 yajña（祭祀）就没有 mokṣa（解脱）。这样认识，又这样行动，这叫做知道祭祀。要旨是如果人不把自己的身体（śarīra）、智慧（buddhi）和灵魂（ātmā）放在使神高兴的——即为人民服务（lokasevā）的目的的工作中，那么他就是个盗贼，不可能适宜于解脱。若仅仅把智力（buddhi）用于工作，而将身体与灵魂（ātmā）隐藏起来，那他就不可能是完全的祭祀者；不得到这些力量，他的利他（paropakārārtha 使人受惠的）的用途（upayoga）是不可能的。因此，没有灵魂纯洁（ātmaśuddhi）则服务人民（lokasevā）是不可能的。服务人员（sevaka，即甘地主义者，为社会服务者或国大党工作人员——译者按）应当使身体、智慧（buddhi）、灵魂（ātmā 自我）

亦即道德（nīti）三方面同样发展，这是他们的义务。

33. 即使是由于利他行为（动机 paropakāravṛtti）而给的东西，如果没有知识伴随（jñānapūrvaka）而给，往往是有害的。这种经验谁没有过？善良行为的活动（karma）只有在智慧（知识 jñāna）随着合在一起时，才大放光辉。因此，单纯活动（karmamātra）的完全祭祀就是在 jñāna（智慧，知识）中。

34. 得到智慧（jñāna 知识）有三个条件——敬礼、请教和侍奉（服务），这在现代完全应当记在心里。敬礼就是谦恭，明智；请教就是询问；没有侍奉（服务）的谦恭可以是属于奉承之类。而且，没有探索，智慧（知识 jñāna）也不可能。因此，直到理解前，门徒向老师谦恭地请教问题是求知（jijñāsā）的一项标志。这里面必须有信仰（śraddhā），没有信仰的东西，这方面就没有真正的谦恭，更怎么能谈到侍奉（服务 sevā）呢？

35. “yathā piṇḍe tathā brahmāṇḍe”［在梵卵（＝宇宙）如在一团（＝混沌）］的意思就是这个，见到了 ātmā（自我，灵魂）的人，他在自己的和他人的 ātmā 之间不见区别。

第五章　舍弃行动的修炼

（Karmasaṃnyāsayoga）

这一章中说，没有 karmayoga［行动的修炼（瑜伽）］就不可能有 karmasaṃnyāsa（行动的舍弃）。实际上两者是一回事。

3. 含义是，放弃 karma（行动）并不是 saṃnyāsa（舍弃）的特点，而超越 dvandva（双昧）才是一个人可以干着 karma（活动）而仍是 saṃnyasī（舍弃者）。另一个人，尽管不干 karma（活动），却可能有邪行。看第三章第六颂。

4. jñānyogī（修炼智慧瑜伽者，或智瑜伽行者）——人民公益形式的 karmayoga（业的修炼）的特定结果，单凭意志就可以得到。Karmayogī 由于自己的 anāsakti（不迷恋，或不执著），尽管干着外部的 karma（业，或活动），还是不费力就有资格得到 jñānayogī 或 śāṃti（平静）。

8—9. 只要有 abhimāna（骄傲，自负），就没有这样的不沾染（alipta sthiti）。因此，沉溺于 viṣaya（根境，感官对象）的人（viṣayāsakta）说“我不享受viṣaya（根境，感官对象），只是 idriya（根，感官）干它们自己的活”，也不能得到解脱。干这种有害之事的人既不了解 Gītā（神歌），也不懂得 dharma。这个问题下一颂就说清楚了。

13. 两个鼻孔，两只耳朵，两只眼睛，大小便两处，嘴，这就是身体的九个主要门户。皮肤不算，因为只有洞穴才算门户。这些门户的守护人，如果只是让在这些门户中有权来往的人来往而执行自己的 dharma，那么，关于他就可以说，尽管有些人来往，他自己却没有参加而只是眼见的证人，由此，他既未自己做也未叫人做。（这完全是数论的观点）

14. 上帝不是创造者（作者），karma（业）的规律是不可动摇和不可避免的，谁这样干，谁就必然这样受报应。这里面就存在着上帝的伟大仁慈和他的正义。纯粹的正义中就有纯粹的仁慈。作为正义（nyāya）的反面的仁慈（dayā）并不是仁慈而是残忍（krūratā）。可是人不能看见三世（过去，未来，现在），因此，对他说来，仁慈（dayā）——宽恕就是正义（nyāya）。他自己不断地扮演正义的角色，却又是宽恕的乞求者。他对别人能够宽恕地施行正义，只有发展了宽恕的品德（guṇa），最后才能成为非作者（akartā）——yogī（瑜伽者）——平等者（samatāvān）——善于 karma 的人。

15. 由于 ajñāna（无知），由于想着“我做”，人被 karma-baṃdhana 业束缚住了，可是把好的坏的结果加在上帝身上，这就是 mohajāla（愚痴之网）。

18. 含义是，所有的人都是按照自己的需要服务的。对待婆罗门和旃陀罗（贱民）一样看待的意义是，正像对于婆罗门，一个智者杀了（咬他的）蛇而怀着爱心从伤口吸出毒来一样，对于旃陀罗也在杀了蛇之后同样对待。

19. 人怎么样思想着什么就那么样走向那里。因此，思想着平等（samatva），免除了过恶（doṣa）就达到了以平等为形象的无过恶

(nidoṣa) 的梵那里去了。

21. 内向的人 (antarmukha) 能够见到 (sākṣātkāra) 上帝，得到最高快乐 (parama ānanda)。从外界对象 (viṣaya) 退转 (nivṛtta) 而干 karma (业)，同在默念梵 (brahmasamādhi) 中得快乐，这两者不是不同的事，而是对一件事的两个观点——一个钱币的两面。

23. 正像死尸没有欲和恨，乐和苦。同样，若活着也像死人那样，像傻瓜那样，能够超越身体，他就成为这个世界的征服者，就知道了真正的快乐 (sukha)。

27—28. prāṇa 是从内向外呼气，apāna 是从外向内吸气。这两颂支持 yaugikakriyā (瑜伽修行行为) 的 prāṇāyāma (调息) 等人。Prāṇāyāma 等等是外在的行动，其力量限于保持身体健康和 (使身体) 成为适合 paramātmā (无上我——宇宙灵魂) 居住的庙。享乐者 (bhogī) 从一般体育锻炼得到效果。(yogī) 修行人从 prāṇāyāma 等等得到。享乐者的身体锻炼对于他的身体器官 (indriya) 敏锐有帮助。prāṇāyāma 等等则对于修道人 (yogī) 的身体健康无病及坚强 (有帮助)，而且对于使他的身体器官平静 (śānta) 有帮助。现在很少人知道 prāṇāyāma 等等的做法了，其中更少的人才正确运用它们。一个人在 indriya (感官)，mana (心) 和 buddhi (世俗智) 上，不要说多，只要有初步的征服，对解脱有崇高的愿望，战胜了 rāga (贪欲) 和 dveṣa (嗔怒) 等等而抛弃了恐惧，对这样的人，prāṇāyāma 才有用有帮助。没有内心纯洁的 prāṇāyāma 等等就成为束缚的一种手段，把人能够带到愚痴 (moha) 的井的更深处去——而且 (确实) 带了下去，这是很多人的经验。因此，yogīndra (瑜伽大师) Patamjali (钵颠阇利，Yogasūtra《瑜伽经》的作者) 把 yama niyama 放在第一位，而把 prāṇāyāma 等等只当做为了使它们 (yama nitama) 成就而在达到解脱的路上有帮助 (的手段)。

Yama(禁制)有五种：ahiṃsā(不杀)，satya(语实)，asteya(不盗)，brahmacarya(净行，或不淫)，aparigraha(不贪)。

Niyama (遵行) 有五种：śauca (清净)，saṃtoṣa (轻安)，tapa (苦行)，svādhyāya (读诵)，Īśvarapraṇidhāna (敬自在天)。

29. 任何人都不要以为本章中第14、15和其他一些颂与这一颂相矛盾。上帝是全能的，作者——非作者，享受者——非享受者，你说什么，他都是，又都不是。他是不能描述的。他是超越人类语言的。因此，人们在他身上加上互相矛盾的品质（guṇa）和力量（śakti），希望能窥见他一眼。

第六章　禅定瑜伽（习禅入定的修炼）
（Dhyānayoga）

在这一章中讲了yogasādhana（修行手段）——得到samatva（平等）的几种手段。

1. “火”（agni）的意义是仅仅作为手段。当用火行祭祀时火是必要的。在现代，如果承认手纺车是服务（sevā）手段（sādhana），那么抛弃它并不能算saṃnyāsī（出家人）。

3. 成为ātmaśuddhi（“我”净）的人，成就（siddha）了samatva（平等）的人，对他来说ātmadarśana（见我）很容易。这意思不是说，对于yogārūḍha（全神贯注冥想的人——整理者）说，为了lokasaṃgraha（服务人民，为人民造福）也不需要karma了，没有lokasaṃgraha他就活不下去。因此，干服务工作（sevākarma），对他也是容易的（自然的sahaja）。他并不为显示给他人做任何事。看第三章第4颂；第五章第2颂。

13—14. “nāsikāgra”（鼻尖）是指两眉中间。看第五章第27颂。“brahmacārīvrata”（梵行之誓愿）的意思不仅是守住精，而是为了达到brahma（梵），必须把ahiṃsā（戒杀）等都当做vrata（誓愿）。

31. 只要有“自我”在，那时paramātmā（无上我，宇宙灵魂）就是在外的（para）。当“自我”消灭时——成了空时，就到处都看见paramātmā了。

46. 这里的tapasvī（苦行者）的tapasvā（苦行）是联系着得结果的欲望的（phalecchāyukta）。jñānī（智者）也不是指anubhāvajñānī（亲证智者）。

第七章 智与识的修炼

(Jñāṇavijñānayoga)

从这一章开始解说 Īśvaratatva（上帝本质）和 Īśvarabhakti（崇拜上帝）是怎么回事。

第八章 不灭梵（宇宙精神）的修炼

(Akṣarabrahmayoga)

这一章中特别解说 Īṣvaratatva（上帝，即神的本质）。

第九章 王明王密（主宰的，首要的，统治者的知识和秘密）的修炼

(Rājavidyārājaguhyayoga)

这一章中歌颂 bhakti（崇拜，虔信）的伟大。

第十章 威力修炼（瑜伽）

(Vibhūtiyoga)

第七、八、九章中描述了崇拜（虔信）之后，大神把自身的无穷威力（vibhūti）向崇拜者（虔信者）们略略显示。

第十一章 显示一切形象的瑜伽

(Viśvarūpadarśanayoga)

在这一章中大神向 Arjuna（阿周那）讲了自己的极庞大的本相（svarūpa）。崇拜者（虔信者）们特别喜爱这一章，这里面没有议论（讲道理），而只是诗歌，反复诵读这一章，人们也不会疲倦。

第十二章 虔信修炼

(Bhaktiyoga)

puruṣottama（“无上士”，最高的人物）的显示（darśana）形象只是由于专心信仰（ananyabhskti）才会有。在大神讲了这话以后，应当谈到 bhakti（虔信）的本质（svarūpa）。这第十二章所有的人都

应当背熟。这是最短的几章中之一，这里面讲的虔信者（崇拜者，bhakta）的特征（lakṣaṇa）值得永远思考。

第十三章 “田”与“知田”的分别的修炼

(Kṣetrakṣetrajñavibhāgayoga)

这一章讲身体（śarīra）和有身体者（śarīrī）（灵魂）的分别。

第十四章 三“德”分别的修炼

(Guṇatrayavibhāgayoga)

在略略介绍认识了具有 guṇa（品质）的 prakṛti（本，自性＝物质世界）以后，很自然地在本章中要作三种品质（guṇa）的描述。大神为讲这一点又提起注意到超出这些品质的（guṇātīta）特征（lakṣaṇa）。在第二章中说明的是 sthitaprajña（智慧坚定者）的特征，第十二章说明的是 bhakta（虔信者）的特征，在那里面的同样是（超品质）guṇātīta（的特征）。

第十五章 “无上士”瑜伽（最高人物的修炼）

(Puruṣottamayog)

大神在这一章中解说自己的超出灭（kṣara）和不灭（akṣara）最高本质（svarūpa）。

第十六章 神力与魔力的分别修炼

(Daivāsurasampadvibhāgayoga)

这一章中描绘天神和恶魔的力量（财富）。

第十七章 三种信仰的分别修炼

(Śraddhātrayavibhāgayoga)

（大神说）应当承认 śāstra（论、典 ＝ 法典）即善良品行（śiṣṭācāra）为准则。Arjuna（阿周那）听了这话以后，有了疑问：第一个人不能承认善良品行，可是依信仰而行动，那么他的情况（gati）将是怎样。本章中对这个问题作答复。可是说过在放弃了以善良品行为形象的灯塔以后的信仰里面会有恐惧，大神就认为满足了。因此，（接着）说了信仰以及在它上面建立的祭祀、苦行、布施等等依照 guṇa（“德”品质）分为三种，并且歌颂了“oṃ tatsat”的伟大。

第十八章　舍弃修炼

(Saṃnyāsayoga)

这一章应当认为结束语，这一章的，或则说 Gitā（《神歌》）的推动（咒语，要言 preraka mantra）可以说是“抛弃一切 dharma 而皈依（śaraṇa）我”。这是真正的 saṃnyāsa（舍弃）。可是放弃一切 dharma 不是说放弃一切 karma（行动）。利他的（paropakāra）行动（karma）中的最好的行动（karma）也要献给他（大神）而放弃（自己）对结果（利益）的愿望（phalecchā），这就是放弃一切 dharma 或则说舍弃（saṃnyāsa）。

再版译者序

中国社会科学出版社于1989年12月出版了这部《薄伽梵歌》中译本，到1993年3月，3年多时间印刷了3次，印数共12000册，时间不长即告售罄。在以后的这些年里常有人找这本书，但已无处可寻了。前不久，中国社会科学出版社为庆祝中印友好年想出版一批有关印度的书籍，其中包括我这个译本。我想促进中印文化交流是一件好事，于是就欣然同意了。

为了再版我做了如下几件事情。

添加圣雄甘地（Mahātmā Karamchand Gandhi）译本序

圣雄甘地（M. K. Gandhi）的译本序是恩师金克木先生翻译的遗文。今大把它补进来也是对先生的缅怀和悼念。关于先生的遗稿让我回想起一段难以忘怀的往事。

1970年北京大学和其他大学一样，在停止招生5年之后才有了一点儿复苏，开始了教学工作。5年后，北京大学的许多课程都得到恢复，还有少数课程被认为是封、资、修的余孽仍然被封杀。1974年，我这个不知深浅的年轻人竟敢为梵文（Sanskrit）、巴利文（Pali）专业翻案，连续向当时的国务院科教组写了两封信要求恢复这门课。没想到的是还竟然有了回音。经当时北京大学党委两次讨论也竟然得到批准。于是在1975年，北京大学东方语言文学系增设了一个梵文、巴利文研究组，这个研究组由我的两位授业师季羡林、金克木教授和我三人组成，当时我们专业没有学生，我们自己做些研究工作。记得还出了几期油印刊物，主要刊载一些有关印度古代无神论和唯物论的资料。

我则选择了这本梵文的《薄伽梵歌》试译。《薄伽梵歌》(Bhagavadgītā)是世界名著，是印度人民最为崇拜的圣典，是一部森罗万象的哲学诗。但同时它也是一部距今至少要有1600年历史的古籍。要想译出，困难是可以想见的。好在有两位大师可以随时请教，这些困难才逐渐加以解决。譬如，第1章最末一颂的最末一句“一屁股倒坐在车座上”，dharma（“达磨”）的音译加注释等是季先生建议的。诸如“双昧”(dvandvamoha)、“迷恋”或“执著”(saṃga）等术语是金先生确定的。让我没想到的是，金先生还把圣雄甘地的《薄伽梵歌》的译本序译出让我参考。先生对学生谆谆教诲之苦心今天想来都让我感激涕零。金先生已经驾鹤西去。今逢《薄伽梵歌》译本的再版之际，我在这里面西叩首，把酒临风，以表对先生的缅怀之情和诚挚的谢意！今天我把先生的遗稿整理出来，附于书前以飨读者。

稍补前序未尽之义

《薄伽梵歌》(Bhagavadgītā）是印度教圣典。“薄伽梵”是梵文bhagavat 主格 bhagavan 的音译，意译“世尊”或“神”；gītā 意译“歌”。故经名又可译为《世尊歌》或《神歌》。在这里，“薄伽梵”或“世尊”是对化做车夫的印度教大神克里希纳（Kṛṣṇa，黑天）的尊称。当代有的佛教著作却把《薄伽梵歌》当做了佛教经典，把“薄伽梵”当做佛陀的唯一尊称是一种误解。

很难想象，与数论—瑜伽派尖锐对立的吠檀多派所尊崇的圣典《薄伽梵歌》中居然充满了数论和瑜伽的理论。每章末尾都加以特别说明：“《薄伽梵歌》……即奥义书、梵学、瑜伽论中的第□章”(18)，第二章索性名之为《数论和瑜伽》。数论和瑜伽原属一派，后逐渐分裂。前者主张无神论，后者被窜入了世界主宰自在天（Īśvara)。二者都承认二十五谛（详见拙文《〈数论颂〉析辨》，载于《南亚东南亚评论》1988年第1期)，都主张瑜伽（yoga)。所不同的是数论体系主张智慧瑜伽（jñānayoga)，瑜伽体系则主张禅定瑜伽(dhyānayoga)。前者是遵照二十五谛论将能识（主观方面的自我）与所识（客观方面的认识对象物质）视做一同，从而实现所谓“无我”

即无苦的目的；后者主张通过坐禅入定去点燃能照之明灯——般若智(prajñā)，借以照亮所照（反观内照的对象神我——布鲁舍 puruṣa)，并与之合一，进而实现自我解脱物质束缚的目的。二者殊途而同归，达到所谓无苦的不二境界。其实，原始瑜伽是借以让机体阴阳相应（和谐平衡）的一种修炼功法。其中的"相应"（和谐平衡）则是瑜伽的要义和宗旨。在瑜伽几千年的发展历程中，尽管有了各种不同瑜伽，但万变不离其宗，都没有离开相应一如，和谐平衡这一核心，只不过能与所（主观与客观）两方面的内涵不同罢了。

《薄伽梵歌》因袭了数论和瑜伽两个体系的思想，主张瑜伽派的"禅定瑜伽"（王瑜伽 Rājayoga)，但对数论的"智慧瑜伽"（Jñānayoga）及其延伸的"有为瑜伽"（业瑜伽 Karmayoga）特别重视。这两种瑜伽不是以息虑宁心究明心性之术，而是通过认识（智慧）达到消除痛苦的方法。它们之所以也称做"瑜伽"，是因为它们的旨趣也是相应一如，和谐平衡，不过这种"相应"和"平衡"不是坐禅亲证的结果，而是将能识（自我）和所识（大我)，苦和乐，成与败，荣与辱等双昧（成双出现的错觉 dvandvamoha）视为等同的等同观的确立。

《薄伽梵歌》大体上承认数论—瑜伽派的理论：自性（原初物质 prakṛti）派生了宇宙，但它不像在数论中具有独立的创生性，而只是作为阳性大我（天帝）创造万物的阴性的物质（配偶）使用的。据《薄伽梵歌》所说，自性这种无知觉的原初物质的转异(vaikṛta，衍化万物）一定有一位无所不知、无所不能的宇宙我主宰的结果，亦即宇宙我（灵魂）——天帝利用自性这种阴性物质（配偶）创造了万物。而每一个生命体都有宇宙我的一小部分参入作为这个生命体的主宰——灵魂，从而才有"我"或"自我"（Ātman）的称谓。而宇宙我，因其创造并遍充整个世界，故为"大"，所以又称之为"大我"(Mahātman)。每个我或自我，其性质与大我同一不二。故有"汝即彼"（"你就是那个大我" tattvam asi）的著名格言。其性无缚无染，清朗独照。众生之所以感到有缚有染，受诸恼苦，是因为无知(ajñāna，类似佛教的"无明" avidyā)，即不认识自我与大我本性同一的结果。

“智慧瑜伽”（jñānayoga）中的“智慧”即认识，“瑜伽”即等同，所谓“智慧瑜伽”即认识上的等同论，也即小我与大我、痛苦与快乐在认识上达到相应无别（瑜伽）的理论。《薄伽梵歌》借助数论阐释说：自我与大我本无痛苦与快乐，所谓“苦乐”只不过是构成感官物质运动的结果，物质运动与我（灵魂）毫无关涉，这样一来也就没有什么“我味我香我福德可爱”的“我慢”存在了。如果把苦、乐视做等同，也即把苦等同于乐，就会达到梵我一如、无苦无乐的梵涅槃（brahmanirvāṇa）的极乐境界。

“有为瑜伽”又称“业瑜伽”（karmayoga），在《薄伽梵歌》中尤为重视。所谓“有为瑜伽”即在业（行为）中等视苦乐的训练。《薄伽梵歌》和佛教、耆那教一样也有业缚、轮回和解脱的教义。它的理论基础是数论。据数论之说，生命体在母体开始形成的时候先有被称作“细身”（又称微妙身 sūkṣmaśarīra）的微细物质团生成，这微细物质团（细身）被设想为由几种微细物质构成。这细身不知如何进入到母体，然后得以父母精血的资益而增长发育，继而又得母亲饮食的滋养慢慢发育成粗身（sthūlaśarīra）。细身虽微，但“手足头面腹”悉皆生成。粗身似乎是父母的精血和母亲饮食营养依细身脱出的外壳。待其出生后，又依五种粗大元素（五大——地、水、火、风、空）为依托：地大为其提供依止处所；水大为其提供清净条件；火大使其运化食物；风大令其运动，使气血疏散；空大为其提供生存空间。以上所述，生命体应由三部分构成：微细物质所成的细身、父母所生的粗身和二者合共所成的形体。数论认为，细身是常恒的，其余二者是会解体退没的。当生命体在坏灭时，粗身从生命体分离出来，或被鸟啄食，或腐烂，或被火焚，经五大等环节，最终退没于自性（原初物质）。细身则不腐坏，一旦时运来转，便又入胎再生，轮转往复以至无穷。细身受到生命体（身、口、意）所作业的熏染，久而成习，形成业障。此若焚檀熏衣使衣染香，故称“熏习”（adhivasita）。细身因有熏习，一有机遇便会入胎转生，或因其恶行而转生四足（畜生），或有翅（禽鸟），或胸行（爬行类），或傍行（螃蟹类），或因其善行而转生梵天界，或天神界，或世主界，或人界。但无论善生，还是恶生，都不能永远逃越轮回，还要在轮回中受生、老、病、死等苦。

可见轮回生死的关键在于由业造成的熏习——业障。既然业障因有为（业，活动）而成，那么，是不是停止一切有为（活动）就可以消除业障呢？《薄伽梵歌》对此是否定的。因为一切有为（身、口、意的活动）都是物质所含三德的活动，个人的主观动机是无能为力的。“无论谁如果完全休止无为，他就连一瞬间都不能维持”。所以，《薄伽梵歌》主张有为，通过“有为瑜伽”（在活动中修炼）将有为化作无为。这里的有为不是随意乱为，而是遵照各自与生俱来的职分（dharma，音译“达磨”），即按照种姓的分工而为，在有为中不追求业果，不计较得失，没有一丝一毫利己之心，“即使着眼于世界幸福，……你也应该做事情”（3.20）。

随其所获皆大满足，超越双昧消除嫉妒，
等同看待成功失败，纵然有为亦不受缚。（4.22）

这一颂讲得很明白，要人们知足常乐，超越所谓成败、得失、苦乐、荣辱、寒暑、生死等成双出现的错觉（dvandvamoha，即“双昧”），消除嫉妒之心，等同看待成功失败。这样，尽管有为也不会受到业的束缚。如果坚信这样的智慧，所为之业即可消融。诗云：

他将诸业归于梵，虽然有为无迷恋，
此人不会染诸罪，犹如莲叶水不沾。（5.10）

这便是有为瑜伽（业瑜伽）。它不是坐禅净观，而是在应当从事的事业中舍弃欲求。无所求，就会等同看待（瑜伽）得失、成败，因而就不会因失和败而生苦恼，也不会因他人优胜而起嫉恨之心。人生活于世间，必然于其他众生瓜葛关联。成就有为瑜伽的人，由于没有利己的私欲，与众生没有利害冲突，因而就不会因嫉恨而起杀心。

无论是博学谦恭的婆罗门，还是母牛象狗及贱民，
贤人哲士对待诸类，一视同仁而无尊卑之分。(5.19)

如果在有为之中，把苦当成乐，把失认做得，把祸视做福，将败看做胜，将他当做我，就会从痛苦中得到解脱。这种在有为中把成双出现的错觉等同看待，便是有为瑜伽。

《薄伽梵歌》中的有为瑜伽、“汝即彼”（tattvam asi）凡圣平等思想是印度宗教由出世转向入世的明显标志。这与印度教后来的蓬勃发展以致在印度几乎独占鳌头不无关系。

应当指出的是，《薄伽梵歌》问世的时代，其上限约在纪元前后，下限约在 4、5 世纪。它的许多教义与大乘佛教雷同。问题是，它们之间有没有因袭关联呢？我们说有的。肯定地说，《薄伽梵歌》因袭并改造了大乘佛教教义。8 世纪，曾为《薄伽梵歌》作注的吠檀多派大师商羯罗（Śaṅkara）就被印度教徒斥之为“化了妆的佛教徒”。

再谈一点感触

在这里，我想谈一点阅读印度古代哲学原典的感触或许会对读者有所帮助。我们知道，《薄伽梵歌》是印度古代的一部哲学诗，它把印度古代诸如吠陀（Vedas）、梵书（Brāhmaṇas）、奥义书（Upaniṣadas）、数论体系（Sāṃkhya）、瑜伽体系（Yoga）、吠檀多体系（Vedānta）、《梵经》（Brahamasūtra）、弥曼差体系（Mīmāṃsā）、佛教哲学、耆那教（Jina）哲学、顺世论（Lokāyata）、邪命外道（活命派 Ājīvika）等哲学体系调和其中（后两派哲学是被当做批判对象窜入的），故哲学术语非常之多。梵语是一种非常难学的语言，而哲学的思辨及其所包含的大量简约的术语对读者说来更是难之又难。在将梵文《薄伽梵歌》译成汉语的过程中，让我更深切地体味到印度哲学家达斯古普塔（S. Dasgupta）的提示。他在其英文本《印度哲学史》（*A History of Indian Phylosophy*）的序言里说：

梵语一般认为是一种非常难学的语言。一个人即便是通晓吠

> 陀或普通的文学梵语，也不可能懂得梵文文献中的逻辑和深奥的哲学部分。一个人可以很容易理解吠陀、奥义书、往事书、法书和文学著作，也可以熟谙欧洲的哲学思想，但是他会发现，要了解印度高级逻辑和辩证的吠檀多哲学著作中哪怕是一小部分也几乎是不可能的。这里有两个原因：一是使用术语和过分凝练的表述方式；二是对其他流派学说的隐晦嘲讽。这种对哲学问题的明确的想象和使用捉摸不定的表述方式的倾向则是梵文文献的一个重要特征。但是从9世纪起，使用清晰的、肯定的和准确的表达方式便开始明确地发展起来，其结果，大量术语开始涌现出来。但这些术语则难以正确解释。

为了增加感性认识，让我稍举几例说明之。先以数论圣典汉译《金七十论》（梵文《数论颂》的一个汉译本）首诵为例：

> 三苦所逼故，欲知灭此因，
> 见无用不然，不定不极故。

这是数论哲学的缘起颂，说明为什么要有这么一部数论经典。但它的表述过分简约，过分凝练，以至于让读者非常费解。其实这20个字囊括了数论体系的缘起，驳难和论定三个部分。意思是说，由于三种痛苦的折磨（首句），便产生了根除痛苦的方法的欲望（第2句）。如果说消除痛苦的方法是显而易见的（第3句“见”的内容），因此这种寻求的欲望是无用的（第3句“无用”的内容），其实不然（第3句“不然”的内容），因为那些方法是不肯定的，也是不彻底的（末句）。所谓“三种痛苦”是指内因、外因和天因所造成的痛苦。因风寒等所引起的诸疾患为身苦，别离所爱、遇到所憎（爱别离，怨憎会），所引起的痛苦为心苦，二者合为内因苦；由人禽兽虫、山崩岸坼造成的痛苦为外因苦；由雷电风雨寒暑所造成的痛苦为天因苦。而消除这些痛苦的方法不外是医术、结合所受、离别所憎和保护等措施。外道说这些方法是显而易见的，因此，这种寻求根除痛苦方法的欲望是不必要的。数论对这一问题的回答是否定的。说："不"，因为那些方法是不肯定，不能彻底根除痛苦的。如果从吠陀中寻找根除的方法，那也是行不通的。因为吠陀天启是不净的，无效的。故寻求从根上消灭痛苦的方法是必要的。那么数论所要寻求的是什么样的方法呢？答案自然是数论自身。它主张通过数论所给予的智慧目光看破红尘，就可以实现从痛苦中解脱出来的最终目的。

可见印度哲学颂偈是多么让人费解。本需要数百字或更多的文字才能基本说明白的问题，被压缩成缩略语式的偈颂。读起来怎能不让人陷入困惑呢？而实际情况是印度古代哲学著作的风格大致如此。基本都是用经过严厉压缩的方式表达的。之所以如此，因为印度古代没有书本资料，各派的思想体系均以口耳传承的方式得以流传。为了便于记忆均以口诀式的格言来表述。在传授过程中，老师先让学生背诵"口诀"，然后老师阐释内容。"口诀"对学生的记忆起提示作用。这样的传承方式，若没有老师的讲解阐释，要想通过自学掌握某派的思想体系，是难以想象的。印度古代各派经典都被浓缩到极限。如整部数论经典汉译《金七十论》原颂偈仅 70，字也不过 1400。今天，若阐述这部经典至少需要几十万言。而掺进不少故事情节的《薄伽梵歌》也仅有 700 颂。这种浓缩经典不仅出现在印度教经典，佛教也不例外，如般若体系经典可以说是汗牛充栋，后被浓缩出一部约 6000 字的《金刚经》，再后，又被浓缩为仅 400 多字的《心经》，而密宗则把中观派的般若体系浓缩为一个字母"阿"（a）。以"阿"囊括了该派"性空"的全部奥义。今人若要读通印度古代的哲学原著，必须借助前人的注释或注释的注释，若没有前人的注释，谁能释读那些"天书"，谁能晓得那个被称为种子字的"阿"（a）象征什么东西？

关于《薄伽梵歌》，最让人头痛的是那些术语。达斯古普塔（S. Dasgupta）在他的《印度哲学史》的序言中还说：

> 初学者将会遇到的另一个困难是：有时候，同样的术语，所使用的流派不同，其含义也就大相径庭。学生必须弄清楚与所使用的那个体系相关的每一个术语，否则任何字典都不会让他弄明

> 白。……至于其他流派的学说或在某一具体思想体系内部几派的辩论中所使用的诘难（refutations），即使对于训练有素的读者说来也往往是非常令人费解的。

这是在我翻译《薄伽梵歌》和乔吒波陀（Gauḍapada）的《数论疏》（Sāṃkhyabhāṣya）时所深深体会到的。

譬如，Puruṣa 音译“布鲁舍”，其基本意思是“人”（特指男人），而在吠陀被译为“原人”，即万有之始祖，“万有为彼四分之一，在天之不死界，为其四分之三”（高楠顺次郎、木村泰贤：《印度宗教哲学史》中译本，1935 年版，第 148 页）；在数论被译为“神我”，他在二十五谛中是唯一不参与，不主导原初物质（prakṛti）衍生万物的精神性的存在，即类似生命体中的灵魂，但又不主导身体的任何活动，只起在旁观照的作用；在佛教则被译为“大丈夫”，即人中之雄。

另如，tattva 义为真实，本质，真理，实在。在数论哲学中为二十五谛中的谛，即关于为数论所特指的二十五个范畴的真理；而在吠檀多（Vedānta）哲学中，tattva 被认为是由 tad 和 tvam 构成的词组 tattvam，义为“汝即此”。这个“伟大”的词‘tad’（此）即万象世界与永恒梵（Brahmā）的统一体，就是说“你就是那个”或“你就是与梵合一的整个宇宙”。这一术语及其派生复合词如 tattvajñāna，tattvadarśana，tattvavid，tattvdarśin 在《薄伽梵歌》中屡屡出现，如果把握不准出自哪个体系，翻译则难以到位。我之所以采用了数论的词义，是因为这部圣典主要因袭了数论和瑜伽体系。譬如 2.16 出现的 tattvadarśin，我之所以按数论译为“知诸谛者”，是因为在 2.39，明确告诉我们“以上所述，帕尔特！是数论的哲学观”，接下来讲述瑜伽体系，而瑜伽体系除了添加了一个自在天之外，其余诸谛完全与数论一致。因为数论和瑜伽两个体系原本是一家。故在印度哲学史上常混称一派：数论—瑜伽哲学。

还如 yoga 这个术语，金克木先生将各章的题名中的 yoga 均译成“修炼”，这对于各章的标题无疑是正确的。但在行文中出现的 yoga

不一定都是这个意思。yoga 音译“瑜伽”，其原意为给牛上轭，用轭连接，而后渐渐引申出连接，联系，结合；相应，归一，化一，同一，统一；和谐；等同；方法，策略；修行方术，修炼；魔术；瑜伽哲学体系的名称等。譬如，在 2.48，义为“等同”；在 2.50，义为修炼功法；在 2.53，义为修炼瑜伽所达到的最高境界，即个体灵魂（小我Ātman）与宇宙灵魂（大我 Mahātman）和合化一的精神状态，也即心境完全空寂的那种状态。在 9.5，义为类似魔术的变幻。由 yoga 引申出来的 yogin 则是修习瑜伽（瑜伽行）者的意思。所由引申出 yoga 的字根是√yuj，其义与 yoga 基本相同，不过前者为动词，后者为名词。而√yuj 用于瑜伽修炼，义为凝神冥想以求小我与大我（宇宙灵魂）的相应一如。（concentrating the mind in order to obtain union with the Unversal Spirit——见 Monier-Willians：A Sanskrit－English Dictionary，√yuj 条）。由√yuj 变化出的现在分词 juñjan（阳性，单数，主格）则要求有宾语。如 6.15，yuñjanneva sadātmānaṃ. 其中的关键词是动词√yuj 的现在分词 yuñjan 和它的宾语 ātmānam（阳性，单数，业格）。另两个辅助不变词是加强语气的 eve 和表示时间的副词 sadā。而 yuñjan 在宗教修行上，特指瑜伽修持者以图与宇宙灵魂（Ātman 我）得以融合的凝神冥想。而由此字根变化出来的过去分词 yukta，其义为结合的；有……的，怀有……的；坚持……的；使用的；和谐的，相应的；相应者（小我与大我相应一如者）；修习瑜伽的，坚持瑜伽的；瑜伽者（即达到瑜伽状态者）。在翻译过程中，遇到这一术语，究竟采用哪种意思，这要根据整句话或一个段落含义而决定。故凡属于瑜伽体系的术语 yukta，其汉译术语应符合瑜伽体系的思想为宜。

再如 dharma，其义繁复，如坚定不动的教令，法令，法律；传统的风俗习惯，习俗，义务；正义；道德，品德；宗教，宗教功德，善行等，一言以蔽之曰：一切既定者。《薄伽梵歌》大有把人为的一切，如法规、制度、种姓的划分，种姓的职分、职业以及人的遭遇和命运好坏统统归诸自然法则的趋向。也即把人的本质剥离于人而附会于自然本质。这就是宿命论的依据。鉴于词义繁复，根据旧时“多含

不翻”的译经规则，只好采用音译加注的办法来解决。譬如 3.35，

自己的达磨虽然有些弊病，
也较善施他人之达磨优胜，
履行他人之达磨确有危险，
顺应自己的达磨虽死犹荣。

这里的“达磨”（dharma）不仅有职责之义，还有种姓、职分、义务、传统习俗和各自的宗教及宗教律令等。这些都是要遵从坚守的。若选择其中之一则难能贴切地表达本颂的含义。

为了说明印度哲学原著某些特点以供读者参考，我想略举上述几个例子也就够了。但还有一个不可忽视的特点，我想在这里也应简要介绍一下。圣雄甘地对此有一段经典的话，他在其译本序里说道：

《神歌》是一部伟大的宗教诗（dharmakāvya），在这里你钻得多深，你就可以得出多少新的美丽的意义，Gītā 是为人类社会的，其中一句话用许多方式说，因此，Gītā 里的伟大词的意义一直在各时代中变化并且发展。Gītā 的根本经咒（mūlamantra）要旨却永远不能改变。这个要旨照什么方式能够成功，求知者（jijñāsu）就能照那种方式得出什么意义。

说明《薄伽梵歌》所包容之广泛，词义之繁复，术语之难解，表述之凝练，历史之悠久，以致使后人在不同时期根据其需要对某部分术语和内容进行不同的解释。提拉克（B. G. Tilka）高举《薄伽梵歌》的大旗以暴力（hiṃsā）反抗英国的殖民统治，而圣雄甘地（Mahātmā Gandhi）也举起《薄伽梵歌》的大旗却以非暴力（ahiṃsā）对英国殖民主义展开不合作运动。而世界上各种语言译本多得汗牛充栋，譬如英译本，德译本，俄译本，拉丁译本，丹麦文译本，荷兰语译本，法译本，瑞典译本，匈牙利译本，波希米亚文译

本，希腊文译本，日译本，中文译本，印度各方言译本等，再加上疏解之类，根据徐梵澄先生20多年前给我的统计材料计算共224种。同文译本不一定只一种，据我所知迄今汉译本就有4种，英译、德译和印度各方言译本就更多，而且世界上每年都有新译本问世。就译者而言，对《薄伽梵歌》见仁见义，莫衷一是。故在诸多译本中没有哪两种是完全相同的。

30年前时试笔《薄伽梵歌》，当时我初出茅庐，对印度哲学知之甚少，虽然有两位恩师相助，又经过多年努力，但译文错谬之处仍在所难免。今借再版之际，对译文作了些修订，并丰富了梵英汉词汇对照表。诚望同仁大德予以校正。

第一版译者序

《薄伽梵歌》[1] 是印度古代宗教和文学名著，也是印度史诗《摩诃婆罗多》中最精彩的哲理插话和印度教最负盛名的经典。《薄伽梵歌》这个书名是由梵文音义混译而成的。“薄伽梵”（Bhagavān）词义为“世尊”，即对至上神的尊称，“歌”是梵文 Gītā 的义译，所以这个书名也可译为《世尊歌》或《神歌》。

关于这部著作的成书时代迄今尚无定论，在这里，我可以把普列姆·纳特·巴扎兹（Prem Nath Bazaz）的《〈薄伽梵歌〉在印度历史上的作用》[2] 一书的有关内容介绍如下：有些学者把《薄伽梵歌》成书的时代定为公元前 500 年到公元后 300 年之间。一些外国学者倾向于公元后 4 世纪。有的认为成书于公元前 1000 年或于佛教创立之前。这一说法被一些学者否定了。因为《薄伽梵歌》的作者是颇为精通佛教哲学的。高善必（D. D. Kosambi）就曾指出《薄伽梵歌》第 2 章第 27 颂和第 5 章第 25 颂所讲的“梵涅槃”（Brahmanirvāṇa）就是佛家关于超脱业报的典型说法。提拉克（B. G. Tilaka）认为这种形式的《薄伽梵歌》至少是在塞种纪元（公元 78 年）前 500 年形成的。拉达克里希南（S. Radhakrishnan）认为《薄伽梵歌》成书于早期奥义书之后和六派哲学之前，大约在公元前 5 世纪。

一般说来，印度学者倾向于公元前，至晚不会越过公元后 1 世纪。外国学者一般都倾向于公元后。如温特尼茨（M. Winternitz）和

---

① 梵文：Bhagavadgītā。

② 英文原著：The Role of Bhagavadgītā in Indian History。

鲁道夫·奥托（Rudolph Otto）认为这部诗形成于公元4世纪。利查德·嘉布（Richard Garbo）和法夸尔（T. N. Farquhar）认为产生于1世纪或2世纪早期。根据嘉布的看法，原始作品产生于公元前200年，它被吠檀多信奉者写成现在这个形式是在公元后2世纪。埃德温·阿诺德（Edwin Arnold）在《薄伽梵歌》英译本序言中说："然而证据有力地证明这部著作大约完成于公元后3世纪。"[①] 这一点由高善必所证实，他认为这部著作大约形成于公元后150—350年之间。

根据我所掌握的一些资料推断，《薄伽梵歌》的原始部分可能形成于公元前3、4世纪，它的现在这个形式大概产生于商羯罗前几代，很可能在公元后3、4世纪。这与高善必和温特尼兹的观点基本上是一致的。因为在这部诗中提到了《梵经》（Brahma-sūtra）[②]，这是吠檀多派最根本的经典，从《梵经》对佛教中观、唯识派的批判，可以推知现存形式的《梵经》大约在龙树、世亲之后，可能在公元200—450年之间。另一方面，诗中也确有许多大乘佛教的思想和语言。一般认为大乘佛教形成于公元1世纪前后，此时正值贵霜王朝统治时期，而龙树是深受迦腻色迦重视的哲学家。从这两点看来，现在我们所看到的《薄伽梵歌》最早不会超过公元1世纪，如果从当时的社会背景分析，很可能形成于笈多王朝时期，即公元4世纪。

关于《薄伽梵歌》的作者也是一个难以回答的问题。印度的一些学者，如提拉克、潘达尔卡（Bhandarkar）、拉达克里希南、达斯古普塔（Dasgupta）认为《薄伽梵歌》是一个作家写成的。其他一些印度学者不同意这种观点，其中凯卡尔（G. V. Ketkar）和凯尔（G. S. Khair）认为《薄伽梵歌》各部分是在不同时代由不同作者完成的，其作者至少有三个。他们坚信同一个作者绝不可能在诗中表现出如此明显的矛盾思想，也不可能在诗中使用不同的文体。

我倾向于后一种意见，因为诗中的许多矛盾是显而易见的。威廉·洪保（W. Von. Humboldt）于1826年就曾提出过"窜入"的理

① 引自巴扎兹《〈薄伽梵歌〉在印度历史上的作用》，第163页。

② 参见《薄伽梵歌》第13章，第5颂。

论，他认为仅有第1章到第11章和第18章的第63—78颂属于原始《薄伽梵歌》。法国的路·雷诺（L. Renou）曾说："人们估计，该诗的原始文本较短，有人肯定它在第2章第38节就已结束，可能后来才增加了第3至12章，然后又增加了第13至18章。"[①] 有人主张《薄伽梵歌》与《摩诃婆罗多》是同一个作者写成的，这一设想是难以令人置信的。《薄伽梵歌》作为《摩诃婆罗多》的一部分则是后人窜入的。

或许有人要问这样一部古老的《神歌》有什么值得译出的特殊价值呢？它对我们今天又有什么意义呢？这个问题相当复杂，很难一下子说明白。不过有一点还是值得一提的：《薄伽梵歌》的确十分古老，它所使用的文字也已成了历史的遗迹，但是它并没有寿终正寝，文字虽已死去，内容却仍然活着。这或许可以成为翻译出版的理由吧。1984—1986年我作为访问学者在印度待了差不多两年，纵贯印度南北，从郑和曾经访问过的印度最南端的科麻林角到印度北部佛陀寂灭地戈拉克普尔，不论在天上还是在地上，也不论在人流如潮的大街上还是在绿草如茵的庭院内，凡是印度人出没的地方，都仿佛看到了克里希纳慈祥的微笑，听到了克里希纳不倦的教诲。一个月色的夜晚，在南印度提鲁帕提中央梵文学院与一位印度朋友促膝交谈，话题很广，其中谈到了英·甘地总理的不幸遇刺和随后发生的印度教徒血洗锡克教徒的德里事件，因为那是刚发生不久的事情。我迷惑不解的是，印度教崇尚"戒杀"（ahiṃsā），英·甘地遇害已是很不幸的了，为什么还会发生大规模的印度教徒袭击锡克教徒的流血事件呢？那位朋友的回答使我感到惊诧，他说："那是大神的旨意，被杀者当杀，杀也等于没杀，杀者只不过充当了大神的工具而已。"这不是克里希纳在《薄伽梵歌》中所给人们的教诲吗！接下去谈到了人生，当他知道我没有宗教信仰时便惊讶地说："你的生活太无聊了，不信神生活还有什么意义呢？所剩下的只是吃了睡，睡了吃的事了。"我又一次

① 引自《印度两大史诗评论汇编》中译本，中国社会科学出版社1984年版，第491页。

感到愕然！他自己的人生观又是什么呢？“对神无私的奉献，从事你应当从事的事业而不考虑它的结果，把你所做的一切都当做对神的奉献才能获得最终的解脱。”他的回答又活脱脱现出了《薄伽梵歌》的有为论和虔信的宗教教义。

我还记得一则故事，一则真实的故事：9世纪一位名叫阿般提·婆尔曼的克什米尔国王在临终前把《薄伽梵歌》从头至尾吟咏了一遍，便安详地长眠了。也许他的灵魂（“自我”）[①]与宇宙灵魂（“大我”）[②]融合并归入了不可名状的幸福天国。

对于《薄伽梵歌》在印度历史上的地位和作用，我不敢妄加评论，我只介绍一下国外学者的意见。印度的瓦·盖罗拉认为：“虽然《薄伽梵歌》是《摩诃婆罗多》故事的一部分，但是在古代的大师和现代的学者看来，《薄伽梵歌》要比《摩诃婆罗多》更重要。古代出现的所有宗教派别，作为其倡导者的所有大师，为了证实各自的教派，都利用《薄伽梵歌》的伦理教导，来支持自己的教义。《奥义书》、《薄伽梵歌》、《吠檀多经书》一直是古代印度各宗教教派的基础。如果不打上这些著作的印记，那么这些教派在社会上就存在不下去。”[③]德国学者威廉·洪堡把《薄伽梵歌》置于卢克莱修、巴门尼德和恩培多克勒之上，他赞誉《薄伽梵歌》是“世界上最美的哲学诗”，并感慨地称道：“我要感谢这有幸的命运，让我读到了这篇美丽的诗歌。”[④]德国的莫·温特尼茨说：“《薄伽梵歌》之所以能博得人们的喜爱，名扬印度和欧洲，其原因既不在于它的思想深度，也不在于它那渊深莫测的智慧，绝大多数印度学者和许多欧洲学者都认为，这智慧就隐藏在诗歌当中；我认为，真正的原因就在于《薄伽梵歌》的诗歌价值——它的语言浑朴有力，其中的象征和比喻绚丽多彩，全诗洋溢着庄严肃穆而又热情奔放的气息。这些在任何时代都会给感情

---

① 依据《薄伽梵歌》的理论，生物的个体灵魂（“自我”）是宇宙灵魂（“大我”）的一部分，解脱后个体灵魂即可归入宇宙灵魂，进入不生不灭的幸福天国。

② 同上。

③ 引自《印度两大史诗评论汇编》，中国社会科学出版社1984年版，第103页。

④ 引自中村元的《比较思想论》，浙江人民出版社1987年版，第13页。

丰富的人留下难以忘怀的深刻印象。”① 而印度学者普列姆·纳特·巴扎兹却认为从史前到当代全部的印度文献中，没有哪一部著作像《薄伽梵歌》那样享有如此巨大的声誉。每一个印度教徒，不管他是否读过这部圣诗，他的思想和行为无不受到它的熏陶和影响，因为在印度流传的文化是以它为基础的。印度教的道德生活也是从它那里汲取营养的。② 或许可以说它养育了印度文化，形成了印度教信仰者，也可以说是印度民族之所以为印度民族的心态和性格，它是印度文化的精神，它对印度历史的形成起了巨大作用。远的不说，在近现代印度历史上就出现过两位最著名的反对英国殖民主义的领袖人物，一位是提拉克（B. G. Tilaka），一位是圣雄甘地（Mahātmā Gandhi）。他们都曾以《薄伽梵歌》为号角在印度发动过声势浩大的抗英斗争，导演过波澜壮阔的历史活剧。所不同的是前者发起的是暴力革命；后者所领导的则是非暴力的不合作运动，而“暴力”和“非暴力”又都是以《薄伽梵歌》为依据的。他们之所以能用克里希纳的教诲使人们的积愤喷发出来，将人们团结起来形成一股巨大的洪流，正是《薄伽梵歌》在印度形成的民族意识和民族凝聚力的表现。这是问题的一方面。而另一方面则是它对印度历史脚步的巨大滞留作用和对现代文明的逆反力。贾瓦哈拉·尼赫鲁也曾惊呼《薄伽梵歌》“有一种内在的弱点制约着印度，这不仅影响到她的政治状况，而且也影响到她的创造性”③。《薄伽梵歌》在印度究竟产生过什么样的历史作用，对印度的今天和明天还会产生什么样的影响以及对人类文明做出过什么样的贡献等问题，等待着有志于此的同仁们从各方面加以研究和探讨。

15 世纪以后，随着欧洲和亚洲的贸易日渐频繁，形形色色的欧洲学者和传教士对东方文化发生了兴趣。到 17、18 世纪，欧洲的启蒙运动打破了西方对基督教伊甸乐园的憧憬，粉碎了人们对封建专制

---

① 引自《印度两大史诗评论汇编》，中国社会科学出版社 1984 年版，第 371—372 页。

② 参见巴扎兹《〈薄伽梵歌〉在印度历史上的作用》一书的导言。

③ 同上。

的恐惧，驱散了“君权神授”的迷雾，使人们从自我的“良心谴责”中醒悟过来。在这场伴随革命而产生的信仰危机中，他们怀着“复归自我”的强烈心愿，到东方来寻觅精神的补偿，以求从东方文化中发现他们提出的“人本主义”的普遍原理。于是乎，东学西渐，东方文明对西方发生了作用。中国思想对西方启蒙运动思想家如伏尔泰、沃尔夫等人产生了特别的影响。莱布尼茨曾主张把中国的知识分子请到西方来。叔本华（1788—1860）是最早受到印度哲学影响的德国哲学家。他在读到《奥义书》的拉丁译本时激动地说：“在这部书的字里行间，真是到处都充满了一种明确的、彻底的和谐精神，每一页都向我们展示了深刻的、根本性的、崇高的思想，浮现出位于全体之上的神圣的真面目。这里吹拂着印度的气息，呈现出根本的、顺从自然的生命。那种在精神上早就注入了犹太人的迷信以及还在重视这种迷信的一切哲学，在这里都被消除干净。这是这个世界上最为有益和最能提高人的品性的读物。它是我生的安慰，也将成为我死的慰藉。”[①]而英国人发掘东方文化主要的不是为了寻求精神慰藉而是为了统治东方的需要，想从东方文化中找到打开东方人心扉的钥匙。

印度学自18世纪在欧洲兴起，在19世纪达到极盛时期。而英国在18世纪末就成立了皇家亚细亚学会，对印度的古典传统文献进行了系统整理，许多重要的印度古典文献也就陆续被介绍到西方。英国人查斯·威尔津斯爵士于1785年率先将《薄伽梵歌》译成英文出版。1788年以威尔津斯的英译本为基础在莫斯科出版了俄译本，这是第一部被译成俄文的印度文献。而后，于1823年威廉·封·施勒格尔出版了附有拉丁文的校刊本。威廉·洪堡通过这个校本了解了《薄伽梵歌》并于1826年发表了题为《关于〈摩诃婆罗多〉的著名插话〈薄伽梵歌〉》的重要论著。1834年出版了C. R. S. 派佩尔的德译本。1869年和1870年又分别刊出了F. 洛林和R. 博克斯贝尔的德译本，在德文本中又以R. 加尔贝和P. 多伊森的译本最为可信。再后又陆续出版了法文、日文、意大利文等许多译本。1957年徐梵澄先生在

① 引自中村元的《比较思想论》，浙江人民出版社1987年版，第13—14页。

印度出版了离骚体的中译本，而印度自1908年在加尔各答刊印以来，几乎每年都有新的版本和现代印度语译本问世。

这部圣诗是以《摩诃婆罗多》中的俱卢和般度两个亲族大战为其背景的。这场战争在印度历史上是否真的发生过并无定论，然而一般都把它当做寓义性的故事，认为它象征着达磨（正法）和非达磨[①]（非法）在人们头脑中的矛盾和斗争。这种说法不是没有它的道理，然而也不免带有猜测、附会的意味。若对其进行深层挖掘，则会发现当时社会的一点影子。《薄伽梵歌》开篇第一章有这样一个情景：般度族和俱卢族两支大军正在俱卢之野摆开阵势准备交战。般度的第三子阿周那令其车夫克里希纳（黑天，最高神的化身）驱车至两军之间。阿周那面对即将被屠杀的父老兄弟便产生了忧伤悲悯之情：

哎！我们竟然横下心来
去招致不容宽恕的罪过，
诛戮自己的宗亲家人
却是为了王权和享乐。 1.45

即便是持国的儿子们
用利刃杀我于战场，
我也决不挥戈抗争，
如此倒觉得坦然舒畅。 1.46

阿周那还担心破坏传统的宗法[②]家规[③]会导致家族的女子失贞和种姓混乱。他难以冲决传统观念的藩篱，也难以从深深的自责中解脱。克里希纳反对他的观念，认为那是糊涂思想和怯懦的表现。克里

① 达磨（dharma）和非达磨（adharma）是指正义和非正义、道德和不道德、职分和非职分等。

② “宗法”的梵文是 jātidharma。

③ “家规”的梵文是 Kuladharma。

希纳的责任就是要把阿周那从传统的世俗伦理观念的囹圄中拯救出来，他用超伦理、越善恶的智慧之剑击碎了阿周那的愚钝，使他领悟了灵魂不死、杀即非杀的道理。也只有把阿周那的思想提高到超世俗观念的高度，戕害兄弟，诛戮父老才是合乎情理的。战争终于爆发了，阿周那一反忧伤悲悯之态，竟用阴谋诡计杀死了他的叔祖——敌军统帅毗湿摩，他的胞兄坚战也以不道德的手腕杀死了他们两族共同的师长德罗纳。这场战争之惨使参战双方，除少数几个幸存者外，几乎全都遗尸疆场。当然，战争最后是以般度族的胜利和俱卢族的失败而告终，般度族获得了王位和国家的统治权。

以上主要是前两章所述及的内容，这两章可能是早期作品，克里希纳的教诲可能是印度功利主义的最早表现。就其整个故事而论，它不仅反映了部落伦理关系的调整，而且反映了更为深刻的社会背景。般度族兄弟得胜归来，成千上万的婆罗门集合在城门处向坚战祝福，其中有一位斫婆迦派哲人上前告诉坚战：婆罗门聚集在这里是为了诅咒你，因为你屠杀父老、诛灭宗亲。结果，婆罗门烧死了这位斫婆迦。[①] 这一段小小的插曲为我们作了提示：婆罗门是反对这场战争，也反对克里希纳的教诲的，当然也反对斫婆迦对传统的亵渎行为。这场由刹帝利发动的战争打破了以往的旧秩序和反映旧秩序的传统观念，因此遭到了旧秩序、旧传统的卫道士婆罗门的强烈反对，双方的矛盾和斗争是异常激烈的，但是也并不是说婆罗门和刹帝利之间就没有妥协，在一定条件下双方为了各自的利益也不得不妥协，因此，双方的矛盾性格也就自然在《薄伽梵歌》里有所反映。这一点我将在下面述及。

大约在公元前一千纪逐渐兴起了婆罗门教，它把印度的种姓结构凝固化，并创立了吠陀天启、祭祀万能和婆罗门至上的宗教信条。这三大信条在印度古代崇信者群体中产生了不容置疑的虔诚心理并形成了凝滞不变的传统。从而婆罗门拥有了对文化、宗教的垄断权和物质利益的攫取权。在《摩奴法论》中就明确规定梵天“把教授吠陀、学

---

① 参见德·恰托巴底亚耶的《印度哲学》，商务印书馆1980年版，第188页。

习吠陀、祭祀、替他人祭祀、布施和接受布施派给婆罗门”[①]，而“教授吠陀”、“替他人祭祀”和“接受布施”的权力是刹帝利和其他任何种姓所不能享有的。[②] 他们为所欲为，但“永远不被由思想、言语和身体产生的行为的过失所玷污”[③]。婆罗门凭借这些特权攫取大量“赐赠”（“布施”），这些“赐赠”包括牲畜、杂物、土地、村庄、收税权和赋税的豁免权等。大约在公元5世纪以后，婆罗门对庙产的享有权又膨胀起来。早期的印度神庙只是供奉神像的小神殿，5世纪以后，这些神殿扩展成为造型精美的庞然大物，其中一些由巨型石雕砌成的高达五六十米的神庙一直延存到今天。这些神庙不仅得到大量供奉，还得到土地和村庄等赐赠。1985年我曾访问过的提鲁玛拉神庙，据说有许多亿卢比的财富，四周数十公里以内的山峦、河流、土地、村庄均归它所有。这虽然是今天的事，但是透过它也可窥见印度古代社会之一斑。

婆罗门为了维护它的特权，就要凝固当时的社会结构，它用宗教神话和哲理论证它的特权地位和四种姓社会分工的合理，想用一种凝滞不变的框架框住流动发展的社会，这就不能不引起阻滞社会发展的惰力与促进社会发展的活力之间的矛盾和冲突，而婆罗门与刹帝利诸种姓之间，婆罗门教与其他教派之间的斗争正是这种“矛盾和冲突”的表现。尽管《摩奴法论》和《薄伽梵歌》的晚期部分都规定了四个种姓的职分（婆罗门司祭；刹帝利护生；吠舍经商事农；首陀罗专侍上述诸种姓），[④] 但实际情况并不如此，做国王的不都是刹帝利，相反，在笈多时期以前，刹帝利建立的王朝却很罕见。难陀族是首陀罗，孔雀族在婆罗门教文献中被说成出身微贱，巽伽族是婆罗门、早期的车底人（Cedis）、注辇人（Colas）、哲罗人（Ceras）、般底耶人

① 引自《摩奴法论》，中国社会科学出版社1986年版，第一章，第88款。

② 参见同上书第十章，第77、78款。

③ 引自同上书第一章，第104款。

④ 参见《摩奴法论》，中国社会科学出版社1986年版，第12页；另见《薄伽梵歌》第18章第42—44颂。

(Pāṇdyas）和安度罗人（Andhras）都不是刹帝利，[①]《薄伽梵歌》的主人公克里希纳在《摩诃婆罗多》故事中也不是刹帝利。专于宗教哲理探讨的也不都是婆罗门。当时的社会职业远不能为四个种姓所包容，除了在《薄伽梵歌》和《摩奴法论》中所讲到的农、牧、商等职业外，还有纺织业、金属的冶炼锻造业、金银首饰的制作业等。商业在当时已很发达，据佛教文献的描述，有许多富商巨贾是由接近吠舍的人充当的，他们是佛教最大的捐助者，并且控制了城镇的经济，他们的作用越来越显著了。农业在社会生产中已趋向于主导地位。在《摩奴法论》中，农业被排在三大社会事业的末位，并明确指出“吠舍的最好职分是经商”[②]，高级种姓即便在无可奈何非从事吠舍职业不可的时候，“婆罗门甚至于刹帝利也应尽力避免务农”[③]，而在《薄伽梵歌》中，农业则被排在三大事业的首位。

事实上，人们僭越了旧有的职分向着容易得到财富的职业和权位转移，因而为婆罗门所卫护的种姓等级制以及为婆罗门所精制的伦理和道德规范就被洞穿了。看来这是一场大的社会变革，在这场滥觞于奥义书的变革中，一切传统都受到了怀疑，诸多神圣皆遭到了亵渎。妇人、贱姓冲破昔日的禁忌开始问学；婆罗门一扫过去的尊严反向刹帝利求教。“原先看来似乎是善的，现在却似乎是恶的；原先似乎是恶的，现在似乎是善的。这正如有人出门办事，半路突然觉得不大必要又转身回走，原先在他右边的，现在都在他的左边；原先在他左边的，现在都在他的右边。……善与恶交换了位置。”[④] 被誉为神的婆罗门亦随之与普通人交换位置，缀满道德饰物、闪烁着善的灵光的婆罗门教神殿开始倾覆。到了公元前5、6世纪，教派纷起，百家争鸣，向“吠陀天启、祭祀万能、婆罗门至上”的三大信条开始了总发难，

① 参见罗米拉·塔帕尔的《历史与偏见》，《南亚研究》1981年第3—4期，第103页。

② 参见《摩奴法论》第十章，第80和83款。

③ 同上。

④ 这是托尔斯泰的话，参见巴扎兹的《〈薄伽梵歌〉在印度历史上的作用》一书导言。

终于打破了婆罗门教的一统天下，佛教、耆那教以及数论派、胜论派、正理派、瑜伽派等宗教和哲学流派的崛起标志着婆罗门教的衰落。

《薄伽梵歌》的早期部分可能诞生于这场变革之中。在这一部分，斥骂、贬责婆罗门教的颂偈清晰可见。譬如骂婆罗门祭司是一群“只信吠陀经典”、“声称‘其他皆无’”的蠢才，“唯利是图”、“巧语花言”的小人。它以洪水遍地中的水井为喻把吠陀骂得一钱不值。数论派大师自在黑（Īśvarakṛṣṇa）在他的《数论颂》[①]（Sāṃkhyakārikā）中就明确指出吠陀并不像婆罗门教所吹嘘的那么神圣，它染有不净，滋生不平，不会让人获得解脱，反会让人重蹈轮回。佛教、耆那教也都驳斥了婆罗门教的“吠陀天启”、“祭祀万能”和“婆罗门至上”的神话。可见《薄伽梵歌》的原始部分是顺应历史潮流而崛起的一个新教派的经典，这个新教派可能是以黑天为尊神的教派。

婆罗门教败落了，但是它不甘于它的巨船在浪涛中沉没，实际上它仍然凭借它所占据的文化优势在千船竞逐的狂风巨澜中重鼓风帆，以期击败所有敌手而独占鳌头。婆罗门教的代表人物以借尸还魂的巧妙伎俩先将当时颇负盛名的数论、瑜伽、胜论和佛教等流派的理论加以穿凿、雕饰使其变成婆罗门教能够接受的东西，然后借克里希纳（黑天）之口窜入《薄伽梵歌》。这可能就是公元后4、5世纪复苏的新婆罗门教的经典了，到了8世纪经商羯罗（Śtṃkara）注释便成了印度教的圣典，再后又为毗湿奴教派所同化。克里希纳在《摩诃婆罗多》的一些故事里远不是什么神的形象，他所属的雅度族在许多地方被描写为粗俗的游牧民族，克里希纳也被敌手骂为“奴隶”或“牧民”。他没有丝毫神的灵光，只不过是一位游牧民族的英雄。然而在《诃利世系》中却成了毗湿奴的化身，成了至高无上的尊神，从而完成了由祭祀宗教向虔信宗教、由多神教向一神教的过渡。《薄伽梵歌》便成了印度教最负盛名的经典。下面我想就其宗义发表一点综述性的意见。

---

① 自在黑的《数论颂》在陈代被印度高僧真谛（Paramārtha）译成汉文取名《金七十论》，但其注释与迄今所发现的所有梵本注均不相同。

一

宇宙的本源是什么？这是任何哲学都必须回答的根本课题，《薄伽梵歌》的回答是一种叫做“我”（“自我”Ātman）的精神。关于“我”的写相，它用遮诠方式概述为无始无终、隐而不明、不生不灭、遍满太空、亦是亦非[1]、平静常恒。这说明“我”没有任何质的规定性，无论在时间上，还是在空间上，都是不可思议的，似乎是“无”，它却认为是“实有”、是真正的“实在”，是宇宙的终极、至上的尊神、万有的灵魂、世界的原因和载承。

“我”（Ātman）这一概念，本来是自身区别于他身的代词，在《薄伽梵歌》中却被说成了宇宙的本源。就认识论来讲，这可以说是印度古代思想家的思辨之果。印度人民自古以来就善于思索、善于想象，在长期的社会实践中创造了许多生动的神话故事，这些神话故事世代流传经久不衰，至今还放射着迷人的光彩。在哲学领域里，同样反映出印度人民丰富的想象和奇特的思辨能力。在古代，他们观察茫茫的宇宙，观察包罗万象的世界，不知宇宙的本源，不知日月星辰的来由。在当时的历史条件下，要回答这一问题，不可能超越直观的经验，认为世界上千差万别的事物一定是有意识地创造出来的，所以称万物为创造之物（梵文是 Sarga）。那么这些“创造之物”是由谁创造的呢？想来想去觉得除了人有创造活动之外，再也没有看到过其他创造活动。于是，善于思索的人（我们称他为哲学家吧）就认为，宇宙一定有一个能力无穷的超人，创造了万物，这个超人名曰“布鲁舍”（Puruṣa）或曰“原人”。《梨俱吠陀》中有一首歌名为《原人歌》（Puruṣa sukta），就是讲原人如何创世的。这个原人实际上就是“我”的扩大。这大概是“我”论的原始

---

① 亦是亦非（sadasat，《薄伽梵歌》9.19）。也可译“存在亦非存在”或“有亦非有”等。这种写相，很类似中观派对最高实在的描写：“非有非无、非亦有亦无、非非有非无。”（《中观论大涅槃品》第25）

形式。

到了梵书（Brāhmaṇa）时代，虽然婆罗门教把“梵”（Brahman）推到了宇宙本原的地位，但是另一种力量却发展了“我”的理论。到了奥义书（Upaniṣad）时代，“我”论已渐成熟，其地位与“梵”等同。这一时代出现的“梵我一体”论代替了梵书时代的“梵”至上论。进至《薄伽梵歌》时代，“我”升到了至高无上的地位，并被授以生灭万物、主宰宇宙的权力。这种位置的交换不仅反映了新教派崇信者的群体意识和心态，而且也反映了尘世最高权力的更迭。

有趣的是《薄伽梵歌》要人们用理性（“智慧”buddhi）目光去观察世界，去发现世界的统一（同一）性，这统一性就在于“自我”[①]。据《薄伽梵歌》的理论，万有的分体“自我”是宇宙总体“自我”的部分，宇宙总体“自我”又寓于万有分体之中，由此而导出“汝即此”（tattvam asi），汝即无上主宰和宇宙本原的结果。以往人们对尊神表示敬仰，要么是面对苍天、口吟凄婉的神咒，要么是点燃祭火、托思于青烟的缭绕升腾；而今天却是修持瑜伽、反观内照去亲证“自我”的存在。以往是靠财物的祭献和布施；现在却是控制感官、止息私念，在心理上把自己的一切均做为对神（“自我”）的奉献。以往向苍天祈请；现在却向自我索求。

印度古代哲学一向注重对人的本质探讨，然而在《薄伽梵歌》以前占统治地位的宗教哲学中，人的本质均被异化为脱离于人、凌驾于人的非人的本质。在这里却以被歪曲的形象回到了人自身。这不能不说是一种“回归自我”的倾向。这也许是人类在发觉和实现人的本质的历史进程中所迈出的一步、所登升的一级。不论这一步有多大、这一级有多高，在如此早期的宗教神学里产生具有自我否定力量的思想，其积极意义是不可忽视的。也难怪在18、19世纪，《薄伽梵歌》被当做一块瑰宝介绍到西方，因为其中有西方启蒙运动所需要的营养，也有他们的忧惧之情所需要的慰藉。

① “自我”亦即“我”（Ātman），或曰“大我”、“无上我”，即所谓的灵魂。

二

梵（Brahman）的原意是“祈祷”。在印度古代，认为“祈祷”能使人意和天意相通，能使天神给人们降福祛祸。到了梵书时代，人们相信可以依靠祭祀祈祷来影响诸神。后来“祈祷”本身被推到宇宙本原的地位，在神格上，“梵”被称为“梵天”。在这一时期，信仰“梵天”的婆罗门种姓建立了吠陀天启、祭祀万能、婆罗门至上的三大纲领。到了《薄伽梵歌》时期，“梵”的地位被“我”代替了。

在《薄伽梵歌》中描写“梵”的文字也占相当的篇幅，在这里稍录几首以供参考：

我将把那可知讲述，①
领悟了它便得到了甘露；
它就是无始的最高之梵，
“非有非无”② 则是它的称呼。 13.13

它到处都有手和足，
到处都有口和目，
到处都有首和耳，
它将全世界充周漫布。 13.14

它在万有之外又在其内，
它既是静物又是动物，
它极近却又相距辽远，

① 可知：Jñeyam 的意译，指“梵”。

② “非有非无”（nasattannāsat）：与中观派对实在的描述是很相似的：“非常非无常，非生非灭，非一非异，非来非去。”（转引自《现代佛学》1957 年第 7 期的《吠檀多精髓》）

它不可知因微妙之故。 13.16

它既独立完整不可分割，
却又分别居于万有之中，
它是毁灭者又是创生者，
它被称为万有之载承。 13.17

通过上述描写，不难看出，所谓“梵”就是人格化了的宇宙。《薄伽梵歌》还教人们用思辨的方法把握“梵”的本质。它说，当你把世界的多样性看做是同归于一并由一扩大的时候，你的认识就算进入了“梵”的境界。在这里包含有辩证的思维，但还不是辩证法。说它含有辩证的思维，是因为它注意到了一和多的关系，现象和本质的关系；说它还不是辩证法，是因为它抹杀了一和多、本质和现象的根本差别。根据它的等同论即“智慧瑜伽”（Buddhiyoga）的观点，世界万物都是“等同”（瑜伽）的，无差别的，你等于我，我也等于你；一等于多、多也等于一，这跟大乘佛教的“一切即一”、“一即一切”和“芥子纳须弥”的理论是一脉相承的。《薄伽梵歌》的这种理论属于相对主义，相对主义和辩证法的区别在于：“在（客观的）辩证法中，相对和绝对的差别也是相对的。对于客观的辩证法说来，相对中有绝对。对于主观主义和诡辩说来，相对只是相对的，是排斥绝对的。”①

在“一”和“多”的关系上，存在“一中有多、多中有一”的辩证关系。用《薄伽梵歌》相对主义的“非有非无”观点看来，一并非是一，多并非是多，一并非不是多，多也并非不是一。这样一来，便得出了一多相等的结论。在《薄伽梵歌》的体系中，一般说来是否认“绝对”的，它不承认事物与事物之间的本质差别，把“相对”神秘化、绝对化。若用《薄伽梵歌》的相对主义观察世界，世界的一切则变成了捉摸不定和虚幻不实的了。

---

① 《谈谈辩证法问题》，《列宁选集》第2卷，人民出版社1972年版，第712页。

《薄伽梵歌》的作者利用相对主义把“一”和“多”等同起来，进而也就否定了“多”的实在性，否定了自然界的千差万别，否定了人世的不平等，他引导人们把现实世界的一切都看得无足轻重，一心只求到“梵界”得到最高的安慰。

《薄伽梵歌》由于后人的阉割和填充，在讲到“我”的时候，用一系列形容词把“我”举得最高，在讲“梵”的时候，似乎把“我”抛之脑后，又用一系列形容词把“梵”举得最高。若从整体上看，“梵”的作用已不及“我”了，诗云：

我的胎藏为大梵，
我将胎儿置其中，
那万有，婆罗多哟！
皆由它萌发诞生。 14.3

于各种胎藏中，恭底耶！
萌发各种有形之物；
梵是有形物的孕育之器，
我为播种者也即其父。 14.4

由此可见“梵”的地位已经下降了。在梵书时期，“梵”是宇宙的本原和最高主宰，而在这里已化为“我”进行繁衍的工具。“梵”“我”和合而生万物，自然是把人和一切动物生殖现象的普遍化和神格化。然而，为什么把“梵”选做“我”的配偶？这还要从当时的社会背景去寻找它的依据。当时，刹帝利王族已握有封建的统治权，它的阶级地位使它具有双重性格：当它处于被婆罗门压制地位的时候，它有反抗压制的一面；当它取得了绝对权势，而主要危险不是来自于婆罗门的时候，它又有向婆罗门妥协的一面。失败了的婆罗门为了使自己不致从统治者的行列完全落伍，就不得不顺应历史的潮流，与刹帝利王族谋求妥协，共同构成新制度的统治阶级。所以，妥协是二者的共同要求。根据“存在决定意识”这一观点，这种尘世的“存在”反映到宗教天国即宗教经典里去也就是自然的事了。

非但如此，当时的统治阶级为了维护其统治，对庶民百姓采取了刚柔并用的政策，一方面使用严刑峻法，一方面进行宗教怀柔，后者的确不失精细而巧妙的计算，它把当时流行的、彼此矛盾的多种教义和哲学理论都囊入它的“我”论之中，经过种种加工，用这些庞杂的材料终于调制成了适合大帝国所需要的完整的宗教经典。

三

就其世界观来讲，它属于客观唯心主义，说世界万物都是由“我”（宇宙精神）创造的，都是“我”的“幻力”（Māyā 摩耶）的产物。在理论上还不像大乘佛教把整个世界挖空，它承认极微（aun 原子）的存在，承认世界是由原质（Prakṛti）构成的。《薄伽梵歌》所讲的“原质”即“Prakṛti”是从数论哲学中借来的。在数论中“Prakṛti”称做“自性”，意思是构成世界万物的质料原因。它含有二十三种基本成分（二十三谛）：大（mahat）；我慢（ahaṃkāra）；五知根（buddhīndriyāṇi）：眼、耳、鼻、舌、皮；五作根（karmendriyāṇi）：手、足、口、生殖器、排泄器；心；五唯（tanmatrāni）：声、色、香、味、触；五大（mahābhūtāni）：地、水、火、风、空。在《薄伽梵歌》中，原质包含九种成分，即地、水、火、风、空、心（Manas）、觉（buddhi），我慢（ahaṃkāra）和有命（jivabhūtā）。前八种被称为低级原质，后一种被称为高级原质，整个世界都由它载持。《薄伽梵歌》不承认万物的形成取决于原质的内因，而断言在原质的背后还潜藏着一种创造的本源——“我”①。世界万物都是由“我”利用含有九种成分的原质创造的。原质在《薄伽梵歌》的范畴内，并不是自在的，而是隶属于“我”的。

根据数论的观点，原质（即“自性”）不仅是构成万物的质料原

① 指宇宙“我”或称“无上我”（Paramātmā）。

因，而且是万物的形态、性质及其生灭变化的决定因素。自然界之所以有形态、性质的差别，并且总是处于无休止的变化、无穷尽的生灭之中，追其原因，都是由原质所蕴涵的三德（triguṇa）造成的。三德是指萨埵（sattva）、罗阇（rajas）、答摩（tamas）。这是人们经过漫长的、复杂的、曲折的认识过程，从千差万别的事物中抽出来反映事物的某些共同特征的三种概念以及事物的形态、性质、运动的三种不同的决定因素。三者分别表示光明、运动、黑暗和喜悦、忧恼、愚痴及其决定因素。由此看来，三德是对大量特殊的、个别东西的概括，是比较接近真实的抽象。它在认识论上的积极作用是不可磨灭的。

《薄伽梵歌》吸收了数论的这些概念，但是，它没有，也不可能沿着唯物主义的认识路线发展它的认识论。它出于宗教神学的需要，更确切一点说，出于尘世的需要，对原来唯物主义的概念、观念、理论进行了一番精巧的雕琢，把本来接近真实的抽象说成是决定人们行为和道德的外在力量，最终使其成为宗教神学所需要的东西。《薄伽梵歌》的作者不是站在具体人的立场，而是站在普遍人和普遍物的立场说话的。他以每一个人和每一种物为着眼点来观察人和物，那么，每个不同的人和物都可以称做“自我”（Ātman）。反之，“自我”也就是每个不同的人和物。在这里，“自我”不过是“普遍”的异名。而这一事物不同于另一事物的那种特殊性则被称做“超自我”（adhyātman），也就是每一事物自身的状态和性质，所以又称为“自性”（svabhāva）。把所以产生这种“自性”的原因称为德（guṇa）（一共有三种德，故称“三德”）。例如，鸡蛋（这个“自我”）只能孵化小鸡，不能孵化牛羊。这种只能孵化小鸡的特殊性被称为“超自我”。它之所以只能孵化小鸡是有它特殊原因的，这种特殊原因被称为“德”。如果把“德”理解为鸡蛋所固有的内因，把“超自我”理解为鸡蛋所固有的特性，那是唯物主义的。《薄伽梵歌》所讲的“德”和“超自我”并不是这样的含义，而是高离于事物本身而独立存在的奇妙力量或因素。“三德”在数论中本来是客观事物所固有的三种不同的属性和决定因素，在这里却被看成了主宰客观事物的外在力量。不是有差别的自然界蕴涵着“三德”，而是“三德”从外部决定着自然界的差别。“三德”这种不可思议的力量被称为“幻力”(Māyā 摩耶)，“幻力”又决定着人们的命运和道德。根据《薄伽梵歌》的说法，萨埵能给人以纯洁、智慧、幸福；罗阇能给人以贪婪、嗔怒、欲望；答摩能给人以愚昧、懒惰、玩忽。总之，三德决定着人们的一切，每个人在三德面前，只能安分守己，听任摆布。

第 18 章第 42—44 颂明确规定了四种姓的职责：婆罗门从事文化和宗教事务；刹帝利从事战争以尽保卫之责；吠舍从事农牧和商业；首陀罗从事服务性的职业。这些职责的不同，不认为是人为的，而认为是由各自的自性所产生的“德”决定的。这种由“德”所决定的，不依人的意志为转移的事物及变化规律称为“达磨”(dharma)，“达磨”是每个人必然遵从而不能违反的：

自己的达磨虽然有些弊病，
也较善施他人之达磨优胜，
履行他人之达磨确有危险，
遵从自己的达磨虽死犹荣。 3.35

从以上所述，不难看出，《薄伽梵歌》的“达磨”论是为当时的种姓制度服务的。

《薄伽梵歌》是以“我”① 立论，实际上它是否认有个体“我”② 这个实体存在的，在理论上犹如大乘佛教的“我空法有”论。一般说来，它勉强承认世界的物质性，但是它不承认有主动作用的个体“我”存在。用它的术语说就是“无我慢”(nirahaṃkāra)，意思是“不要意识到我存在”。它断言，一个人的任何言行都不是他自身的主动作用，他自身也不可能有主动作用，因为每一个体“我”(具体的

① 指宇宙“我”，即宇宙精神。
② 指每个具体的人。

人）只不过是一堆粗大原素（bhūtagrāma）的集合，他的活动是受三德制约的。个体我的“灵魂”（Dehin）只是外来的宿主，即“我”（宇宙精神）的一部分，“灵魂”的本质是平静的、无为的，它对身体不起任何作用，只是平静地安宿于称做“九门城”的躯体里。它不是主动者，只是见证者。如感官（眼、耳、鼻、舌、皮——称为“五知根”），行动器官（手、脚、口、生殖器、排泄器——称为“五作根”）和思维的活动也只是原质的活动。在这里，人除了一堆呆板的、被动的原素和“无为”的灵魂之外，什么都不见了，实际上每个具体的个体“我”在本质上已化成了乌有。

印度古代唯物论和倾向唯物论的哲学，如顺世论、数论等，认为人和物都是由物质构成的，意识只是物质的一种属性。但这种认识忽视了人和物的本质差别，即人所独有的能动地反映和改造世界的能力，这就为唯心论留下了空隙。

《薄伽梵歌》的作者正好乘隙而入，它先承认人和物所共有的物质本质，然后把这一共性（物质性）无限制地加以引申扩大，结果便以共性代替了差别，以呆板划一的公式代替了生动多样的自然界。从而，得出结论：人＝物，人的活动＝物的活动，人的言行、情感、思维跟水的流动、植物的生长没有什么两样。人的任何活动和其他物的活动一样都是受外在力量支配的，都是不由自主的。因此，任何改变现状的企图都是徒劳无益的。这是典型的宿命论思想，它教人们各安其分、甘愿忍受苦难，以求天国的永久幸福。

四

“解脱”是《薄伽梵歌》的中心思想和最终目的，其哲学思想正是用来为宗教的解脱提供论证的，所以才创造了一个脱离物质世界而独立存在的“我”。这就是为其信仰者所设想的最高归宿——理想的天国。

在论证的方法上，还不大像佛教把真实的客观世界说成是虚幻，把虚幻的“真如”、“佛性”当做是唯一的真实。一般说来，《薄伽梵歌》不否认客观世界①的物质性。大乘空宗否认客观世界的真实性，目的在于否认影响和改造世界的必要性；《薄伽梵歌》承认现象世界的物质性，目的在于否认主观上的能动性，进而否定影响和改造世界的可能性。它们的出发点虽有不同，但是它们的终点却是一致的。二者都是教人们对尘世的一切弊端绝对屈从、忍受，以求解脱之后，趋向永远寂静的极乐世界。

对于人说来，生命最重要的特征是意识的存在。《薄伽梵歌》不承认意识的存在就是人的生命。它把意识解释为永远被动的、由"我"派生的原质的表现。这一观点虽然带有朴素的唯物论倾向，但它还没有摆脱精神的属性，意识还没有进入到人的本质。根据《薄伽梵歌》的观点，意识只是不受感觉制约的一种孤立存在，是人和其他有情界所共有的。但是，它还没有被绝对化为与柏拉图的"理念"相类似的东西，它与地、水、火、风等原质及其由这些原质所构成的肉体一样属于可变的范畴。这些可变灭的范畴称为"田"(kṣetra)，与"田"相对的称为"知田"(kṣetrajña)，"知田"就是精神（或称为灵魂"我"）。包括意识在内的"田"毫无积极意义，它只能给"知田"以束缚，只能作为"知田"的累赘而存在。这跟毕达哥拉斯和苏格拉底的"肉体是灵魂的坟墓"的说法是很类似的。这样一来，便很自然引出了解脱的教义。

佛教宣扬说："一切造作如此易逝，一切积聚如此易朽，所以，这些都是不真实的。因此，……应该摆脱开它、逃避开它，从造作的枷锁中解脱出来。……一切积聚都是刹那刹那起，刹那刹那灭；生即含有死；一切都是乍生即灭；应怡然归于寂静境界。"（《素怛》"伟大的王中之王"）

《薄伽梵歌》在对客观世界的看法上与佛教的上述观点相比，虽然有着细微的差别，但在本质上却是相同的。佛教的宣扬者认为人的身体只是五蕴（色、受、想、行、识）的积聚，《薄伽梵歌》主张人

① 严格说来，《薄伽梵歌》是不讲"客观世界"的，因为它不承认有主观，因此，也就无所谓"客观"了。这里为了表述的方便才使用了"客观世界"这一概念。

死是原质的分解。这两种观点都有唯物论倾向，特别是后一种。但是，这两种观点只是对客观事物的浮浅猜测，当它一触到生命的本质，便马上倒向唯心论，引导人们陷于悲观厌世的泥坑。《薄伽梵歌》和佛教一样把人生这种“积聚”说成是变化无常的，刹那生灭的，因此是痛苦的。《薄伽梵歌》断言这种“变化无常”是受称为“达磨”律支配的，是不可改变的。人只能“逃避开它”，归入永恒不变的“寂静境界”。

早期佛教不讲灵魂，不讲人身有一个独立存在的“自我”实体。这样，它的解脱论就失去了主体，不知谁“逃避开它”（“积聚”），不知谁“从造作的枷锁中解脱出来”。因此，这种解脱论便陷入了不可解脱的矛盾中。到了部派哲学（如犊子部）引进了叫做补特伽罗（pudgala）的主体，这种主体小于芥子，有的学者认为这实际上就是不可言表的灵魂。《薄伽梵歌》主张人体有一个独立的灵魂，即有一个不参与肉体变化的“自我”，从而，避免了早期佛教所遇到的困境，使尘世与天国方便地联系（瑜伽）起来。

根据《薄伽梵歌》的观点，世界本无所谓苦，也无所谓乐。所谓苦乐，只不过是感官接触感觉对象所产生的错觉（moha）。这种错觉往往是成双出现的，所以叫做“成双的错觉”，简称“双昧”（dvand-vamoha）。诸如苦乐、祸福、成败、荣辱、冷热等都是“双昧”的表现。按照《薄伽梵歌》的观点，感官不是感知的主体，只是干扰主体平静的根源。它们像金石草木一样是无所谓苦乐的，因为它们和金石草木一样都是一堆原质的集合，它们的错觉是它们不停地运动的结果。

真正感知的主体是灵魂（即“我”），灵魂的苦乐不是感官所能感知的，而是指灵魂所处的无常和有常状态。灵魂的本态是永久平静的，无生无灭，无变易的，因而是有常的。所谓“苦”就是灵魂有常状态的丧失，所谓“乐”就是有常状态的恢复。由于“有为”干扰了灵魂的平静，由于肉体的束缚，使灵魂沉沦于无常的生死轮回之中，那就是“苦”。如果，使灵魂摆脱了干扰，跳出了轮回，恢复了它永久的平静状态，那就是“乐”，那就意味着与宇宙精神（“我”）合一，进入了永久幸福的天国。这种把永恒的平静（śānti）当做最高理想，是印度各教派共同的特征。

根据《薄伽梵歌》的主张，众生都蕴涵着超脱苦海的可能性，因为众生个体都宿有一个同一的“我”。这比吠檀多派所着重强调的只有“再生”者和神才能获得解脱的教义前进了一步。《薄伽梵歌》接受了婆罗门教和佛教的轮回观念，经过加工雕琢产生了它自己的众生转世的教义。根据这种教义，众生肉体之死只是构成肉体的原质的“分解”，然后，在某个时候，又暂时重新结合成为复合体。这个新的复合体的性质及其直至分解的短暂经历，都是由它的原质的“自性”（Svabhāva）决定的，每一个个体（“自我”）由于带有他的“自性”这种“因子”而轮回不息。在这种轮回说中，似乎没有佛教的报应律。它不承认众生的一切经历和遭遇都是往世“意识造作”的结果。它根本不承认“意识”的能动作用。它主张，众生的一切都是由其“自性”决定的，是不受“意识”制约的。这种由各种“自性”所决定的各不相同的形态、性质、出身、品德、行为、经历以及轮回等被称为“达磨”（dharma）。“达磨”好像一条无形的绳索紧箍着众生的灵魂，这种“紧固”作用又称为“业的束缚”（Karmabandha）。所谓“业”（指言论、行动和思维）并不是佛教所讲的“意识创作”，而是指无意识的活动。《薄伽梵歌》正是在这种教义的基础上，铺设了它的解脱道路。它指出，众生的目的在于跳出“达磨”，断灭生死，解脱“业的束缚”，达到“平静”或曰“无为”境界，而“无为”（即“平静”）境界只有通过“有为”来实现，跳出“达磨”只有通过遵从“达磨”去达到。它不赞成佛教所宣扬的“出家”、“无为”论，也没有提到婆罗门教的“遁世”（samnyāsa）[①] 思想，因为这些思想，特别是佛教的“出家”、“无为”论，把大批劳动力引到寺院和森林，这无疑是对当时经济基础起破坏作用的。与之相反，《薄伽梵歌》主张

---

① “samnyāsa”这个字在婆罗门教的经典中是“遁世”的意思。《薄伽梵歌》虽然也采用了这个字，但字义与“遁世”迥然有别。后者是“舍弃”的意思。前者是指婆罗门教传统规定的人生四期中的最后一期，在此期，婆罗门教徒移居森林，断绝一切世俗联系。

“有为”，但不允许“创造”（sarvārambhaparityūgi，尽废诸始），只能固守传统（按种姓划分）的职业。它用无形的精神枷锁把人们束缚于各自的传统职业上，不能逃离，也不能出越，只能奋力为之。这种教义是有益于当时的经济和统治阶级利益的，较之佛教和婆罗门教的教义是有明显的进步意义的。

究竟如何才能通过“有为”实现“无为”之功，达到“平静”境界呢？《薄伽梵歌》授给人们的诀窍就是“舍弃”（tyāga）。根据它的理论，众生的灵魂之所以受到业的束缚，不是“有为”的原因，而是对“有为”“迷恋”[①] 的结果。众生如果在“有为”中不计较结果的好坏，丢掉追求结果的动机，把结果的好坏看成是一样的，那么，他就体会到解脱的甜味了，就可以感触到“梵界”（即涅槃）的幸福了。如果“舍弃”得彻底，即不论在任何情况下，对任何事物都没有贪欲、嗔怒、情感，那么，他就算达到了“梵界”。死后，其灵魂（“自我”）即可解脱业的束缚，跳出达磨，与宇宙精神（“我”）合一，即达到了“无为”（“平静”）的境界。在这种境界，灵魂断灭了生死，超脱了轮回，永远享受着不可言表的幸福。

五

《薄伽梵歌》是宗教教义，在意识形态领域必然为宗教思想所统治的历史条件下，在教义里出现务实的“有为”精神，不管它披上什么样的神学外衣，都要比那些“遁世”、“出家”、“无为”的陈腐说教高明得多。因为，几千年的人类历史的基本经验告诉我们，人是要吃饭的。人们离开了社会实践，就无从谈起思想、观念等，更不用说那些五花八门的宗教理论了。

在信仰方面，《薄伽梵歌》也有类似佛教的“众生平等”思想，主张不论出身贵贱、种姓高低，只要追求“我”（宇宙精神）的庇护，都能达到至高无上的目的。这种“平等”观与梵书时代婆罗门至上主

① 迷恋（Sanga）：旧译为“执著”，意思是指对“有为”结果的迷恋。

义相比较，向前进了一步，它或多或少反映了当时印度的时代精神。在梵书时期，印度还处于奴隶社会。那一时期，决不允许有“平等”的字眼，能允许的是奴隶主阶级的穷奢极欲、滥用权力和对奴隶的赤裸裸的压榨、剥夺和残害。《爱达罗氏梵书》中就有首陀罗是“别人的奴仆，可以随意驱逐，随意残杀”的记载。在《薄伽梵歌》中虽然有首陀罗从事服务性工作的规定，但是，没有发现“随意残杀”的征记。从本质上看，《薄伽梵歌》的“平等”观只能说是给不平等的尘世增加了一点虚幻而又令人感到甜蜜的补偿，使那些挣扎在苦难深渊、尚未看到前途的人们获得了一点精神寄托。

《薄伽梵歌》也主张祭祀，但与前婆罗门教的祭祀有很大不同。文中甚至用辛辣的语言咒骂只讲祭祀的吠陀信徒。它否认祭祀的绝对效用，它主张只有把祭祀理解为一切有为都是对“我”（宇宙精神）的奉献才是有意义的。

诗中也讲到苦行（tapas），其含义也与以前有本质的区别。它骂肉体苦行是自我折磨和愚蠢的行动。它所谓的苦行实际是道德规范，遵守这些规范就是最完美的苦行。

从伦理的角度观察，《薄伽梵歌》所讲的“祭祀”和“苦行”比《吠陀》和婆罗门教所讲的“祭祀”和“苦行”有着明显的进步意义。前者是封建社会形态的反映，后者则是奴隶社会形态的反映。

最后，我想这样说，《薄伽梵歌》犹如一个人，根据它的理论，它是由物质的躯体和非物质的灵魂组成的，它的最终结局和它所宣扬的“解脱”论一样，物质的躯体留在尘世，灵魂则要归入永恒的“寂静境界”。

张保胜

1988年7月

薄伽梵歌

第一章

阿周那忧伤瑜伽

持国[1]问道：

我方将士和般度[2]诸子

咸集于圣地[3]俱卢之野[4]，

奋奋欲战的敌我双方

都干了些什么？桑遮耶[5]！ 1.1

〔1〕持国（Dhṛtarāṣṭra）：俱卢族的盲君。

〔2〕般度（Paṇḍu）：持国的兄弟，做了国王之后不久就死去了，持国继承了王位。持国有百子，般度仅有五子。后因王位的继承权发生纠纷，导致一场大战。这就是史诗《摩诃婆罗多》所描写的持国百子为一方，般度五子为另一方的战争。

〔3〕圣地（Dharmakṣetra）：直译为“达磨之地”。

〔4〕俱卢之野（Kurukṣetra）：古地名，古代俱卢族所在地，位于现在的德里附近，曾是古代的著名战场。《摩诃婆罗多》所描写的两族大战就是在这里发生的。

〔5〕桑遮耶（Saṃjaya）：持国的御者。他受到广博仙人的帮助，能够亲眼目睹战场上的一切。他坐在盲君持国的身边把战争的实况一一向他禀报。

桑遮耶说：
般度诸子的军队
已经摆好了阵势，
难敌[1]见到这种情景，
便上前告诉他的老师， 1.2

〔1〕难敌（Duryodhana）：持国的长子，音译是“朵踰檀那”。

“阿阇黎耶[1]！您看，
般度诸子的庞大队伍！
此为您那聪颖的高足
都鲁波陀[2]之子所部署。 1.3

〔1〕阿阇黎耶（ācārya）：老师。指德罗纳。

〔2〕都鲁波陀（Drupada）：一国王、般度五子的岳父。

军中善射的英雄比比皆是，
阵前都如同阿周那[1]和毗摩[2]，
其中有维罗陀[3]、尤尤坦那[4]、
伟大的勇士都鲁波陀。 1.4

〔1〕阿周那（Arjuna）：般度的第三子。般度的五个儿子和持国的一百个儿子一同跟婆罗门德罗纳学习武艺，其中阿周那的武艺最好，引起了俱卢族堂兄弟难敌的妒忌。难敌网罗了阿周那母亲的私生子迦尔纳与阿周那为敌。在两族大战中，阿周那得到大神克里希纳（黑天）的帮助，战胜并杀死了迦尔纳。《薄伽梵歌》就是克里希纳在大战即将开始的战场上给阿周那讲的一番哲理。

〔2〕毗摩（Bhīma）：意译为“怖军”，般度的次子，般度军大将。

〔3〕维罗陀（Virāṭa）：般度军大将。

〔4〕尤尤坦那（Yuyudhāna）：般度军大将。

迦施计都〔1〕、挚岂丹那〔2〕、
勇敢的迦尸之王〔3〕、
布卢芝〔4〕和恭底波遮〔5〕
以及尸卑〔6〕这位良将， 1.5

〔1〕迦施计都（Dhṛṣṭaketu）：般度军大将。

〔2〕挚岂丹那（Cekitāna）：般度军大将。

〔3〕迦尸之王（Kāśirāja）：迦尸族的国王，般度军大将。

〔4〕布卢芝（Purujit）：恭底波遮的兄弟，般度军大将。

〔5〕恭底波遮（Kuntibhoja）：般度军大将。

〔6〕尸卑（Śaibya）：尸卑族国王、般度军大将。

勇敢的尤坦曼牛〔1〕、
英勇的乌多没赭〔2〕、
缫婆陀罗〔3〕和陀劳波提诸子〔4〕，
他们个个都是勇武者。 1.6

〔1〕尤坦曼牛（Yudhāmanyu）：般度军大将。

〔2〕乌多没赭（Uttamaujas）：般度军大将。

〔3〕缫婆陀罗（Saubhadra）：阿周那与其妻苏婆陀拉（Subhadrā）之子，般度军将领。

〔4〕陀劳波提诸子（Draupadeyāḥ）：阿周那五兄弟与其妻陀劳波提所生的五子，从母名，故称“陀劳波提耶”。

要知道在我们这边，

也有许多杰出的军事将领。
为让您了解，婆罗门的豪杰[1]哟！
我这就把他们讲给您听： 1.7

〔1〕婆罗门的豪杰（Dvijottama）：直译为“杰出的再生者”。这是难敌对教他们习武的大师德罗纳的称呼。所谓“再生者”（dvija）是指前三种姓。印度自古就有“授圣线”（Investiture With Sacrificial Cord）习俗，凡属婆罗门、刹帝利、吠舍等前三种姓的印度教信奉者一入青春期便举行宗教仪式并授与圣线，左肩右斜套在身上。凡被授与圣线的人就被称做“再生者”。这种“授圣线”的风俗在印度至今仍在沿用。

有您、迦尔纳[1]、毗湿摩[2]、
战无不胜的羯利波[3]、
缫末陀底[4]、维羯那[5]，
还有就是阿湿婆他摩[6]。 1.8

〔1〕迦尔纳（Karṇa）：阿周那母亲的私生子，一生下来就被抛弃，由一个车夫收养，成为车夫的儿子。他学就一身好武艺，被难敌收为将领，与阿周那一方为敌，并在俱卢军中继毗湿摩为统帅，而后终被阿周那杀死。

〔2〕毗湿摩（Bhīṣma）：俱卢军统帅。辈分最长，为两族兄弟的叔祖。他深知难敌不义，但身为统帅又不得不战，参战十日中箭身亡。

〔3〕羯利波（Kṛpa）：俱卢军大将。

〔4〕缫末陀底（Saumadatti）：缫末打多（Somadatta）之子，帕希羯国的国王。

〔5〕维羯那（Vikarṇa）：俱卢族王子。

〔6〕阿湿婆他摩（Aśvatthāman）：德罗纳之子。

其他许许多多的英雄，
都能为我们捐躯舍生，
他们手执各种兵器，
个个都熟谙战争。 1.9

我军兵多将广，
兼有毗湿摩率领，
而由毗摩率领的敌军，
兵力却非常稀松。 1.10

诸位将士！你们大家
要坚守各自的岗位！
你们在各路（大军中），
都要把毗湿摩保卫！”[1] 1.11

〔1〕这句话是难敌向全军发出的号令。

这位尊长——俱卢族元老[1]
顿时犹如狮吼大声呼喊，
他威武雄壮地吹响了螺号，
这使朵踰檀那王[2]好生喜欢。 1.12

〔1〕俱卢族元老（Kuruvṛiddha）：毗湿摩的称号。

〔2〕朵踰檀那王：即难敌。

顷刻间，螺、角齐鸣，
大鼓小鼓响作一片，
铜鼓轰鸣如雷贯耳，
诸多声响热闹非凡。 1.13

此时，摩闼婆〔1〕和般达婆〔2〕
乘坐着一辆巨大的战车，
战车由几匹白色骏马挽曳，
他们也吹响了天赐贝螺。〔3〕 1.14

〔1〕摩闼婆（Mādhava）：克里希纳的称号，意为“财富神女之夫”。诗中称他为宇宙灵魂“我”（Ātman，“阿特曼”）的化身，为了帮助战胜难敌而充当阿周那的车夫。《薄伽梵歌》就是借他之口阐发的哲理。

〔2〕般达婆（Pāṇḍava）：阿周那的称号，意为“般度之子”。

〔3〕此颂以下为描写般度大军的盛况。

赫里史给舍〔1〕吹的旁伽涅〔2〕，
檀南遮耶〔3〕吹的是提婆达多〔4〕，
行为可怖的乌里乔陀罗〔5〕
也吹响了大螺号旁陀罗〔6〕。 1.15

〔1〕赫里史给舍（Hṛṣikeśa）：克里希纳的称号，意为“能主宰其识根者”。

〔2〕旁伽涅（Pāñcajanya）：克里希纳的螺号名，意为“魔骨”。神话传说，有一海魔名为“旁伽那”（Panca-jana），以螺壳为骨，克里希纳杀死海魔，取其骨为号，故名。

〔3〕檀南遮耶（Dhanaṃjaya）：阿周那的称号，意为“胜财”。

〔4〕提婆达多（Devadatta）：阿周那的螺号名，意为“天授”。

〔5〕乌里乔陀罗（Vṛkodara）：毗摩的称号，意为“狼腹”。

〔6〕旁陀罗（Pauṇḍra）：毗摩的螺号名。

恭底之子坚战[1]
吹的是胜无涯[2]，
无种[3]吹的是妙声[4]，
偕天[5]吹的是宝石花[6]。 1.16

〔1〕坚战（Yudhiṣṭhira）：般度的长子，音译“尤迪湿提罗”。

〔2〕胜无涯（Anantavijaya）：螺号名。

〔3〕无种（Nakula）：般度之子，与偕天是双生兄弟。

〔4〕妙声（Sughoṣa）：螺号名。

〔5〕偕天（Sahadeva）：般度之子。

〔6〕宝石花（Maṇipuṣpaka）：螺号名。

优秀的射手迦尸王，
伟大的英雄施康底[1]，
猕施特丢幕那[2]、维拉陀[3]，
还有不可战胜的萨铁基[4]， 1.17

〔1〕施康底（Śikhaṇḍin）：意译“孔雀尾”，般度军大将。他是都鲁波陀的儿子，不生胡须。敌军统帅毗湿摩不承认他是男子，不与他较量。阿周那利用了这个机会，隐藏在施康底身后放箭射死了毗湿摩。

〔2〕猕施特丢幕那（Dhṛṣṭadyumna）：意为“悍勇”，都鲁波陀之子，般度军将领。德罗纳在战争中杀死了他的父亲，他发誓为父报仇。于是，在开战的第十六天的早晨，砍了德罗纳的头。

〔3〕维拉陀（Virāṭa）：般度军将领，鱼族（Matsya）的国王。般度五子被放逐时，曾受到他的保护。

〔4〕萨铁基（Sātyaki）：雅达婆（Yādava）族的勇士。在大战中，他作为克里希纳的车夫加入了般度阵营。

力大无穷的缫婆陀罗，
陀劳波提诸子、都鲁波陀，
这些英雄们，大地之主啊！
全都吹起了各自的贝螺。[1] 1.18

〔1〕1.17—18 为一颂。

这声音震撼大地，
这声音响彻天界，
这杂乱剧烈的声响，
使持国诸子肝胆欲裂。 1.19

摆好阵势的持国诸子
正准备挥戈进攻，
以猿为旗徽的般达婆
见此情便挽起他的弓。 1.20

大地的君主啊[1]！般达婆
向赫里史给舍说了如下语言。[2]
阿周那说[3]："阿逸多[4]哟！
把我的战车赶到两军中间。 1.21

〔1〕“大地的君主啊”是桑遮耶对持国的称呼，接下去是桑遮耶的叙述。“他说”之后的引语至1.23是阿周那（般达婆）对克里希纳（赫里史给舍）说的话。

〔2〕从1.2至1.21前半颂是桑遮耶对盲君持国说的。

〔3〕“阿周那说”是插入语，原文是没有的，在我所见到的英译本中多数添加了“阿周那说”这句话，这样意思比较清楚。

〔4〕阿逸多（Acyuta）是阿周那对克里希纳的称呼，意为“不败者”。

让我看看站在近前
准备打仗的那些好汉，
看一看战争一开始
我将和谁上阵交战。　1.22

看看集聚在这里
准备打仗的将士，
他们想在战争中讨好
心肠狠毒的持国之子。”　1.23

桑遮耶说：
婆罗多哟[1]！赫里史给舍
听了古塔给舍[2]的上述之言，
便把那乘非常豪华的战车
赶到了两支大军中间。　1.24

〔1〕“婆罗多哟”这句话是桑遮耶对持国的称呼。

〔2〕古塔给舍（Guḍākeśa）：阿周那的称号，意为“浓发”。

面对毗湿摩、德罗纳[1]，
面对许多王国的国君，
克里希纳说："帕尔特[2]！
你看集结的俱卢人群！" 1.25

〔1〕德罗纳（Droṇa）：继毗湿摩之后的俱卢军统帅。

〔2〕帕尔特（Partha）：克里希纳对阿周那的称呼，意为"帕尔他（Parthā）之子"。"帕尔他"是阿周那之母恭底（Kauṇḍi）的又名。

帕尔特向那边一看，
尽是亲朋映入他[1]的眼帘，
父辈、祖辈、老师、舅父、兄弟、
子孙和朋友都站在对面。 1.26

〔1〕此处的"他"指阿周那。

恭底之子还看到
许多朋友和他的岳父[1]，
在两支大军之间
尽是列阵以待的亲属。 1.27

〔1〕岳父（śvaśurān）为复数。

他满怀着怜悯之情，
心情沉重地作了如下陈述。
阿周那说："我所看到的，克里希纳！
正是在那里列阵欲战的亲属。 1.28

我口干舌燥，
四肢发软，
浑身发抖，
毛骨悚然。　1.29

乾提婆[1]从我手中滑落，
我两腿无力难以站立，
浑身发热犹如火燎，
心烦意乱没了主意。　1.30

〔1〕乾提婆（Gāṇḍiva）：弓名。

凯舍婆[1]！我所看到的
只是各种不祥的征兆，
上战场屠杀自己的亲族，
什么好处我都看不到。　1.31

〔1〕凯舍婆（Keśava）：阿周那对克里希纳的称呼，意为“美发者”。

我不希望胜利，克里希纳！
也不愿获得王位和幸福，
王位、享乐和生命，歌温陀[1]！
对于我们又有什么用处？　1.32

〔1〕歌温陀（Govinda）：阿周那对克里希纳的称呼，意为“牧童”。

我们所欲求的王位、享乐和幸福，
是为了这些列阵以待的人们，
而他们却要在战争中丧失财产，
还要在血战里捐躯献身。 1.33

众师长和岳父[1]
诸位祖父和父亲[2]，
内兄、内弟和舅父，
以及亲属和子孙。 1.34

〔1〕岳父（Śvaśurāḥ）：原文是复数。

〔2〕父亲（Pitaraḥ）：原文是复数。

即使为了三界的王权，
即使他们诛戮杀伐，
我也不愿意杀死他们，
更何况仅为大地，摩涂苏陀那[1]！ 1.35

〔1〕摩涂苏陀那（Madhusūdana）：阿周那对克里希纳的称呼。意为“诛摩涂者”。

杀了持国诸子、瞻纳陀那[1]！
我们还有什么幸福可言？
杀死了那些罪人之后，
罪过也就归属于咱。 1.36

〔1〕瞻纳陀那（Janārdana）：阿周那对克里希纳的称呼。

持国诸子，摩闼婆！
也是自己的亲属，
我们不应伤害他们，
杀了宗亲还谈什么幸福？ 1.37

即使他们没有看到
杀灭亲族背叛朋友的罪过，
这是因为贪欲
把他们的心窍迷惑。 1.38

如今我们看到了
毁灭宗亲的罪恶，
瞻纳陀那哟！为什么
还不知从罪恶中挣脱？ 1.39

宗族一旦毁灭，
传统的宗法[1]必废，
宗法一废，
邪恶就会将全族支配。 1.40

〔1〕宗法（kuladharma）：宗族的风俗习惯和道德规范等。

克里希纳！由于邪恶泛滥，
家族的女子便会失贞，
女子一不贞，瓦湿内耶[1]！
种姓的混乱便会产生。 1.41

〔1〕瓦湿内耶（Vārṣṇeya）：阿周那对克里希纳的称呼，意为“屋湿尼族（Vṛṣṇi）的后裔”。

混乱会让毁族者
和宗亲遭受地狱之罪，
因为无人举祭供奉饭水，
祖先也会跟着他们倒霉。 1.42

导致种姓混乱的种种罪过，
是由毁灭宗族者造成，
它使传统的种姓之规[1]丧失，
它使传统的宗族之法[2]溃崩。 1.43

〔1〕种姓之规（jātidharma）：有关种姓的传统规定。

〔2〕宗族之法（kuladharma）：家族的有关规定。

我们曾经听说，
毁灭宗法的人们，
住进地狱，瞻纳陀那！
这确凿而无疑问。 1.44

哎！我们竟然横下心来
去招致不容宽恕的罪过，
诛戮自己的宗亲家人
却是为了王权和享乐！ 1.45

即便是持国的儿子们
用利刃杀我于战场，
我也决不挥戈抗争，
如此倒觉得坦然舒畅。” 1.46

桑遮耶说：
阿周那在阵前说了这番话，
说完他心里万分悲伤，
他扔掉手中的弓箭，
一屁股倒坐在车座上。 1.47

上述为光辉的《薄伽梵歌》——尊贵的克里希纳与阿周那的对话，亦即奥义书〔1〕、梵学〔2〕、瑜伽论〔3〕中的第一章，名曰“阿周那忧伤瑜伽”。

〔1〕奥义书（Upaniṣad）：吠陀文学的最末一部分，有“吠檀多”即“吠陀之末”的名称。后来的一些阐发奥义书思想的哲学著作也采用了这个名称。各类奥义书流传至今不下 200 种，其中真正属于吠陀文学的只有 13 种。奥义书的梵文词意是“坐在某人身旁”，表示聆听秘密的知识。这类著作的主要内容是“梵我等同”论。成书的年代不详，现代作者一般倾向早于公元前 6 世纪。

〔2〕梵学（Brahmavidyā）：关于最高存在的学说。［参见 3.15 注〔1〕］

〔3〕瑜伽论（Yogaśāstra）：阐扬《瑜伽经》的各类著作的总称。［参见 2.39 注〔4〕］

第二章

数论和瑜伽

桑遮耶说：
阿周那满怀怜悯之情，
心里十分悲伤，眼里泪水汪汪，
摩涂苏陀那见到这种情景
便打开话题为他排解愁肠。 2.1

薄伽梵[1]说：
“阿周那！在这紧要关头，
你怎么会产生这种不良思想！
这不是高贵者所应有，
更不能升天反会招致毁谤。 2.2

〔1〕薄伽梵（Bhagavān）：意为可尊敬的大神，这是对克里希纳的尊称。

不要屈服于软弱，帕尔特！
它对你的身份很不适合，
抛掉你心中的怯懦，
快站起来，敌人的惩罚者[1]！” 2.3

〔1〕敌人的惩罚者（Paramtapa）：克里希纳对阿周那的称呼。

阿周那说：
"毁敌[1]哟！毗湿摩值得尊敬，
摩涂苏陀那！德罗纳值得敬重，
在战场上，我怎么能用羽箭
向这两位值得敬佩的人进攻？　2.4

〔1〕毁敌（Arisūdana）：阿周那对克里希纳的称呼。

在这个世界上，我宁愿行乞，
也决不诛戮那些伟大的尊长，
杀死了贪财好利的长者，
我就会将那染血的果实品尝。　2.5

是我们战胜他们，还是他们战胜我们，
二者哪一种更好我们却搞不清，
持国的儿子们就站在前面，
杀死了他们，我们也痛不欲生。　2.6

我的天性为怜悯的弊病所伤，
什么是我的本分我心里实在糊涂，
请您明确告诉我哪一种更好？
我归依您，请开恩！我是您的门徒。　2.7

我即使获得统治众神的权力，

在大地上得到无比富饶的王国，
我看也不能消除我的悲伤，
这只能使我忧心如焚泪眼干涸。” 2.8

桑遮耶说：
对赫里史给舍这样说了以后，
古塔给舍这位敌人的惩罚者，
便对歌温陀说：“我不打仗了！”
说完他就陷入了沉默。 2.9

在两军之间，婆罗多哟！
阿周那正在忧愁伤感，
赫里史给舍面带笑容，
打开话题向他进言。 2.10

薄伽梵说：
“你嘴里说着聪明话，
却为不应忧伤者忧伤，
贤人哲士不忧死者，
更不为尚存者悲怆。 2.11

我未曾不存，
你与诸王也是同样，
以后，我们大家
也并非不存而亡。[1] 2.12

〔1〕这一颂讲的是灵魂不灭。前两句是说在以前诸世灵魂就存在着，后两句是说人死后灵魂还要存在下去。

正如灵魂[1]所寄宿的形体，
经历童年、青年和老年；
同样，灵魂也有形体的变更，
对这一点，智者决不受惑乱。　2.13

〔1〕灵魂：原文 dehin，意为“有身”，据称灵魂寄宿于肉体，所以称灵魂为“有身”。这种思想在《伽塔奥义书》(Kaṭhopaniṣad)中就已经出现，说灵魂“无形体，却又在形体之中”(《伽塔奥义书》Ⅱ.22)。在《薄伽梵歌》中，表示灵魂的梵文词除用 dehin 外还用 śarīrin,意思也是“有身”。

恭底耶！与物境[1]接触，
能给人以苦乐寒暑，
这些感觉来去无常[2]，
婆罗多！你可要忍住。　2.14

〔1〕物境（mātrā）：感觉对象。
〔2〕无常（anitya）：不断变化的，乍生乍灭的。

人中的俊杰哟！
智者将苦乐视为等同，
接触物境不会烦恼，
此人一定享有永生[1]。　2.15

〔1〕永生并不是说长生不老，而是说个体灵魂脱离肉体之后与宇庙灵魂合一，达到常存不灭的境地。

无中不能生有，
有中也不能生无，
二者的最后终极[1]，
唯知诸谛者[2]才能目睹。 2.16

〔1〕终极（anta）：有和无的终极原因。

〔2〕知诸谛者（tattvadarśin）："诸谛"是指数论哲学的二十五谛，在这里泛指数论派的哲学理论。"知诸谛者"是指通晓数论哲理的人。

你要知道：
不灭者，它遍及一切，
那不可毁灭者，
谁也不能把它毁灭。 2.17

宿于人体的灵魂
永恒不灭不可言说，
而人体却能毁灭，
因此，战斗吧，婆罗多！ 2.18

有人认为它[1]是杀戮者，
有人认为它会受诛戮，
这两种人都不懂得
它既不是杀者，也不会受诛。 2.19

〔1〕它：指灵魂，如前所说的"有身"。

任何时候它都不生不灭，
不曾出生，将来也不会凋殒，
身体纵然毁灭它也不受伤害，
它太始无生而又永恒常存。 2.20

一个人如果懂得它不生不灭，
没有变异并且永恒常存，
那么他怎能使人杀伐？
帕尔特！他又怎能诛戮别人？ 2.21

正如有人脱掉旧服，
换上一件新衣，
同样，灵魂解脱了旧身
另入一个新体。 2.22

火不能把它烧，
刀不能将它斩，
水不能让它湿，
风不能使它干。 2.23

它的确不能斩、不能烧，
它的确不能湿、不能干，
它遍于一切、稳固不动，
它亘古长存、永恒不变。 2.24

据说它不可思议，
绝无变异，隐而不显，
因此，你这样理解了它，
就不应为它忧愁伤感。 2.25

即使你认为
它常死常生，
大力士哟！你也不该
为此事忧心忡忡。 2.26

因为死者必有生，
生者必有亡，
所以，对不可避免的事，
就不该如此忧伤。 2.27

万物最初隐而不明，
中间阶段它才出现，
最后它又复归隐没，
对此有何值得伤感？[1] 2.28

〔1〕本颂省略了克里希纳对阿周那的称呼“婆罗多”。

有人将它视为奇异者，
有人将它说成奇异者，
有人将它听做奇异者，
然而却无人将它懂得。 2.29

灵魂宿于众生的体中，
它永远不会受到杀伤，
所以，对于芸芸众生
就不必那样忧愁悲怆。[1]　2.30

〔1〕此颂省略了克里希纳对阿周那的称呼“婆罗多”。

你如果意识到了自己的达磨[1]，
就不应该顾虑重重犹豫不定，
因为除了合乎达磨的[2]战事，
刹帝利再也没有更好的事情。　2.31

〔1〕达磨（dharma）：其意义繁复，很难翻译，一般是指规律、法规、传统、习俗、种姓、职业和职责等。这里的意思应是“职责”。在佛经中有时将 dharma 译作“法”，有时指的是自然万物，如“万法皆空”。

〔2〕合乎达磨的（dharmya）：天经地义的。

那些刹帝利，帕尔特！
他们却是那样的幸运，
偶然遇到的这场战争
便是敞开的通天之门。　2.32

倘若你不参与这次大战，
不打这场合乎达磨的战争，
那就会播下罪恶的种子，
就会丧失责任和盛名。　2.33

你的恶名就将永远
在人世间到处流传，
对于高尚的人说来，
恶名比死亡更加讨厌。 2.34

勇士们将会这样认为：
你临阵脱逃是因胆怯。
你这位素受尊敬的人，
将会受到他们的轻蔑。 2.35

敌人也将对你进行毁谤，
流言飞语一定不会很少，
你的能力也会受到怀疑，
还有什么比这更为苦恼！ 2.36

要么你被杀升入天堂，
要么你获胜享有大地，
请站起来，恭底耶！
下决心去接受战争洗礼！ 2.37

你要等同看待胜败，
等同看待得失苦乐，
快准备打仗吧！不然，
你就会招致罪过。 2.38

以上所述，帕尔特！
是数论[1]的哲学观[2]，
现在我来讲解瑜伽[3]论，
用它可将业[4]的束缚斩断。　2.39

〔1〕数论（Sāṃkhya）：音译“僧佉”，中国古代又称“迦毗罗论”，“雨众外道”等，印度古代哲学的一派。传说数论哲学的创始人是迦毗罗（Kapila，约公元前350—250年）。数论称世界有两大本原，一个是最高精神（旧译“神我”，音译“布鲁舍”，梵文是Puruṣa）；一个是原初物质，简称“原质”（旧译“自性”，梵文是prakṛti）。原质是由三种相互矛盾又相互制约的成分三德（萨埵、罗阇、答磨）组成的。世界万物都是由原质在三德的参与下形成的。这一派哲学还把万事万物归纳成二十五谛作为对整个宇宙的分析。初期数论是一派朴素的唯物主义哲学，它承认世界的物质性，承认世界不依赖于神和精神而独立存在，认为原初物质是世界之本（终极原因），并且一直处于衍生和变异的过程中，否认有脱离肉体而存在的灵魂。但是，后来唯心主义成分逐渐增加，并且汇入了吠檀多派唯心主义哲学思想，丧失了它原来的朴素唯物主义特色。数论派的主要经典有《数论颂》（Sāṃkhyakārikā）（这部经典的汉译异本是陈真谛的《金七十论》）和《数论经》（Sāṃkhyasūtra）等。

〔2〕观（buddhi）：这个梵文词的旧译是“菩提”，含义是知觉、感觉、意识、智力、理解力、判断力、理智、才智、智慧、观念、观点、思想等。在这一颂里出现了两次，作观点和思想讲较为妥帖。

〔3〕瑜伽（yoga）：其意义繁复，这里指印度古代的瑜伽哲学。这一派的哲学据称是公元前2世纪钵颠阇利（Patañjali）创立的。这一派的哲学思想与数论基本相同，但它强调修习实践，主张用禁戒（yama）、遵行（niyama）、正坐（āsana）、调息（prānayāma）、制感（pratyāhāra）、执持（dhāraṇa）、静虑（dhyāna）、三昧（samādhi）

等八支以达解脱的目的，神秘主义因素较多。主要经典有《瑜伽经》(yogasūtra) 等。

另外，瑜伽又指一种修习的方法，见 2.53 注。

〔4〕业（karman）：音译“羯磨”，指身、口、意的活动，亦称“三业”。印度教和佛教称这些活动能带来相应的结果、就是业的报应，印度教认为这些活动也能束缚人的灵魂，使其不能解脱，这种“束缚”被称为业的束缚。

在此处[1]努力不会白费，
也不会有什么障碍，
只要有少许达磨[2]，
便可免除巨大惊骇。 2.40

〔1〕指瑜伽。

〔2〕达磨：见 2.31 颂注。“只要有少许达磨”，可理解为“只要懂得少许达磨”。

本质为决断的智慧，
俱卢难陀那[1]！只有一种，
无决断能力的智慧
种类繁多、无尽无穷。 2.41

〔1〕俱卢难陀那（Kurunandana）：意思是俱卢族的后裔。这里是克里希纳对阿周那的称呼。

那些蠢才，帕尔特！
说的是巧语花言，
声称：‘其他皆无’，

只虔信吠陀[1]经典。　2.42

〔1〕吠陀（Veda）：印度最古老的经典——吠陀文集的总称。包括吠陀本集、梵书、森林书和奥义书。狭义的吠陀指四部吠陀本集：《梨俱吠陀本集》(Ṛgvedasaṃhitā)、《娑摩吠陀本集》(Sāmavedasaṃhitā)、《夜柔吠陀本集》（Yajurvedasaṃhitā）、《阿闼婆吠陀本集》(Atharvavedasaṃhitā)，婆罗门教认为它是天启的神圣经典，具有至高无上的权威。

为了达到享受和荣华的目的，
那些蠢才利欲熏心想升入天宫，
唠唠叨叨讲着烦琐的特殊仪式，
这只会导致生和业的报应。　2.43

其心为美辞所惑，
耽于享乐和富贵，
本质为决断之心
却不能安住三昧[1]。　2.44

〔1〕三昧（samādhi）：音译"三摩提"、"三摩地"，意译"禅定"，"定"或"冥想"。这是瑜伽派八支的正支。《瑜伽释论》说："瑜伽者，即三昧。"可见三昧在瑜伽派思想体系中的重要地位。所谓"三昧"是指瑜伽修习的最高精神状态。印度教称，用这种方法可以亲证自我（即灵魂）的存在及其清静无垢的状态，并进而达到解脱的目的。

吠陀是三德[1]的内容，阿周那！
你应该从三德中得到解脱，

你要坚持永恒真理、脱离双昧[2]，
丢掉财产幸福只专注于自我[3]。 2.45

〔1〕三德（traiguṇya＝triguṇa）：指萨埵（sattva）、罗阇（rajas）、答磨（tamas）。《薄伽梵歌》承袭了数论和瑜伽派的观点，认为三德是事物的三种最基本的属性、组成成分和世界多样性及其运动变化的决定因素，又是束缚灵魂（“我”）的桎梏。故说：要专注于自我（灵魂），以便从三德中解脱出来。

〔2〕双昧（dvandva 或 dvandvamoha）：如冷热、苦乐、成败、荣辱、祸福等被认为是成双出现的错觉，故名。

〔3〕专注于自我（ātmavat）：数论和瑜伽派认为自我（灵魂）是人之所以为人的真本，它本是永恒不变、永世长存的，但因误入了原初物质运化转变的迷网，而失去了它的真实性，误以各种变化不已的现象为其本体。因此，解脱的第一步就是让真正具有感知能力的灵魂亲证其自身的存在，这就是专注于自我的“妙用”，进而实现解脱的目的。

在洪水遍地的时候，
一口井的用处能有几何；
对于有学识的婆罗门，
全部吠陀的用处就有几多。 2.46

你的责任就在于履行职责，
任何时候都无权它的结果，
切莫将业果[1]当成动因，
也莫将那无为[2]执著[3]。 2.47

〔1〕业果（karmaphala）：从事某种事业的结果。

〔2〕无为（akarman）：不做任何事情。

〔3〕执著（saṅga）：这是佛教旧译，有迷恋、追求之义。

如果你舍弃了迷恋[1]又坚信瑜伽，
檀南遮耶！那就履行你的职责吧！
对于成功失败应该等同看待，
等同看待也就是所谓的瑜伽[2]。 2.48

〔1〕迷恋（saṅga）：旧译“执著”。这里是指渴望行动会给自己带来益处的心理状态。

〔2〕瑜伽（yoga）：这里是等同化一的意思。

若把有为与智瑜伽[1]相比，
檀南遮耶！确实差得很远，
你要在智慧中寻求庇护！
而贪求业果的人显得卑微可怜。 2.49

〔1〕智瑜伽（Buddhiyoga）：主张用智慧的眼光把各种矛盾对立的事物都看做等同的一种理论。

在这里，有智慧的人
把善恶全都抛掉，
因此，你要修习瑜伽！
在有为[1]中瑜伽则是诀窍。[2] 2.50

〔1〕有为（karman）：实践，行动。

〔2〕这一颂的大意是说：实践智瑜伽的人把成败、荣辱、苦乐、得失、善恶等一切矛盾对立的事物都看做是等同的，这样，他的思想便可以达到超越善恶伦理的更高境界。在履行他自己的职责时，便不

会计较得失、成败，这就等于解脱了业的束缚。所以说，瑜伽又是身在业中而不受其缚的诀窍。

有智慧的那些智者
将业的结果全部舍弃，
他们解脱了生的束缚[1]，
达到了无灾无难的境地。 2.51

〔1〕生的束缚（janmabandha）：人的降生就是对灵魂（“我”）的束缚。《薄伽梵歌》言称灵魂从纯净无扰的境界下生到现象世界，成为各种形式的生命，由此便给灵魂带来了无穷无尽的痛苦。所以说，现象世界的各种生物体都是灵魂的桎梏，只有解脱了这种生的桎梏，才能达到不生不灭无灾无难的境地。

当你的思想
超脱了迷惑的疑团，
你就将对已闻
和将闻之事处之漠然。 2.52

你那判断事物的能力
被吠陀经义弄得迷乱颠倒，
一旦它坚定地处于三昧，
你就会把那瑜伽[1]得到。” 2.53

〔1〕瑜伽（yoga）：它的含义很多，原初是用轭连起，即服牛驾马的意思。而后引申为接连、连系、结合；归一、化一、同一、统一；和谐；等同；策略；方法；修行方术；魔术；瑜伽哲学；解脱方法等。常见的佛典旧译是“相应”。现在人们所熟知的是以“瑜伽”

命名的修行方术和瑜伽哲学。在这一颂里，瑜伽是指所谓个体灵魂（小我 ātman）和宇宙灵魂（大我 mahātman）的和合化一，实际是心境完全平静的精神状态。相当于三昧状态（samādhi）。在这种状态里，什么苦乐、荣辱、成败等在脑际都已消失。《薄伽梵歌》称之为“化作了等同”。这也是所谓的“解脱”状态。

阿周那说：
“凯舍婆！已经入定的
智慧〔1〕坚定者如何形容？
智慧〔2〕坚定者如何说话？
如何安坐？如何行动？”　2.54

〔1〕〔2〕智慧：梵文是 prajñā 和 dhī，这两个梵文词的共同含义是智慧。前者在佛典中一般被译作“般若智”。以区别于通常所说的智慧。在这一颂里二者只好都译做“智慧”。

薄伽梵说：
“当摒弃了心中的欲望，
以自我满足于自我，
帕尔特哟！这时候，
他才被称为智慧坚定者。　2.55

处苦难不为其所忧，
居安乐不为其所动，
抛却了情欲、畏惧和嗔怒，
才被称为智慧坚定之圣。　2.56

无论逢吉祥还是遇凶险，
既不喜悦也没有怨憎，
对于任何事物均无爱意，
此人的智慧方称坚定。 2.57

当一个人将所有的知根〔1〕
从各处抽离于根境〔2〕，
犹如乌龟将肢体缩回体中，
其智慧才称得上坚定。 2.58

〔1〕知根（indriya）：佛经旧译，即感官（眼、耳、鼻、舌、皮）。

〔2〕根境（indriyārtha）：一般情况下指感觉和行动的对象，这里特指感觉对象：声、色、香、味、触。

对于戒食的人说来，
物境虽去其味尚存，
当体验到无上我〔1〕之后，
原有之味将消失净尽。〔2〕 2.59

〔1〕无上我（para＝paramātman）：所谓的宇宙灵魂。

〔2〕这一颂的意思是：即使是闭目塞听，不去接触外界事物，但过去接触外界事物所遗留的印象还没有消失。这就好像戒食的人虽然不进食水，但过去进餐的食味依然存留着，而只有达到个体灵魂和宇宙灵魂合一的时候，才能使过去一切有关外物的印象消除干净，才能体验到纯我（灵魂）的无限乐趣。

恭底耶！即使是一个智者，
一个奋发努力的人，

那躁动不安的诸根，
也强烈地诱惑他的心。 2.60

专注我的人既然控制了诸根，
就应该继续将瑜伽修行。
一个完全控制了诸根的人，
他的智慧才算是坚定。 2.61

一个人思念诸种物境[1]，
对物境的迷恋便会生出，
由迷恋则能产生欲望，
由欲望又会产生嗔怒， 2.62

〔1〕物境（viṣaya）：感官对象，也可以译作“根境”。

由嗔怒再生出迷惑，
因迷惑而记忆消散，
记忆散而智慧泯灭，
智慧一灭他就完蛋。 2.63

人若携诸根漫游于根境，
自我克制的诸根远离爱憎，
这样一个自我克制的人，
便可获得安逸平静。 2.64

当安逸平静出现之后，

各种痛苦则会全部消融，
这种心境平静的人，
智慧[1]很快就会坚定。 2.65

〔1〕智慧（buddhi）：在这里指等观论。此颂是说：当你心境平静、不受外物干扰的时候，就立刻体会到等观论所讲的道理了。

不修瑜伽则无智慧，
不修瑜伽则无专注，
无专注[1]者则无平静，
无平静者何谈幸福[2]！ 2.66

〔1〕专注（bhāvanā）：使心神集中于一处的精神状态。这是修习瑜伽必不可少的一环。通过专注一处，如脐、鼻端、舌尖、丹田和双眉之间等，使狂奔不止的心意缓缓静止下来。当出现了心意静止的状态，就会感到异常的舒适和愉快。

〔2〕幸福（sukha）：指入静状态下所体验到的那种愉快。

因为诸根如若躁动，
心将随之波动不安，
波动之心会夺走智慧，
犹如风卷水中之船。 2.67

因此，无论于何处，
都应使诸根脱离根境，
诸根脱离根境者，
其智慧才算是坚定。[1] 2.68

〔1〕此颂省略了克里希纳对阿周那的称呼“大力士”。

众生沉睡的夜晚
正是克己者清醒的时间，
众生清醒的时间
则是善察仙人的夜晚。〔1〕　2.69

〔1〕这一颂并不是单纯地讲时间，而是讲伦理。“夜晚”泛指黑暗和丑恶；“清醒的时间”则是泛指光明和美善，就是说，一般鄙俗的人不愿看到的东西，正是克制自我的人所希望看到的；而一切鄙俗者所希望看到的东西，却正是善于观察的仙人们所不喜欢看到的。

犹如千流入大海，
盈溢之海无波动；
诸欲进入无欲者，
所得到的是平静；
诸欲进入贪欲者，
所得却是不安宁。　2.70

如若有为而无所求，
既无我所〔1〕亦无我慢〔2〕，
诸种欲望全被弃绝，
他便会有平静安恬。　2.71

〔1〕无我所（nirmama）：一切都不是我的。这是佛经旧译。《薄伽梵歌》称：真正的自我（灵魂）是超越这个现象世界的，因此，现象世界的任何东西，无论是财产、地位、声誉，还是家庭、子女等，都不是我自己所有的。

〔2〕我慢（ahaṃkāra）：佛经旧译，又译“我执”，出于数论哲学，意为对“我”的执著，即感到自我存在的意识，如我听、我说、我看、我做等。《薄伽梵歌》反对这种观点，认为没有独立自我（灵魂）的存在，每个人的自我（灵魂）都隶属于大我（宇宙灵魂），就其本性而论，每一个自我都是清净无为的，它不参与任何行动，只是暂住于肉体。而人的各种活动都来源于构成肉体的原初物质，它不依人的意志而转移。人的意志也是原初物质运动的一种形式。《薄伽梵歌》之所以主张无我慢（nirahaṃkāra），其目的是让人们放弃欲望而去从事他们应该从事的事业，并在繁忙的活动中去实现无欲即解脱的目的。

这就是梵界〔1〕，帕尔特！
达到了此界则无愚暗，
安住于此界，
寿终能达梵涅槃〔2〕。” 2.72

〔1〕梵界（Brāhmīsthiti）：是所谓至高无上、不可名状、妙趣无穷的永恒境界。《薄伽梵歌》称梵界是“我”（宇宙灵魂）的住所，也是“我”的孕育之器，因而，又是衍生万物的本源。

〔2〕梵涅槃（brahmanirvāṇa）：同涅槃，即灵魂的解脱境界。《薄伽梵歌》称：灵魂本是清净无为、静谧恬然的，由于受到业（原初物质活动）的束缚（沾染）而随入生死轮回之中，在轮回中受尽折磨。当被寄宿的肉体完全排除了欲望而行动终生之后，灵魂就能脱掉肉体而至梵的境界，在那里便能恢复它的常态，享受无穷的妙趣。

上述为光辉的《薄伽梵歌》——尊贵的克里希纳与阿周那的对话，亦即奥义书、梵学、瑜伽论中的第二章，名曰“数论和瑜伽”。

第三章

有为瑜伽

阿周那说：
“瞻纳陀那！如果您认为
智慧比有为更加优越，
凯舍婆！那您为什么
还劝我从事可怕之业？ 3.1

您那似乎混乱的言辞
把我的头脑弄得糊里糊涂，
请快给我以明确回答，
好让我靠它获得更大幸福。” 3.2

薄伽梵说：
“在这个世界有两种信仰，
很久以前我就讲过，
一种属于数论派的智慧瑜伽〔1〕，
一种属于瑜伽派的有为瑜伽〔2〕。安那客〔3〕！ 3.3

〔1〕智慧瑜伽（jñānayoga）：佛经旧译“智瑜伽”。在这里是指数论哲学。参见2.39注〔1〕。

〔2〕有为瑜伽（karmayoga）：佛经旧译是“业瑜伽”，意思是有为论。这种理论教人们在实践中去修炼，并逐步修成没有任何欲望、没有任何追求的实践者。修到了这种程度，他就失却了得失、成败、荣辱、苦乐等感受，成了超然的常乐之士。这样，方能得到解脱。

〔3〕安那客（Anagha）：阿周那的称号，意思是无可指责者，或完美无瑕的人。

一个人不从事任何事业，
也不能达到无为的目的；
如果单是通过舍弃〔1〕，
也不能将那成功获取。 3.4

〔1〕舍弃（saṃnyasana）：在这里是指对业的舍弃，也就是无为，即不做任何事情。《薄伽梵歌》是主张有为的，它宣称：只有通过有为才能解除业的束缚。如果只是舍弃，不做任何事情，是不能获得解脱的。另一方面，《薄伽梵歌》又极力宣扬“舍弃”，这里所谓的“舍弃”与佛教的“出家”、印度教的“遁世”、我国道教的“清静无为”迥然有别。《薄伽梵歌》所宣扬的“舍弃”不是舍弃有为，而是舍弃对有为结果的追求、舍弃利己的欲望。它教人们不要计较结果的好坏，把结果的好坏看成是等同的。一个人如果只是奋力而为，完全没有个人的欲望，那么，他就可以在解脱的道路上获得圆满成功。

无论谁如果完全休止无为，
他就连一瞬间都不能维持。
人之所以有为而不由自主，
此因受出于原质的三德驱使。〔1〕 3.5

〔1〕此颂的哲理出于数论哲学。数论派在其哲学中设立了二十五

谛（二十五个范畴），原质（prakṛti，旧译自性）为第一谛即物质世界的终极原因。据数论派的观点，世界万物均由原质衍化而生，原质之所以能衍生（或转异为）万物，不是由什么至高无上的神而是由它所固有的动因三德（triguṇa）决定的。万物永无休止的运动也是由三德驱使的，而人也是物质的聚合体，所以人的活动也必然受三德所驱使。[见 2.45〔1〕]

所有业根[1]虽被克制，
而心仍然盘旋于根境，
这个心地愚昧的人，
只能给以伪善之称。　3.6

〔1〕业根（karmendriya）：行动器官，又称五作根，指口、手、足、排泄器官和生殖器官。

有人用思想克制知根，
坚持有为瑜伽而靠业根，
他没有一丝一毫的迷恋，
阿周那！他便会鹤立鸡群。　3.7

由于有为胜于无为，
所以你一定要为之！
对于无为的人说来，
连身体都不能维持。　3.8

除为祭献的事情之外，
这个世界均受业的束缚，

恭底耶！你要为祭献而为，
并将那迷恋解除！ 3.9

远古，生主创造了众生和祭祀，
而后便说出了如下言语：
‘愿祭祀成为你们的如意牛[1]！
将来你们要靠它繁衍生育。’ 3.10

〔1〕如意牛（kāmaduh）：神话中的因陀罗神牛。对它无论有什么乞求，均可以如愿以偿。

你们要用祭祀供养众神！
众神也要将你们抚育。
神和人彼此相互滋养，
你们将获得最大裨益。 3.11

依靠祭祀为生的众神，
将给你们所渴望的享受。
只受神的恩施而不回报，
这种人只能算作小偷。 3.12

食祭祀余物的善人，
免除了各种罪过，
为自己烹煮的罪人，
只能自食其恶果。 3.13

众生依食而生，
食物来自雨水，
雨水出于祭祀，
祭祀源于有为。　3.14

要知道，业生于梵[1]，
梵由不灭[2]所生，
因此，遍于一切之梵
永远处于祭祀之中。　3.15

〔1〕梵（brahman）：印度哲学的重要概念之一，在《薄伽梵歌》中是指一切创造之物皆由所生并又归之于它的那种存在。这个词的原意是增长、伸展，后引申为灵魂、吠陀、神圣的经文、神圣的音节“唵”（om）、宗教或精神的知识等。在哲学上，一般被认为是排除了一切特性和行为的最高存在。在吠檀多（Vedānta）哲学中，梵既是明显世界（实际指物质世界）的有效的物质原因，又是遍及一切的宇宙灵魂。一切创造之物都来源于它，又都归之于它。

在《薄伽梵歌》中，对梵的解释与吠檀多略有不同，梵已不是最高存在，而变成了最高存在“我”（Ātman，宇宙灵魂）的下属和繁衍万物的孕育之器（yoni）。参见4.24，14.3—4。

〔2〕不灭（akṣara）：指永不泯灭的存在——我。

这种周而复始的循环，
在此界人若不去顺应，
却一味作孽纵欲，帕尔特！
这种人活着亦属虚生。　3.16

人若满足于自我，
只从自我寻求欢乐，
唯于自我尝到甘甜，
那么他将无事要做。 3.17

在此界他决不靠有为
和无为去得到什么利益，
对于这样的人说来，
没有东西要向万有索取。 3.18

因此，你不要有任何迷恋，
经常从事应当从事的事业，
从事其业而无迷恋的人
方能达到至高无上的境界。[1] 3.19

〔1〕17、18、19三颂初读似有矛盾，实际并不矛盾。17颂是说乐趣不可外取，只能内求。教人们做一个满足于自我的人，如果做到没有任何外在需求的时候，他就没有为自己的利益而做的事情了。这不是说不要有为，而是不要人们为自己的利益而为。18颂教人不要向外索取。19颂教人履行自己的职责，而不要有索取利益的动机，认为这才能达到无上我（宇宙灵魂）的境地。

以禅那迦[1]为首的那些人，
通过有为获得了成功[2]，
所以，着眼于世界幸福，
你也应该做事情。 3.20

〔1〕禅那迦（Janaka）：密提罗（Mithilā）国的国王，悉多（Sīta）的父亲，罗摩（Rāma）的岳父。

〔2〕成功（saṃsiddhi）：指解脱。

无论高贵者做什么，
平庸者也都做什么，
人们之所以仿效他的作为，
是因他树立了作为的楷模。　3.21

帕尔特！在三界之中，
我没有应得而未得之物，
也没有任何应为之业，
然而我仍然在业中忙碌。　3.22

假如我在业中
不是不疲倦地劳作，
人们就会完全循着
我的道走。啊！帕尔特！　3.23

假如我休止不为，
诸界则会陷于毁坏，
我就会成为混乱的制造者，
众生也会遭到灭顶之灾。　3.24

愚蠢的人，婆罗多哟！

劳作而迷恋于业，
而智者不应迷恋，
只想造福于世界。 3.25

愚者虽然迷恋于有为[1]，
智者也不要使其思想混乱，
从事诸业而坚持瑜伽的智者，
应使其从事诸业而心甘情愿。 3.26

〔1〕迷恋于有为（karmasaṅgin）：耽于有为结果的。

三德隶属于原质，
诸业均由三德所做，
心灵被我慢迷惑的人，
才认为‘我是做者’。[1] 3.27

〔1〕这是借用的数论观点。数论哲学认为，人不是能动者和主宰者，而只是三德活动的体现者。所以，认为自身是主宰者的人是心灵受到迷惑的愚夫。

大力士哟！德业本有别，
谁对其本质已经了然，
认为‘诸德运行于德中’，
谁就不会陷入迷恋。 3.28

因其为原质的三德所惑，
才对三德之业[1]产生迷恋，

这些知之不全的愚夫，
全知者不应将其扰乱。 3.29

〔1〕三德之业（guṇakarma）：由三德所造成的活动。

你将诸业献给我，
离却欲望无我所，
焦躁之情已平息，
战斗吧！心里专注无上我[1]。 3.30

〔1〕无上我（adhyātma）：这里指灵魂。

那些虔敬笃信之士，
永远听从我的劝说，
他们没有嫉妒之心，
故从业中获得解脱。 3.31

不听从我的教诲者
总喜欢吹毛求疵，
那些毫无头脑的白痴，
须知，他们定将泯没殄逝。 3.32

即使是一位贤哲，
也得随其自性[1]而行，
众生也必然顺其自性，
那强制不为尚有何用？ 3.33

〔1〕自性：指原初物质，即自然本性。

爱憎皆属于知根，
二者都基于根境，
它是人们的仇敌，
不应受制于爱憎。 3.34

自己的达磨[1]虽然有些弊病，
也较善施他人之达磨优胜，
履行他人之达磨确有危险，
顺应自己的达磨虽死犹荣。” 3.35

〔1〕达磨：参见2.31注，在这里指职责、义务、职业、命运和命中注定的一切事情。

阿周那说：
“然而，究竟是什么
强迫人们去作孽？
似乎有一种力量
使人违愿。瓦湿内耶！” 3.36

薄伽梵说：
“一种是嗔怒，一种是贪欲，
它们毁灭一切且罪大恶极，
二者皆由罗阇[1]之德产生，
须知，在此世那[2]就是仇敌。 3.37

〔1〕罗阇（rajas）：三德之一。运动、贪婪、嗔怒和欲望等产生的原因。

〔2〕那（enam）：指嗔怒和贪欲。

正如火由烟所遮，
明镜由灰尘所蔽，
胎儿由子宫所包，
智慧则由它[1]隐匿。 3.38

〔1〕它（tena）：指贪欲（kāma）。

贪欲之火难以满足，
智慧则由欲火蒙蔽，
难以满足的贪欲之火，
永远是智者的大敌。[1] 3.39

〔1〕这一颂省略了克里希纳对阿周那的称呼“恭底耶”。

诸根、心识和觉[1]
被认为是贪欲的住所，
贪欲靠三者蒙蔽智慧，
并将那灵魂迷惑。 3.40

〔1〕觉（buddhi）：来源于数论哲学，据称，根（感官）司感觉，心识司分辨，觉司决定。

因此，你首先控制诸根，
啊，婆罗多的俊杰！
你要诛灭罪恶的贪欲，
因为它能把智[1]和识[2]毁灭。 3.41

〔1〕智（jñāna）：指对于梵和我（宇宙灵魂）的思辨力。

〔2〕识（vijñāna）：指世俗的洞察力。

众说诸根优胜，
心识却在诸根之上，
觉优于心识，
而它[1]却比觉更强。 3.42

〔1〕它：我，即灵魂。

大力士哟！
你既然明白了它高于智力，
那你就要自己克制自己
克服以贪为貌的难克之敌。” 3.43

上述为光辉的《薄伽梵歌》——尊贵的克里希纳与阿周那的对话，亦即奥义书、梵学、瑜伽论中的第三章，名曰“有为瑜伽”。

第四章

依靠智慧舍弃有为瑜伽

薄伽梵说：
“这一永恒不朽的瑜伽，
我曾对毗婆思万[1]讲述，
毗婆思万又授予了摩奴[2]，
摩奴又传给了伊刹瓦古[3]。 4.1

〔1〕毗婆思万（Vivasvan）：太阳神。
〔2〕摩奴（Manu）：神话中的人类始祖。
〔3〕伊刹瓦古（Ikṣvāku）：摩奴之子，太阳族的第一个国王。

瑜伽就这样相互传承，
王仙们这才将其了然。
后来，敌人的惩罚者哟！
瑜伽在世上长期失传。 4.2

太古的这种瑜伽
可是最高的秘密。
因为你是我的好友和信徒，
今天我就把它传授给了你。” 4.3

阿周那说：
“毗婆思万生于前，
而你却生于之后，
我应该怎样理解
瑜伽始于你的讲授？” 4.4

薄伽梵说：
“往世你我皆历多生，
以往诸生我全都知晓。
阿周那，敌人的惩罚者！
你却对以往诸生全不明了。 4.5

尽管我自己不生不灭，
尽管我是万有[1]的神主，
然而我依据自己的原质，
靠自我的摩耶[2]生出。 4.6

〔1〕万有（bhūtāni）：一切存在之物，包括人、动植物和精灵鬼怪等。

〔2〕摩耶（māyā）：幻、幻力和幻化之物。这里指幻力。

每当达磨[1]衰竭，
而非达磨盛行之时，
婆罗多哟！那时候，
我就让自己降生于世。 4.7

〔1〕达磨：在这里指传统和伦理道德。

为了保护善良，
为了翦除邪恶，
我每时[1]必现，
来建树达磨。 4.8

〔1〕时（yuga）：在这里不是表示一般的时间概念，而是指尘世的很长的一个时期。印度的神话传说一共有四个时期：圆满时（Kṛtayuga）；三分时（Tretāyuga）；二分时（Dvāparayuga）；争斗时（Kaliyuga）。说前三时已经过去，现在正处于“争斗时”，称这一时开始于公元前3102年2月17—18日的子夜。第一时最好。其后，一时次于一时，“争斗时”最坏。并称四时分别为1728000年、1296000年、864000年、432000年。

我这神圣的生和业，
谁要是真正将它懂得，
谁就会在抛却躯体之后，
不再投生而归依于我。[1] 4.9

〔1〕这一颂省略了克里希纳对阿周那的称呼“阿周那！”

离却情欲、畏惧和嗔怒的人，
求我庇护、心中唯有我存在，
他们靠智慧苦行[1]得到净化，
而后便能进入我的性态[2]。 4.10

〔1〕智慧苦行（jñānatapas）：智慧即苦行。印度教是主张苦行的，但在《薄伽梵歌》中“苦行”这一概念已经发生了变化，实际它已失去了原有的含义，演化成了对道德规范的恪守。如对师长和神的崇敬被称为“身体苦行”（śarīratapas）；言不伤人被称为“言语苦

行”(vāṇmayatapas)；止息杂念、心地纯洁被称为“思想苦行”(Manasatapas)。详见 17.14—16。

〔2〕我的性态（madbhāva）：宇宙灵魂的超然性状，即所谓不生不灭，常存不逝，不可名状，离却欲望的，绝妙的存在形式。

谁要是归依于我，
我就会把谁接受，
帕尔特！在各个方面，
他们都会沿着我的道走。 4.11

在此界，人们崇敬神，
是希望事业获得成功。
这是因为在人世间，
成就很快能从业中产生。 4.12

是我依据不同的德和业
创造了四个种姓〔1〕，
要知道，我既是创造者，
又是无为者且亘古常恒。 4.13

〔1〕四个种姓（cāturvarṇya）：指印度古代的四个种姓：婆罗门(Brāhmaṇa)、刹帝利（Kṣatriya）、吠舍（Vaiśya）、首陀罗（Śūdra）。

我既不追求业的结果，
又不为诸业所玷污。
这样认识我的人

才不会受到业的束缚。　4.14

业已由欲求解脱的前人所为，
这种情况你已经如实了解，
因此，你就该从事
曾由古人所从事的事业。　4.15

什么是有为？什么是无为？
即使智者对此也十分迷惑。
我要给你讲讲那有为，
懂得了它便能从邪恶中解脱。　4.16

对于有为应该知晓，
对于非为[1]应该明了，
对于无为应该懂得，
有为之道确很深奥。　4.17

〔1〕非为（vikarman）：指违反达磨的行为。

谁能在有为中见到无为，
又能在无为中见到有为，
并在诸业中坚持瑜伽[1]，
在众人中谁就算最有智慧。[2]　4.18

〔1〕坚持瑜伽（gukta）：指坚持将苦乐、荣辱等视做等同的（人）。

〔2〕这一颂是说：没有任何欲望，把有为的结果好坏看成是等同

的，亦即把有为当做无为。那么，他尽管奋力而为，也不会招致有为的报应。这就等于在有为中见到了无为。反之，纵使一无所为，而心里却有追逐利益的欲望，那他仍然会遭受有为的报应。明白了这个道理就算在无为中见到了有为。一个人如果能在从事诸项事业的实践中，对结果的好坏坚持等同的观点（“瑜伽”在此颂作等同观念讲），那么，他就算最有智慧的人了。

谁在从事诸业的活动中，
把各种欲望全都弃舍，
并用智火〔1〕把诸业焚烧净尽，
智者们就把谁称为学者。〔2〕 4.19

〔1〕智火（jñānāgni）：智慧即火。

〔2〕这一颂的意思是说：一个没有欲望的人，他那通晓有为和无为关系的智慧就像是火焰将他的所为化成了灰烬，即把有为化成了无为。那么，他就会被有智慧的人称为有才学的人了。

常满足亦无所赖，
且不执著于业果，
尽管在业中忙碌，
却等于任事没做。 4.20

诸贪执舍弃净尽，
无欲望而制身心，
唯借体从事其业，
故不会罪过染身。 4.21

随其所获皆大满足，
超越双昧消除嫉妒，
同等看待成功失败，
纵然有为亦不受缚。　4.22

无迷恋，脱双昧，
只为祭献而活动，
思想坚信此智慧[1]，
所为之业方消融。[2]　4.23

〔1〕智慧（jñāna）：在这里是指把爱憎、荣辱、得失等相对立的情感或事物看做等同的理论。

〔2〕这一颂的意思是说：一个人如果对外界的一切都没有执著，也没有爱憎、苦乐、得失、荣辱之感，思想坚信等同的理论，行动和作为只是作为对宇宙灵魂（我）的一种敬献，那么，他所从事的业便会化作乌有，他便不会受业的报应。

祭祀祭品皆为梵，
祭品由梵献梵火，
凭借等视梵与业，
定会与梵相融合。[1]　4.24

〔1〕这是《薄伽梵歌》等同论的另一种外延。《薄伽梵歌》称梵是万物的孕育者，万物都是由梵派生的。若按等同论的法则推演，因为被生者来源于生者，所以被生者等同于生者；因为万物来源于梵，所以，万物也就等同于梵。祭祀、祭品和诸业等又都含于万物，所以，祭祀、祭品和诸业也都等同于梵。

“与梵相融合”直译：“走进梵”，即与梵融合为一体，达到梵的境界。

有些瑜伽者[1]
把祭品献给神明；
另有人通过祭祀，
把祭品献于梵火中。 4.25

〔1〕瑜伽者（yogin）：修习瑜伽的人。“瑜伽”在这里指修行方法。

有人将耳等知根
奉献给控制之火；
有人将声音等根境
奉献给知根之火。 4.26

另有人将诸根的作为，
以及生息的活动，
均献于被智慧点燃的
自我克制的瑜伽火中。 4.27

有人祭献财物，有人祭献瑜伽，
另有人却以苦行作为牺牲，
那些严守誓言的禁欲者[1]，
祭献的却是智慧和自我习诵[2]。 4.28

〔1〕禁欲者（yati）：指强制情感，努力超脱世俗生活的人。

〔2〕自我习诵（svādhyāya）：指学习和低声诵读吠陀、奥义书、

吠檀多和数论等经典。

有人把呼气献给吸气，
又将吸气奉献给呼气，
那些控制了呼吸活动的人
全都专心致志于调息[1]。 4.29

〔1〕在钵颠阇利的《瑜伽经》中，调息（Prāṇāyāma）被称为祭祀（yajña）；布罗那（Prāṇa）是指呼气（ucchvāsa）和吸气（śvāsa）；而当布罗那（prāṇa）和阿帕那（apāna）表示不同含义的时候，前者表示呼气，后者表示吸气。此颂所讲的"呼气"和"吸气"就是"布罗那"和"阿帕那"的义译。"调息"是三种调整呼吸的总称，音译为"布罗那耶摩"，它属于诃陀瑜伽（Haṭhayoga）。诃陀瑜伽又称强制瑜伽。修习这种瑜伽是用强制的方法，如金鸡独立、头足倒置等严酷的自我折磨来使心神脱离外界事物。调息是瑜伽修习的不可缺少的组成部分。整个调息的过程又分为几个不同的环节，当布罗那（呼气）被奉献给阿帕那（吸气），即由呼气变为吸气的时候，这种调息被称为"布罗羯"（pūraka）；反之，当阿帕那（吸气）被奉给布罗那（呼气），即由吸气变为呼气的时候，这种调息被称为"利阇羯"（recaka）；当布罗那和阿帕那相互交替之间的暂时停顿被称为"恭婆羯"（kumbhaka）。此外，还有三种气息：弥漫之气（vyāna）；通首之气（udāna）；脐腹之气（samāna）。弥漫之气处于呼吸交替的中介，当一个人需要用力工作，诸如屏气拉弓、举重的时候，才使用它；通首之气据称是从咽部向上的气息，人死的时候即离开躯体；脐腹之气位于脐部，有帮助消化的功能，将食物的营养液运送到全身。根据吠檀多的早期经典，以上所述则是各种调息的最初含义。然而，在有些著作中，上述专名却表示另外的含义。譬如，在《摩诃婆罗多》的《森林篇》，布罗那被解释为"居首之气"；阿帕那被解释为顺肠道下行最

后排出体外的“下行之气”。有的著作把布罗那解释为“肺脏之气”，或称“肺气”。

另有节制饮食的人，
将生息奉献给生息。
他们全都通晓祭祀，
靠祭祀把诸罪净涤。 4.30

食祭祀剩余的甘露，
才能达到永恒的梵境；
不祭祀就连此界都不可得，
更何谈它界〔1〕，啊，俱卢之雄！〔2〕 4.31

〔1〕它界：指神话中的天界。对于世界的划分，在印度古代神话中一般有三种：天界、地界、空界或地狱。较为详细的神话传说有七界：地界，地和太阳之间的空界，因陀罗天界（位于太阳之上或太阳与北极星之间），步厉古（Bhṛgu）和其他仙人居住的天界（位于北极星之上），梵天之子萨那多古玛罗（Sanatkumāra）所住的天界，化为神的韦罗耆（Vairagin）集团所住的天界，梵天所住的天界。

〔2〕根据《薄伽梵歌》的思想，宇宙的一切过程都是一物作为牺牲奉献给另一物的过程，譬如：雨水作为牺牲奉献给了植物，植物的果实作为牺牲奉献给了动物和人类，就连空气也作为牺牲供人呼吸。假如没有这些牺牲，人类在这个世界上就无法生存，应该说明的是，译文中的“牺牲”和“祭祀”，在梵文中是一个词：yajña。

展现在梵前的祭祀，

种类是那样地繁多，
要知道诸祭均由业生，
懂得了它，就会解脱。 4.32

帕尔特！
智慧祭优于财物祭献
哟，敌人的惩罚者！
诸业均在智慧中臻于完善。 4.33

若想通晓诸谛的智者
把智慧教授给你，
靠的是恭敬、好问和侍奉，
你可要明白这个道理。 4.34

你懂得了它，般达婆！
你就不再这样迷离懵懂，
你将靠它无例外地见到
那万有寓于我又于自我[1]之中。 4.35

〔1〕这一句中的"我"和"自我"分别为第一人称和第二人称，前者指克里希纳自身，后者指阿周那。"我"代表宇宙灵魂；"自我"代表个体灵魂。在《薄伽梵歌》哲学范畴里，宇宙灵魂代表宇宙的本源，宇宙万物皆来源于它；而个体灵魂又是宇宙灵魂的一部分。《薄伽梵歌》的思辨说把本和末、源和流的关系解释为涵与被涵，或彼此相等的关系。因此，在这一颂里便有了"寓于我又寓于自我之中"的结论。

即使与众罪人相比，
唯独你的罪恶滔天，
只要乘坐智慧之舟，
即可渡过诸罪之渊。 4.36

犹如烈火，阿周那！
将柴薪化作灰烬；
同样，智慧之火
将诸业烧成灰粉。 4.37

因为在此界的净化方法，
没有哪个能与智慧类同，
借瑜伽而获圆成的人，
终会发现它就在自我之中。 4.38

谁有信仰并控制了诸根，
得到了智慧且对它专诚，
谁就在得到智慧之后，
很快体验到无上平静。 4.39

如若愚昧又无信仰，
心怀疑虑，他必亡故，
心惑之人既无今世，
亦无来世[1]，更无幸福。 4.40

〔1〕“既无今世，亦无来世”这句话指的是：在今生和来世都不

能得到解脱。

若靠瑜伽舍其所为，
用智慧断其所疑，
他镇定自若，檀南遮耶！
那诸业就不会将他缚系。　4.41

疑虑寓于内心而生于无知，
你要用自己的智剑将它斩杀，
杀灭之后，婆罗多哟！
你就起来专心修习瑜伽。”　4.42

上述为光辉的《薄伽梵歌》——尊贵的克里希纳和阿周那的对话，亦即奥义书、梵学、瑜伽论中的第四章，名曰“依靠智慧舍弃有为瑜伽”。

第五章

舍弃有为瑜伽

阿周那说：

“您既称赞舍弃有为[1]，

又称赞瑜伽[2]，克里希纳！

二者哪一个更好？

请您给我以明确回答。” 5.1

〔1〕舍弃有为（saṃnyāsaṃ karmaṇām）：直译是“有为的舍弃”。意思是舍弃从有为中得到好处的动机。本章第三颂对“舍弃有为”作了进一步说明。阿周那把舍弃有为误认为完全废止有为，以为舍弃有为与（有为）瑜伽是矛盾的，所以才提出了这个问题。

〔2〕瑜伽：在这里指有为瑜伽，即在实践中所坚持的排除利己动机的修炼。

薄伽梵说：

“舍弃和有为瑜伽

均能导致无上幸福；

二者中，有为瑜伽

比舍弃有为更加卓著。 5.2

无所欲亦无所憎的人
被认为永远是舍弃者。
大力士哟！脱离了双昧的人
很容易从束缚[1]中得到解脱。　5.3

〔1〕束缚（bandha）：指业的束缚。参见2.39注〔4〕。

愚夫说数论和瑜伽[1]有别，
学者和愚夫的观点迥然不同，
其实只要正确坚持其一，
就能喜获双成。　5.4

〔1〕数论和瑜伽：在这里指数论和瑜伽哲学。

信数论者能达之境[1]，
信瑜伽者也能到达，
把数论和瑜伽视为一体
才算是正确的观察。　5.5

〔1〕境（sthāna）：指不受业束缚的境界。

大力士哟！不修瑜伽，
舍弃很难获得成功，
修习瑜伽的仙人
便可迅速达到梵境。　5.6

修习瑜伽净化心神，
控制自我克服诸根，

把自我视为众生之我[1]
纵然有为也不染身。 5.7

〔1〕此句的“自我”和“我”均指所谓的灵魂。

明了诸谛坚持瑜伽的人
认为‘我不做任何事情’，
诸如视听、触摸、嗅觉、
品尝、睡眠、呼吸、行动、 5.8

言谈、排泄、捉握，
还有眼睛的闭和睁，
他认为上述种种都是
诸根在根境中的活动。 5.9

他将诸业归于梵，
虽然有为无迷恋，
此人不会染诸罪，
犹如莲叶水不沾。 5.10

为了净化自我，
瑜伽行者舍尽迷恋，
以身心从事其业。
还用智慧和诸器官。 5.11

既瑜伽者[1]能获无上平静，

是因他舍弃了业果；
非瑜伽者[2]为欲望所驱，
受束缚是因对业果执著。　5.12

〔1〕既瑜伽者（yukta）：指完全控制感官活动，绝灭各种欲望，将一切差别视做等同的人。参见6.8。

〔2〕非瑜伽者（ayukta）：与上相反。

灵魂由心舍诸业，
自我克制不妄行，
不使他为非己为，
只是安宿九门城。[1]　5.13

〔1〕这一颂是说，灵魂不是使动者，也不是自动者，而只安宿于九窍之躯。这是《数论颂》（Sāṃkyākārikā）的观点。

神主[1]未造世间业，
也未将为者[2]创生，
未使业与果相连，
悉因原质[3]之运行。　5.14

〔1〕神主（Prabhu）：宇宙灵魂（大我）。

〔2〕为者（kartṛtva）：指从事诸业的身份。《薄伽梵歌》否认人的主观能动性，它将人的行为归于不受主观支配的自然活动。这种活动与其他自然现象的发生、发展、变化和流逝一样，都是由原初物质决定的。

〔3〕原质（svabhāva）：原初物质（prakṛti）的异名。直译是“自在之物”，即不待它缘而独立的自在之物。

神主不曾取走谁之罪，
亦未拿去谁善为；
无知所蔽智慧暗，
由此众生变愚昧。 5.15

众生心中之智慧，
一旦消除其愚昧，
其智明亮如灿阳
让无上我[1]闪光辉。 5.16

〔1〕无上我（Tatpara）：宇宙灵魂亦即个体灵魂。梵文直译为“以它为最高的”，通常用的梵文是 Paramātman。

以它[1]为智慧，以它为自我，
以它为信仰，以它为终归。
其罪过为智慧所除，
这些人则不再进入轮回。 5.17

〔1〕它（Tat）：宇宙灵魂，即无上我，亦指个体灵魂。

无论是博学谦恭的婆罗门，
还是母牛、象、狗及贱民，
贤人哲士对待诸类，
一视同仁而无尊卑之分。 5.18

诸君降服创造之物，
是因君心坚持等同；

梵即等同而无云翳，
因此诸君居于梵中。[1]　5.19

〔1〕《薄伽梵歌》的思辨哲学认为，人之所以把世界看做是多样的，有差别的，是因为受到了物质世界的沾染。世界本来是等同的，无差别的，有差别只是瞬息万变、虚幻不实的物质世界给人的一种错觉。世界最真实的状态是纯洁无瑕的等同境界。如果人的思想达到了等同境界，把世界的差别看做了等同，那他就算进入了梵的状态。

遇所恶不应苦悲，
逢所好不必喜幸，
智慧坚定者不会受惑，
通晓梵者居于梵中。　5.20

心不迷恋与外界相触，
反从自我寻求安舒，
心神与梵瑜伽[1]相应，
才能享有永久幸福。　5.21

〔1〕梵瑜伽（brahmayoga）：指梵的等同状态。这里的“瑜伽”作等同讲。

相触能产生愉快，
愉快却有始有末，
它是痛苦的渊源，
智者不会于中取乐。　5.22

在从躯体解脱前，
贪嗔冲击能忍住，
此人便是瑜伽者，
此世便能享幸福。 5.23

内有幸福与安恬，
犹有光亮心中闪，
此瑜伽者已成梵，
故能得到梵涅槃[1]。 5.24

〔1〕梵涅槃：见2.72注〔2〕。在这里，梵涅槃不是意味着死亡，而是抛却了一切情感，不受外界干扰的宁静状态。

诸仙克已破疑团，
济助众生心喜欢，
一切罪恶全消尽，
而后方获梵涅槃。 5.25

诸苦行者离贪嗔，
控制思虑止杂念，
自我[1]已经被领悟，
身边自有梵涅槃。 5.26

〔1〕自我：在这里指灵魂。

心神凝于双眉间，
不与外物相接触，

调气息于两鼻孔，
匀吸呼于纳和出。　5.27

离却欲望与惧嗔，
克制诸根及心智，
唯想解脱之仙人[1]，
永远化作超然士。　5.28

〔1〕仙人（muni）：音译“牟尼”。这是5.27、28两颂的共同主语。

我是祭祀、苦行的享受者，
我是全世界的大自在天[1]，
我是一切创造物的朋友，
懂得我的人便能得到安恬。”　5.29

〔1〕大自在天（Maheśvara）：统治宇宙的最高神。

上述为光辉的《薄伽梵歌》——尊贵的克里希纳与阿周那的对话，亦即奥义书、梵学、瑜伽论中的第五章，名曰“舍弃有为瑜伽”。

第六章

自我克制瑜伽

薄伽梵说：

“为所应为而不念其结果，
此人方为舍弃者和瑜伽者，
舍弃者并非舍弃有为，
也不是不点燃祭火， 6.1

所谓舍弃乃瑜伽[1]，
般达婆啊！你要知晓，
如若不舍净欲念，
修持瑜伽谁都做不了。 6.2

〔1〕瑜伽：在这里作“结合”、“化一”讲。这一句的意思是说舍弃了欲望就等于小我（个体灵魂）与大我（宇宙灵魂）的结合。

仙人意欲攀瑜伽，
有为称之为途径；
仙人所以至瑜伽，
其道称之为宁静。 6.3

当他无耽于根境，
也不迷恋于业中，
万般欲念皆舍弃，
方称登上瑜伽峰。 6.4

自我应由自我拯救，
不要使自我沮丧泄气，
因为自我是自我之友，
自我又是自我之敌。 6.5

如果自我克制自我，
自我便是自我之友，
倘若不能克制自我，
自我如敌而结怨仇。 6.6

一旦克制了自我，
心境安恬静默，
其无上我[1]便平等住于
冷热、荣辱和福祸。 6.7

〔1〕无上我（Paramātman）：灵魂，宇宙灵魂。在《薄伽梵歌》的哲学范畴中，二者是同一的，众生的个体灵通只是宇宙灵魂的一部分，在本质上是没有区别的。在表现方法上，宇宙灵魂通常用我（Ātman）、大我（Mahātman）、无上我（Paramātman）和无上自在（Parameśvara）表示，个体灵魂用我（Ātman）表示，有的地方是通用的。

〔2〕“平等住”为samāhita的佛经旧译，“同等对待”之义，而对于冷热、苦乐、荣辱等成双出现的事物，在观念上和感情上都要把它们看成一回事。

自我满足于智与识[1]，
克制诸根志不拔，
泥土金石等同看，
行者方称‘既瑜伽’[2]。 6.8

〔1〕智与识（jñāna-vijñāna）：智慧和知识。对于这两个梵文词的解释，注释家的意见纷纭。拉达克里希南（Radhakrishnan）在他的《薄伽梵歌》英译本第三章第41颂的注释中说：“吠檀多所讲的‘智慧’和数论所讲的‘明细知识’可能就是jñāna和vijñāna的意思。商羯罗（Śaṃkara）把jñāna解释为关于‘我’的知识和从经典及大师那里获得的有关其他事物的知识，把vijñāna解释为对所受教导的切身体验。罗摩奴阇（Rāmānuja）认为jñāna是对‘我’的本质而言的；vijñāna是对自己的分辨知识而言的。”

笔者认为，把特定的jñāna理解为“精神智慧”，把vijñāna理解为“逻辑知识”为好。中国佛家则把jñāna译作智，把vijñāna译作“识”。

〔2〕既瑜伽（yukta）：指脱离一切双昧的瑜伽行者。

对于同心者、朋友、仇敌，
对于中立者、公正人和亲戚，
对于圣贤、仇人和罪人，
一视同仁者[1]无与伦比。 6.9

〔1〕一视同仁者：梵文samabuddhi的原意为“持有等同观念者”。

无欲求的瑜伽者，
克制心神和自我，
独自处于清幽处，
应当与我常结合[1]。 6.10

〔1〕应当与我常结合：指止息杂虑、专念自我的那种修炼。

净处为己设坐席，
切勿过高和过低，
席上铺垫谷舌草[1]，
再覆布片和鹿皮。 6.11

〔1〕谷舌草（Kuśa）：被认为是一种圣洁的草，一般用于宗教仪式。

端坐于席止根动，
控制心猿和意马，
凝聚心神于一点，
为净自我修瑜伽。 6.12

躯体头颈要端直，
保持安稳不摇荡，
专注自己鼻尖顶，
切勿顾盼于四方。 6.13

心神平静无惶惧，
梵行之誓[1]守不移，

制心念我持瑜伽，
端坐以我为终的。 6.14

〔1〕梵行之誓（brahmacārivrata）：在修习瑜伽期间过禁欲生活的誓愿。

束心净虑瑜伽行，
凝神与我[1]常相应，
遂入寓我之恬谧，
此乃涅槃至极静。 6.15

〔1〕我：指无上我，即宇宙灵魂。

饮食过量或不餐，
不能将瑜伽修炼，
昏睡不醒或不眠，
阿周那！要修瑜伽也很难。 6.16

饮食娱乐要适当，
睡眠清醒亦合度，
从事诸业恰其分，
瑜伽方能灭痛苦。 6.17

一旦心虑被调服，
绝灭欲望唯念我，
此无欲士被称为
离诸欲的相应者[1]。 6.18

〔1〕相应者（yukta）：同既瑜伽者。见 6.8 注〔1〕。

修炼瑜伽之行者，
调伏思虑止心动，
心思静止不动摇，
如无风处之明灯。 6.19

凭修瑜伽息妄念，
妄念方止其活动。
借以自我观自我，
方能满足自我中。 6.20

于此[1]感受无上福，
此福不被知根触，
既悟不离真谛远，
坚守心灵[1]所领悟。 6.21

〔1〕于此（yatra）：指处于静观自我的瑜伽状态中。
〔2〕心灵：梵文是 buddhi。

既得之福为最好，
再无它获更为高，
坚定不移守此念，
不为痛苦所袭扰。 6.22

须知，与苦羁之脱离，

其名称之为联系[1]，
修瑜伽应有决心，
决不要颓丧萎靡。 6.23

〔1〕联系：梵文是 yoga，也可以音译为“瑜伽”。

前两句的意思是说，脱离尘世痛苦束缚的目的，一定要通过个体灵魂与宇宙灵魂的联系来实现。所以，与痛苦的脱离也就叫做（与宇宙灵魂的）联系。

生于想象之欲望，
尽被弃舍无剩余，
用心克制诸知根，
完全周遍而彻底。 6.24

凭借坚定之般力，
渐渐趋之于静寂，
心神全都凝于我，
切勿产生诸杂虑。 6.25

动荡不定之心识，
四处漂游无静止，
应从多方加约束，
将其纳入自我制。 6.26

行者情感已经平复，
纯洁无瑕与梵合一，

无上幸福来到他的身旁，
其心境已现恬适安谧。　6.27

无瑕疵的瑜伽者
只要与我常融合[1]，
他便容易品尝到
接触梵的无上乐。　6.28

〔1〕与我常融合：在经常坐禅中冥想自身（个体灵魂）与宇宙灵魂融为一体。实际指经常修习瑜伽，静观自我。这里的“自我”是指灵魂。

自我已至瑜伽态，
处处等观一切者，
便于自我见万有，
也于万有见自我。　6.29

他于我中见万有，
也在各处见到我；
我既不能失去他，
他也不能失去我[1]。　6.30

〔1〕我（aham）：指化身为克里希纳的宇宙灵魂（精神），世间众生是他的幻化之物，故有上述之说，下同。

我遍居于众生之内，
瑜伽者对我十分崇敬，

他已归于独一[1]之态，
任其所动仍在我中。 6.31

〔1〕独一（ekatvam）：世界万物终归于一的状况。

谁把一切比作自我，
处处等视苦和乐，
阿周那，谁就被认为
至高无上的瑜伽者。” 6.32

阿周那说：
“摩涂苏陀那哟！
您说瑜伽具有等同性，
我却看不见它的坚实基础，
因为我烦躁不安心神不宁。 6.33

心识强大且有力，
躁动狂奔而无息，
故把心识比作风，
想制服它颇不易。”[1] 6.34

〔1〕此颂省略了阿周那对克里希纳的称呼“克里希纳”。

薄伽梵说：
“心识诚然难以控制，
它躁动不安游荡飘忽，
然而，通过反复修习，

离却欲望即能把它调服。[1] 6.35

〔1〕此颂省略了克里希纳对阿周那的两个称号“大力士”和“恭底耶”。

我认为：不克制自我
瑜伽状态确实难达，
善于克己奋发努力者
有办法获得瑜伽。” 6.36

阿周那说：
“克里希纳哟！
人有信仰不克己，
心别瑜伽而漂移，
瑜伽修炼未成功，
还有什么地方可去？ 6.37

若在通向梵的途中，
动摇不定迷茫惑乱，
大力士哟！两失之人[1]
岂不像残云而随风飘散？ 6.38

〔1〕两失之人：指所谓修炼未成功离开了人世，又未达到梵界的人。

克里希纳！您应该
彻底消除我的疑问，

能消除我的疑问者，
除了您别无他人。” 6.39

薄伽梵说：
“无论是今生还是来世，
帕尔特！他都不会消殄；
因为任何一个行善者，
亲爱的！都不会步入灾难。 6.40

他可抵贤达之界，
在那里长久地居住，
而后，这个失掉瑜伽的人
便降生到纯洁的望门富户。 6.41

或者他投生于贤明的
修习瑜伽者的家室。
要得到这样的投生，
在世上可是一件难事。 6.42

在那里他又悟到了
前生所形成的智慧印象，
于是乎，俱卢难陀那[1]！
为成功他又重新奋发向上。 6.43

〔1〕俱卢难陀那（Kurunandana）：克里希纳对阿周那的称呼，意为俱卢族的骄傲。

这是因为他不由自主地
为前生修习所强制的结果。
所以，即使仅仅对瑜伽的向往，
也会胜过吟诵吠陀。[1] 6.44

〔1〕这一颂的意思是说，一个人前生的瑜伽实践，在灵魂中打上了不可磨灭的印象。这种印象随着灵魂投生又转移到了新的躯体，在新的躯体又形成一种无形的力量，强制他去实践前生未竟的瑜伽事业。所以说，追求瑜伽会胜过吟诵吠陀经典。

奋发努力的瑜伽者
因努力才涤除了罪孽，
经多生获得了圆成，
而后才达到最高境界。 6.45

修瑜伽者被认为优于苦行者，
甚至比智者[1]还要出色，
修瑜伽者胜于祭仪执行人[2]，
因此，你要成为瑜伽者！ 6.46

〔1〕智者（jñānin）：在这里指信仰数论的人。数论派不主张通过有为，而主张通过数论的认识方法舍弃有为的束缚，来实现解脱的目的。

〔2〕祭仪执行人（Karmin）：指信仰弥曼差（Mīmāṃsā）的人。这一教派主张，履行吠陀所规定的烦琐仪式就能达到解脱的目的。参见2.42—44，9.20—21。

我认为在瑜伽者中，

这样的瑜伽最为优胜，[1]
他们满怀皈依我的赤诚之心，
虔诚地将我崇敬。” 6.47

〔1〕瑜伽修习所达到与大我（宇宙灵魂）相应一如的完美境界。在此境界，诸如苦乐、荣辱、冷热、胜败等成双出现的错觉都化做等同。

上述为光辉的《薄伽梵歌》——尊贵的克里希纳与阿周那的对话，亦即奥义书、梵学、瑜伽论中的第六章，名曰“自我克制瑜伽”。

第七章

智和识瑜伽

薄伽梵说：
“请听啊，帕尔特！
你把我当作了庇护者，
你修习瑜伽将我冥想，
无疑你将完全懂得我。 7.1

我要把智慧[1]和知识[2]
毫无保留地告诉你，
你懂得了它，在此界，
再无其他要知道的东西。 7.2

〔1〕智慧（jñāna）：关于宇宙灵魂（精神）的知识。
〔2〕知识（vijñāna）：关于世俗的知识。

努力追求成功的人，
千人中或许有那么一个，
在努力追求成功者中，
或许会有人真正知我。 7.3

地、水、火、风、空、
心[1]、智慧和我慢，
是我那原质的
八个不同方面。 7.4

〔1〕心（manas）：主思维。在数论和正理论（Nyāya）哲学范畴中被认作是不同于精神的实体。

这还是比较低级的原质[1]，
须知，我还有高级的原质，
这高级原质化成了生命，
整个世界皆由它所载持。 7.5

〔1〕原质（prakṛti）：原初物质，旧译自性。数论派认为，宇宙中追本溯源有两种原素：一种是无意识的（acetana）粗质（jaḍa prakṛti）；一种是有意识的意识素（sacetana puruṣa）。宇宙万物均产生于这两种原素。《薄伽梵歌》不承认数论的二元论，而把粗质和意识素看做是宇宙中独一无二的最高灵魂（无上我 Paramātman）的两种威力的表现（vibhūti）。其中粗质是低级的表现，意识素是高级的表现。又说宇宙中的一切，能动的和不能动的创造物，都出于这两种原素。其中低级的粗质化为物质的体，《薄伽梵歌》称之为“田”（kṣetra）；而高级的意识素化为了生命，《薄伽梵歌》称之为“知田”（kṣetrajña），这就是所谓的灵魂——我（Ātman）。认为宇宙万物都是由统一的灵魂主宰和维系的。

它孕育了世间万有，
这一点你应当了解，
我既是全世界的起源，

又是全世界的毁灭。 7.6

高于我的，檀南遮耶！
没有其他任何东西，
宇宙万物均系于我，
犹如一线将群珠串起。 7.7

恭底耶！我是水的滋味，
我是太阳和月亮的光芒，
我是所有吠陀的‘唵’音[1]，
我是人的英气和空中的声响。 7.8

〔1〕“唵”音（om）：见8.13注〔1〕。

我是大地的清香，
我是众生的生命，
我是火中的光焰。
我是苦行者的苦行。 7.9

帕尔特！你要知道，
我是万有的永恒之种，
我是智者的智慧，
我是光荣者的光荣。 7.10

对于强而有力的人们，
我是舍弃欲望和情欲的力量，

对于众生，婆罗多的英雄哟！
我是不违达磨的欲望。 7.11

要知道，那万有
属于萨埵、罗阇和答摩[1]。
他们都来源于我。
我中有它们，它们却无我。 7.12

〔1〕萨埵（sattva）、罗阇（rajas）、答摩（tamas）：三德的名称。三德，在《薄伽梵歌》的哲学范畴里是表示世界多样性及其决定力量。《薄伽梵歌》不承认数论哲学关于原质独立存在的理论，而断言由三德构成的任何事物都不能越出宇宙灵魂（我）的范围，只能是产生于它，存在于它，包含于它。宇宙灵魂（我）作为宇宙的终极原因遍布一切，渗透一切，承载一切。参见10.42；13.14—16。

全世界均为三德
构成的事物所迷惑，
它不知道我高于它们
而且永不泯没。 7.13

我的摩耶神圣难以克服，
它也的确形成于三德。
唯有依靠我的人
才能将这摩耶超过。 7.14

受惑作恶的卑贱者，

却不肯皈依我，
其智慧已被摩耶掳走，
其本性属于阿修罗[1]。　7.15

〔1〕阿修罗（Asura）：印度古代神话中的一种恶魔。

阿周那——婆罗多的俊杰！
有四种善行者将我敬慕。
他们是苦难者、渴求知识者，
智者和欲求财富之徒。　7.16

其中最优秀的是智者，
因其常修瑜伽信仰专一，
他为我所至爱，
我为他所至喜。　7.17

上述那些人均为尊贵者，
唯智者被认做我自己，
因其心与我相应[1]，
依赖于我，以我为终的。　7.18

〔1〕其心与我相应（yuktātman）：已成瑜伽的精神状态的，实指已出现的平静而舒适的精神状态者。这与既瑜伽的意思是一致的，参见6.8〔2〕。

智者经历多生，
最终却要归于我；

万有皆为婆苏天[1]，
这个大我[2]很难得。 7.19

〔1〕婆苏天（Vāsudeva）：又称“遍居天”，神名。神话传说，他遍居于万物和众生之中。vāsu 音译“婆苏”，意译“遍居”；deva 意译“天神”。在这里，婆苏天指克里希纳。

〔2〕大我（Mahātman）：宇宙灵魂，参见 6.7 注〔1〕。因为克里希纳是宇宙灵魂的化身，所以，大我又指克里希纳。

其智被诸欲掳走的人
便皈依其他诸神，
他们为自己的原质所强制，
只得将各自的礼仪遵循。 7.20

无论哪位虔诚的信仰者，
无论想崇拜什么形象，
我都会给他们
以坚定的信仰。 7.21

一个人怀着哪种信仰，
对哪种形象敬仰尊崇，
他从中满足了欲望，
这欲望也都由我预先所定。 7.22

那些智力浅薄者
得到的是短暂之果；

敬仰神者归于神，
虔信我者归于我。 7.23

那些没有头脑的人，
认为无形之我有形象，
其实，他们并不明白，
我的最高存在永恒至上。 7.24

我受瑜伽摩耶[1]的掩蔽，
对万有均不出露显现，
这一受到迷惑的世界
并不知道我不生不变。 7.25

〔1〕瑜伽摩耶（yogamāyā）：奇妙的变化力量。

往昔和现在的万有，
阿周那！我全都知晓，
我也知道将来的万有，
然而，对我却无人明了。 7.26

愿望和仇恨产生于双昧，
敌人的惩罚者、婆罗多！
创造物世界的众生
都因双昧陷入了迷惑。 7.27

有些人根绝了罪恶，

在有为中积聚了功德，
他们坚守誓言，
离却双昧敬仰我。 7.28

努力奋发求我佑，
为从老死获解脱，
他们全知梵和业，
亦能全知无上我[1]。 7.29

〔1〕无上我（adhyātman）：指万物各自不同的特性，又称“自性”（svabhāva）。

知我含超神[1]、超万有[2]，
也将那超祭祀[3]囊括。
心我相应[4]的瑜伽士
即使寿终也知我。” 7.30

〔1〕超神（adhidaiva）：神中的主神。

〔2〕超万有（adhibhūta）：指万物永无休止的变异和生灭之性。

〔3〕超祭祀（adhiyajña）：指祭祀的动机。

〔4〕心我相应（yuktacetas）：意识所达到的瑜伽状态，即所谓“小我”（个体灵魂）与“大我”相合的境界，在这里做形容词用。

上述为光辉的《薄伽梵歌》——尊贵的克里希纳与阿周那的对话，亦即奥义书、梵学、瑜伽论中的第七章，名曰“智和识瑜伽”。

第八章

不灭梵瑜伽

阿周那说：
“何谓纯自我？
何谓梵？人中的俊杰！
何谓超万有？
何谓超神？何谓业？ 8.1

摩涂苏陀那哟！
在人体中，何为超祭祀？
克制自我的人在临终时，
又该怎样将您认识？” 8.2

薄伽梵说：
“最高的不灭则为梵，
所谓纯自我即自性[1]，
创造则被称做业，
业能使万物诞生。 8.3

〔1〕自性（svabhāva）：每一事物所具有的特性。

变灭性则为超万有，
超神亦即布鲁舍〔1〕，
人中的俊杰哟！
体中的超祭祀就是我。 8.4

〔1〕布鲁舍（Puruṣa）：或译“神我”，出于数论哲学（Sāṃkhya），原为原初物质（Prakṛiti）衍生万物的见证者，在这里衍化为宇宙的最高主宰神。在《薄伽梵歌》中等于“我”（Ātman）。

寿终之时思念我，
捐弃躯体而别离，
他会融入我的状态〔1〕，
此真切而毋庸置疑。 8.5

〔1〕我的状态（madbhāva）：宇宙灵魂的状态。

恭底耶！在寿终时，
无论对何物思慕，
脱体后必归其所思，
此因对所思常念之故。〔1〕 8.6

〔1〕《薄伽梵歌》宣称，一个人寿终时的思想并非漫不经心地乱想，而是一生长期所想的结果。平时所思念的，寿终时必然出现，来生也必然归于其所思之物。这种思想在《歌者奥义书》（Chāndogyopaniṣad）及《慈爱奥义书》（Maitrāyaṇopaniṣad）中也可以找到。

因此，你就参加战斗吧！
无论何时都要把我回忆，
将心神和智慧都用于我，

您将归于我而毋庸置疑。 8.7

帕尔特哟！反复修习瑜伽，
不让心识四处漂移，
回忆无上神圣的布鲁舍，
方能将其归依。[1] 8.8

〔1〕此颂省略了克里希纳对阿周那的称呼"帕尔特"。

他应该沉思古代的先知，
思念万有的浮载[1]和君王，
浮载小于极微[2]不可名状，
它胜过黑暗而色如灿阳。 8.9

〔1〕浮载（dhāṭṛ）：万物的维系者，即宇宙灵魂。
〔2〕极微（aṇu）：被认为是物质的最小单位，在哲学上常译为原子。

一个人在临死之前，
心神宁静坚守信仰，
他凭瑜伽之力[1]准确地
把生息凝于双眉中央，
这样方能将那神圣
无上的布鲁舍归往。 8.10

〔1〕瑜伽之力（yogabala）：宁静心神的力量。

有一境[1]，知吠陀者称之为不灭，
离却情感的苦行者方能进入其中，

过梵行生活[2]的人都渴望得到它，
我这就简要地把它讲给你听。 8.11

〔1〕境（pada）：指梵的境界。

〔2〕梵行生活（brahmacarya）：原指学习吠陀时期的禁欲生活，这里指修习瑜伽时期的禁欲生活。

他把诸窍全都封闭，
而将思虑禁锢于心[1]底，
置生息于自己的头顶，
执著瑜伽[2]而坚定不移。 8.12

〔1〕心（hṛd）：指思维器官。

〔2〕执著瑜伽（yogadhāraṇa）：保持精神专注一处的状态。

称梵为神秘的‘唵’[1]音，
专心致志地将我思忆，
这样一个舍身而逝者，
方能达到最高目的。 8.13

〔1〕唵（om）：通常作为表示肯定和赞同的敬语助词，可译作“诚愿如此”（so be it）。相当于基督教仪式中常用的结束语“阿门”（āmēn）。或作为表示一般的赞成和肯定的语气词，译作“好吧”或“是”，或表示吉祥、避邪等。

印度教把“唵”看做是神圣的音节，在诵读吠陀前后、祈祷和其他仪式之前都吟此音。“唵”之所以被圣化，是因它被看成了梵的标志。这种思想始见于奥义书。在《蛙氏奥义书》（Mandukyopaniṣad）中，“唵”音节被说成是早有、现有和将有的一切。从字面解释，“om”被认为由a、u和m三个字母所表示的音组成，a代表非眠界的非眠灵魂；u 代表沉眠界的睡梦灵魂；m 代表熟眠界无梦灵魂。这后一种灵魂被认为是最高的，称为般若（智慧）。总体的“唵”被说成是不可思议的、不可言表的。进入了“唵”境，整个世界亦即消逝，超越双昧（苦乐等）的天国幸福也就实现了。

后期的“唵”演化成了印度教三大神的集团名称，a 代表毗湿奴（Viṣṇu）；u 代表湿婆（Śiva）；m 代表梵天（Brahmā）。

佛教，特别是密宗把它借来做为神力无穷的咒语，常见于六字真言。“唵、嘛、呢、叭、咪、吽”（Oṃ ma ṇi pad me hūṃ）。

凝思自我经常不断，
心无杂虑始终如一，
此瑜伽者常修不懈，
得到我就十分容易。[1]　8.14

〔1〕本颂省略了克里希纳对阿周那的称呼“帕尔特”。

高尚者已获无上圆成[1]，
归我之后不复再生[2]，
再生则为痛苦之源[3]，
它易消失而无常恒。　8.15

〔1〕圆成（saṃsidhiṃ paramaṃ）：指经过瑜伽修习所达到的最高境界。

〔2〕再生（punarjanman）：再次投生。

〔3〕痛苦之源（duḥkhālaya）：直译为“痛苦的贮藏之器”。

阿周那！梵界之下，
尽是轮回的世界，

一旦归我之后，
便不会再生。恭底耶！ 8.16

历千世[1]为梵一夜，
越千载[2]为梵一日，
明了此种情况者，
方为懂得昼夜之士。 8.17

〔1〕〔2〕千世、千载（sahasrayuga 或 yugasahasra）：这里的“世”和“载”并非指太阳年，而是指所谓的尘世循环期，一般译作“时”。参见 4.8 注〔1〕。

当白昼来临时，
万物由晦而现；
夜晚来临又复逝，
此时称为不明显。 8.18

再三出露的万物
必然覆没于夜晚，
当白昼来临，帕尔特！
万物又会再现。 8.19

超越冥有[1]，
另有冥性[2]永存，
万物尽皆消逝，
唯有冥性不泯。 8.20

〔1〕冥有（avyakta）：非显现的存在。
〔2〕冥性（bhāvo'vyaktaḥ）：不可察觉之性。

所谓永恒不灭的冥性，
被称之为最高的终点[1]，
这正是我的无上住所，
达到之后便不再复返[2]。 8.21

〔1〕最高的终点（paramāṃ gatim）：最终目的。
〔2〕不再复返（na nirtante）：不再投生。

至高无上的布鲁舍，
唯靠虔诚的信仰才能获得，
帕尔特！万有均寓于他内，
一切均由他遍充囊括。 8.22

瑜伽者何时逝而再生，
何时逝世而不再返，
婆罗多族的俊杰哟！
我将告诉你那个时间。 8.23

火、光、白昼、白半月[1]，
太阳北归的那半年，
通晓梵者此时逝，
便会趋向于梵。 8.24

〔1〕白半月（śukla）：月亮由朔到望的那半月。

有烟、夜晚、黑半月[1]，
太阳南去的那半年，
此时若至月光界，
瑜伽之士仍复还。 8.25

〔1〕黑半月（Kṛṣṇa）：月亮由望至朔的那半月。

两条宇宙的永恒之道，
被认为是一明一暗，
循前者不再投生，
循后者仍旧复返。 8.26

瑜伽者搞懂了这两条道路，
阿周那！他就不再受迷惑，
因此，你无论在什么时候，
都要修习瑜伽，哟，帕尔特！ 8.27

瑜伽者弄通了上述道理，
便能超越吠陀中讲到的
祭祀、苦行和布施的功德果[1]，
也才能达到太古无上的住所。” 8.28

〔1〕功德果（punyaphala）：指所谓的“善报”。

上述为光辉的《薄伽梵歌》——尊贵的克里希纳与阿周那的对话，亦即奥义书、梵学和瑜伽论中的第八章，名曰：“不灭梵瑜伽”。

第九章

王学王秘瑜伽

薄伽梵说：
“你是不爱挑剔的人，
我要把那最高机密对你解说，
如果你懂得了这种智和识，
就会从罪恶中得到解脱。 9.1

它是学问之王[1]机密之首[2]，
它很神圣且又无上至极，
它明白易懂合乎达磨，
永恒不逝行之也易。 9.2

〔1〕学问之王（rājavidyā）：直译为“王学”，意为最高的学问。
〔2〕机密之首（rājaguhya）：最高的机密。

不信这种达磨的人，
就不能归于我，
而会重蹈那伴有
死亡的轮回覆辙。[1] 9.3

〔1〕此颂省略了克里希纳对阿周那的称呼“敌人的惩罚者”。

全宇宙尽我所充，
但茫茫不显我形，
那万有均涵于我内，
我却不涵于万有之中。 9.4

万有却又非含于我内，
请看我的瑜伽[1]多神圣！
我的自我[2]为万有之源，
维持万有而不为万有所容。 9.5

〔1〕瑜伽：在这里表示神秘莫测、威力无穷的联系和演幻能力。

〔2〕自我：在这里指宇宙灵魂。

犹如大气弥漫各处，
而且常居太空，
要知道，那万有
同样寓于我中。 9.6

劫[1]末万物都
归入我那原质，
恭底耶！到劫初，
我又将万有创始。 9.7

〔1〕劫（kalpa）：神话中的时间单位，一劫等于梵的一天，或1000时（参见4.8注〔1〕），相当于尘世的4320000000年。神话传说，劫末，万物全部灭绝；劫初，万物又都被创生。

我用自己的原质
再三把群有[1]创生，
群有皆不由自主，
是因受原质所控。 9.8

〔1〕群有（bhātagrāma）：指万物。

檀南遮耶！任何业
都不能束缚我，
我处之漠然，
又不将诸业执著。 9.9

在我的监督之下，
原质产生了动静之物，
正是由于这种原因，
宇宙才会周而往复。[1] 9.10

〔1〕这一颂省略了克里希纳对阿周那的称呼“恭底耶”。

我[1]依附于人的形体，
愚昧者却将我轻侮，
他们不识我的无上性，
不知它是万有的大自在主。[2] 9.11

〔1〕我：克里希纳和灵魂的双关语，实指宇宙灵魂。
〔2〕万有的大自在主（Bhūtamaheśvara）：统治万有的大自在天。

有些人行事徒劳愿望虚空，

智慧贫乏而心地愚蒙，
他们所具有的是罗刹
和阿修罗的迷惑之性。 9.12

帕尔特！那些高尚者
所具有的却是神的属性，
他们知我是不灭的万有之源，
而且诚心实意地将我崇敬。 9.13

他们经常将我礼赞，
坚守誓言努力奋争，
常修瑜伽向我行礼，
对我敬仰心怀虔诚。 9.14

有人以智为祭品向我奉献，
将我视为一体对我尊崇，
或者将我分别视为多类
敬仰我，我为遍宇之容[1]。 9.15

〔1〕遍宇之容（Viśvatomukha）：义为“形貌遍布宇宙”。这是阿周那对克里希纳即“大我”的称呼。

我是火，我是神圣的赞词，
我是祭品，我是酥油之清，
我是药草，我是祭祖的供品，
我是祭祀[1]，我是祭祀的举动[2]， 9.16

〔1〕祭祀（yajña）：提拉克译为“以传承为依据的祭祀”。

〔2〕祭祀的举动（kratu）：提拉克译为“以天启（śruti）为依据的祭祀”。

我是这个宇宙的父母，
也是宇宙的浮载者和先祖，
我是《梨俱》、《夜柔》和《娑摩》，
我是神圣的“唵”音和可知之物。　9.17

我是终的、朋友、主人和见证，
我是庇护所、住所和载承，
我是起源、毁灭和存在，
我是归宿和不朽之种。　9.18

我放射着光和热，
我操纵泼洒着雨水，
我为永生又为死灭，
阿周那！我亦是亦非[1]。　9.19

〔1〕亦是亦非（sadasat）：是说“我”有着完全对立的、是与非、肯定与否定等双重性。

拉达克里希南将其译为“存在和非存在”。在他的注释中说：《梨俱吠陀》有一句话：“它的影子既为永生，又为死灭”（yasyachāyā amṛtaṃ yasya mṛtyuḥ）。如果参照这句话解释，“存在”（sat）则是绝对的存在之物；“非存在”（asat）是指宇宙的存在；“无上我”即是二者。当他显现的时候，就是“存在”；在他不显现的时候，就是“非存在”。

罗摩奴阇把“存在”（解释）为现时的存在，把“非存在”（解释）为过去和将来的存在。

有人懂得三吠陀，
罪恶净尽饮苏摩，
他们欲求升天路，
借以祭祀敬慕我，
帝释净界[1]既达到，
在天享受天神果。 9.20

〔1〕帝释净界（puṇyaṃ surendralokam）：因陀罗的纯净世界。因陀罗（Indra）在汉译佛经中常译为“帝释”。

广阔天宇任享受，
功德耗尽入死域[1]，
众生如此蹈三规[2]，
贪图享乐获来去[3]。 9.21

〔1〕死域（martyaloka）：必然死亡的区界，即所谓的尘世。

〔2〕三规（trayīdharma）：吠陀经典所描述的贪欲者必经的三个阶段：举行祭祀，升天享受，再入死界。

〔3〕来去（gatāgata）：指生死轮回。

谁敬仰我，专心思念我，
而没有一丝一毫邪念，
谁坚持修习瑜伽，
我就给谁以幸福财产。 9.22

即使有些信仰者，
虔诚地将他神崇敬，
这也等于崇敬我，
纵使其方式不合规定。[1]　9.23

〔1〕此颂省略了克里希纳对阿周那的称呼“恭底耶”。

我为诸祭之主，
又为诸祭的享受者，
有人之所以失足，
是因没有真正知我。　9.24

虔信神者归于神，
虔信魔者归于魔，
虔信先祖归先祖，
虔信我者归于我。　9.25

有人献我以花叶，
又献果水表虔诚，
我受虔诚之供物，
是因奉者心纯净。　9.26

把你的所为和饮食，
把你的苦行和施舍，
以及你的祭献，
都当作祭品献给我。[1]　9.27

〔1〕此颂省略了克里希纳对阿周那的称呼“恭底耶”。

你将解脱业的束缚，
也将脱离善恶之果，
自我修习舍弃瑜伽[1]，
解脱之后则能归我。 9.28

〔1〕舍弃瑜伽（saṃnyāsayoga）：不追求业果的修炼。

我对万有一律等观，
既无所爱也无所憎，
虔敬我者寓于我内，
我也寓于他们之中。 9.29

即使罪恶多端品格低劣，
只要他专诚敬仰我一个，
那他也当被认为是善者，
因为他已做出正确抉择。 9.30

只要他趋于永久的平静，
便能速成达磨的化身，
你应该懂得，恭底耶！
虔信我的人永不凋殒[1]。 9.31

〔1〕永不凋殒：是说灵魂达到了无上的宇宙灵魂的境界，就不会再投生人世。

即使是吠舍、首陀罗、
出身卑贱者和妇女，
只要求我庇护，帕尔特！
也能达到无上目的。　9.32

更何况有功德的婆罗门，
以及虔诚的诸王和仙人，
这样一个痛苦无常的世界，
你既已进入，就要对我笃信。　9.33

要专心于我，向我献祭！
要虔信于我，向我敬礼！
您要把我作为最高归宿，
你将归于我与我合为一体。”　9.34

上述为光辉的《薄伽梵歌》——尊贵的克里希纳与阿周那的对话，亦即奥义书、梵学、瑜伽论中的第九章，名曰“王学王秘瑜伽”。

第十章

威力表现瑜伽

薄伽梵说：
“大力士哟！你既然高兴，
请再听我的金玉良言。
我讲给你这可爱的人，
是出于良好的意愿。 10.1

不论是群神还是大仙，
均不知我的始初，
而我却是天神的起源，
又是大仙们的始祖。 10.2

谁知我是诸界的大自在，
非生且没有始初，
谁就是人中不受迷惑者，
谁就能把所有罪过消除。 10.3

智、识、无惑、

真理、克制、宽恕、
平静、生、死、畏惧、
无畏、快乐、痛苦、 10.4

戒杀、平等、满足、
施舍、苦行、荣与辱，
凡此众生的不同气质
皆由我生出。 10.5

七位大仙[1]、
以前的四位摩奴[2]
皆为我的思想产物，
而世人却为摩奴所属。 10.6

〔1〕七位大仙：神话传说中的七位仙人。他们是：

摩利支（Marīci）：生主名。有的神话传说，他是从梵天头部生出来的十子之一；据另一种传说，他是法律的创造者。

阿特利（Atri）：传说是许多吠陀赞诗的作者。

昂霁罗（Angīra）：神话中的著名仙人。传说《梨俱吠陀》的许多诗歌是他创作的。

普乐祀帖（Pulastya）：神话传说，他是从梵天的头部生出来的十子之一。

普乐赫（Pulaha）：神话传说，他是从梵天的头部生出来的十子之一。

羯罗都（Kratu）：神话传说，他是十生主之一。

婆悉湿陀（Vasiṣṭha）：神话传说，他是太阳王族的家庭祭司，是几部吠陀、特别是《梨俱吠陀》第七部的作者。在印度的传统信仰中，他是婆罗门尊严和力量的象征。

〔2〕摩奴（Manu）：神话中的人类始祖。据传，世界在每一劫末，人类全部灭绝，新的一劫开始，人类又由摩奴重新创生。在《薄伽梵歌》中提到四摩奴；据另一种神话传说，一共有十四摩奴。第一摩奴，名曰“祀洼泱波婆”（Svayaṃbhava），是梵天之子。他创生了十个生主（Prajāpatayaḥ）。著名的《摩奴法典》（Manusmṛti）就是由他写成的。

谁真懂了我这威力表现〔1〕，
真正弄懂了我这瑜伽〔2〕，
谁就能达到永恒的瑜伽〔3〕之境，
我说的真切而无一点虚假。 10.7

〔1〕威力表现（vibhūti）：宇宙灵魂（我）通过神奇的力量（瑜伽）所演化出来的各种现象。

〔2〕这儿的“瑜伽”是指宇宙灵魂（我）幻化各种现象（万物）的能力。

〔3〕这儿的“瑜伽”是指个体灵魂（我）与宇宙灵魂（无上我）相结合的状态，实指宁静的思想状态。

我是万有的起源，
万有皆由我产生。
如此认识我的智者，
敬仰我而心怀至诚。 10.8

如果时常思念我、谈论我，
把毕生都奉献给我，

且能互相鼓励劝勉，
那就会知足而常乐。　10.9

对于那些常修瑜伽、
充满爱心虔敬我的人，
我便授之以智慧瑜伽，
依靠它方能向我趋近。　10.10

我寓于每个人的体内，
我用明亮的智慧之灯，
驱散生于无知的黑暗，
是出于对他们的同情。”　10.11

阿周那说：
“您是无上梵和最高归所，
您是神主和最高的净化者，
您不是所生而遍满一切，
您是永恒和神圣的布鲁舍。　10.12

仙人和天仙：那罗陀〔1〕，
阿悉多〔2〕、提婆罗〔3〕和毗耶娑〔4〕，
他们都曾讲到过您，
而今天您却亲自向我述说。　10.13

〔1〕那罗陀（Nārada）：神话中的梵天十子之一，从其足生。又称他是人间琴的发明者。

〔2〕阿悉多（Asita）：神仙名。有一种说法，他就是提婆罗。

〔3〕提婆罗（Devala）：侍神的仙人名。

〔4〕毗耶娑（Vyāsa）：被神化的古代作者。据传说，他是《摩诃婆罗多》和《薄伽梵歌》的作者，意译“广博仙人”。

您对我说的这番话，
我全都信以为真。
的确谁都不知您的威力表现，
无论是鬼是神。[1] 10.14

〔1〕此颂省略了阿周那对克里希纳的两个称呼“凯舍婆”和“薄伽梵”。

唯有您亲知您的自我，
万有之源啊！神中之神！
至高无上的布鲁舍！
万有之主哟！世界之君！ 10.15

您的自我显现很神圣，
您借以将那诸界充盈，
您存身赖以这弥漫之态，
请仔细地把它讲给我听！ 10.16

世尊哟！我总在冥想您，
可我如何将您认识，
现在，我当从哪些方面

思考您？啊，瑜伽师！ 10.17

请再将您那表现向我细说，
请再把您那瑜伽对我详谈，
此因，瞻纳陀那哟！
听者不满足于您那甘露之言。” 10.18

薄伽梵说：
“好吧！我这就给你概要
地讲讲我那神圣的威力表现，
俱卢族的英雄啊！
我广远辽阔无垠无边。 10.19

我为众生之始，
我为众生之中、末[1]，
古塔给舍[2]哟！
我为众生心中之自我。 10.20

〔1〕始、中、末（ādi、madhya、anta）：相当于佛典旧译“成、住、灭”。意即众生的生成、生住期和死亡。

〔2〕古塔给舍（Guḍākeśa）：克里希纳对阿周那的称呼。

阿提帖[1]中我是毗湿奴，
光明中我是光辉的太阳，
风神中我是摩利支[2]，
群星中我是月亮， 10.21

〔1〕阿提帖（Āditya）：以伐楼拿（Varuṇa）为首的集团神名，原来只有七神。但在梵书（Brāhmaṇa）时代，阿提帖神的数目增加到十二个，分别代表一年十二个月的太阳：塔多（Dhātṛ）、密陀罗（Mitra）、阿利耶曼（Aryaman）、楼陀罗（Rudra）、伐楼拿（Varuṇa）、苏利耶（Sūrya）、薄伽（Bhaga）、毗婆思万（Vivasvan）、普善（Pūṣan）、娑毗多（Sāvita）、陀湿多（Tvaṣṭṛ）和毗湿奴（Viṣṇu）。

〔2〕摩利支（Marīci）：在这里是指七风神〔摩录多（Marut）〕之首。其余六神是普罗婆诃（Pravaha）、毗婆诃（Vivaha）、波罗婆诃（Parāvaha）、乌陀婆诃（Udavaha）、桑婆诃（Saṃvaha）、波利婆诃（Parivaha）。

吠陀中我是娑摩吠陀，
诸神中我是伐娑婆[1]，
知根中我是心，
众生中我是知觉。 10.22

〔1〕伐娑婆（Vāsava）：因陀罗的称号。

婆苏[1]中我是帕伐羯，
夜叉罗刹中我是维帖奢[2]，
群山中我是迷卢山[3]，
楼陀罗[4]中我是商羯罗[5]。 10.23

〔1〕婆苏（Vasu）：集团神名。由八神组成：水神（Apa）、空神（Dhruva）、月神（Soma）、地神（Dhara）、风神（Anila）、火神（Anala或Pāvaka）、晨曦神（Pratyuṣa）、日光神（Prabhāsa）。其中，火神帕伐羯的地位最高。

〔2〕维帖奢（Vitteśa）：财神。

〔3〕迷卢山（Meru）：神话中的大山，佛家又称须弥山或妙高山（Sumeru）。据印度教的神话传说，它是赡部洲的中心，好像是一朵莲花的花萼，几个岛屿犹如几片莲叶簇拥在它的周围，它宏伟高邈，天上的群星都围绕着它回旋。恒河从天上降到它的峰顶，并经由四条河流流向周围世界。它全部由宝石和金子构成。它的顶部是梵天的住所，也是众多神仙和生活在天上、守护着苏摩的乾达婆诸神集会的地方。

在佛教经典中，把迷卢山描绘成一幅宇宙图。山高八万四千由旬，约有五十六万公里。山顶中央的殊胜殿内住着护法神帝释天，山顶的上空是从烦恼中解脱出来的诸佛所居住的天上世界，这个世界向虚空伸延，迷卢山的山腰由日月环绕，四面为四天王天；山脚周围由七香海和七金山环绕。第七金山的外面是咸海，咸海的四方有四大部洲：东胜身洲，西牛货洲，北俱庐洲，南赡部洲。我们人类的居地就是南赡部洲，迷卢山下便是地狱。关于迷卢山的描述、造像和绘画，随着佛教流传地域和部派的不同而有所差异，但大体上是一致的。

〔4〕楼陀罗（Rudra）：以湿婆为首的集团神名，共有十一神，都是湿婆的化身，专司毁灭。

〔5〕商羯罗（Śaṃkara）：在这里指湿婆神。

要知道，我是家庭祭司之主：
蒲厉贺斯帕底[1]。帕尔特！
在所有湖泊中我是浩瀚之海，
在众多将领中我是塞建陀[2]。　10.24

〔1〕蒲厉贺斯帕底（Bṛhaspati）：天神中的最高祭司。

〔2〕塞建陀（Skanda）：战神。

大仙中我是步厉古[1]，
语言中我是单一的‘唵’声，
祭祀中我是默祷祭[2]，
群山中我是喜马拉雅之峰。 10.25

〔1〕步厉古（Bhṛgu）：神话中的十始祖之一，由第一摩奴所创生。关于步厉古，有一段饶有趣味的故事：当仙人们聚会，讨论梵天、毗湿奴和湿婆三位大神哪一个最值得婆罗门崇拜的问题时，发生了意见分歧。于是，就派步厉古去考验这三位大神。他首先到了梵天的住所，见到梵天，故意没有行礼，因此受到梵天的怒斥。后因步厉古恭敬赔罪，梵天才平息了怒气。随后，他又到了湿婆的住处，和前次一样，故意没有行礼，也没有其他任何尊敬的表示，因此，又触怒了这位大神。这位大神报复心很强，甚至想把他毁掉，但他没有以好言宽慰。最后，他又到了毗湿奴的住处。发现他正在睡觉。步厉古故意在毗湿奴的肚子上踩了一脚，毗湿奴醒来，看到步厉古，并没有生气，还亲切地问他伤着脚没有。然后，和蔼地给他揉脚。步厉古深受感动，于是便激动地说："这就是威力最大的神，他能以最强大的宽容和仁慈武器征服一切。"从此，毗湿奴便成了最受崇拜的神。

〔2〕默祷祭（Japayajña）：以默祷为祭祀。印度古代的祭祀制度十分繁复，在这里简要介绍如下：

印度古代的祭祀归纳起来可分为两大类：家庭祭和天启祭。家庭祭包括受胎礼（Garbhādhāna）、成男礼（Puṃsavana）、分发礼（Sīmantaunnayana）、出胎礼（Jātakarman）、命名礼（Nāmadheyakarṇa）、出游礼（Niṣkramaṇa）、养育礼（Annaprāśana）、结发礼（Cuḍākarman）、薙发礼（Keśānta）、入法礼（Upanayana）、结婚礼（Vivāha）等；天启祭包括供养祭（Haviryajña）、苏摩祭（Somayajña）等。供养祭又包括置火祭（Agnyādheya）、火祭（Agnihotra）等七种；苏摩祭包括即位礼（Rajasūya）、马祠（Aśvamedha）等八种。

自《梨俱吠陀》时代起，婆罗门就垄断了祭祀，并且使祭祀越来越烦琐，代价越来越高。到了梵书（Brāhmaṇa）、经书（Sūtra）时期，祭祀已经复杂到了无以复加的程度，祭祀的各个环节都有极详细的规定。例如：火祭只有行祭者（Adhvarya）一人，而置火祭和新满月祭（Darśapūrṇamāsa）则有行祭者、点火者（Agnīdhra）、劝请者（Hotṛ）、祈祷者（Brahman）四人。苏摩祭最复杂，法经规定：苏摩祭须有四位祭官，其中包括劝请者、咏歌者（Udgātṛ）、行祭者和祈祷者。祭祀开始，由劝请者唱《梨俱吠陀》赞歌，请神到祭场；咏歌者唱《娑摩吠陀》赞歌，礼赞诸神，赞美苏摩液；行祭者低声吟诵《夜柔吠陀》祭词，司仪式进行；祈祷者为全体监督者，以三吠陀全部知识指导祭事。

经书训诫：从事祭祀的祭官必须精通一种仪式，必须具备智慧和德行。如果祭祀的某一环节出错，祭祀全部无效。所以，祭主为了获得成效，不得不布施祭官。经典还规定了布施的数额。《百道梵书》（Śatapatha Brāhmaṇa）规定：苏摩祭需牛百头；《爱达罗氏梵书》（Aitareya Brāhmaṇa）规定：即位礼需牛千头及土地作布施；《迦提雅耶那天启经》（Kātyāyana Śrauta-sūtra）规定：即位礼需牛二万头；灌顶礼（Abhiṣeka）需牛十万头。这些数字难免夸张，但布施的耗资也确实是惊人的。《薄伽梵歌》对这种祭典是否定的。所以，把廉价的默祷祭置于祭祀之首。

树木中我是阿湿婆陀[1]，
天仙中我是那罗陀，
乾达婆[2]中我是吉多罗罗他[3]，
成就仙[4]中我是仙人迦毗罗。　10.26

〔1〕阿湿婆陀（Aśvatha）：见15.1注〔1〕。

〔2〕乾达婆（Gandharva）：集团歌神。在《梨俱吠陀》中曾提

到单一的乾达婆，在天上保护着苏摩；或者，说他是一位神医，掌握着医病的苏摩良药；或者，说他是人类始祖的父亲。他有优于妇女的特殊神力，并有权占有她们。正是由于这种缘故，人们在结婚典礼上都乞请他的保护。到后来，乾达婆又被说成是守护天上苏摩的集团神；或是善歌的集团歌神。

〔3〕吉多罗罗他（Citraratha）：集团歌神的首领。

〔4〕成就仙（Siddha）：经过修习而成仙的仙人群体。

马群中我是长耳马〔1〕，
须知它生于甘露之浆，
佳象中我是蔼罗婆特〔2〕，
人群中我就是君王。 10.27

〔1〕长耳马（Uccaiḥśravasa）：神话中的因陀罗的坐骑，是搅海得到的。

〔2〕蔼罗婆特（Airāvata）：象王名。神话传说，东西南北中五方各有一象，蔼罗婆特被想象为东方大地的支持者。

兵器中我是金刚杵〔1〕，
母牛中我是如意牛，
生殖者中我是矜达婆〔2〕
群蛇中我是伐苏启〔3〕。 10.28

〔1〕金刚杵（Vajra）：战神因陀罗的兵器。

〔2〕矜达婆（Kandarpa）：爱神。

〔3〕伐苏启（Vāsuki）：毒蛇之王。

水族中我是伐楼拿〔1〕，

龙群中我是阿难多[2]，
先祖中我是阿利耶曼[3]，
执法者中我是焰摩[4]。 10.29

〔1〕伐楼拿（Varuṇa）：在这里是指水神，西海之王。

〔2〕阿难多（Ananta）：千水龙王，毗湿奴的坐骑。

〔3〕阿利耶曼（Aryaman）：人类祖先。

〔4〕焰摩（Yama）：死神，太阳神之子。

兽群中我是狮子，
计度中我是时刻，
飞禽中我是金翅鸟[1]，
鬼怪中我是蒲罗贺拉陀[2]。 10.30

〔1〕金翅鸟（Vainateya）：神话中的百鸟之王。

〔2〕蒲罗贺拉陀（Prahlāda）：神话中的鬼怪之首。

净化者中我是风，
勇士中我是罗摩[1]，
鱼类中我是鲨鱼，
河流中我是恒河[2]。 10.31

〔1〕罗摩（Rāma）：印度著名史诗《罗摩衍那》（Rāmāyaṇa）中的英雄。

〔2〕恒河（Jāhnavī or Gaṇgā）：印度最大的河流，被认为是最圣洁的河流。

阿周那！我是一切
创造物的始、末、中[1]，

论学说，我是纯我之学[2]，
对于雄辩者，我则是论证。 10.32

〔1〕始、末、中（ādirantaśca madhyam）：指万物的形成、存住和毁灭。参见10.20注〔1〕。

〔2〕纯我之学（adhyātmavidyā）：关于宇宙灵魂的学说。“纯我”（adhyātman）在这里是指宇宙灵魂（无上我）。

我是字母中的‘阿’字母，
我是离合释[1]的相违释[2]，
我是无尽无休的时间，
我是形貌遍宇的载持[3]。 10.33

〔1〕离合释（sāmāsika）：复合词。

〔2〕相违释（dvandva）：没有从属关系的并列复合词，如“昼夜”、“父母”等。

〔3〕载持（Dhātṛ）：同浮载，参见8.9注〔1〕。

我既是吞灭一切的死，
又是将要诞生者的生，
阴性名词中我是声望、吉祥、
语言、智力、宽恕、记忆、坚定[1]。 10.34

〔1〕梵文名词有阳性、阴性和中性的区别。这一颂所列举的声望、吉祥等七个梵文词都是阴性名词。

赞词[1]中我是普利诃娑摩[2]，
韵律中我是伽耶特利[3]之韵，
月份中我是摩伽湿利舍[4]，

季节中我是烟花之春[5]。 10.35

〔1〕赞词（Sāman）：吠陀赞美诗，指娑摩吠陀。

〔2〕普利诃娑摩（Bṛhatsāma）：用普利诃底韵律写成的赞美诗。这种韵律由 36 个音节构成。

〔3〕伽耶特利（Gāyatrī）：一种韵律的名称，一颂由 24 个音节构成。用这种韵律写成的诗也称作“伽耶特利”。在印度神话中，伽耶特利韵律被称为梵天（Brahmā）的声音，只要一吟咏它，就能进入超然的梵界。

〔4〕摩伽湿利舍（Mārgaśīrṣa）：满月进入鹿首星座（Mṛgasiras）的月份，相当于西历 11—12 月。

〔5〕烟花之春（kusumākara）：直译“使花开放者”。

我是发光者的光辉，
我是欺诈中的赌博，
我是胜利，我是判断，
我是高尚者的美德[1]。 10.36

〔1〕美德：梵文是 sattva，音译“萨埵”。这个梵文词在伦理范畴内表示善美。

我是诗人中的乌商那[1]，
我是仙人中的毗耶娑，
我是般度后裔中的檀南遮耶[2]，
我是雅度族[3]的婆苏提婆[4]。 10.37

〔1〕乌商那（Uśanas）：诗人。传说，他是宗教仪律及社会法律的作者；在印度神话中，他又是阿修罗及群鬼的导师。

〔2〕檀南遮耶（Dhanaṃjaya）：意译“胜财”。这本来是阿周那

的称号，因为克里希纳自称是宇宙灵魂（我）的化身，宇宙万物都是由他幻化出来的。所以，他又称是檀南遮耶。

〔3〕雅度族（Vṛṣṇi）：音译是“屋湿腻族”。

〔4〕婆苏提婆（Vāsudeva）：汉译佛经称“婆苏天”、“婆薮天”。见7.19注〔1〕。

我是惩罚者的棍杖，
我是求胜者的良策，
我是智者的智慧，
我是严守秘密的沉默。 10.38

凡万有之种，
阿周那哟！那都是我，
假如没有我的存在，
也就没有动者和静者。 10.39

我那神圣的表现，
无尽无休，敌人的惩罚者！
这种表现的辽阔邈远
已由我明确地向你述说。 10.40

任何存在，不论它多有力量，
还是威严壮丽、灿烂辉煌，
它的产生，你要知道，
都出于我的一份光芒。 10.41

好了，阿周那！对你说来，
知道得那么多又有何用？
全宇宙都由我支持，
并用我的一份光芒将其充盈。”　10.42

上述为光辉的《薄伽梵歌》——尊贵的克里希纳与阿周那的对话，亦即奥义书、梵学、瑜伽论中的第十章，名曰“威力表现瑜伽”。

第十一章

呈现遍宇形貌瑜伽

阿周那说：
“您出于对我的宠爱，
才对我讲了金玉良言，
称为纯自我的最高秘密
驱散了我心中的疑团。 11.1

关于万有的生和灭，
我从您那儿听了个仔细，
莲花眼[1]啊！我还详尽地听了
您那常存不灭的威严壮丽。 11.2

〔1〕莲花眼（Kamalapatrākṣa）：眼睛像莲花瓣一样的人。这是阿周那对克里希纳的称呼。

至高无上的自在天啊！
您已经如实把自我讲给我听，
至高无上的布鲁舍哟！
我还想看看您那神奇之容。 11.3

神主啊！如果您认为，
您的形象可以给我看看，
瑜伽之主啊！那就请您
将不灭的自我显现。”　11.4

薄伽梵说：
“帕尔特哟！请看！
我的形象变化万千，
种类殊多，奇妙动人，
形态不一，五彩斑斓。　11.5

请看阿提帖、双马童[1]，
摩录多、婆苏和楼陀罗！
请看那未曾见过的
诸多奇观！啊，婆罗多！　11.6

〔1〕双马童（Aśvinau）：太阳神的孪生子，是天神的医师。

整个宇宙结成一个整体，
动静之物均由它所包容，
现在就请你仔细观看！
想见之物都在我的形体之中。[1]　11.7

〔1〕此颂省略了克里希纳对阿周那的称呼“古塔给舍”。

然而，靠你的肉眼，
却不能将我观察，

我赠你一双神奇的眼睛，
来观看我的神奇瑜伽[1]。” 11.8

〔1〕瑜伽：在此处是指宇宙灵魂幻化万物的奇妙景象。

桑遮耶说：
这位伟大的瑜伽主赫黎
刚把上面的话讲完，
便把无上的神奇容貌
呈现在帕尔特面前。[1] 11.9

〔1〕11.9—14是桑遮耶对持国国王的陈述。这一颂省略了桑遮耶对持国的称呼“君王”。

面目不一众多奇观，
天上神饰杂沓纷繁，
武器高擎种类殊多，
兵刃不同神妙非凡。 11.10

身着天衣饰花绣，
肤擦香膏神圣油，
尽是奇辉映异彩，
诸方神貌多无休。 11.11

若论大我光辉，
唯有千日同升，
齐照耀于太空，

方可与之类同。 11.12

整个宇宙归于一体，
千差万别各不相同，
般度之子在此所见
均在神上神的体中， 11.13

檀南遮耶见到这种形象，
毛骨悚然，大为惊异，
躬身合十向神敬礼，
平身之后，便开口言语。 11.14

阿周那说：
“神啊！在您身上见到了诸神，
见到了神龙和诸位仙人，
见到了梵主[1]坐于莲座，
还有那万有荟萃于汝身。 11.15

〔1〕梵主（Brabmānamīśam）：即神主，指梵天。

见您有无数臂、腹、口、目，
您的形貌繁多无尽无穷，
形貌遍宇哟，宇宙之主！
于各方均不见您的始、末、中。 11.16

我见您头戴花冠，

手执钉锤，神轮托在掌上，
您身躯高大无法测度，
光芒四射灿烂辉煌，
从各方都难以正视，
您的光焰恰似那炽火灿阳。 11.17

您是可知的不灭终极，
您是常恒不逝的布鲁舍[1]，
您是宇宙的最高归宿，
您是永恒达磨的不朽卫护者。 11.18

〔1〕布鲁舍（Puruṣa）：在这里指生主。

我见您没有始、中和尽头，
您威力无穷、生有无数双手，
您以日月为目，面如炽火，
以自己的光辉普照宇宙。 11.19

天地之间唯为您所漫布，
四面八方唯为您所遍透，
看到您那奇异可怕之形，
三界都被吓得发抖。[1] 11.20

〔1〕此颂省略了阿周那对克里希纳的称呼"崇高的神主"。

神群络绎不绝地进入您的躯体，
那些惶惧者双手合十对您称颂，

大仙和悉檀仙众同声祝愿'您好!'
并以最美的赞词将您歌咏。 11.21

萨睇耶[1]、阿提帖、婆苏和楼陀罗,
毗湿婆[2]、双马童、乌湿摩波[3]和摩录多,
乾达婆、夜叉、阿修罗和悉檀仙众,
他们都凝望着您而惶恐惊愕。 11.22

〔1〕萨睇耶(Sādhya):一类天神的总称。
〔2〕毗湿婆(Viśva):宇宙群神的总称。
〔3〕乌湿摩波(Uṣmapa):祖先之灵。

巨臂之神啊!您那庞大的躯体
有无数面、目、腹、股和胳臂,
因为口生獠牙而令人生畏,
诸界见到您和我一样恐怖战栗。 11.23

您高耸云霄,光辉灿烂,
大口如盆,广目闪闪,
见到您,我的心瑟缩颤抖,
毗湿奴[1]!我不能宁定泰安。 11.24

〔1〕毗湿奴:这是阿周那对克里希纳的称呼。

您的口犹如劫末之火,
颗颗巨齿令人恐怖,
见到它我不辨方向,

平息吧！神主，宇宙之归宿！[1] 11.25

〔1〕此颂省略了阿周那对克里希纳的称呼“神主”。

持国的儿子们，
和那些护世之王，
还有毗湿摩、德罗纳、
苏多之子[1]和我方的良将， 11.26

〔1〕苏多之子（Sūtaputra）：迦尔纳，参见1.8注〔1〕。

都急匆匆进入您那可怕之口，
您嘴里的巨齿让人畏惧，
见到已经化为齑粉的头颅
还挂在您那牙齿的缝隙。 11.27

宛如条条川溪江河
向着大海汹涌奔流，
人世诸雄也纷纷进入
您那喷焰吐火之口。 11.28

好似飞蛾迅速扑向
炽烈的火焰而毁灭，
众人也迅速冲进
您的许多大口而终绝。 11.29

您用喷焰吐火之口

向四周吞噬舔吮着众人，
毗湿奴！您以光辉充满宇宙，
又用可怕的烈焰将它烤焚。　11.30

平息吧，无上神！向您敬礼，
请告诉我形象可怕的您是谁？
我想了解您这位太初之神，
因为我不知道您有何种作为。”　11.31

薄伽梵说：
“我是成熟的毁世之时，
我的责任就是毁灭众人；
那敌方的勇士，即使没有你，
也都会荡然无存。　11.32

请你站起来吧！克敌之后，
你将拥有富国，取得美名，
那些人早已被我杀死，
你只是充当工具。左臂子弓[1]！　11.33

〔1〕左臂子弓（Savyasācin）：此为克里希纳对阿周那的称呼。

德罗纳、毗湿摩、遮耶达罗他、
迦尔那以及其他善战的英雄，
他们已经被我杀灭，请诛戮吧！
不要畏惧，战斗吧！你将无敌于阵中。”　11.34

桑遮耶说：

着冕者[1]听了凯舍婆[2]这番话，
如鲠在喉嗫嚅不能成声，
哆嗦着双手合十再次弯腰行礼，
开口[3]讲话心里却极度惶恐。 11.35

〔1〕着冕者（kirīṭin）：指阿周那。

〔2〕凯舍婆：克里希纳的绰号。

〔3〕此处省略了“对克里希纳”几个字。

阿周那说：

“正因为您的威名，赫里史给舍！
全世界都为之欣喜高兴，
诸成就仙群都会向您弯腰行礼，
所有的罗刹却被吓得四散逃命。 11.36

崇高之神啊！您为创始者且比梵高，
神主哟！您怎能不令仙群弯腰鞠躬！
您为非变异，又为是亦非是[1]，
或高于二者[2]。宇宙之归！无尽无穷！ 11.37

〔1〕是亦非是（sadasat）：这是对宇宙灵魂的表述，说它既是某物，又不是某物；是存在，又是非存在；是显现的，又是非显现的；是变异，又是非变异。这与13.13的“非有非无”的意思是一致的。

〔2〕高于二者：宇宙灵魂比“是亦非是”的状态更高。

您是原神，您是原人[1]，

您是宇宙的最终归宿，
您是知者[2]、被知者[3]和至上终极，
貌无穷哟！宇宙皆由您遍布。　11.38

〔1〕原人（Puruṣaḥ purāṇaḥ）：原初的灵魂。
〔2〕知者（vettṛ）：知觉的主体“灵魂”。
〔3〕被知者（vedya）：感觉对象。

您是风神、死神、火神、水神，
您是月神、生主和人类的祖宗。
向您行礼、行礼、千次行礼！
向您致敬、致敬、再次致敬！　11.39

万有[1]啊！在前后向您行礼！
从四面八方向您致敬！
您力量无限，遍充万有，
您即万有。威力无穷[2]！　11.40

〔1〕万有（sarva）：阿周那对克里希纳的称呼。
〔2〕威力无穷（Anantavīrya）：阿周那对克里希纳的称呼。

认为您是朋友，才冒昧地喊：
‘嗨，克里希纳！嗨，雅达婆！
嗨，朋友！’我未觉察您的伟大，
是因对您至亲或疏忽之过。　11.41

我单独与您相处或在他人面前，

出于玩笑，于食、睡、坐和游戏诸方面，
对您皆有失敬。为此，恳请您宽恕，
阿逸多！您宽宏大量浩渺无边。 11.42

您是动物和静物世界之父，
您是先知而令人敬慕，
既然三界已无物与您匹比，
哪还有比您更高的他物？[1] 11.43

〔1〕此颂省略了阿周那对克里希纳的一个尊称“威力无比”。

因此，我向您弯腰行礼五体投地，
请求您，受人称颂的神主，开恩！
就如父亲对儿子、朋友对朋友、
亲者对其所亲那样宽恕我！大神！ 11.44

我高兴地见到了从未见到的奇观，
然而，我的心因恐惧而瑟缩抖动，
神主哟！请平息，宇宙之归宿！
神啊！请为我现出您那本来面容。 11.45

我想看到您以前那副模样！
执钉锤、托神轮、花冠戴在头上，
哟！千臂哟！遍宇貌哟！
请再现出您那四只手的形象。” 11.46

薄伽梵说：
“阿周那！由于我对你的宠爱，
我才靠自我瑜伽[1]现出了最高形象，
除你之外，从来没人见过，
它遍及一切，太始无穷，灿烂辉煌。　11.47

〔1〕自我瑜伽（ātmayoga）：宇宙灵魂（我）所具有的演幻能力。

无论靠吠陀、祭祀、布施、习诵[1]，
还是靠礼仪和严酷的修行，
在人界，除你之外，再也没人
见过我这形象。啊，俱卢之雄！　11.48

〔1〕习诵（adhyayana）：学习、吟诵吠陀等经典。

你看了我这可怕的形象，
不要受惑也不要惶恐，
待你惊魂已定，心情转喜时，
再来看看我那另外一副面容。”　11.49

桑遮耶说：
婆苏天对阿周那说毕，
他自己的形象即刻复现，
崇高之神恢复了温柔模样，
便对恐惧者进行慰勉。　11.50

阿周那说：
“瞻纳陀那哟！我看到了
您那凡人般的温柔面容，
现在我心已宁定，有了知觉，
又恢复了我那本来性情。” 11.51

薄伽梵说：
“你已经见到了
我这很难见到的形象，
观看我这形貌，
连众神也一定渴望。 11.52

无论靠布施、祭祀，
还是靠苦行、吠陀，
谁都不能像你那样
见到这副形象之我。 11.53

只有靠不二的虔诚信仰，
才能真正看到我、理解我，
阿周那！也才能归于我。
啊，敌人的惩罚者！ 11.54

无迷恋而为我操持事业，
以我为最高目的而虔信我，
对所有存在之物均无敌意，

这样的人才归于我。啊，般达婆！”　11.55

上述为光辉的《薄伽梵歌》——尊贵的克里希纳与阿周那的对话，亦即奥义书、梵学、瑜伽论中的第十一章，名曰“呈现遍宇形貌瑜伽”。

第十二章

虔信瑜伽

阿周那说：
“有些人经常修习瑜伽，
敬仰您且十分虔诚；
有些人敬仰冥有[1]和非变异[2]，
他们中谁对瑜伽最为精通？” 12.1

〔1〕冥有（avyakta）：参见 8.20 注〔1〕。

〔2〕非变异（akṣara）：恒常不变的存在。

薄伽梵说：
“常修瑜伽对我专诚，
怀以至高信仰对我崇敬，
这样的人在我看来，
才配享有最高瑜伽者[1]之称。 12.2

〔1〕最高瑜伽者（yuktatama）：指获最高修习效果的瑜伽修习者。

他们所敬仰的是永恒不灭，
不可名状、遍及一切，

坚定不移、不可想象、
非显非现、常存不灭。 12.3

善于控制诸知根，
且乐于济助众生，
处处坚持等同观念，
定能与我化为一同。 12.4

凡凝思于冥有者，
均有无穷无尽的烦恼，
因为无形的冥有之态[1]，
有形者很难体验到。 12.5

〔1〕状态（gati）：有的英译本译作“道路”（path），有的译作“终的”（goal）。

有人以我为最终目的，
唯借瑜伽把我冥想，
将诸业全都奉献给我，
并虔诚地将我敬仰。 12.6

将心神专注于我，
我便迅即成为他们的拯救者，
救他们逃出生死轮回之海，
啊，帕尔特！ 12.7

全神贯注于我吧！
把你的智慧应用于我！
而后，你将常寓我内——
这丝毫不必疑惑。 12.8

如果不能全神专注于我，
你就反复修习瑜伽，
通过瑜伽的反复修习，
就有希望得到我，阿周那[1]！ 12.9

〔1〕原文是阿周那的称号“檀南遮耶”。

假如你无力进行修习，
那就专做有利于我的事情，
为我做了许多事情之后，
你就会获得圆满成功。 12.10

如果你仍然做不到，
那就依赖我的神奇之力[1]，
对自我严加克制，
把诸业之果全都舍弃。 12.11

〔1〕我的神奇之力（madyoga）：直译为“我的瑜伽”，即所谓宇宙灵魂神奇的幻化能力，实指事物与事物之间的神妙关系。

因为智慧比修习优胜，
禅定却比智慧更高，

舍弃业果优于禅定，
而平静比舍弃更好。 12.12

对待万有友好、
怜悯而无仇怨，
等视苦乐宽厚忍让，
既无我所，亦无我慢， 12.13

对我虔信，坚定不移，
而将心、智对我奉献，
自我克制，总觉满足，
此瑜伽者方如我愿。[1] 12.14

〔1〕13—14，这两颂连在一起意思才完整。

人若不厌恶他人，
亦不为他人所厌，
他能超脱喜怒怯勇[1]，
这才为我所喜欢。 12.15

〔1〕勇（udvega）：有骚动之意。

无所盼望，纯洁伶俐，
没有烦恼，冷漠无牵[1]，
对我虔信，从不创新[2]，
这才为我所喜欢。 12.16

〔1〕冷漠无牵（udāsīna）：对任何事物都漠不关心，说明这样的

人已经达到了超然地步。

〔2〕从不创新（sarvāraṃbhaparityāgin）：直译“废尽诸始”。意思是不标新立异，也不从事新的工作。印度教对各种姓的职业、礼仪等都有极严格的规定，不同种姓的人只能从事本种姓所应从事的工作，绝对不能越出和创新，否则就会被认为是图谋不轨、大逆不道。

谁能做到不计福祸，
不悲不喜，无欲无恨，
且怀有虔敬笃诚之心，
谁就是我所喜欢的人。 12.17

谁能驱除迷恋，
等同看待荣辱，
谁能等视敌友，
等视严寒酷暑， 12.18

谁能沉默无言，等视毁誉，
思想坚定，对我虔信，
事事满意，居无定处，
谁就是我所喜欢的人。 12.19

谁把我看做是最高终的，
怀有信仰并有虔敬之心，
遵从上述合理的不朽教诲，

谁就是我最喜欢的人。” 12.20

上述为光辉的《薄伽梵歌》——尊贵的克里希纳和阿周那的对话，亦即奥义书、梵学、瑜伽论中的第十二章，名曰：“虔信瑜伽”。

第十三章

田与知田有别瑜伽

阿周那说：

“我想了解什么是田[1]，

什么是知田[2]，什么是原质，

凯舍婆！什么是布鲁舍[3]，

什么是智慧[4]，什么是可知[5]？” 13.1

有些版本没有这一颂，商羯罗也没有注释，如果把这一颂计算在内，全诗共701颂，但传统说法是700颂。

〔1〕田（kṣetra）：指身体、意识、思想、感情和五大（地、水、火、风、空）等可变灭之物。

〔2〕知田（kṣetrajña）：指灵魂“我”。

〔3〕布鲁舍（Puruṣa）：与知田没有什么区别，只是来源不同，“知田”和“田”来源于奥义书，“布鲁舍”来源于数论。

〔4〕智慧：这里是jñana的意译。

〔5〕可知（jñeya）：指的是“梵”，说“梵”是可以通过智慧了解的。

薄伽梵说：

“恭底耶！

这身体称为‘田’，

明白这个道理的人们
把知身者[1]称为‘知田’。　13.2

〔1〕知身者（etadyo vetti）：懂得身体者，指所谓了解自身的主体（灵魂）。

你要知道，在诸田中，
我是知田，婆罗多！
有关田和知田的智慧，
都被认为属于我。　13.3

第二颂已给田和知田下了定义，第三颂又说“我也是知田”，这个“也”字已经暗示了“我”不仅是了解田（身体）的主体（知田），而且也是田本身。第四颂以后，又继续对田和知田加以说明。

什么是田，有什么性质，
它来自何物，变化如何，
知田是谁，有何性能，
听我概要地把它们叙说。　13.4

此为不同仙圣分别
以各种不同韵律所歌颂，
亦以富于推理的
梵经格言所吟咏。　13.5

五大、我慢、
觉、十根、

五根境、
非显和一心，[1] 13.6

〔1〕此颂属于数论哲学的二十四谛：非显（avyakta）即原质或曰自性（prakṛti）、觉（buddhi 即大 mahat）、我慢（ahaṃkāra）、十根（indriyāṇi daśa）（即五知根：眼、耳、鼻、舌、皮；五作根：手、足、口、生殖器、排泄器）、心（manas）、五根境（pañcendriyagocarāḥ即五唯 pañca tanmātrāṇi：声、色、香、味、触）、五大（mahabhūtāni：地、水、火、风、空）。其中没提到第二十五谛：神我（puruṣa）。

欲、嗔、苦、乐、
和合、觉、坚毅，
凡此合称则为田，
共寓之性为变异。[1] 13.7

〔1〕此颂来源于胜论（Vaiśeṣika）哲学。胜论属自然哲学，初立六个范畴即"六句义"：实、德、业、同、异、和合，后加无、有能、无能和俱分，发展为十句义。此颂所讲的欲（icchā）、嗔（dveṣa）、苦（duḥkha）、乐（sukha）、和合（saṃghāta）、觉（cetanā）和坚毅（dhṛti）均属德句义。"和合"系不同范畴，即不同事物间的相合关系或统一关系，如寒、暑，苦、乐，荣、辱等的相互依存、相互转化、互为因果等关系。

诚实、戒杀、宽恕，
以及正直、谦卑，
尊敬师长和纯洁，
还有刚直与克己， 13.8

13.8—12 为一整体，解释"智慧"的含义。

不贪根境，
亦无我慢，
生老病苦死，
悉皆被洞穿， 13.9

不恋妻、子，
不牵家庭，
一切顺逆
视为等同， 3.10

专修瑜伽，
对我虔敬，
不与人群，
结庐僻静， 13.11

对纯我论[1]坚信不疑，
对诸谛学[2]的内容穷原竟委，
以上所述被称做‘智慧’，
与之不同的只能称做‘愚昧’。 13.12

〔1〕纯我论（adhyātmajñāna）：同“纯我学”（adhyātmavidyā），参见10.32注〔2〕。

〔2〕诸谛学（tattvajñāna）：数论哲学。

我将把那可知讲述，
领悟了它便得到了甘露；

它就是无始的最高之梵，
‘非有非无[1]’则是它的称呼。 13.13

〔1〕非有非无（na sattannāsat）：指梵的状态。用否定和否定的否定来表示肯定的表达方法是印度古代哲学的一大特点，这里用来表述“梵”不是（某种实体），也并非不是（某种实体）的模糊状态。

它到处都有手和足，
到处都有口和目，
到处都有首和耳，
它将全世界充周漫布。 13.14

它不具备各种知根，
却似有诸知根的性能[1]，
无牵连却维系着万有，
无三德却享有着德性[2]。 13.15

〔1〕性能：guṇa 的意译。

〔2〕德性（guṇa）：见 2.45 注（1），此处指自然属性。无德性（nirguṇa）是指没有任何自然属性。

它在万有之外又在其内，
它既是静物又是动物[1]，
它极近却又相距辽远，
它不可知因微妙之故。 13.16

〔1〕动物：一切能动之物。

它既独立完整不可分割，

却又分别居于万有之中，
它是毁灭者又是创生者，
它被称为万有之载承[1]。　13.17

〔1〕万有之载承（bhūtabhartṛ）：使万物存在的原因，也可以译为“万有的维持者”。

它被称做超越黑暗者，
是诸种光线中的光明，
是智慧、可知、凭智可悟[1]，
它却存在于万有的心中。　13.18

〔1〕凭智可悟（jñānagamya）：（梵）是凭智力可以领悟到的。

以上便是我所描述的
田、智慧和可知的梗概，
我的信奉者懂得了它，
便能达到我的性态。　13.19

须知原质和神我，
二者皆无始初，
转异[1]与三德，
皆由原质生出。　13.20

〔1〕转异（vikārāḥ）：数论哲学术语，谓原质或曰自性（prakṛti）的23种转异之物——觉（buddhi），我慢（ahaṃkāra），十一根（11 indriyāni 即五作根——口、手、足、生殖器、排泄器；五知根——眼、耳、鼻、舌、皮；心），五唯（5 tanmātras——声、色、

香、味、触），五大（5 mahābhūtāni——地、水、火、风、空）。

因果相衔，
原质为因；
感受苦乐，
神我为因。 13.21

寓于原质之神我，
享有原质之三德，
投生于好坏之胎，
是因对三德执著。 13.22

寓于体中的最高神我
被称为见证者和允诺者，
也称为载乘和大自在，
或曰享受者和无上我。 13.23

如此懂得了神我，
懂得了原质和三德，
此人便不会再生，
无论其行为若何！ 13.24

亲证自身之我，
有人靠僧佉瑜伽[1]，
有人靠禅定，

有人靠有为瑜伽[2]。　13.25

〔1〕僧佉瑜伽（Sāṃkhya-yoga）：借数论哲理所阐发的等同观。

〔2〕有为瑜伽（Karma-yoga）：实践中的等同观。

另有人不明这种道理，
听了他人之言才敬仰我，
即使他们依赖于所闻，
也不能将那死亡超脱[1]。　13.26

〔1〕所谓的超脱死亡不是指长生不死，而是指超脱轮回。

须知，凡有情命之物，
无论能动或不能动者，
婆罗多之俊杰哟！
都产生于田和知田的结合。　13.27

有人见到无上自在[1]
均匀地寓于万物，
万物有逝而他永存，
此人所见确切无误。　13.28

〔1〕无上自在（Parameśvara）：参见 6.7 注〔1〕。

因其见到自在天
均匀地将一切遍及，
故自我不伤自我，
此人便能达到无上终的[1]。　13.29

〔1〕无上终的（parā gati）：宇宙的本原和终极存在。

有人如若发现
唯有原质从事诸业，
自我却是无为者，
其看法才算确切。 13.30

谁将万有的多样性，
看做是统归于一，
并由一扩大之时，
谁就算达到了梵的境地。 13.31

永不泯灭的无上我，
既无诸德又无始初，
虽宿体内亦无所为，
且不被那有为玷污。[1] 13.32

〔1〕此颂省略了克里希纳对阿周那的称呼“恭底耶”。

犹如遍及一切的空气，
因其微妙而不受染，
同样，无所不在之我，
虽寓体内而不被玷。 13.33

宛如一轮红日
将整个世界普照，

有田者[1]，婆罗多！
同样把诸田照耀。 13.34

〔1〕有田者（kṣetrin）：指灵魂。

谁以慧眼看到了
田与知田的区别，
明了离却万有原质的解脱，
谁就能臻于无上境界。” 13.35

上述为光辉的《薄伽梵歌》——尊贵的克里希纳与阿周那的对话，亦即奥义书、梵学和瑜伽论中的第十三章，名曰“田与知田有别瑜伽”。

第十四章

三德有别瑜伽

薄伽梵说：

“还有诸学中的无上学[1]，

我也要把它讲给您听，

诸位仙人懂得了它，

便获得了无上圆成[2]。 14.1

〔1〕无上学（jñāna-uttama）：关于无上我与自然界关系的学说，中心内容是三德论。

〔2〕圆成（siddhi）：指解脱。在佛经中，“siddhi”译为“悉地”，意译：靠坐禅得到的神奇能力。

有些人凭借这种学问

归于我，与我化为一同，

这样便在毁劫时无恐惧，

在创世时也不再投生。 14.2

我的胎藏[1]为大梵，

我将胎儿置其中，

那万有，婆罗多哟！

皆由它萌发诞生。 14.3

〔1〕胎藏（yoni）：子宫。

于各种胎藏中，恭底耶！
萌发各种有形之物，
梵是有形之物的孕育之器，
我为播种者也即其父。 14.4

萨埵、罗阇、答摩，
这三德皆由原质生出，
体中的宿主永不泯灭，
而三德却能将宿主束缚。[1] 14.5

〔1〕此颂省略了克里希纳对阿周那的称呼“大力士”。

其中，萨埵因其纯洁，
而有益健康光辉璀璨，
它行束缚，安那客！
是靠对幸福和智慧的迷恋。 14.6

要知道罗阇的本质是贪欲，
它是欲望和迷恋的根源，
它束缚形体的宿主，
依赖对业果的迷恋[1]。 14.7

〔1〕对业果的迷恋（karmaphalasaṅga）：对于行动结果的追求。此颂省略了克里希纳对阿周那的称呼“恭底耶”。

婆罗多！答摩生于愚昧，
你知道它会使宿主迷乱，
它行束缚依赖玩忽，
还有那懒惰和沉眠。 14.8

罗阇使人迷恋于有为，
萨埵使人迷恋于幸福，
婆罗多！答摩蒙其智慧，
使人迷恋于玩忽。 14.9

克服了罗阇、答摩，
就会出现萨埵，
克服了萨埵、答摩，
就会出现罗阇，
克服了萨埵、罗阇，
就会出现答摩。[1] 14.10

〔1〕此颂省略了克里希纳对阿周那的称呼“婆罗多”。

当智慧之辉
于身内诸窍闪烁光芒，
此时，便会得知
萨埵已经增长。 14.11

婆罗多的英雄啊！
随着罗阇的增长，

便会创诸业、有贪婪，
生躁动不安和奢望。 14.12

俱卢难陀那！
一旦答摩居于优胜，
昏暗、懒惰、玩忽、
迷惑便随之产生。 14.13

时值萨埵增盛，
恰遇有身[1]终绝[2]，
它便趋向净土——
知终极者的世界。 14.14

〔1〕有身（dehabhṛt）：直译："赋有形体者"，这里指人的灵魂。

〔2〕终绝（pralaya）：直译"分解"。指有身（灵魂）失却了肉体。

在罗阇优胜时死亡，
他便在迷业者[1]中投生；
在答摩优胜时死亡，
他便投生于愚者胎中。 14.15

〔1〕迷业者（karmasaṅgin）：耽于有为结果的人。

善业的纯洁之果，
其性属于萨埵，
痛苦之果性属罗阇，

愚昧之果性属答摩。 4.16

智慧出于萨埵，
贪婪出于罗阇，
玩忽、迷惑和无知
悉皆来源于答摩。 14.17

萨埵性者上升，
罗阇性者居中；
那些品行卑劣者，
性属答摩而趋向下层。[1] 14.18

〔1〕这一颂的意思是说，具有萨埵性的人，由于萨埵的驱使而行善，死后可以升入天堂。具有答摩性的人，由于答摩的驱使而从恶，死后便下到地狱。具有罗阇性的人死后仍投生于人间。第一种人的趋向最好，但并未超出轮回。这里所谓的天界仍属轮回范畴。因为包含萨埵在内的三德是使人轮回的奇妙力量。为了超越轮回，达到解脱的最高目的，就必须掌握把一切都看做等同的智慧，还必须实行瑜伽修习，从事应该从事的事业而无利己的动机。这样，就可以达到数论所谓“超越三德的境地”（triguṇātitāsthā），进而实现解脱，达到“小我”（个体灵魂）和“大我”（宇宙灵魂）相应一如的最高目的。本章后几颂所表述的就是这个意思。（参见 14.21—27）

当卓识者发现动因
即三德而非其他存在，
且知高于三德者，
他便趋向我的性态。 14.19

有身[1]超脱了三德，
三德皆由身体生出，
那脱离生死老苦之魂
便会尝到不死的甘露。” 14.20

〔1〕有身（dehin）：灵魂。

阿周那说：
“超越三德者
其行若何？
有何标志？神主啊！
他怎样将这三德超脱？” 14.21

薄伽梵说：
“般度之子啊！
活动、愚暗、光明，
当其消止无冀望，
当其出现无怨憎。 14.22

他坐而不为三德所扰，
对任何事物都似乎冷漠无牵，
悟到‘世间只有三德运行’，
他便宁定不动、处之泰然。 14.23

他悠然自处等视苦乐，
把泥土金石等同看，

他坚定不移齐好恶，
等视对己之褒贬。 14.24

等同看待敌和友，
等同看待荣与辱，
绝不创始诸新业，
三德才算被超出。 14.25

靠信仰瑜伽[1]将我崇敬，
目的专一且甚虔诚，
此人既已脱离三德，
即可与梵趋于等同。 14.26

〔1〕信仰瑜伽（Bhaktiyoga）：也可以译作“信瑜伽”，此指通过信仰而至等同境界的修习方法。

因为我为不朽、
不灭梵之归宿，
亦为永恒达磨
和终极的幸福。” 14.27

上述为光辉的《薄伽梵歌》——尊贵的克里希纳与阿周那的对话，亦即奥义书、梵学和瑜伽论中的第十四章，名曰：“三德有别瑜伽”。

第十五章

无上布鲁舍瑜伽

薄伽梵说：

“据说有一种树，名曰阿湿婆陀，

其根在上，其枝向下垂落，

其叶为不朽的吠陀经文，

谁懂了它，谁就算通晓了吠陀。[1] 15.1

〔1〕此颂是对宇宙形象化的描写，把宇宙比作头足倒立的大树。这种树的音译名称为“阿湿婆陀”（Aśvattha），意译为“马厩”。许多字源学家认为，这是由神话中太阳的神马在这棵树下歇足而得名。关于宇宙的这种形象化描写，在印度许多古代经典里都能找到。在《梨俱吠陀》中，就有关于伐楼拿天界之树的描写：这棵树的根高高在上，树的枝条（光线）向下伸展。在《毗湿奴的千名》（Viṣṇu-Sahasranāman）中也提到了“伐楼拿树”（Varuṇavṛkṣa），并被认作是无上自在天的千名之一。它也似乎是《梨俱吠陀》中所讲到的“妙绿树”（Supalāśa-vṛkṣa），神话说焰摩（Yama）和祖先们坐在树下饮酒言欢，树上长满了甜美的浆果，栖息着两只善飞的金翅鸟（Suparṇa）。在《阿闼婆吠陀》中，也有关于“阿湿婆陀”的描写，说这种树生长在第三个太阳界，它是神的家室。在《伽塔奥义书》（Kaṭhopaniṣad）中，把梵描写成长生不死的阿湿婆陀，说它的根

是向上的，它的枝干是向下的。《薄伽梵歌》中的“阿湿婆陀”很可能是从《伽塔奥义书》中借来的。它的根指的是无上自在天，宇宙树（jagad-vṛkṣa）——阿湿婆陀就是从他那里发出来的，它的枝干向下伸展，以至遍及整个宇宙。〔参见《薄伽梵歌——深奥的教诲》(B. G. Til-ak：Gītā-Rahasya)，1936 年，浦拿（Poona）版，第二卷，第 1135 页〕

以三德滋养的枝干，
在人世间向上下伸展，
它的嫩枝就是根境，
根受业缚而向下蔓延。〔1〕 15.2

〔1〕很显然，这是对尘世的描写。《薄伽梵歌》的作者把人类世界也比作一棵大树，与宇宙之树所不同的是，前者是头足倒立的，后者是本末如常的。他把整个物质世界比作以三德滋养的枝干；把各种感觉对象（根境）比作树的嫩枝；把根向下生长的原因比作是业的束缚。前一颂对宇宙的描写来源于吠陀，这一颂则是数论和吠陀的描写相调和的产物。之所以这样描写，是要人们更容易接受整个世界都受物质的三德所制约的理论，进而让人们跳出这个受物质沾染的世界，归向大树之本——永久宁静之我。

在尘世没有人发现它的形貌，
它的始末根基也不曾有人看见，
砍倒这棵根深蒂固的阿湿婆陀，
需要用那锋利的无迷恋之剑。 15.3

而后便能达到向往之境，

达此境者则不再还，
‘我找到了原初的神我，
从而便有了太古活力的始源’。 15.4

若无傲慢愚痴，
矫正迷恋之过，
根绝诸种欲望，
全神贯注纯我，
离却苦乐双昧，
其心不受迷惑，
此人方能达到
永恒不灭之所。 15.5

我那至高无上的宿地，
火的光焰不能把它染红，
日月不能把它照得通明，
进入此地者便不复再生。 15.6

我那永恒的一分，
在有生界化成了生命，
它培育了心和五根[1]，
这六根均处于原质之中。 15.7

〔1〕心和五根（manaḥṣaṣṭhānīndriyāṇi）：直译为“以心为第六的诸根”。在《薄伽梵歌》哲学体系中，作为思维器官的“心”（manas）也被纳入了感官范畴。

自在[1]能潜入这身体，
亦能弃舍这身躯，
它携诸根而出走，
如风挟芳离芳寓[2]。 15.8

〔1〕自在（Īśvara）：自在天，即大我。
〔2〕芳寓：芳香的寓所。

凭着触、味、嗅，
亦靠视与听，
另借其心根，
感受诸物境。 15.9

（自在天的）离与住，
以及伴有三德之享用，
受惑者难以觉察，
唯慧眼者才能将其辨明。 15.10

勤奋努力的瑜伽者，
能见寓于自身的自在天，
本性不堪造就的愚昧者
虽努力也不能将其明辨。 15.11

太阳的光芒
普照整个宇宙，
要知道，阳光、月光、

火光皆为我所有。　15.12

我进入大地之后，
用生机维系万物，
我化为苏摩醇浆，
把各种植物滋补。　15.13

我化为生命之火，
存在于众生之体，
消化四种食物，
调顺上下之气。　15.14

我遍居于众生心内，
记忆、智慧皆由我生，
推理的能力也来源于我，
靠吠陀确能将我弄懂，
我是吠檀多的作者，
对吠陀也十分精通。　15.15

世上有两种神我
——易逝的和不灭的，
易逝的化成了万物，
万物的终极称为不灭者。[1]　15.16

〔1〕在《薄伽梵歌》的思想体系中，“宇宙灵魂”（神我）被分成了三部分，这一颂讲的是与万物有关联的前两部分：易逝的

(kṣara)——指有形体的万物；不灭者（akṣara）——指的是原质（自性）。15.17讲的是第三部分——宇宙的终极灵魂。“万物的终极”，梵文是kūṭastha，直译为“居首的”。

另有最高的布鲁舍，
三界都由他维系弥漫，
他被称为无上我，
亦即不灭的自在天。 15.17

因为我高于易逝者，
甚至也高于不灭者，
所以在世间和吠陀中，
我被称做无上神我。 15.18

未受迷惑者
把我当做无上神我，
真心实意地将我崇敬，
他是全知。啊，婆罗多！ 15.19

完人啊！以上所述
是最为深奥之论，
懂了它，便尽其应为之事，
亦算有才智之人。”[1] 15.20

〔1〕此颂省略了克里希纳对阿周那的一个称号——“婆罗多”。

上述为光辉的《薄伽梵歌》——尊贵的克里希纳与阿周那的对话，亦即奥义书、梵学、瑜伽论中的第十五章，名曰："无上布鲁舍瑜伽"。

第十六章

神资与阿修罗资质有别瑜伽

薄伽梵说：

“无所畏惧、品质纯洁，
坚信智慧瑜伽、布施，
自我克制、举行祭祀，
诵读经文、禁欲、正直、 16.1

戒杀、真诚、无嗔怒，
不中伤、舍弃、平静，
怜悯众生、不贪婪，
温和、谦虚、稳重， 16.2

英气、宽恕、纯洁，
不骄、无怨、坚韧，
婆罗多哟！这些均属于
生来就具有神资的人。 16.3

帕尔特！虚伪、自负，

嗔怒、妄言、无知、骄矜，
这些均属于生来
就有阿修罗资质的人。　16.4

据说神的资质趋向解脱，
阿修罗的资质趋向束缚，
般达婆哟！你不要悲伤，
你生来就具有神的天赋。　16.5

在此界被创造的众生分为两类，
一类赋有神资，一类赋有阿修罗性，
赋有神资的人我已详述，帕尔特！
现在我就把阿修罗性的人讲给你听。　16.6

何事当为，何事不当为。
阿修罗性的人根本不懂，
在他们那里没有纯洁，
也没有善为和真诚。　16.7

他们说：‘世界并不真实，
没有自在天，也没有基础[1]，
世界也并非相因而生[2]，
唯情欲是因[3]，舍此别无他故。’[4]　16.8

〔1〕没有基础（apratiṣṭha）：宇宙万物没有一个最终的本原（宇宙灵魂——自在天）。

〔2〕非相因而生（aparasparasaṃbhūta）：宇宙万物不是按一定的因果序列产生的。拉达克里希南注释说："从其反面解释，由神主（自在天）所统治的世界都要遵从一定的秩序，世界上的事物都是顺其规律从另一事物产生的。唯物论者否认这种秩序或规律，认为事物无论如何都是要产生的。他们相信没有一定的秩序存在，世界的存在仅仅是为了享受。"他还引用了商羯罗（Śaṃkara）的一句话："这是路伽耶陀派（顺世论派，Lokāyatikas）的观点——性欲是众生的唯一原因。"

〔3〕情欲是因（kāmahaituka）：世界的生物都是情欲的结果。拉达克里希南译为"欲望为其因"。

〔4〕很显然，这一颂所表达的思想是顺世论的世界观。之所以在《薄伽梵歌》里被引用，其目的是为了批判。用《薄伽梵歌》的观点解释，世界万物虽然是变化无常的、易逝的，但这并不是说整个世界就没有不灭的"真实的"存在，这种"真实的"存在就是寓于众生体内的灵魂。顺世论反对这种观点，认为世界万物没有一种是"真实的"，也就是说没有一种是不灭的，所谓不灭的灵魂是不存在的。

《推提利耶奥义书》（Taittirīya Upaniṣad）用"相因而生"的理论来说明最终的宇宙基础的存在。书中写道："以太出于我，风出于以太，火出于风，水出于火，地出于水，植物出于地，食物出于植物，人出于食物。"如果承认这一序列，那就必然导致承认宇宙本原（基础）——宇宙灵魂（我或自在天）的存在。古代顺世论否认宇宙灵魂的存在，进而也就不得不否认"相因而生"的理论，只承认情欲是世界的唯一原因。〔参见提拉克：《薄伽梵歌——深奥的教诲》（Gitā-Rahasya），1936 年，浦拿（Poona）版，第二卷，第 1151—1154 页的英文注释〕

持有此见者，

智力浅薄没有灵魂，
行为野蛮从事酷业，
是导致世界毁灭的敌人。　16.9

这些人欲壑难填，
虚伪、狂妄、骄矜，
因愚昧而持错误之见，
他们行事而动机不纯。　16.10

他们的忧虑没有穷止，
直到死亡才告终结，
满足欲望就是最终目的，
肯定这就是他们的一切。　16.11

他们沉湎于情欲和嗔怒，
又被欲望之白索束缚，
为达到欲望和享乐的目的，
用卑劣手段聚敛财富。　16.12

‘今天，我已获得了这个，
明天，还想获得所欲获，
这份财物虽已为己所有，
那份财物也当归属于我。　16.13

我已经杀死了那个敌人，

我还要将余者尽皆诛戮。
我是主宰者、享受者、成功者，
我有力量就应该享有幸福。 16.14

我很富有、出身高贵，
还有谁能够比得上我，
我将祭祀、布施、欢乐。’
因无知而发昏的人说。[1] 16.15

〔1〕从 16.13—15，三颂是一整体。

那些五花八门的思想
使他们头脑发昏，神志迷惘。
他们沉醉于色情享受，
终堕地狱这肮脏的地方。 16.16

他们自负、固执，
恃财而骄矜狂妄，
他们表面上举行祭祀，
实则虚伪又违反规章。 16.17

他们沉湎于我慢、权势，
沉湎于嗔怒、欲望、骄矜，
蔑视居于自身和他身之我，
而且还怀有妒忌之心。 16.18

那些冷酷可憎的人、
作恶者和人中的贱才，
我不断把他们投入到
轮回中的阿修罗之胎。　16.19

被投入到阿修罗之胎的人，
生生世世都糊涂懵懂，
他们得不到我，恭底耶！
于是便堕入世界的底层。　16.20

导致自我毁灭的
地狱之门有三重：
欲望、贪欲、嗔怒，
故应舍弃而莫从！　16.21

这三道通向黑暗之门，
如果谁能与之背离，
并从事于利我之业，
谁便能达到无上境地。[1]　16.22

〔1〕此颂省略了克里希纳对阿周那的称呼“恭底耶”。

一个人如果为所欲为，
将经典的规定统统背弃，
那他便得不到成功和幸福，
也达不到至高无上的目的。　16.23

因此，判断何事当为不当为，
经典就是你所依据的准则，
你既然明白了经典规定，
就应该遵照这些规定去做。” 16.24

上述为光辉的《薄伽梵歌》——尊贵的克里希纳与阿周那的对话，亦即奥义书、梵学、瑜伽论中的第十六章，名曰“神资与阿修罗资质有别瑜伽”。

第十七章

三种信仰有别瑜伽

阿周那说：
“一些人虽有信仰，也举行祭祀，
但是，他们又背弃经典的规定，
什么是他们的思想基础？克里希纳！
萨埵、罗阇、答摩，究竟是哪一种？” 17.1

薄伽梵说：
“人的信仰有三种，
悉皆生于其自性，
分属萨埵、罗阇和答摩，
我这就把三者讲给你听。 17.2

每个人的信仰
皆与其本质相应，
婆罗多！虔信者信什么，
他便由其所信而成。 17.3

萨埵性者虔信诸神，
罗阇性者将夜叉、罗刹崇敬，
另外有一些答摩性者
信奉的却是各种鬼怪和精灵。 17.4

有些人执著于虚伪和我慢，
又为那欲望和情欲束缚，
经典里没有规定的苦行，
他们行使且十分严酷。 17.5

蠢才们折磨的是一堆五大[1]，
此五大均含于人体之中，
他们也折磨寓于体内之‘我’，
须知他们肯定属于阿修罗性。 17.6

〔1〕一堆五大（bhūtagrāma）：指所谓构成人体的五种粗大物质（地、水、火、风、空）。

即使是食物也各不相同，
为人所爱而分为三种；
祭祀、苦行和布施自不例外，
我将分别讲述，请你倾听！ 17.7

甘美、可口、固体宜人的食物，
为萨埵性者所喜爱，
它能延寿益气增力强身，

亦能使人幸福愉快。 17.8

有些食物苦、酸、咸、烫、辣，
或者粗糙，或者焦煳，
这些为罗阇性者所喜爱，
它给人以忧愁疾病和痛苦。 17.9

答摩性者之所爱，
有的走味或变坏，
有的残剩或腐烂，
有的不净或霉败。 17.10

那些合乎规定的祭祀
由不求果报的人举行，
他们只想应当祭祀，
这种祭祀属于萨埵之性。 17.11

欲求果报举行祭礼，
以图表面的虚荣，
婆罗多的佼佼者！要知道，
此祭属于罗阇之性。 17.12

违章行祭又不舍饭食，
不给报酬也不诵赞词，
祭祀者缺乏虔诚之心，

此祭称为答摩祭祀。 17.13

敬神、敬智者、过梵行生活，
纯洁、正直、对师长敬重、
戒杀以及对再生者的尊崇，
这些均称之为身体苦行。 17.14

言不伤人、
亲切、有益、真诚、
经常习诵吠陀，
此称言语苦行。 17.15

意念平静、举止文雅、
沉默无言、心地纯净、
对自我加以克制，
此则称为思想苦行。 17.16

有人不期望果报，
坚持苦修而心怀至诚，
以上所述三种
被称为萨埵苦行。 17.17

修习苦行出于虚伪，
没有定期不能持之以恒，
目的是沽名钓誉受人尊崇，

这是所谓的罗阇苦行。 17.18

行苦行伤自身，
或使他人苦痛，
此因执迷之故，
故称答摩苦行。 17.19

行布施不期回报，
且要适地、适人、适时，
施者认为应该施予，
此谓萨埵布施。 17.20

行布施为了回报，
或指望得到好的果实[1]，
迫不得已而施舍，
此谓罗阇布施。 17.21

〔1〕果实（phala）：指果报。

布施不计时间地点，
动机不良而被蔑视，
施予不应施予之人，
此谓答摩布施。 17.22

‘唵[1]、达多[2]、萨多[3]’
被认为是梵[4]的三种象征。

婆罗门、吠陀和祭祀，
自古皆由此形成。 17.23

〔1〕唵（oṃ）：在这里表示梵的至上性，即宇宙间万事万物的终极原因。

〔2〕达多（tat）：表示梵的普遍性、多样性，即宇宙间的万事万物。

〔3〕萨多（sat）：表示梵的绝对实在性。

〔4〕见 3.15 注〔1〕。

因此每当讲解吠陀，
总是先将‘唵’字吟诵，
而后才遵照规定开始祭祀、
布施和苦行活动。 17.24

求解脱不求果报
首先将‘达多’吟诵，
而后才进行祭祀、
布施和苦行活动。 17.25

用‘萨多’表示真善，
啊，帕尔特！
表示赞颂的事业
也要使用‘萨多’。 17.26

坚信祭祀、苦行和布施

被称为‘萨多’，
与此相关之业
也被称为‘萨多’。 17.27

无论向火中投放祭品，
还是苦行和布施，
无信仰则被称为‘非萨多’，
它无益于今生和来世。” 17.28

上述为光辉的《薄伽梵歌》——尊贵的克里希纳与阿周那的对话，亦即奥义书、梵学、瑜伽论中的第十七章，名曰“三种信仰有别瑜伽”。

第十八章

欲求解脱的舍弃瑜伽

阿周那说：
“雄臂[1]哟，赫里史给舍！
何为屏弃？何为舍弃？
凯湿尼苏陀那哟！
我想了别二者的真义。” 18.1

〔1〕雄臂（Mahābāho）、赫里史给舍、凯湿尼苏陀那（Keśiniṣudana，意译“诛凯湿尼者”）均为阿周那对克里希纳的称呼。

薄伽梵说：
“智者认为‘屏弃’
即弃尽欲求之业；
卓识者所谓的‘舍弃’
即对诸业之果的弃绝。 18.2

有些博学的人说：
舍弃业犹如舍掉罪恶。
另有人说：祭祀、布施、
苦行诸业不应弃舍。 18.3

人虎啊！请听
我对舍弃的断决：
据说舍弃有三种，
啊，婆罗多的俊杰！ 18.4

不应舍弃而当从事
祭祀、布施和苦行诸业，
唯有祭祀、布施和苦行
才能使智者净化纯洁。 18.5

舍尽了迷恋和果报，
才当从事上述诸业，
帕尔特哟！这就是
我对舍弃的断决。 18.6

舍弃规定之业，
则是错误之举，
因迷惑而舍此业，
被称做答摩舍弃。 18.7

把规定之业视为痛苦，
怕苦自身而将它舍弃，
此属罗阇之性，
虽弃也不会将舍弃之果[1]收取。 18.8

〔1〕舍弃之果（tyāgaphala）：舍弃规定之业所带来的果报，指

所谓的不受业报的结果。

阿周那！从事规定之业
被认为是应为之举，
只舍弃迷恋和果报，
被认为是萨埵舍弃。 18.9

萨埵性的舍弃者
没有疑虑，十分明智，
不厌恶违愿之业，
亦不迷恋惬意之事。 18.10

凡有形之生命体
绝不能把诸业舍弃，
唯有舍弃业果者
才有‘舍弃者’的称誉。 18.11

非舍弃者
逝后的业果有三种：
如愿、违愿或二者相杂，
但决不存在于舍弃者中。 18.12

数论讲五因，
此致诸业成，
雄臂哟，

请你倾听！　18.13

活动场所，
为者、工具诸种，
用尽一切努力，
第五则是天命。　18.14

人创某种业，
唯凭身、语、心，
正确与错误，
悉皆在五因。　18.15

还有这样的情景：
有人头脑很不清醒，
只把自己当做为者，
这种蠢才是非不明。　18.16

人若无‘我为’这种念头，
其理智也就未被玷污，
他纵使诛杀了众人，
也等于没杀，亦不会受缚。　18.17

识[1]、所识[2]和能识[3]，
此三者是有为的动因，
工具、业和为者三种

则是有为的组成成分。 18.18

〔1〕识（jñāna）：认识的功能。

〔2〕所识（jñeya）：认识的对象。

〔3〕能识（parijñātṛ）：认识的主体。

三德论[1]中说：识、业，
为者均可细分为三种，
此因其德性有别，
现在就请你倾听！ 18.19

〔1〕三德论（Guṇasaṃkhyāna）：指迦毗罗之《数论》（Sāṃkhya-Śāstra）。

要知道，在万有中，
能见不灭之共性[1]，
于不同[2]中能见相同[3]，
此识属于萨埵之性。 18.20

〔1〕共性（ekabhāva）：万象的终极不灭性——宇宙灵魂“我”。

〔2〕不同（vibhakta）：指有差别的存在——万象。

〔3〕相同（avibhakta）：万象的最终统一性——自然（原质 prakṛti）。

因万有存在着差异
而见各种不同，
要知道，这种认识
则属于罗阇之性。 18.21

以一概全，
不见实质，
狭隘无理，
此为答摩之识。　18.22

所谓萨埵之业，
为者不求业果，
唯履行其职责，
不因爱憎亦无执著，　18.23

所谓罗阇之业，
为者执于我慢，
或为满足欲望，
而又历尽艰难。　18.24

所谓答摩之业，
为而出于迷惑，
不计损失，不论危害，
不讲能力亦不顾效果。　18.25

充满了坚韧和毅力，
没有迷恋不执自我，
等同对待成功失败，
其人称为萨埵为者。　18.26

贪得无厌，污秽不洁，
嗜杀成性，渴求业果，
为喜忧和情欲所扰，
其人称为罗阇为者。 18.27

心无虔诚，粗俗卑下、
固执、欺诈、懒惰、
阴险、颓唐、拖沓，
其人称为答摩为者。 18.28

檀南遮耶！请你倾听
理智和坚定的区别。
区别有三，均出于三德，
我这就分别把它们详细讲解。 18.29

萨埵理智，帕尔特！
懂得当做不当做，
知畏、无畏，行与止，
还知束缚与解脱。 18.30

罗阇理智，帕尔特！
将其用来作鉴别，
错断当为不当为，
不分谬误与正确。 18.31

答摩理智，帕尔特！
尽被答摩所遮覆，
错把谬误当正确，
颠倒看待诸事物。 18.32

修习瑜伽不动摇，
调息束心制根动，
帕尔特哟！
此即萨埵坚定。 18.33

阿周那！耽于本性，
执著财富和享乐，
贪婪渴求其果报，
此即罗阇坚定。帕尔特！ 18.34

愚者借以不舍贪眠、
伤感、惶恐、
沮丧和骄矜。
此为答摩之坚定。[1] 18.35

〔1〕此颂省略了克里希纳对阿周那的称呼“帕尔特”。

婆罗多的俊杰哟！
现在请听三幸福！
反复修习得欢乐，
从而痛苦即根除。 18.36

起初犹如毒药，
终末宛若甘露，
生于亲证自我之乐，
此谓萨埵之福。 18.37

结果像是毒药，
起初却如甘露，
它生于根、境相吻，
此谓罗阇之福。 18.38

另一种出于嗜睡，
生于懒惰和玩忽，
始终都是自我欺骗，
此谓答摩之福。 18.39

无论是在大地，
还是在天界诸神之中，
都没有脱离三德的生灵，
而三德则是由原质产生。 18.40

婆罗门、刹帝利、吠舍、
首陀罗，敌人的惩罚者！
他们彼此职分的不同，
取决生于自性[1]的三德。 18.41

〔1〕自性：这里指各自的本质，即特殊的原质。

婆罗门的职分：
克制、纯洁、苦行、
宽恕、正直、平静、
知识、智慧和虔诚。 18.42

刹帝利的职分：
机智、指挥才能、
勇武、雄壮、慷慨，
不临阵脱逃和坚定。 18.43

吠舍的职分：
事农、从牧、经商；
首陀罗的职分
则为侍奉。 18.44

人若尽各自的职分，
才能获得成功。
尽职分者如何成功，
这就请你倾听： 18.45

众生皆由它[1]起源，
万有皆由它遍充，
以尽职分敬仰它，
才能够臻于圆成。 18.46

〔1〕它：指宇宙灵魂。

自己的达磨虽然有些缺陷，
也比履行他人之达磨优胜，
从事先天生定之业，
则不会有罪孽滋生。 18.47

先天生定之业虽有弊病，
也不应当将其抛入九霄，
因为任何事物均有瑕疵，
此若火焰总有烟雾缭绕。[1] 18.48

〔1〕此颂省略了克里希纳对阿周那的称呼“恭底耶”。

人若无迷恋之心，
无欲望亦能克制自我，
他便能通过舍弃
将至上的无为之功[1]获得。 18.49

〔1〕无为之功（naiṣkarmyasiddhi）：指所谓不受有为束缚，不受因果报应的功果。

我将简要地为你讲述，
恭底耶！如何获得成功，
也即趋向于梵——
这种完美的智慧之境。 18.50

凭借纯洁的理智，
回避声乐诸根境，

坚定克制自我，
舍尽爱憎双情。　18.51

收心、制身、独居、
节食、克制言语，
专心于禅定瑜伽[1]，
求澹泊而不执俗欲。　18.52

〔1〕禅定瑜伽（dhyānayoga）：采用特定坐姿冥想的修炼。

舍弃暴力、骄矜、我慢，
抛却欲望、嗔怒、贪婪，
平静恬然而无我所，
此人便能归之于梵[1]。　18.53

〔1〕归之于梵（Brahmabhūyāya kalpate）：直译“趋向于与梵合一”。

与梵合一心境舒畅，
既无欲求亦无忧伤，
对于众生等同看待，
此乃对我至诚信仰。　18.54

凭虔信方能真知
我就是一切的那个，
一旦对我真实了知，
便迅即溶没于我[1]。　18.55

〔1〕溶没于我（māṃ viśate）：也可译为“与我融合”，并非指人死后个体灵魂与宇宙灵魂合一，而是说达到了那个境界即成为完人、圣人。据称我（Ātman，宇宙灵魂）是至高无上的，无所不包的。世间万物都是我与梵结合所生的幻像（māyā）。作为幻像的每个生命体的优劣和命运都是由属于梵的物质中的三德（三种构成要素）决定的，一个人从事何种职业是命定的。他只能在作业的过程中，不追求个人利益，等同看待得失、荣辱、苦乐等双昧（成双出现的错觉），即可不受业的束缚。这种不贪恋（asaṅga）世俗的精神状态即为进入了我的境界。

虽常为诸业，
但求我福祐，
上至不灭境，
仰仗我恩酬。 18.56

心将诸业奉献我，
视我为最高终的，
要凭借智慧瑜伽，
将我永铭于心底。 18.57

心中念我、凭借我的慈爱，
你将渡过一切难关，
若因我慢不听（我的教诲），
那你就会完蛋。 18.58

倘若你耽于我慢，

心想‘我不去参战’，
你虽有决心亦无用，
此因原质迫你去干。 18.59

恭底耶！已业先天生定，
由于受到己业的束缚，
你虽因迷惑而不欲为，
也必将为之因不由自主。 18.60

自在天寓于众生之心田，
阿周那！他以摩耶之力，
使众生登上转轮
而轮回不息。 18.61

你真挚地去求福祐吧！
由于他[1]的厚爱，婆罗多！
你将得到无上平静
——永恒不灭之所。 18.62

〔1〕他：指自在天，即宇宙灵魂。

此为我所讲述的
机密而又机密的智慧，
经考虑，你若尽皆接受，
那就遵其而为。 18.63

请再来倾听我的至上良言
——所有机密中的最高机密，
此因你为我的密友，
故进此言让你受益。 18.64

请你思念我！虔信我！
礼拜我！做我的祭献者！
你为我所喜爱，
我真诚许诺‘你将归于我’[1]。 18.65

〔1〕你将归于我（māmevaiṣyasi）：与我合一之意。

当你脱离了所有达磨，
就来祈求我的福祐，
我将救你出一切罪恶之海，
请不要悲伤不要忧愁。 18.66

这最高秘密任何时候，
都不要对那种人讲，
他们不修苦行亦无信仰，
不听从教诲且把我毁伤。 18.67

若把这最高机密
告诉信仰我的人，
他对我至诚虔信，
他将归于我而毫无疑问。 18.68

于人类再也没有谁，
比他对我更加亲近，
大地上更热爱我的，
将来也不会有他人。 18.69

有人要学习我们俩
这一合乎达磨的交谈，
我认为我应受其敬仰，
因其将智慧视为祭献。 18.70

有信仰而无吹毛求疵之弊，
若有幸得以听此言语，
他获得解脱之后，
便至善行者的美好境域。 18.71

帕尔特哟！你是否留心
听了我的至上良言[1]？
生于无知的迷惑，
檀南遮耶！是否消散？” 18.72

〔1〕至上良言（etad）：指 paramam vacaḥ（见 18.64）。

阿周那说：
“多亏您的厚爱，阿逸多！
我才有了记忆、消除了迷惑，
坚定了意志、驱散了疑虑，

今后，我将照您的教诲去做。”[1] 18.73

〔1〕到18.73止，由桑遮耶转述克里希纳和阿周那的阵前对话结束。18.74—18.78为桑遮耶的叙述。

桑遮耶说：
以上所述为婆苏提婆
和高尚的帕尔特的交谈。
听完这奇妙的话语，
令我毛骨悚然。 18.74

幸有毗耶娑给予的恩惠，
我才得以亲闻这瑜伽，
这至高无上的秘密
为瑜伽主克里希纳所阐发。 18.75

凯舍婆与阿周那的对话，
国王啊！是那样奇妙神圣，
每每回想起他俩的交谈，
我便冉冉萌生喜悦之情。 18.76

君王啊！每每想起
赫黎[1]的奇异之形，
我就屡屡涌起愉悦
而又十分震惊。 18.77

〔1〕赫黎（Hari）：意为“太阳”，此为桑遮耶对克里希纳的

称呼。

哪里有瑜伽主——克里希纳，
哪里有神臂弓——帕尔特，
我认为哪里就有吉祥、幸福，
哪里就有胜利和永恒之美德。　18.78

上述为光辉的《薄伽梵歌》——尊贵的克里希纳与阿周那的对话，亦即奥义书、梵学、瑜伽论中的第十八章，名曰“欲求解脱的舍弃瑜伽”。

附录一

梵文字母表

a	ā	i	ī	u
ū	ṛ	ṝ	ḷ	ḹ
e	ai	o	au	
k	kh	g	gh	ṅ
c	ch	j	jh	ñ
ṭ	ṭh	ḍ	ḍh	ṇ
t	th	d	dh	n
p	ph	b	bh	m
y	r	l	v	
ś	ṣ	s		
h				

附录二

缩 略 语

Abbreviations

Ā. =ātamane-pada 中间语态。

acc. =accusative case 业格。

adv. =adverb 副词。

Caus. =causative 致使动词。

Cir. pf. = circuitous perfect 迂回完成时。

dat. =dative case 为格。

du. =dual number 双数。

fr. =from 源于。

fut. p. =future particle 将来分词。

id. =idem 与前词同义。

impf. =imperfect tense 未完成时。

ind. =indeclinable 不变词。

instr. =instrumental case 具格。

m. =masculine gender 阳性。

n. =neuter gender 中性。

nom. =nominative case 主格。

p. =participle 分词。

pf=perfect tence 完成时。

Pot. = potential 虚拟语气。

prec. =precative 祈求式。

pres. p. =present participle 现在分词。

sg. = singular 单数。

voc. = vocative case 呼格。

abl. =ablative case 从格。

adj. =adjective 形容词。

aor. =aorist 不定过去时。

Cir. fut. =circuitous future tense 迂回将来时。

comp. =compound. 复合词。

Desid=Desiderative 愿望动词。

f. = feminine 阴性。

fut. =future 将来时。

Gen. =genitive 属格。

ifc. =in fine composite 在复合词尾。

Impv. = imperative 命令语气。

inf. =infinitive mood 不定词。

loc. =locative case 依格。

N. =name (or epithet) 名号。

Nom. =nominal verb 名动词。

P. =parasmai-pada 主动语态。

pass. =passive voice 被动语态。

pl. = plural number 复数。

p. p. =passive participle 过去分词。

pres. = present tense 现在时。

pron. = pronoun 代词。

verbal adj. =verbal adjective 动形容词。

w. r. = wrong reading 错读。

附录三

梵英汉词汇对照表

[有脚注的附脚注索引]

aṃśa（m. a share）——一份。

aṃśumat（adj. luminous）——光辉的。

akartṛ（m. non-creator）——非创造者。

akarmakṛt（m. nom. sg. free from action）——休止无为的；休止无为者。

akarman（adj. not working；n. absence of work，inaction）——不活动的；无为。

akalmaṣa（adj. spotless）——没有污点的，没有罪恶的。

akāra（m. the letter or sound ‘a’）——“阿”字母。

akārya（adj. ought not to be done）——不应做的。

akīrti（f. ill-fame，disgrace）——恶名，耻辱，毁谤。

akīrtikara（adj. causing disgrace，disparaging，insulting）——导致耻辱的，招致毁伤的。

akurvata（impf. 3，pl. Ā. fr. √kṛi，to do）——做。

akṛta（adj. undone，not made，uncreated）——没做的（事情），没被创造的（事物）。

akṛta-buddhitvāt（n. abl. sg. owing to ignorant understanding）——由于智力贫乏。

akṛta-ātman（adj. not cultivated，ignorant，foolish）——其本性不堪造就的，愚昧的；笨蛋。

akṛtsna-vidaḥ (adj. m. acc. pl. knowing incompletely, devoid of perfect knowledge) ——知之不全的（人），没有完全知识的（人）。

akriya (adj. not performing acts) ——舍弃有为的，不做任何事情的。

akrodha (adj. free from anger) ——无嗔怒的。

akledyaḥ (verbal adj. m. nom. sg. fr. a-√klid, not to be wetted) ——不能被湿的。

akṣaya (adj. indestructible) ——不灭的，永恒的，无尽无休的。

akṣara (adj. imperishable; n. a syllable; the syllable 'om') ——不灭的；非变异 [12.1 (2)]；音节；"唵" 音节。

akṣi (n. the eye) ——眼。

akhila (adj. entire) ——全部的。

agata (adj. not gone, not dead, living) ——没死的，活着的。

agni (m. fire) ——火。

Agni (m. the god of fire) ——火神。

agnidhra (m. one who kindles the sacred fire) ——点祭火者。

agnihotra (n. the sacred fire; oblation to fire) ——圣火；火祭。

Agnyadheya (n. the ceremony of preparing the three sacred fire) ——置火祭。

agre (ind. in the beginning) ——在开始。

agha (n. sin) ——罪恶、罪孽。

agha-āyus (m. one whose life is sin) ——一生都是罪恶的，一生作孽的。

acala (adj. immovable) ——不能动的。

acāpala (n. steadiness) ——稳重。

acintyaḥ (adj. inconceivable) ——不可思议的，不可言诠的。

acintya-rūpa (adj. one whose form is unthinkable) ——其状不可思议的。

acireṇa (ind. without delay, quickly) ——毫不迟疑地。

acetana (adj. senseless) ——无意识的。

acetas (adj. devoid of discriminating) ——没有分辨力的，无头脑的，无知的；愚昧者。

acchedyaḥ（verbal adj. m. nom. sg. fr. a-√chid，not to be killed）——不应被杀的。

Acyuta（m. N. of Kṛṣṇa）——阿逸多（克里希纳的称号）。

aja（adj. unborn）——非生的。

ajasram（ind. constantly）——不断地。

ajānatā（pres. p. m. instr. sg. owing to unknowing）——由于不认识。

ajānantaḥ（pres. p. m. nom. pl. fr. a-√jñā，not knowing，unware）——不知道的。

ajina（a deer-skin）——鹿皮。

ajña（adj. ignorant）——无知的，愚昧的。

ajñāna（n. ignorance）——无知，愚昧、愚拙。

ajñāna-ja（adj. produced from ignorance）——产生于无知的，生于愚昧的。

ajñāna-vimohita（adj. deluded with ignorance）——因无知而发昏的。

ajñāna-sambhūta（adj. produced from ignorance）——从无知所生的。

ajñāna-saṃmoha（comp. m. the delusion born from ignorance）——生于无知的迷惑。

aṇu（adj. fine，atomic；m. an atom of matter）——极微的；极微，原子。

aṇor-aṇīyāṃsa（adj. smaller than the atom）——小于极微的。

ataḥparaṃ（ind. thereafter，further）——以后，此外。

ata-ūrdhvaṃ（ind. hereafter）——而后。

atattvārthavat（adj. having no truth）——没有实质的。

atandrita（adj. free from lassitude）——不疲倦的。

ataścyavanti（pres. 3，pl. P. fr. atas-√ cyu，to fall or drop down）——堕落。

ativartate（pres. 3. sg. Ā. fr. ati. √ vṛt ，to transcend）——超越。

ati-svapnaśīla（comp. one whose tendency is sleeping too much）——耽于过度睡眠的。

atītya（ind. p. fr. ati-√ i，to transcend）——超越。

atīndriya（adj. transcending the senses）——超越感官的，知根无法感知的。

atyadbhuta (adj. very wonderful) ——非常奇妙的。

atyantika (adj. endless, infinite, supreme) ——无边的，无上的。

atyarthaṃ (ind. very much, exceedingly, extremely) ——极端地，非常地。

atyaśnat (pres. p. fr. ati-√aś, to eat too much) ——饮食过度的。

atyāgin (adj. devoid of abandon) ——非舍弃的（者）。

atyuṣṇa (adj. very hot) ——非常烫的。

atra (ind. in this matter, in this respect; here; at this time; there; then) ——在这里；此时等。

atha ca (ind. moreover, likewise) ——并且，此外；同样。

athavā (ind. or; or rather) ——或者；说得更确切些。

athas (ind. now, likewise) ——那么，而且，同样。

adakṣiṇa (adj. not givig any gift) ——不给报酬的（指举行祭祀时不给报酬）。

adambhitva (n. sincerity) ——不伪，诚实。

adāhyaḥ (verbal adj. m. nom. sg. fr. a-√dah, not to be burn) ——不应被烧的。

adṛṣṭa-pūrva (adj. never seen before) ——以往从未看到过的。

adbhuta (adj. wonderful) ——奇妙的，奇异的。

adya (ind. today; adj. primeval) ——今天，现在；太古时代的。

adroha (m. freedom from malice) ——无怨恨。

adveṣṭa (adj. not hateful) ——无敌意。

adveṣṭṛ (m. not an enemy, a friend) ——无怨仇者，朋友。

adhama (adj. lowest) ——最低的。

adharma (m. unrighteousness, injustice, irreligion) ——非达磨，指违背传统的伦理道德，非正义；违背宗教。

adharma-abhibhavāt (due to the rampant vice) ——由于邪恶泛滥。

adhika (adj, higher) ——更高的。

adhigacchati (pres. 3, sg. P. fr. abhi-√gam, to obtain, attain; to reach) ——获得；达到。

adhi-daiva (n. the supreme deity) ——超神 [7.30 (1)]。

adhi-bhūta (n. the supreme being) ——超万有 [7.30 (2)]。

adhi-yajña (m. the supreme sacrifice) ——超祭祀 [7.30 (3)]。

adhiṣṭhāna (n. a seat, position, basis, residence) ——基础，活动场所，住所。

adhiṣṭhāya (ind. p. fr. adhi-√ sthā, using, depending on) ——凭借，依靠。

adhyayana (n. reading, studying, reciting) ——学习，习诵。

adhyātman (m. the supreme Spirit) ——超自我，纯自我 [7.29 (1)]，纯我，无上我（指万物各自不同的自性，或宇宙精神——大我）。

adhyātma-cetas (adj. one who meditates on the Supreme Self) ——心里冥想无上我（精神）的，或心里只有无上我的。

adhyātmajñāna (n. the knowledge of the Supreme Spirit or of Ātmā) ——纯我论 [13.12 (1)]。

adhyātma-jñāna-nityatva (n. constancy in the knowledge of the Supreme Spirit) ——对纯我论的坚信。

adhyātmanitya (adj. devoted to the Supreme Spirit) ——全身贯注纯我的。

adhyātmavidyā (=adhyātmajñana) ——纯我之学 [10.32 (2)]。

adhyeṣyate (fut. 3, sg. Ā. fr. adhi-√i, to study, learn) ——他将学习。

adhruva (adj. not fixed, permanent) ——非常恒的。

adhvarya (Nom. lmpv. 2, sg. P. to be engaged in a sacrifice Adhvara) ——你要举行苏摩祭!

Anagha (N. of Arjuna) ——安那客，无瑕（阿周那的称号）。

ananta (adj. endless, infinite) ——无边的，无限的。

Ananta (N. of the king of snakes) ——阿难多，千水龙王名 [10.29 (2)]。

Ananta (adj. endless; m. N. of Kṛṣṇa) ——无尽无穷（对克里希纳的称呼）。

ananta-bāhu (adj. having unnumbered arms) ——有许多臂膀的。

anantaram (ind. immediately) ——紧接着。

Anantarūpa (adj. one whose forms are unnumbered) ——貌无穷（克里希纳的称号）。

Anantavijaya (m. N. of the conch of Yudhiṣṭhira) ——胜无涯（坚战的螺号名）[1. 16 (2)]。

ananta-vīrya (adj. having infinite vigour or strength) ——威力无穷的。

Anatavirya (N. of Kṛṣṇa)——威力无穷（克里希纳的称呼）[11. 40 (2)]。

ananya (adj. no other, unique) ——非它的，唯一的。

ananya-cetas (adj. giving one's undivided thought to) ——心无他念的，专心于……的。

ananya-bhāk (adj. nom. sg. fr. √bhāj, not worshiping any one else) ——不崇拜其他任何人的，真诚的。

ananyamanas (adj. single-hearted) ——专心致志的。

ananyayā (ind. exclusively, only) ——唯一，唯。

ananyayoga (adj. not connecting with any others) ——专一的。

ananyena (ind. not by another) ——唯独。

anapekṣa (adj. regardless, careless) ——不关心的，不注意的，无所盼望的。

anapekṣya (ind. p. disregarding, irrespective of) ——不顾的，不理睬的。

anabhiṣaṅga (m. absence of cnnection) ——无挂牵。

anabhisandhāya (ind. p. fr. an-abhi-san-√dhā, not to desire) ——不希望。

anayoḥ (pron. gen. du. both) ——两者的。

anala (m. fire) ——火。

Anala (m. the god of fire) ——火神。

anavalokayan (pres. p. m. nom. sg. not looking about) ——不要顾盼。

anavāpta (p. p. not obtained) ——没有得到的。

anasūyat (adj. not envious) ——没有嫉妒心的。

anahaṃkāra (adj. non-egotism, not attached to one's own self) ——无我慢，不执著自我的。

anahaṃvādī (adj. m. nom. fr. anahaṃvādin, prideless, modest) ——不自

傲的；谦逊的。

anātman（m. not self；adj. not restraining ones own self）——非自我；不克制自我的。

anādi（adj. having no beginning）——无始的。

anāditva（n. the state of having no beginning）——无始初的状态。

anādimat（adj. having no beginning）——无始的。

anādimadhyānta（adj. having no origin，middle and end）——没有始、中、末的。

anāmaya（adj. healthy，salubrious）——有利于健康的，无灾无难的。

anārambha（m. having no commencement；m. not undertaking）——不开始的，不从事，不承担。

anāvṛtti（f. non-return to a body，final emancipation）——不再投生，最终的解脱。

anāśin（adj. imperishable）——不灭的。

anāśrita（adj. regardless of the fruit）——不关心结果的。

anicchan（pres. p. m. nom. sg. unwilling，against oneself will）——违背意愿的。

anitya（adj. not permanent）——非永恒的，无常的。

anirdeśya（adj. indefinable，inexplicable）——不可名状的。

Anila（m. the god of wind）——风神［10.23（1）］。

aniṣṭa（adj. unwished）——违愿的。

anukampā（f. sympathy，compassion）——同情，怜悯。

anukampārtham（ind. out of compassion for）——出于对……同情。

anugraha（m. favour，kindness）——宠爱。

anucintayan（Caus. pres. p. m. nom. sg.，to make to consider）——使回忆的。

anutiṣṭhanti（pres. 3，pl. P. fr. anu-√ sthā，to follow）——跟随，遵从。

anuttama（adj. supreme，highest）——至高无上的。

anudarśana（n. foresight；consideration）——预见，先见之明；考虑。

anudvigna (adj. undisturbed, not agitated) ——不为所扰的。

anudvegakara (adj. not causing anxiety, distress) ——不使焦虑的，不使痛苦的。

anupakāriṇe (ind. not making a return for benefits received) ——在不求回报的情况下。

anupaśyāmi (pres. 1, sg. P. to see, look) ——看到。

anubandha (m. consequence, result) ——结果。

anumantṛ (m. a person permitting) ——允诺者。

anurajyate (pres. 3, sg. Ā. fr. anu-√rañj, cl. 4, to be pleased) ——高兴。

anuvartayati (Caus. 3, sg. P. fr. anu-√vṛt, to roll after) ——跟随转动，仿效。

anuvartate (pres. 3, sg. Ā. fr. anu-√vṛt, to follow) ——跟随，仿效。

anuvartante (pres. 3, pl. Ā. fr. anu-√vṛt, to follow) ——他们跟随，仿效。

anuvidhīyate (pass. 3, sg. Ā. fr. anu-vi-√dhā, to be followed) ——被跟随。

anuśāsitṛ (m. a king) ——君王。

anuśuśruma (pf. 1, pl. P. fr. anu-√śru, to hear) ——我们听说。

anu-śocanti (pres. 3, pl. P. fr. anu-√śuc, to grieve) ——悲伤。

anuśocitum (inf. fr. anu-√śuc, to grieve) ——悲伤（不定词）。

anuṣajjate (pass. 3, sg. Ā. fr. anu-√sañj, to be attached to) ——迷恋。

anusmara (Impv. 2. sg. P. fr. anu-√smṛ, to remember) ——回忆吧！

anusmaran (pres. p. fr. anu-√smṛ, remembering) ——回忆。

anekajanman (adj. born more than once) ——非一生一世的。

aneka-janma-saṃsiddha (comp. adj. one whose perfection is obtained through many births) ——经多生才获圆成的。

aneka-divya-ābharaṇa (adj. having many celestial ornaments) ——有天上神饰的。

anekadhā (ind. variously) ——不同地。

aneka-vaktra-nayana（adj. having many faces and eyes）——有许多面目的。

aneka-varṇa（adj. possessed of many hues）——色彩斑斓的。

anekādbhuta-darśana（adj. having many wonderful sights）——有众多奇观的。

anekodyata-āyudha（adj. having many weapons held erectly）——武器高擎的。

anta（m. end）——末尾；终极。

antaḥśarīra-stha（adj. abided in the internal body）——寓于内体的。

antaḥsukha（adj. one whose happiness is internal）——在内部感到幸福的。

antakāla（m. the last moment，time of death）——最后时刻，寿终时。

anta-gata（adj. gone to the end，terminated）——走到终点的，结束的。

antara（n. the interior，the interior part of a thing）——内部，中间。

antarātman（m. the inmost heart）——内心。

antarārāma（adj. one whose recreation is internal）——在内部感到欢愉的。

antarjyotis（adj. illuminating interiorly，）——在体内闪光的。

antavat（adj. perishable）——可毁灭的。

antika（adj. near）——很近的。

anna（n. a food）——食物。

anya（adj. another）——另一个。

anyatra（ind. except）——除了（要求从格）。

anyathā（ind. otherwise，in the contrary case）——否则。

anyadevatāḥ（f. acc. pl. other divinities，images of a deity，idols）——神性；神像。

anyāyena（m. instr. sg. by an unjust action）——凭借不正当的活动。

anye（m. nom. pl. others）——另一些人。

anvaśocaḥ（impf. 2，sg. P. fr. anu-√śuc，to sorrow）——悲伤。

anviccha（Impv. 2，sg. P. fr. anu-√iṣ，to seek，seek after）——寻求。

anvita（adj. possessed of，endowed with）——拥有，怀有。

apanudyāt（Prec. 3，sg. P. fr. apa-√nud，cl. 6，to remove，dispel）——

恳求移开，恳求消除。

apamāna (m. disgrace, disrespect) ——耻辱，羞辱。

apara (adj. lower) ——较低的。

aparaṃ (ind. in future) ——将来。

aparasparasaṃbhuta (adj. not mutually produced) ——非相因而生的 [16.8 (2)]。

aparājita (adj. unconquered) ——不可战胜的。

aparigraha (adj. having no belongings) ——没有财产的。

aparimeya (verbal adj. innumerable, immeasurable, indefinable) ——数不清的，无数的，不可测度的，不可言说的；浩渺无边的。

aparihārya (adj. not to be avoided) ——不可避免的。

apare (m. nom. pl. others) ——另一些人。

aparyāpta (adj. unlimited, boundless) ——无边的，无限的。

apaśyat (impf. 3. sg. P. fr. √dṛś, to see, look) ——看见。

apāna (n. breath, the downward life-breath) ——吸气；下行之气 [4.29 (1)]。

apāsate (pres. 3, sg. Ā. fr. apa-√ ās, to throw away) ——丢弃。

api (ind. it is often used to express emphasis in the sense of 'too', 'even', 'very', 'even if') ——加强语气的语助词，可译为“加之”，“确实”，“非常”，“即便”，“即使”。

apiced (ind. even if) ——即使，纵然。

apunarāvṛtti (f. final exemption from life or trasmigration) ——不再轮回。

apohana (n. reasoning) ——推理，推理能力。

apyaya (m. vanishing) ——消失，灭。

aprakāśa (adj. not shining, dark) ——昏暗。

Apratimaprabhāva (m. An epithet of Kṛṣṇa) ——威力无比（克里希纳的称号）。

apratiṣṭha (adj. having no solid ground, fluctuating) ——没有坚实的基础的 [16.8 (1)]，动摇的。

apratīkāra (adj. having no requital or revenge) ——不报复的，不反抗的。

apravṛtti (f. unactivity) ——懒惰，惰性。

aprāpya (ind. p. fr. a-pra-√āp, not to obtain; not to go to, reach) ——没有获得，没有得到；没有达到（独立词）。

apriya (adj. disagreeable) ——不愉快的（事情）。

aphala-prepsunā (ind. by one undesirous of obtaining rewards) ——为不欲得到果报的人（所从事的规定之业）。

aphalākāṅkṣi (f. desiring no rewards) ——不希望果报的。

abuddhi (adj. ignorant) ——没有头脑的。

abrūvīt (impf. 3, sg. P. fr. √brū, to say) ——说。

abhāya (adj. not fearing) ——不害怕的，无畏的。

abhavat (impf. 3, sg. P. fr. √bhū, to be) ——是，存在。

abhāva (m. inexistence) ——非存在，非有，无；死亡。

abhāṣata (impf. 3, sg. Ā. fr. √bhāṣ, to say) ——他说（未完成时）。

adhigacchati (pres. 3, sg, P. fr. adhi-√gam, to obtain) ——获得。

abhijanavat (adj. of noble descent) ——出身高贵的。

abhijānāti (pres. 3, sg. P. fr. abhi √jñā, to know) ——他知道。

abhijāyate (pass. 3, sg. fr. abhi-√jan, to be born) ——被生。

abhitas (ind. near to, near, in the proximity of) ——在附近。

abhidhāsyati (fut. 3, sg. p. fr. abhi-√dhā, to say, tell) ——他将告诉。

abhidhīyate (pass. 3, sg. Ā. fr. abhi-√ dhā, to be called) ——被称为。

abhinandati (pres. 3, sg. P. fr. abhi- √nand, to rejoice at) ——喜悦。

abhibhavati (pres. 3, sg. P. fr. abhi-√bhū, to predominate) ——统治，支配。

abhimāna (m. pride, haughtiness) ——骄傲，骄矜。

abhimukha [adj. facing, (am) ind. towards] ——向着。

abhiyukta (adj. intent on yoga) ——专心于瑜伽的。

abhirata (p. p. being glad, engaged in) ——喜欢的；从事于……的。

abhirakṣita (p. p. protected, guarded; governed, commanded) ——被统

辖的。

abhirakṣantu（Impv. 3，pl. P. fr. abhi-√rakṣ，to protect）——保护，保卫。

abhivijvalanti（pres. 3，pl. P. fr. abhi-vi-√jval. to burn，blaze）——燃烧。

abhisandhāya（ind. p. fr. abhi-san-√dhā，aiming at，with a view of）——目的在于。

abhihita（p. p. fr. abhi-√dhā，to say，state）——被陈述的。

abhyarcya（verbal adj. fr. abhi-√arc，to be reverenced，praised，worshiped）——值得赞美；值得崇拜。

abhyasuyakaḥ（adj. indignant，carping）——愤怒的，妒忌的，吹毛求疵的。

abhyasuyantaḥ（Nom. pres. p. m. nom. pl. having spite，envy；carping）——有嫉妒之心的；吹毛求疵的。

abhyasūyati（Nom. 3，sg. P. to envy，bear malice against；to detract from）——嫉妒；贬低，贬损。

abhyahanyanta（impf. pass. 3，pl. Ā. fr. abhi-√han，to be thumped，stricken）——被重击，被敲击。

abhyāsa（m. repeated practice）——反复修炼，修习实践。

abhyāsayoga（m. the frequent practice of maditation）——常修瑜伽，反复修习瑜伽。

abhyāsa-yoga-yukta（adj. repeatedly practised on yoga）——反复修炼瑜伽的。

abhyutthāna（n. rise，coming into being）——生起，出现。

amānitva（n. modesty，humility）——谦卑。

amita-vikrama（adj. having infinite power）——力量无穷的。

amī（m. nom. pl. fr. adas，those）——那些。

amutra（ind. in the next world）——在来世。

amṛta（adj. not dead；m. an immortal；n. the nectar）——不死的；不朽者；甘露。

amṛtatva（n. immortality）——不死，永生。

amṛtodbhava（adj. generating or springing from the nectar）——从甘露中产生的。

amedhya（adj. n. unholy，dirty，impure）——不神圣的，肮脏（的），不净（的）。

ambara（n. clothes，garment）——衣服。

ambhas（n. water）——水。

ambhovega（m. the current of water）——水流。

amla（adj. sour）——酸的。

ayati（adj. not assiduous；m. no ascetic）——不勤勉的；非禁欲主义者，非苦行者。

ayathāvat（ind. wrongly，erroneously，improperly）——错误地，不正确地。

ayana（n. a road，a path）——道路，通道。

ayam（pron. m. nom. sg. this）——这个。

ayaśas（n. infamy；adj. devoid of fame）——耻辱，可耻的行为；耻辱的。

ayukta（p. p. not practised on yoga；not devout，pious）——不修习瑜伽的；非瑜伽者［5.12（2）］；不虔诚的。

ayogataḥ（ind. without practice on yoga）——由于不修瑜伽。

arāga-dveṣatas（abl. sg. without love and hate）——由于没有爱憎。

ari（m. a foe）——敌人。

Arisūdana（m. destroyer of foes，N. of Kṛṣṇa）——毁敌（克里希纳的称号）。

Arka（m. the sun）——太阳。

Arjuna（m. N. of the third son of Paṇḍu）——阿周那，意为“晨曦”（班度的第三子）［1.4（1）］。

artha（m. aim，purpose；thing；object of the senses；wealth，property）——目的；事物；感官对象；财富等。

artha-kāma（adj. desirous of wealth，avaricious of worldly goods）——贪财好利的。

artha-sañcaya (m. accumulation or acquisition of wealth) ——财富的积聚（获得）。

artham (ind. = arthena, arthāya, arthe or arthasya. for the sake of, on account of, in behalf of, for) ——不变词，与 arthena, arthāya, arthe 或 arthasya 同义，常译：因为，为了。

arthārthin (adj. wanting wealth, desirous of gaining wealth) ——渴望财富的（者）；贪财好利之徒。

arpaṇa (n. offering) ——祭品，祭祀。

arhati (pres. 3, sg. P. fr. √arh, to be able or worthy) ——他能，他应该。

arhasi (pres. sg. 2, P. fr. √arh, to be able or worthy) ——你能，你应该。

arhasi soḍhum (you should pardon or forgive) ——你应原谅（宽恕）。

arhāḥ (adj. m. nom. pl. fr. arha, worthy of) ——值得。

alasa (adj. indolent) ——懒惰的。

alāsya (adj. indolent, idle) ——懒惰的。

aloluptva (n. freedom from any desire) ——不贪婪，无欲望。

alpa (adj. small, minute) ——小的，些许的。

alpabuddhi (adj. weak-minded) ——智力浅薄的。

alpamedhas (adj. 'of little understanding', ignorant) ——智力浅薄的，无知的。

ava-karma-nirata (adj. engaged in the self-work, or self-duty) ——履行自己职责或义务的。

avagaccha (Impv. 2, sg. P. fr. ava-√gam, to know) ——要知道。

avajānanti (pres. 3, pl. P. fr. ava- √jñā, to despise) ——轻视。

avajñāta (adj. contemned, disrespected) ——被蔑视的，不被尊重的。

avatiṣṭhati (pres. 3, sg. P. fr. ava-√sthā, to stay, remain) ——停留，持续不断。

avani (f. the earth) ——大地。

avanipāla (m. 'protector of the earth', a king) ——护世之王。

avani-pāla-saṅgha (m. the group of the lords of the earth) ——许多国王。

avaṣa (adj. not having one's own free will, doing something against one's desire) ——不由自主的。

avaśiṣyate (pass. 3. sg. Ā. fr. ava-√śiṣ, to leave) ——被剩下来，被留下来。

avaṣṭambhya (ind. p. fr. ava-√stambh, to stay, remain) ——保持不变，坚持。

avasādayet (Caus. Pot. 3. sg. P. fr. ava-√sad, to discourage, sink down) ——应使沮丧。

avasthātum (inf. fr. ava-√sthā, to stand) ——站立。

avasthita (p. p. fr. √ava-√sthā, stood, stood near; arranged) ——站立着的，站在近前的；摆好阵势的。

avahāsa (m. joke) ——玩笑。

avahāsa-artham (ind. for the sake of joke) ——为了开玩笑。

avācyavāda (rumours and slanders) ——流言飞语。

avāpnoti (pres. 3, sg. P. fr. ava-√āp, to obtain; to enter, go to) ——得到；进入。

avāpyate (pass. 3, sg. Ā. fr. av-√vāp, to be gotten or obtained; to be reached) ——被得到；被达到。

avāpsyasi (fut. 2. sg. P. fr. ava-√āp, to obtain; to incur) ——你将得到；你将招致。

avikāryaḥ (adj. immutable) ——无变易的。

avijñeya (adj. indiscernible) ——不可知的。

aviduḥ (impf. 3, pl. P. fr. √vid, to know) ——他们知道。

avidvāṃsaḥ (adj. m. nom. pl. fr. a-vidvas, ignorant) ——愚昧的；愚昧者。

avidhipūrvakam (ind. not according to rule) ——不符合规定，不按规定。

avināśin (adj, imperishable, not decaying.) ——不灭的，不可毁灭的(者)。

avipaścita (adj. unwise, ignorant) ——愚蠢的；蠢才。

avibhakta (adj. undivided, joint) ——不可分的，完整的。

avekṣe (pres. 1, sg, Ā. fr. ava-√īkṣ, to see) ——我看。

avyakta (adj. undeveloped; not manifest, unapparent, invisible, imperceptible) ——未发展的，不明显的，不可察觉的。

avyabhicārin (adj. virtuous, moral; steady; faithful) ——有道德的；坚定的；有信仰的。

avyaya (adj. imperishable, eternal) ——常存不灭的，不朽的，永恒的。

avyayātman (adj. one whose own self is imperishable) ——其自我不灭的。

avyavasāyin (adj. negligent, remiss, devoid of determination) ——疏忽的，无决断能力的。

aśama (m. disquietude) ——躁动，不安。

aśastra (adj. weaponless, having no any weapon in the hand) ——不拿武器的。

aśānta (adj. peaceless) ——无平静的。

aśāśvata (adj. not permanent or eternal, transient) ——不常恒的，无常的，短暂的。

aśuci (adj. impure, foul) ——不纯洁的，污秽的。

aśubha (adj. inauspicious, vicious; n. a shameful deed, sin) ——不吉祥的，邪恶的；可耻行径，罪恶。

aśeṣatas (=aśeṣeṇa, ind. wholly, entirely, without exception) ——全部，无余地，毫无例外地。

aśocya (verbal adj. deserving no grief) ——不值得悲伤的。

aśnan (pres. p. fr. √aś, eating) ——品尝。

aśnāmi (pres. 1, sg. P. fr. √aś, cl. 9, to eat, enjoy) ——我吃，我享受。

aśnāsi (pres. 2, sg. P. fr. √aś, cl. 9, to eat) ——你吃。

aśnute (pres. 3, sg. Ā. fr. √aś, cl. 5, to gain, obtain; to understand; to enyoy, experience) ——获得；领悟，享有；品尝，体验。

aśman (n. a stone) ——石。

aśraddadhāna (adj. unbelieving, devoid of faith) ——无信仰的；无信仰

的人。

aśrauṣam（aor. 1，sg. P. fr. √śru，to listen to）——听。

aśva（m. a horse）——马。

Aśvattha（N. of the mythical tree）——阿湿婆陀（树名）[15.1（1）]。

Aśvatthāman（m. N. of a son of Droṇa）——阿湿婆他摩[1.8（6）]。

Aśvinau（m. 'the two charioteers', N. of two divinities）——双马童[11.6（1）]。

aṣṭadhā（ind. eightfold）——八倍，八重。

asakta（adj. having no attachment）——无迷恋的，无牵挂的。

asaktabuddhi（adj. one whose mind is detached from worldly feelings）——没有迷恋思想的，无迷恋之心的。

asaktātma（adj. one whose self is not attached to）——心不迷恋的。

asakti（f. the being detached from worldly feelings）——不迷恋。

asaṅga（adj. having no attachment）——不迷恋的。

asaṅgaśastra（adj. one whose sword is not attachment；n. no attachment i. e. a sword）——无迷恋之剑的；无迷恋即剑。

asataḥ（pres. p. abl. sg. inexistent）——非存在的，无。

asat（pres. p. inexistent）——非[9.19（1）]，非萨多[参见17.23（4）]。

asatkṛta（adj. done from improper motive；n. offence）——出于不良动机而做的；犯罪。

asatya（adj. not true）——不真实的。

asapanna（adj. unrivaled）——无敌的，无比的。

asamaratha（adj. possessed of an unequaled chariot）——拥有一乘无与伦比战车的。

asaṃnyasta（adj. not abandoned）——不被舍弃的。

asaṃnyasta-saṃkalpa（adj. one whose desire is not given up）——欲念不被舍弃的。

asammūḍha（adj. not deluded）——不受迷惑的。

asaṃyatātman（adj. one whose self is not restrained）——没有克制自我的。

asaṃśaya [m. absence of doubt, (am), ind. doubtless] ——无疑；诚然。

asi (pres. 2, sg. P. fr. √ as, to be) ——你是。

asukha (adj. unhappy, sorrowful; painful) ——忧伤的；痛苦的。

Asura (m. an evil spirit, demon, ghost) ——阿修罗 [7.15 (1)]，魔鬼。

asau (pron. m. nom. sg. fr. adas, that) ——那个。

asti (pres. 3, sg. P. fr. √ as, to be, exist) ——存在，有；是。

astu (Impv. 3, sg. P. fr. √ as, to be, become) ——愿他成为。

asthira (adj. unsteady) ——不稳定的。

asṛṣṭānna (adj. one who does not distribute food) ——不舍食物的。

asmadīya (adj. our, ours) ——我们的，我方的（东西）。

asmākaṃ (ind. our; ours) ——我方的；我们这边（的东西）。

asmān (pron. m. acc. pl. us) ——我们（宾格）。

asmin (pron. loc. sg. fr. idam) ——在这里。

asya (pron. n. m. gen. sg. its) ——它的。

asvargya (adj. not leading to heaven) ——不能导致天堂的。

aham (pron. I) ——我。

ahaṃkāra (m. conception of one's individuality, a subtle matter of self-consciousness) ——我慢，我执 [2.71 (2)]（关于自身的观念和意识，数论谓具有自我意识的微细物质）。

ahamkṛta (adj. conscious of one's individuality) ——意识到自身存在的。

ahar (n. a day) ——白昼。

ahar-āgame (m. loc. sg. on the advent of the day) ——当白昼来临时。

ahita (m. an enemy) ——敌人。

ahinsā (f. harmlessness, abstaining from killing) ——非杀，戒杀。

ahuḥ (pf. 3, pl. P. fr. √āh, to call) ——说，称。

ahaituka (adj. causeless, having no motive, absent from reason) ——无因的，盲目的；没有动因的；不合逻辑的、无理的。

aho (ind. a particle, implying joyful or painful surprise, etc.) ——表示惊喜，痛苦等的不变感叹词。

aho-rātra-vid (adj. knowing the day and the night) ——懂得昼夜的。

ākāṅkṣibhiḥ (adj. m. instr. pl. desiring) ——期望。

ākāśa (m. the sky, ether, atmosphere; vacuity) ——天空；以太；空气；空。

ākṛti (f. form, figure) ——形貌。

ākhyāhi (Impv. 2, sg. P. fr. ā-√khyā, cl. 2, to tell, declare) ——说，讲，宣称。

āgacchet (Pot. 3. P. fr. ā-√gam, to go to, enter) ——进入。

āgama-apāyin (adj. including coming and going) ——有着来去的。

ācaraṇa (n. performing, undertaking) ——正在从事（其业）。

ācarataḥ (pres. p. fr. ā-√car, proceeding, managing) ——活动的，进行的。

ācarati (pres. 3, sg. P. fr. ā-√car, to practice, perform) ——从事。

ācāra (m. good behavior) ——善行。

ācārya (m. a teacher) ——阿闍黎耶，老师。

ājya (n. melted butter) ——融化的酥油。

āḍhyaḥ (adj. rich, wealthy) ——富有的。

ātatāyinaḥ (m. acc. pl. the murderers) ——凶手。

ātiṣṭha (Impv. 2. P. fr. ā-√sthā, to practise, exercise; n. superiority) ——实践，修炼；优越。

ātmatṛpta (adj. self-satisfied) ——自我满足的。

ātman (m. self; the soul; the individual soul, abstract individual; the universal Spirit) ——自我［4.35（1）］，自己；灵魂；个体灵魂；宇宙灵魂。

ātmanā-ātmānaṃ paśyan (adj. seeing the self by the self) ——靠自我（反）观自我的。

ātma-buddhi (f. self-perceive) ——自我觉悟，亲证自我。

ātma-bhāva (m. existence of the soul; the body) ——灵魂的存在；身体。

ātma-bhāva-stha (adj. abided in the body) ——寓于身体中的。

ātmamāyā（f. my own magic）——自我的摩耶［4.6（2）］，自我的幻力。

ātmayoga（m. my own power of magic）——自我瑜伽［11.47（1）］，自我的变幻能力。

ātmany-evātiṣṭhite（pres. 3，sg. Ā. one becomes steady upon the self）——他坚定地寓于自我。

ātma-rati（adj. rejoicing in the Spirit）——迷恋于自我的，从自我寻求欢乐的。

ātmavat（adj. absorbed in the Self；self-possessed，composed）——专注自我的；镇定自若的。

ātmavaśya（adj. self- restrained）——自我克制的，屈服于自我的。

ātma-vinigraha（m. self-controled）——自我克制的，约束自我的，克己的。

ātmavibhūti（f. the manifestation of might of the self）——自我威力之显现［10.7（1)］。

ātmaviśuddhi（f. purification of self）——自我净化。

ātmasaṃbhāvita（adj. conceited）——自负的。

ātmasaṃyamayoga（m. the exercise of self-restraint）——自我克制瑜伽（修炼）。

ātma-saṃstha（adj. based on the self，being in the self）——处于自我之中的。

ātmaupamya（n. likeness to self）——比作自我。

ātmaupamyena（ind. by analogy to one's self）——通过类比自我。

ādatte（pres. 3，sg. A. fr. ā-√dā，to accept，receive from）——接受。

ādarśa（m. a mirror）——镜子，明镜。

ādi（m. beginning，commencement）——始，初始；始原；开始。

ādikartṛ（m. a creator）——创造者。

Āditya（m. N. of seven deities of the heavenly sphere；N. of the sun）——阿提帖（空界七神集团名）［10.21（1)］；太阳名。

āditya-gata（adj. dwelling in the sun）——寓于太阳的。

ādityavat（adj. like the sun）——像太阳的。

āditya-varṇa (adj. one whose colour is like the sun) ——色如太阳的。

ādideva (m. 'the first god') ——原神，神主。

ādau (f. loc. sg. fr. ādi, first, in the beginning) ——首先，开始时。

ādya (adj. primitive) ——太古的，太始的，太初的。

ādyantavat (adj. having beginning and end) ——有始有终的。

ādhatsva (Impv. 2. Ā. fr. ā-√dhā, cl. 3, to fix upon) ——使集中于。

ādhāya (ind. p. fr. ā-√ dhā, to place, put in) ——放，放置。

ānaka (m. a large military drum beaten at one end) ——大军鼓。

ānana (n. the mouth; the face) ——嘴；脸。

āpanna (p. p. fr. ā-√pad, to go near; to enter into, attain to) ——趋近；进入。

āpūrya (ind. p. fr. ā-√pṝ, to fill) ——充满（独立词）。

āptavya (verbal adj. to be obtained) ——应该得到的。

āptum (inf. to obtain) ——获得。

āpnuvanti (pres. 3, pl. P. fr. √ āp, to attain; to fall) ——他们获得；他们堕落。

āpnoti (pres. 3, sg. P. fr. √āp, to attain, obtain) ——他获得（得到）。

āpnuyām (Pot. 1, sg. P. fr. √āp, to attain, obtain) ——我要获得（得到）。

ābrahmabhavanam (ind. up to Brahmā's abode) ——上至梵界，梵界以下。

āmaya (m. disease) ——疾病。

āyāsa (m. effort, exertion, trouble, difficulty; pain) ——努力；麻烦；困难；痛苦。

āyudha (n. a weapon) ——武器。

āyus (n. life) ——寿命。

ārabhate (pres. 3, sg. Ā. fr. ā-√rabh, to take hold of; to undertake, commence, begin; to enter) ——坚持；开始，着手；进入。

ārabhyate (pass. 3, sg. fr. ā-√rabh, to be undertaken, commenced) ——被从事，被开始。

ārādhana (n. worship, adoration) ——崇拜，崇敬。

ārūḍha (p. p. fr. ā-√ruh, mounted; risen; reached) ——登上；升高；达到。

āurukṣu (adj. wishing) ——希望……（愿望动词转化的形容词）。

ārjava (n. uprightness) ——正直。

ārta (adj. distressed, unhappy) ——蒙受不幸的，疾苦的；受苦人，苦难者。

āvayoḥ (pron. du. gen. fr. mad, means 'our') ——我们俩的。

āvartate (pres. 3, sg. Ā. fr. ā-√vṛt, to return back) ——返回。

āviśya (ind. p. pervading) ——充满，弥漫。

āvṛta (p. p. fr. ā-√ vṛ, enveloped, covered) ——被遮蔽的。

āvṛtti (f. going round; the revolution of births) ——轮回，再生。

āvṛtya (ind. p. fr. ā-√ vṛt, to envelope; to pervade) ——遮蔽；遍布。

āveśita (Caus. p. p. fr. ā-√ viś, to cause to enter, approach; to cause to reach or obtain) ——被使进入，趋至；被使达到，获得。

āvriyate (pass. 3, sg. fr. ā-√vṛ, to cover) ——被遮蔽。

āśaya (m. a place of residence) ——住所，寓所。

āśā (f. wish, hope, desire) ——奢望。

āśā-pāśa-śātairbaddha (bound by the hundrend cords of desire) ——为百条欲望之索所捆缚的。

āśu (ind. quickly, soon) ——很快。

āśuśrūṣave (adj. m. dat. sg. fr. āśuśrūṣu; 'wishing to listen to') ——愿意倾听的。

āścarya (adj. wonderful; n. wonder) ——奇妙的；奇异的光彩，奇观。

āścaryavat (adj. having wonder, marvel ous) ——拥有奇异的；奇异者。

āśrayet (Pot. 3, sg. P. fr. ā-√śri, to attach one's self to, to adhere) ——归附。

āśrita (adj. belonging to) ——属于。

āśvāsayāmāsa (Cir. pf. 3, sg. P. fr. ā-√śvas, to comfort) ——安慰（迂回完成时）。

āsaktamanas (adj. absorbed in) ——全神贯注于（自我）的，冥想（自我）的。

āsana (n. a seat) ——座，席，坐席。

āsam (impf. 1, sg. P. fr. √as, to exist) ——我存在。

āsīta (Pot. 3, sg. Ā. fr. √ ās, to remain , continue; to continue in any situation; to continue doing anyting) ——继续（保持某种状态），保持……原状。

Āsura (m. an Asura or demon) ——阿修罗（魔鬼）。

āsura (adj. belonging to Asura i. e. demon) ——属于阿修罗（魔鬼）的，属于阿修罗性的。

āstikya (n. piety, faithfulness) ——虔诚，信仰。

āste (pres. 3, sg. Ā. fr. ā-√ ās, to remain; to sit) ——保持……原状。

āsthita (p. p. fr. ā-√ sthā, come or fallen into; resorting to; undertaken, performed; persisted in, remained on) ——进入某种状态；依赖……的；实行，履行；坚持。

āha (pf. 3, sg. P. fr. √ah, to say) ——说。

āhave (loc. sg. in the battle, war) ——在战斗。

āhāra (m. a food) ——食物；饮食。

āhuḥ (pf. 3, pl. p. fr. √ āh, to say) ——说，讲，称，据说（完成时）。

āho (ind. an interjection of asking and of doubt) ——表示疑问和怀疑的不变感叹词。

Ikṣvāku (m. N. of a son of Manu) ——伊刹瓦古 [4.1 (3)]。

iṅgate (pres. 3, sg. Ā. fr. √iṅg, to move, shake) ——活动，摇动，颤动。

icchanti (pres. 3 pl. P. fr. √iṣ, to want to obtain) ——欲想得到。

icchā (f. wish, desire) ——欲望，希望。

Icchā-āptuṃ (endeavouring to obtain, having a desire to obtain) ——努力获得，有希望获得。

icchā-dveṣa-samuttha (adj. prduced from desire and malevolence) ——产生于贪欲和嗔怒的，生于贪嗔的。

icchāmi (pres. 1, sg. P. fr. √iṣ, to want, hope) ——我想，我欲（接独立词）。

icchasi (pres. 2, sg. P. fr. √iṣ, to wish, desire; choose; endeavour to obtain）——欲望；选择，尽力获得。

ijyate（pass. 3, sg. Ā. fr. √yaj, to be sacrificed）——被祭祀。

ijyā（f. a sacrifice）——祭祀。

itara（adj. low）——低下的。

itas（ind. hence, from here or hence）——于是，因此。

iti（quotation marks, i. e. ‘’）——引号：“ ”。

idam（n. nom. this）——这个。

idānīṃ（ind. now）——现在。

indriya（n. the organs of perception and action）——知根（感官）和作根（行动器官）[25.58（1）] 的统称，多指感官。

Indriyakarman（n. the action of the organs）——诸根的作为（活动）。

Indriyagocara（m. the field for action of the senses）——根境（感觉对象）。

Indriyagrāma（m. the assemblage of the organs）——诸知根，全部知根，所有感官。

indriya-agniṣu（m. loc. sg. the sense-fire）——知根之火，感官之火。

indriya-ārāma（m. indulging one's senses）——耽于感官享受的；感官的享乐；纵欲，淫荡。

indriyārtha（m. an object of sense）——根境 [2.58（2）]，感官对象。

imam（pron. m. acc. sg. fr. idam, this）——这个。

imāṃ（pron. f. acc. sg. this）——这个。

ime（pron. nom. pl. fr. idam, these）——那些。

iyam（pron. f. nom. sg. this）——这个。

iva（ind. like, as if）——似乎，犹如，好似。

iṣu（m. f. an arrow）——箭。

iṣṭa（adj. worshipped; wished, desired; m. a beloved person, friend）——被崇敬的；如愿的；所喜欢的，所希望的；可信之人，朋友。

iṣṭa-aniṣṭa-upapatti（f. approach of the agreeable and the disagreeable）——如愿的和非如愿的（事物）出现。

iṣṭa-kāma-dhuk（f. nom. sg. fr. iṣṭa-kāma-duh, ‘the cow granting desire’,

N. of the cow of plenty)——如意牛。

ih (ind. in the world)——在这个世界上，在今世。

īkṣaṭe (pres. 3, sg. Ā. fr. √ īkṣ, to see, look, behold, perceive)——看到，看见，发现。

īḍya (adj. praiseworthy)——值得称赞的。

īdṛśa-mama-idam (adj. endowed with such of me)——有像我这样的。

Īśa (m. a lord of gods)——神主。

Īśvara (m. the Supreme Being)——自在天，自在主，神主，主宰。

īśvarabhāva (m. governing ability)——统辖能力。

īhate (pres. 3, sg. Ā. fr. √ īh, cl. 1., to wish, desire)——欲望。

īhante (pre. 3, pl. Ā. fr. √ īh, to wish, desire; to endeavour to obtain)——力图获得。

ukta (p. p. fr. √ vac, spoken, said)——据说。

uktvā (ind. p. fr, √ vac, to say)——说了（之后）。

ugra (adj. fearful; violent; mighty)——可怕的；炽烈的；严酷的。

ugrakarman (adj. fierce in action)——行为野蛮粗暴的。

ugra-rūpa (adj. one whose form is fearful or frightful)——形象可怕的。

ucchiṣṭa (adj. left; n. remainder)——剩余（的）；剩余的人，物。

Uccaiḥśravasa (m. 'long-eared' N. of a horse of Indra)——长耳 [10.27 (1)]，因陀罗的马名。

uccais (ind. loudly)——高声地。

ucchoṣaṇa (adj. drying up, making dry)——干涸。

ucyate (pass. 3, sg. Ā. fr. √ vac, to speak, say, call)——被称为。

uta (ind. often used for the sake of emphasis, especially at the end of a line after iti or a verb)——加强语气的语助词（尤其用于 iti 或动词之后的一行的末端）。

utkrāmati (pres. 3, sg. P. fr. ud-√ kram, to surpass; to depart)——超越；离开。

uttama (adj. highest) ——最高的，至高无上的。

uttamavid (adj. knowing the highest) ——知真谛的（者），知无上（我——宇宙精神）的。

uttamāṅga (n. the head) ——头颅。

Uttamaujas (N. of a warrior) ——乌多没赭［1.6 (2)］。

uttara (adj. higher; northern) ——高的；北方的。

uttarāyaṇa (n. the progress of the sun to the north) ——太阳回归至赤道以北，即直到夏至那一过程（半年）。

uttiṣṭha (Impv. 2, sg. P. fr. ud-√sthā, to stand up) ——请站起来。

utsanna (p. p. destroyed) ——被毁灭的。

utsādana-artham (ind. for destroying) ——为了毁灭。

utsādayante (Caus. 3, pl. Ā. fr. ud-√sad, to destroy, annihilate) ——毁灭，绝灭。

utsīdeyuḥ (Pot. 3, pl. P. fr. ud-√sad, to fall into ruin) ——会陷入毁灭。

udaka (n. water) ——水。

udapāna (n. a well,) ——水井。

udara (n. the belly) ——腹。

udāna (m. breathing upwards) ——通首之气［4.29 (1)］。

udāra (adj. noble, dignified) ——高贵的。

udāsīna (adj. indifferent) ——冷漠无牵的；冷漠者。

udāsīna-vat (adj. like unconcern) ——犹如漠不关心的，漠然的，犹如置身世外的。

udāhṛta (p. p. fr. ud-ā-√hṛ, named, called) ——被称为。

udāhṛtya (ind. p. fr. ud-ā-√hṛ, to speak, utter) ——说，发……声。

uddiśya (ind. p. fr. ud-√diś, to expect, aim at) ——指望（独立词）。

uddeśatas (ind. pointedly, distinctly) ——明确地。

uddharet (Pot. 3, sg. P. fr. ud-√dhṛ, to deliver, save) ——应拯救。

udbhava (m. origin, birth) ——生。

udbhava-kara (adj. productive) ——产生的。

udyata（p. p. engaged in）——从事。

udyamya（ind. p. fr. ud-√yam，to take up）——挽起。

udvijate（pres. 3，sg. Ā. fr. ud-√vij，to abhor；to fear）——憎恨，恐惧。

udvijet（Pot. 3. sg. P. fr. ud-√ vij，to be grieve）——会悲伤，会苦恼。

unmiṣan（pres. p. opening the eyes）——睁眼。

upajāyate（pass. 3，sg. Ā. fr. upa-√jan，to be born or produced）——被产生。

upajāyante（pass. 3，pl. fr. upa-√jan）——他们被生。

upajuhvati（pres. 3，pl. fr. upa-√ hu，to offer or present an oblation to or in）——他们奉献祭品给。

upadekṣyanti（pres. 3，pl. P. fr. up-√diś，to instruct，teach）——教导，教授。

upadraṣṭṛ（m. a witness）——见证者，见证人。

Upaniṣad（a class of philosophical writings）——《奥义书》[1. 结尾（1）]。

upadhāraya（Impv. 2，sg. P. fr. upa-√ dhṛ，to know）——要知道。

upapadyate（pres. 3，sg . Ā. fr. upa-√pad，cl. 4，to reach，come to ；to obtain；to be suitable；to come forth，appear；to be produced）——达到，得到；适合，是适当的；出现；被产生。

upamā（f. resemblance，similarity，equality）——类似，相似。

uparamate（pres. 3，sg. Ā，fr. upa-√ ram，to cease to move）——他停止活动。

uparamet（Pot. 3，sg. P. fr. upa √ram，to become quiescent）——他应该平静。

upaviśya（ind. p. fr. upa-√viś，to sit down）——入座。

upasaṅgamya（ind. p. fr. upa-saṅ-√gam，to go up）——上前。

upasevate（pres，3，sg. Ā. fr. upa-√sev，to addict，enjoy）——使耽溺，享受。

upahata（p. p. fr. upa- √ han，killed，injured）——受伤害的。

upahanyām（Pot. 1，sg. P. fr. upa-√ han，to kill）——我会杀害。

upahṛta（p. p. offered，n. an oblation）——供物。

upāyatas（ind. in some means，in clever way）——借巧妙的方法，巧妙地。

upāviśat（impf. 3，sg. P. fr. upa-ā-√viṣ，to sit on）——坐进。

upāsana（n. homage，adoration，worship）——尊敬，崇拜。

upāsrita（adj. holding，bearing）——执着；怀着。

upeta（p. p. possessed）——具有。

upaiti（pres. 3，sg. P. fr. up-√i，to come to，merge into）——来到；归依；融入。

upaiṣyasi（fut. 2，sg. P. upa-√i，to come to，merge with）——你将归于，你将融于。

ubhayoḥ（pron. m. gen. du. both）——两者的。

ubhaya（adj. both）——两者的。

ubhaya-vibhraṣṭa（comp. adj. fallen from both）——两失的（人）（指修炼未成，又未至梵界者）[6. 38（1）]。

ubhau（adj. m. du. both）——两者。

uraga（m. a serpent，snake）——龙，蛇。

ulba（n. the womb）——子宫。

uvāca（pf. 3，sg. P. fr. √vac，to say）——说。

Uśanas（N. of an ancient sage）——乌商那［10. 37（1）］（古代圣人名）。

uṣitvā（ind. p. fr. √vas，to dwell，abide）——居住。

uṣṇa（adj. hot，warm）——热。

Uṣmapa（=Ūṣmapa，m. pl. N. of a class of manes）——乌湿摩波［11. 22（3）］。

ūru（the thigh）——腿。

ūrjita（adj. powerful，strong，mighty；glorious）——有力量的；辉煌的。

ūrdhvamūla（adj. having the roots rising upwards）——根向上的。

ṛcchati（pres. 3，sg. P. fr. √ṛ，to go；to obtain）——获得。

Ṛgveda（m. N. of an ancient literiture）——《梨俱吠陀》［2. 42（1）］。

ṛte api tvāṃ（even without you）——即便没有你。

ṛtu（m. season）——季节。

ṛddha（adj. prosperous）——富饶的，繁荣的。

ṛṣayaḥ（m. nom. pl. sages）——仙人们。

ṛsi（m. a sage）——仙人。

eka（m. nom. one）——一；专一的，唯一的。

eke……apare（some……others）——一些……另一些。

ekatva（n. oneness, unity; the state of all the things coming to one）——同一，一体；万物归一的状况。

ekantam（ind. absolutely）——绝对地。

ekabhkti（adj. devoted to only one）——信仰专一的。

ekabhāva（m. oneness; adj. of the same nature）——单一性；具有共同性质的。

ekaṃ bhāvam（m. acc. sg. identity, unity）——同一性，统一性。

ekastha（adj. stading together, collected, combined）——站在一起，集结在一起，结成为一的。

ekasminkārye（in the matter ‘ one ’）——在“一”这一事物中。

ekākin（alone）——独自的。

ekākṣara（n. the sacred monosyllabic om）——神圣的单音节“唵”。

ekāgra（adj. having one point; fixing one's attention upon one point or object）——有一点的，专注于一点的。

ekāgreṇa cetasā（instr. with a concentrated mind）——专心地。

ekāntika（adj. final）——最终的，以一为终极的。

etad（this）——这个。

etāvat（adj. so much, so many, so far）——那么多，如此多。

eti（pres. 3, sg. P. fr. √ i, to go to, enter）——走进。

ete（pron. nom. pl. fr. etad, these, describing mātrā-sparṣa）——那些（与物镜的接触）。

edhāṃsi (n. nom. acc. pl. fuel) ——柴薪，燃料。

enam (pron. m. acc. sg. that) ——那个。

ebhyaḥ (abl. pl. fr. idam, these) ——这些。

eva (ind. indeed) ——加强语气的不变词。

evaṃ (ind. thus; such) ——因此；如此。

evaṃvidha (adj. of such a kind, in such a form or manner, such) ——有这样一种的，以这样形式或方式，这样的。

eṣa (pron. m. nom. sg. fr. etad, this) ——这个。

eṣyasi (fut. 2, sg. P. fr. √ i, to come to, merge into) ——进入，融入。

Airāvata (N. of Indra's elephant) ——蔼罗婆特 [10.27 (2)] (一象王名)。

aiśvara (adj. mighty, powerful, majestic) ——有力量的，威严的。

aiśvarya (n. sovereignty) ——统治权。

ojas (n. vigour, energy) ——活力，生机。

oṃ (n. a sacred monosyllable) ——唵 [8.13 (1); 17.23 (2)]。

auṣadha (n. a herb) ——药草；植物。

kaṇcana (n. gold) ——金子。

katara (pron. comparative of 2, who or which of two?) ——代词，二者的比较，"二者中哪一个……?"

kaṭu (adj. pungent; bitter) ——辛辣的；苦味的。

kathaya (Impv. 2, sg. P. fr. √ kath, to say, tell) ——请讲。

kathayantaḥ (pres. p. m. nom. pl. talking about) ——谈论的。

kadā cana (ind. at some time, at one time) ——某时，一次，一度。

kadācit (adj. at some time or other) ——任何时候。

Kandarpa (N. of kāma or love) ——羚达婆 [10.28 (2)] (爱神)。

Kapidhvaja (adj. one whose banner is of a monkey-figure; N. of Arjuna) ——其帜以猿为标志的 (阿周那的名号)。

Kapila (m. N. of an ancient philosopher) ——迦毗罗 [2.39 (1)]。

kamala（m. n. a lotus）——莲花。

Kamalapatrākṣa（adj. having both eyes like the petals of lotus-flower）——莲花眼［11.2（1）］。

kamalāsana（n. a seat of lotus-flower shape）——莲花座。

karāla（adj. fearful，frightful）——可怕的。

kariṣyati（fut. 3，sg. P. fr. √ kṛ，to effect；to make）——使生效，有效。

karuṇa（adj. compassionate）——怜悯的，慈悲的。

karoti（pres. 3，sg. P. fr. √ kṛi，to do）——他做。

karoṣi（pres. 2，sg. P. fr. √kṛ，to do）——你做。

Karṇa（N. of a warrior）——迦尔纳［1.8（1）］。

kartavya（verbal adj. to be done）——应当被做的。

kartā（m. nom. sg. fr. kartṛ，a doer，agent）——为者，执行者。

kartum（inf. fr. √ kṛ，to do）——做（不定词）。

kartṛ（m. a doer. maker）——做者，行动者。

kartṛtva（n，the state of being the doer of anything）——为者身份［5.14（2）］。

karpaṇya（n. weakness；compassion，pity）——软弱；怜悯。

karma（n. acc. sg. action）——业，活动，有为。

karma-codanā（f. the motive impelling to ritual acts，incitement，urging）——有为的动因，激励。

karmaja（adj. produced from action）——从业中产生的，由业所生的 。

karman（n. act，action，performance，business；office，special duty，occupation；any religious act or rite）——业，［2.39（3）］；行动，活动，有为，执行，事务；职务，职责，职分，特殊的义务；本分；业务，工作；任何宗教活动或仪式。

karmaphala（n. the fruit or recompense of actions）——业果［2.47（1）］，果报。

karmapalatyāga（adj. renunciation of recompense of actions）——业果的舍弃。

karmaphalatyāgin（adj. renouncing the recompense of actions）——舍弃业果的（人）。

karmaphalaprepsu（adj. desirous of obtaining the recompense of actions）——渴求业果的。

karmaphalahetu（adj. one whose motive is to obtain the recompense of actions）——把追求业果当做动因的。

karmaphalāsaṅga（adj. having no attachment to the fruit of actions）——放弃对业果迷恋的。

karmaphalatyāgī（comp. m. nom. sg. giving up the reward of actions）——舍弃业果者。

karmaphalaprepsu（adj. desirous of obtaining the rewards of actions）——欲获业果的。

karmayoga（m. yoga of action）——有为瑜伽［3.3（3）］。

karmasaṅga（adj. having attachment to actions）——对有为迷恋的，迷恋有为的［14.7（1）］。

karmasaṅgin（adj. having attachment to actions）——迷恋于业的；迷业者［14.15（1）］。

karmasamudbhava（adj. produced from actions）——源于有为的。

karmasaṃgraha（m. assemblage of acts comprising the acts、its performance, and the performer）——有为的要素（包括行为，行为的执行和执行者）。

karmasaṃjñita（adj. named act）——称之为业的。

karmasaṃnyāsa（m. the renunciation of actions）——舍弃有为。

karmasaṃnyāsayoga（m. the yoga of renunciation of actions）——舍弃有为瑜伽，舍弃有为的修炼。

karmākhila（n. the entire actions）——全部的业，业的全部。

karmānubandhin（adj. having the binding of actions, having attachment to actions）——受业束缚的，执著于业的。

karmin（adj. performing a religious action）——从事宗教活动的；祭仪执行者。

karmendriya (n. an organ of action) ——业根 [3.6 (1)]，行动器官。

karṣati (pres. 3, sg. P. fr. √ kṛṣ, to cultivate, plough, make furrow) ——栽培，培育，耕作。

karṣayantaḥ (Caus. pres. p. m. nom. pl. fr. √kṛṣ, tormenting) ——使痛苦，折磨。

kalevara (m. n. the body) ——躯体，身体。

Kalpa (a fabulous period of time) ——劫（传说的一个时代）[(9.7 (1)]。

kalpate (pres. 3, sg. Ā. fr. √kḷp, cl. 1, to partake of ; to be fit for; to become; to tend to) ——享有；适合于；成为；趋向于。

Kalpakṣaya (m. the end of a Kalpa) ——劫末。

Kalpādi (m. the beginning of a Kalpa) ——劫初。

kalmaṣa (n. sin) ——罪过。

Kalyāṇakṛt (adj. doing good, virtuous) ——行善的（人），有道德的（人）。

kavayaḥ (m. nom. pl. the poets; the wise men, sages) ——诗人，智者，仙人（复数）。

kevalaṃ (ind. merely) ——仅仅。

kavi (m. a poet; a wise man, sage) ——诗人；智者；圣人。

kaścana = kaścid (any one, any person; whoever; whatsoever) ——某人，某事；任何人；任何事。

kaścid (any one, whatsoever) ——任何（人，事物）。

kaśmala (adj. impure, foul, dirty, n. impurity; dejection) ——不净的，不良的；不洁；沮丧。

kāṅkṣati (pres. 3, sg. P. fr. √ kāṅkṣ, to wish, desire, long for, hope for) ——他欲望，他欲求。

kāṅkṣantaḥ (adj. nom. pl. wishing, desiring) ——希望……的。

kāṅkṣita (p. p. desired) ——所欲求的，所希望的。

kāṅkṣe (pres. 1, sg. P. fr. √kāṅkṣ, to wish, desire, long for) ——我希望得到。

kāma (m. desire, love, affection; object of desire or love) ——爱欲，欲望，

情欲；爱的对象。

kāmakāma（adj，longing for various enjoy ments）——贪图各种享乐的。

kāmakāmin（adj，longing for various enjoyments）——贪图各种享乐的（人）。

kāmakāra（adj. one whose deed is following one's own inclination）——随意而为的（人），为所欲为的（人）。

kāmakṛta（adj. done knowingly or spontaneously）——故意或任意而为的。

kāmakrodha-udbhava（adj. producing from desire and wrath）——产生于欲望和嗔怒的。

kāmakrodha-parāyaṇa（adj. absorbed in desire and wrath）——沉湎于情欲和嗔怒的。

kāmakrodhaviyukta（adj. free from desire and wrath）——脱离贪嗔的。

Kāmaduh（adj. yielding objects of desire like milk）——如意牛［3.10(1)］。

kāmabhoga（m. love and enjoyment；sensual enjoyment，gratification of desire）——爱欲和享乐；色情享受；欲望的满足。

kāmabhoga-bala-anvita（adj. overpowered by the strength of sensual enjoyment）——为感官享乐的力量所制约的。

kāmabhogārtham（for the desirous gratification）——为了欲望的满足。

kāmabhogesu（comp. loc. pl. in the desirous gratification）——在欲望满足方面。

kāmarūpa（adj. being in the shape of desire，or it its shape is desire）——以贪欲面貌出现的。

kāma-saṃkalpa-varjita（free from the desire，i. e. idea or notion）——将欲望这种思想（念头）舍弃的。

kāmahaituka（adj. caused by mere love）——唯情欲是因的。

kāmātman（adj. 'one whose very essence is desire'，indulging one's desires）——利欲熏心的，耽迷于情欲的。

kāmepsu（adj. desirous of sensual objects）——欲获爱欲对象的。

kāmopabhoga-parama (adj. one whose highest goal is the gratification of desire) ——其最高目的是欲望的满足。

kāmya (adj. prompted by desire) ——为欲望所驱使的。

kāya (n. the body) ——靠身体。

kāya-śiro-grīva (the body, head, neck) ——身体、头、颈。

kāraṇa (n. cause, reason, means; path) ——原因；方法；途径，道路。

kārpaṇya (n. compassion) ——怜悯。

kārya (verbal adj. to be done; m. a matter; n. work; effect) ——应被做的，应从事的；事物；事情；结果。

kāryakāraṇa (n. effect and cause) ——果因。

kāryakāraṇakartṛtva (n. the state of causing the connection of cause and effect) ——造成因果相连的状况。

kāryate (Caus. pass. sg. 3, sg. Ā. fr. √ kṛi, to cause to be done) ——被驱使去做。

kārayan (caus. , pres. p. , nom. sg. causing to do or perform) ——使做的；使做者。

kāryākarya (n. what is to be done and not to be done) ——当做和不当做的事情。

kāryākaryavyavasthiti (f. the separation of what is to be done and not to be done) ——区别何事当做不当做。

kāla (n. time) ——时间。

Kālānala (n. the fire of world ruin) ——劫末之火。

kāle (n. loc. sg. at the proper time) ——在适当的时间。

kālena (n. instr. in the course of time) ——总有一天；最终。

kālena mahatā (for a long time) ——长时间地。

Kāśirāja (m. a king of Kāśi) ——迦尸王。

kim (n. acc. sg. what) ——什么。

kiṃ (+ the instr. of a noun, implying 'of what use is having the noun') ——“要……有什么用?”

kiṃjana (n. whatever) ——任何。

kiṃ nu mahīkṛte (much more for the earth) ——更何况为了大地。

kiṃ punar (how much more) ——更何况。

kirīṭa (n. a diadem) ——王冠。

Kirīṭin (adj. 'decorated with a diadem', m. N. of Kṛṣṇa) ——戴王冠者(指克里希纳)。

kīrtayanta (pres. p. fr. √ kṝt. cl. 10, praising, glorifying) ——赞美，赞扬。

kīrti (f. fame, renown, glory) ——声望，荣誉。

kilbiṣa (n. guilt, fault) ——罪过，罪恶。

kutas (ind. from where, whence, how) ——从哪里，何谈。

Kuntibhoja (m. N. of a warior of Kuru) ——恭底波遮 [1.5 (5)]。

kuru (impv. 2, sg. fr. √ kṛ, to do) ——请做吧！

Kuru (N. of a family) ——俱卢（一个家族的名称）。

Kuruksetra (n. the field of Kuru) ——俱卢之野 [1.1 (3)]。

kurute (pres. 3, sg. Ā. fr. √ kṛi, to do) ——做。

Kurunandana (m. an epithet of Arjuna) ——俱卢难陀那（阿周那名号，意译"俱卢族后裔"）。

Kurupravīra (An epithet of Arjuna) ——俱卢之雄（阿周那的称号）。

Kuruśreṣṭha (m. excellent among the Kuru people, N. of Arjuna) ——俱卢族的英雄（阿周那的称号）。

Kurusattama (m. N. of Arjuna) ——俱卢之雄（阿周那的称号）。

kuruṣva (Impv. 2, sg. Ā. fr. √ kṛ, to do) ——你要做。

kurūn (m. acc. pl. the Kuru people) ——俱卢族人。

kuryāt (Pot. 3. sg. P. fr. √ kṛ, to do, engage in) ——应从事。

kuryām (Pot. 1, sg. P. fr. √kṛi, to do, perform, engage in) ——我应做，应从事。

kurvan (pres. p. m. nom. sg. doing, performing) ——正在做的；从事者。

kurvanti (pres. 3, pl. P. fr. √ kṛi, to do, engage in, undertake) ——他们

从事，他们做事。

kurvāṇ（pres. p. fr. doing，making）——做着的。

kula（n. a house；a family）——家；家族。

kula-kṣaya（m. the destruction of a family）——宗族的毁灭。

kula-kṣaya-kṛita（adj. incurred by the destruction of the kinsmen）——毁灭亲族所造成的。

kula-ghna（adj. destroying a family）——毁族的；毁族者。

kuladharma（m. the law of a family）——宗法，宗族之法［1.43（2）］。

kula-vṛiddha（m. 'the oldest member of a family'，N. of Bhīṣma）——俱卢族元老（毗湿摩的称号）。

kuśa（m. the sacred grass）——谷舌草［6.11（1）］。

kuśala（adj. right，proper，good）——正当的，好的。

kūṭastha（adj. immovable，steady，unchangeable；standing at the top；m. the Supreme Soul）——坚定不动的；无变异的；万物的终极［15.16（1）］，指无上灵魂——大我。

kūrma（m. a tortoise，turtle）——乌龟，海龟。

kṛita（p. p. done；a thing being done）——被做过的；已做的事情。

kṛtakṛtya（one who has done all he should do）——为其应为之事的（人）。

kṛtāñjali（adj. one whose hollowed palms are joined）——双手合十。

kṛtānta（m. a doctrine，dogma）——教义。

kṛtsna（adj. all，entire，whole）——全部的。

kṛitsna-karma-kṛt（adj. m. nom. sg. doing all the things）——做一切事情的。

kṛtsna-vid（adj. knowing completely）——全知的（者）。

Kṛpa（m. N. of a warrior of Kuru）——羯利波［1.8（2）］。

kṛpā（f. compassion）——怜悯。

kṛṣi（f. agriculture）——农业。

kṛṣṇa（m. the dark half of the lunar month from full to new moon）——黑半月［8.25（1）］（阴历从满月到新月的那半月）。

Kṛṣṇa（m. N. of an incarnation of a god）——克里希纳，黑天。

kecit（some）——某些。

kevalaiḥ（instr，pl. wholly）——全部地。

Keśava（adj. having long or handsome hair. m. N. of Kṛṣṇa）——凯舍婆（克里希纳的称号，意译“头发漂亮的”）[1.31（1）]。

Keśiniṣūdana（adj. ‘killing Keśini’，m. N. of Kṛṣṇa）——凯湿尼苏陀那（义“诛凯湿尼者”）[18.1（1）]。

Kaunteya（N. of Arjuna）——恭底耶（对阿周那的称呼）。

kaumāra（adj. youthful，n. childhood，infancy，youth）——青年时期的；童年，少年，幼年，青年。

kauśala（n. skillfulness）——技巧。

kratu（m. a sacrificial rite，offering，worship）——祭祀仪式，祭祀的举动[9.16（2）]。

kriyate（pass. 3，sg. Ā. fr. √kṛ，to do，practise）——被举行；被实践。

kriyamāṇa（pass.，pres. p. fr. √kṛi，being done，being performed）——被做的，所做。

kriyā（f. a ritual）——礼仪，祭祀仪式。

krodha（adj. wrath）——嗔怒，愤怒。

kleśa（m. pain，affliction）——痛苦，烦恼。

klaibya（n. impotence，weakness）——无能，软弱。

klaivya（n. impotence，unmanliness）——懦弱，无男子气。

kṣaṇa（m. twinkling of an eye）——刹那，瞬间。

kṣanaṃ（ind. instantly）——刹那，瞬间，立即。

Kṣatriya（m. the second caste）——刹帝利[4.13（1）]。

kṣamā（f. forgiveness）——宽恕。

kṣamin（adj. forgiving）——宽恕的；宽恕者。

kṣaya（m. loss，decay；destruction）——损失；毁灭。

kṣara（adj. perishable，melting away）——无常的，可灭的。

kṣarabhava（m. a perishable nature）——变灭性。

kṣānti (f. forgiveness) ——宽恕。

kṣāmaye (Caus. 1, sg. Ā. fr. √kṣam, to ask to forgive me) ——我请求原谅。

kṣipāmi (pres. 1, sg. P. fr. √kṣip, to throw into) ——我投入到。

kṣipraṃ (ind. quickly, soon) ——很快。

kṣīṇa-kalmaṣa (one whose sins has been annihilated) ——消除罪过的(人)。

kśudra (adj. small, tiny, mean, low) ——渺小的;卑微的。

Kṣetra (n. a field, i. e. the body) ——田 [13.1 (1)]。

Kṣetrajña (adj. 'knowing the field,' i. e. the soul) ——知田 [13.1 (2)]。

Kṣetrin (adj. 'having the field') ——有田者 [13.34 (1)]。

kṣema (m. n. comfortable state, happiness) ——舒畅,幸福。

kṣematara (adj. more comfortable) ——更加坦然舒畅的。

kha (n. a cavity, hollow, empty) ——空,窍。

gacchati (pres. 3. sg. P. fr. √gam, to go) ——走,去。

gacchan (pres. p. moving) ——活动。

gacchanti (pres. 3, pl. P. fr. √gam, to go to) ——他们去,他们走到。

Gajendra (m. 'a king of elephants', a noble elephant) ——象王,佳象。

gata (p. p. reached) ——达到了。

gatarasa (adj. n. tasteless) ——走了味的。

gatavyatha (adj. freed from pain or sorrow) ——没有痛苦的,没有烦恼的。

Gatasaṅga (adj. free from attachment) ——没有迷恋的。

gata-sandeha (adj. doubt being dispelled) ——疑问打消了的。

gatāgata (adj. coming and going) ——来去 [9.21 (3)]。

gatāsu (adj. expired, dead) ——死亡的;死者。

gati (f. the path, the goal, state, etc.) ——道路;趋向;地步;目的,境地,境界;终的 [13.29 (1)];去处。

gantavya (verbal adj. to be gone, approached) ——应趋向于……的,应归依……的。

gantāsi (Cir. fut. 2, sg. P. fr. √gam, to go) ——将去。

Gandha (m. a smell) ——香味。

Gandharva (m. N. of a group of gods) ——乾达婆 [10.26 (2)]。

gamyate (pass. 3, sg. fr. √ gam, to be reached) ——他被达到。

garīyas (adj. heavier than, more precious or valuable than) ——比……更重的（更贵重的，更有价值的）。

garbha (the womb; an embryo) ——子宫；胎儿，胚胎。

gavi (m. loc. sg. fr. go, a cow) ——母牛。

gahana (adj. mysterious; deep, inexplicable) ——神秘的；深奥的。

Gāṇḍīva (n. N. of a bow) ——干提婆（一弓名）[1.30 (1)]。

gātra (n. the limb) ——肢体。

gāmāviśya (adj. entering the earth) ——进入大地的。

Gāyatri (f. an ancient metre of twenty four syllables) ——伽耶特利 [10.35 (8)]。

gir (f. speech) ——语言。

gīta (p. p. fr. √ gā, sung, chanted) ——被歌咏，被吟诵。

Guḍākeśa (m. ' thick-haired ', N. of Arjuna) ——古塔给舍，意译"浓发"（阿周那的称号）[1.24 (2)]。

guṇa (m. a quality,) ——德 [2.45 (1)]；性能 [13.14 (1)]，德性 [13.14 (2)]。

guṇa-karman (n. the action caused by the qualities or attributes) ——三德之业，由三德引起的活动。

guṇa-karma-vibhāgaśas (ind. according to difference of attributes and actions) ——根据德和业的不同。

guṇapravṛddha (adj. grown up by the guṇas) ——以三德滋养的 [15.2 (1)]。

guṇabhedatas (ind. according to the difference of qualities) ——按照德性的区别。

guṇabhoktṛ (adj. enjoying the properties) ——享受德性的。

guṇamaya (consisting of the qualities) ——由三德构成的。

guṇamayaiḥ (m. istr. pl. made of the qualities) ——由诸德构成的。

gugavṛtti (f. character of qualities) ——品性。

guṇasaṅga (m. attachment to the qualities) ——对三德执著。

guṇa-saṃkhyāna (n. the theory of the 3 essential properties) ——三德的理论，三德论 [18.19 (1)]。

guṇasaṃmudha (adj. deluded by the qualities) ——受三德迷惑的。

guṇātīta (adj. freed from or beyond all properties) ——超越了三德的。

guṇānvita (adj. endowed with natural form) ——具有自然形态的。

guru (m. any venerable person) ——任何可尊敬的人，如导师，先知，长者等。

guhya (n. secret, mystery) ——机密，秘密。

guhyatama (the highest secret) ——最高机密。

guhyatara (adj. more secret) ——更机密的。

gṛṇanti (pres. 3, pl. P. fr. √ gṝ, to praise) ——他们赞美。

gṛha (m. a home, a house) ——家。

gṛhītvā (ind. p. fr. √ gṛh, to carry) ——携带。

gṛhyate (pass. 3, sg. fr. √gṛh, to be restrained) ——被制服，被克制。

geha (n. a house) ——房屋。

go (f. the earth, a cow) ——大地；母牛。

gopāla (m. a protector of the earth) ——大地的保护者。

Gomukha (m. a crocodile; N. of a sort of horn or trumpet) ——鳄鱼（号角名，喇叭名）。

gorakṣya (n. the business of a herdsman) ——牧业。

Govinda (N. of Kṛṣṇa) ——歌温陀，意译“牧童”（克里希纳的称号）[1.32 (1)]。

grasiṣṇu (m. a destroyer) ——毁灭者。

glāni (f. debility, languish) ——衰竭，凋萎。

ghātayati (Caus. fr. √han, to cause to kill) ——他使杀。

ghora (adj. frightful) ——害怕的。

ghoṣa (m. sound) ——声音，响声。

ghnataḥ (pres. p. m. nom. pl. fr. √han, killng) ——杀戮的。

ghrāṇa (m. n. smell) ——嗅觉。

cakra (n. a wheel) ——车轮。

cakṣus (n. th eye; seeing) ——眼睛；视觉。

cañcala (adj. moveable, quivering, shaking, fickle) ——活动的，不稳定的，浮躁的。

caturvidha (adj. four kinds, fourfold; of 4 sorts or kinds) ——四倍的；有四种的。

Candramas (m. the moon, deity of the moon) ——月亮；月神。

camū (f. an army) ——军队。

carat (pres. p. fr. √ car , to roam about, wander) ——游荡着的，漫游的，躁动的。

carati (pres. 3, sg. p. fr. √ car, to walk, roam about; to live; to behave, to do, perform) ——漫游；生活；活动；做，实行。

carācara (adj. the movable and the immovable) ——能动的和不能动的；动物和静物。

cala (adj. moving, trembling, shaking, fickle) ——躁动的，飘忽的，游荡飘忽的。

calita-mānasa (one whose mind wanders) ——其心漫游的。

Cāturvarṇya (n. four original castes of the Hindu) ——印度教的四种姓。

Cāndramasa (m. a lunar month; n. the constellation Mṛga-śiras) ——朔望月，阴历月；鹿首星座。

cāpa (m. a bow) ——弓。

cikīrṣuḥ (adj. intending to make or do or perform) ——意欲做的，或从事的。

cittam (n. nom. sg. the heart, mind) ——心，心理活动。

Citraratha（m. the king of the Gandharva）——吉多罗罗他［10.26（3）］。

cintayet（Pot. 3. sg. P. fr. √cint，cl. 10，to think，have a thought）——应该想。

cintā（f. thought；anxiety）——思想；忧虑。

cintya（verbal adj. fr. √cint，cl. 10，to be thought about，considered）——应当被思考的，应被思念的。

cūrṇita（p. p. fr. √cūrṇ，cl. 10，to reduce to ponder）——变成齑粉的。

Cekitāna（m. N. of a warrior）——掣岂丹那［1.5（2）］。

cetanā（f. consciousness，understanding，intelligence）——知觉；理解力；聪明。

cetas（n. the mind，thinking）——心识。

ceṣṭate（pres. 3，sg. Ā. fr. √ceṣṭ，to do；to act，perform；to move the limbs）——做，活动，从事。

cailā（f. a piece of cloth）——布片。

chandas（n. the sacred text of the Vedic hymns；metre）——吠陀经文；韵律。

chalayat（pres. p. deceiving）——欺诈。

chittvā（ind. p. fr. √chid，cl. 7，to cut off）——砍倒，斩断。

chinna-saṃśaya（adj. having no any doubt）——解除了疑虑的，没有怀疑的。

chinna-dvaidha（one whose misgivings are destroyed）——断除疑惑的。

chinnābhra（a broken cloud）——残云。

chettā（m. nom. sg. fr. chettṛ，a slayer，destroyer）——诛灭者。

chettuṃ（ind. p. fr. √chid cl. 7，to cut off）——斩断。

jagat（n. the world，universe）——世界，宇宙。

jagannivāsa（m. the abode of the universe）——宇宙之归宿。

Jagannivāsa（N. of Kṛṣṇa）——宇宙之归宿（对克里希纳的称号）。

jana (m. a person) ——人。

Janaka (m. N. of a king of Mithilā) ——掸那迦 [3.20 (1)]。

janayet (Caus. Pot. 3. sg. P. fr. √ jan, to bear, produce) ——要使其产生。

janavaḥ (m. nom. pl. fr. janu=janus, the creatures, beings) ——众生。

janādhipa (m. a king) ——国王。

Janārdana (N. of Kṛṣṇa) ——瞻纳陀那（克里希纳的称号）。

janmakarmaphala (n. the reward of births and actions) ——生和业的报应。

janman (n. birth) ——生。

janmabandhavinirmukta (adj. freed from bandage of birth) ——解脱了生的束缚。

janmamṛtyujarāduḥkha (n. birth, death, old age and pain) ——生、死、老、苦。

jayājaya (m. du. acc. victory and non-victory) ——胜和败。

jayema (Pot. 1, pl. P. fr. √ ji, to vanquish, triumph) ——我们应胜利。

jayuḥ (Pot. 3, pl. P. fr. √ji, to vanquish, triumph) ——他们胜利。

jarā (f. old age) ——老年。

jahāti (pres. 3, sg. P. fr. √ hā, to cast off) ——抛弃。

jahi (Impv. 2, sg. P. fr. √ han, to conquer; to kill) ——你征服吧！你杀吧！

jāgarti (pres. 3, sg. P. fr. √ jāgṛ, to be awake) ——清醒（单数）。

jāgrat (pres. p. fr. jāgṛ, awaking) ——醒着的。

jāgrati (pres. 3, pl. P. fr. √jāgṛ, to be awake) ——清醒（复数）。

jātidharmaḥ (m. the regulations of a caste) ——种姓之规 [1.43 (1)]。

jātu (ind. at any time; at all, ever) ——加强语气不变词，可译为：在任何时候；完全，根本，从来。

jānan (pres. p. m. nom. sg. knowing) ——知道的。

jānihi (Impv. 2, sg. P. fr. √jñā, to know) ——要知道。

jāne (pres. 1, sg. Ā. fr. √jñā, to know) ——我知道。

jāyate (pass. 3, sg. fr. √jan, to be born) ——他被生。

Jāhnavī (f. N. of a river) ——恒河 [10.31 (2)]。

jighra (adj. smelling) ——嗅觉的。

jijīviṣāmaḥ (desid. 1, pl. P. fr. √ jīv, to desire to live) ——我们想活着。

jijñāsu (adj. desirous of knowing, inquiring into; seeking after knowledge,) ——想知道的，欲知的；渴望知识者。

jitātma (adj. self-subdued) ——自我克制的。

jitātmanaḥ (m. gen. sg. one whose self has been restrained) ——克制了自我的。

jitendriya (adj. sense-restrained) ——克制了知根的。

jitvā (ind. p. fr. √ ji, to conquer, vanquish) ——战胜（独立词）。

jīvana (n. life) ——生命。

jīvaloka (m. the world of living beings) ——有生界。

jīvati (pres. 3, sg. P. fr. √ jīv, to live, be or remain live) ——生活，活着。

jīva-bhūta (adj. becoming a life) ——化作生命的。

jīvita (adj. living, n. a living being) ——活着的；生物，人。

jetāsi (Cir. fut. 2, sg. P. fr. √ ji, to conquer) ——你将战胜（迂回将来时）。

juṣṭa (adj. pleased, welcome; propitious) ——被喜欢的，受欢迎的；适合的。

juhoṣi (pres. 2, sg. P. fr. √ hu, to offer or present; to sacrifice) ——你祭祀。

juhvati (pres. 3, pl. P. fr. √hu, to offer or present an oblation to) ——献祭品给……

joṣayet (Pot. Caus. 3, sg. P. fr. √ juṣ, to make one like to do sth.) ——使某人喜欢（做某事）。

jñātavya (verbal adj. to be known) ——应被知道的。

jñātvā (ind. p. fr. √jñā, to know) ——知道了。

jñāna (n. intelligence, implying the knowledge of Brahman or the Supreme Spirit) ——智 [6.8 (1)], 智慧, 特指关于梵, 或无上我 (宇宙精神) 的智慧, 而 vijñāna 指世俗智慧, 学问, 知识。

jñānagamya (adj. attainable by the understanding) ——凭智可悟的 [13.8 (1)]。

jñānacakṣus (n. the eye of interlligence; adj. having the intellectual vision) ——慧眼; 有慧眼的 (人)。

jñānatapas (n. the knowledge penance) ——智慧苦行 [4.10 (1)]。

jñānadīpa (m. the knowledge like a lamp) ——智慧之灯。

jñāna-dīpite (p. p. m. loc. sg. kindled by knowledge) ——被智慧点燃的。

jñānanirdhūtakalmaṣa (comp. adj. one whose sin is removed by knowledge) ——其罪恶全由智慧除去的。

jñāna-plava (the knowledge like a boat) ——智慧之舟。

jñāna-yajña (the knowledge i. e. sacrifice) ——智慧祭, 以智慧为祭献; 智即祭品。

jñānayoga (m. the knowledge as the yoga) ——智慧瑜伽, 智瑜伽 [3.3 (2)]。

jñānavat (adj. endowed with knowledge) ——有智慧的; 智者, 贤哲。

jñānavijñāna (n. sacred and worldly knowledge) ——智和识。

jñānasaṅga (m. attachment to knowledge) ——对智慧的迷恋。

jñānasaṃchinnasaṃśaya (adj. one whose delusion is cut off by the higher knowledge) ——靠智慧断其所疑的。

jñānāgni (m. knowledge-fire) ——智火, 智慧之火, 智慧即火。

jñānāgnidagdhakarma (adj. one whose actions are burn away by the knowledge-fire) ——其业被智火焚烧的。

jñānāvasthitacetas (adj. one whose thoughts is fixed on the knowledge) ——其心坚信智慧的。

jñānāsinā (n. instr. sg. by the knowledge-sword) ——用智慧之剑, 用智剑。

jñānin（adj. of knowledge，having knowledge）——有知识的，有智慧的；智者，哲人，贤哲。

jñāṇena sadṛiśa（adj. similar to the knowledge）——与智慧相似的。

jñāsyasi（fut. 3，sg. P. fr. √jñā，to know）——你将知道。

jñeya（verbal adj. to be known；to be learnt or understood）——应被认识的，应知的，可知［13.1（5）］；所识［18.18（2）］。

jyāyas（adj. better）——优越。

jyāyasin（adj. greater，superior）——更优越的，更好的；优越者。

jyotis（f. light，brightness，lustre）——光；光明。

jvalat（pres. p. fr. √jval，brazing，m. brazing fire）——喷焰吐火的；炽火。

jvalana（m. fire）——火焰。

jhaṣa（m. a large fish；a fish）——大鱼；鱼。

tata（p. p. fr. √tan，extended，stretched；filled，covered）——被充满的，被遍及的，被包容的。

tatas（ind. and then，therefore）——而后，因此。

tatra（ind. in that place；at that time）——在那里；在那时。

tattva（n. reality；truth）——真实；真谛。

tattva-jñāna（n. the knowledge of truths）——诸谛学［13.12（1）］，数论哲学。

tattvajñāna-artha-darśana（n. insight into the knowledge of Samkhya philosophy）——洞悉诸谛学的含义。

tattvatas（ind. truly）——真正地。

tattva-darśin（adj. perceiving the truths）——知真谛的（者）［2.16（2）］，对真谛有真知灼见的。

tattva-vid（adj. knowing the truths）——知诸谛的；知诸谛者。

tattvena（ind. truly）——真正地。

tatparāyaṇāḥ（adj. m. nom. pl. one whose the final goal is it）——其最终目

的是它的。

tathāpi (ind. likewise) ——同样。

tad (implying 'universality of Bahman') ——达多 [17.23 (3)]。

tad (relative pron. used with yad, referring to something present before) ——关系代词，与 yad 连用，指前面出现的事物，即 yad 所引导的从句所提到的事物。

tad (ind. then, at that time) ——那么；当时。

tadarthiya (adj. relating to this) ——与此相关的。

tadā (ind. when, at that time) ——那时。

tadātmānaḥ (adj. m. nom. pl. one whose eslf is that) ——其自我是它的。

tadbudhayaḥ (adj. m. nom. pl. one whose perception is that) ——其觉识是它的。

tadvidaḥ (m. nom. pl. knowing that) ——知道那个的，明白那个道理的（人们）。

tanniṣṭha (adj. depending on that, resting on that) ——依赖于它的。

tanu (f. form) ——形象；形体。

tapantam (pres. p. m. acc. sg. fr. √tap, shining) ——照耀。

tapas (n. religious austerity, mortification) ——苦行；禁欲。

tapasvin (m. an ascetic) ——行苦行的；苦行者。

tapāmi (pres. 1, sg. P. fr. √tap, to shine, blaze) ——我放射光芒。

tapoyajña (comp. m. one whose sacrifice is penance) ——以献祭为苦行的（人）。

tapta (p. p. fr. √tap, tormented) ——行苦行的（人）。

tamas (n. one of three qualities; darkness) ——答摩 [2.45 (1)]，黑暗。

tamasāvṛta (adj. covered by the quality tamas or darkness) ——为答磨或黑暗所遮盖的。

tamodvāra (a door of darkness) ——黑暗之门。

taranti (pres. 3, pl. P. fr. √tṝ, to surpass, transcend) ——他们超越。

tariṣyasi (fut. 2, sg. P. fr. √tṝ, to cross over, traverse) ——你将渡过。

tava (pron. your) ——你的。

tasmāt（ind. hence，therefore）——因此。

tasya（pron. fr. tad，his）——他的。

tāta（m. voc. sg. a friend）——亲爱的朋友！

tān（pron. 2，pl. fr. tad）——那些。

tāmasa（adj. belonging to the quality tamas）——属于答摩性的，答摩性的。

tāmasa-priya（comp. adj. n. liked by the people belonging to the quality tamas）——为答摩性者所喜爱的。

titikṣasva（Desid. Impv. 2，sg. Ā. fr. √tij，to desire to become firm）——你要坚定。

tiṣṭhati（pres. 3，sg. P. fr. √ sthā，to exist；to remain）——存在；保持……原状，维持……原状。

tiṣṭhanti（pres. 3，pl. P. fr. √sthā，to stand；to abide）——居于。

tīkṣṇa（adj. hot，pungent）——辛辣的。

tu（ind. but）——而，但是。

tumula（adj. tumultuous，noisy）——热闹的，纷乱的，吵闹的，嘈杂的。

tulya（adj. equal to）——等同的。

tulyanindātmasaṃstuti（giving equal weight to blame and praise on self）——对自己的褒贬等同看待的。

tulya-nindā-stuti（adj. giving equal weight to blame and praise）——等视毁、誉的。

tulyapriyāpriya（adj. indifferent with regard to pleasant and unpleasant things）——等视好恶的。

tuṣṭa（p. p. fr. √ tuṣ，satisfied，pleased with sth.）——满意；满足。

tuṣṭi（f. satisfaction）——满足。

tuṣyanti（pres. 3，pl. P. fr. √tuṣ，to content）——他们满意。

tūṣṇīṃ（ind. silently，quietly）——沉默地。

tṛpta（adj. contented）——满足的。

tṛṣṇa（n. desire）——欲望，渴望。

tejas（n. fiery energy，vital power；dignity，glory）——英气；雄壮；英雄

气概；威严；光荣。

tejasvin（adj. glorious，bright）——光荣者。

tejo-aṃśa（a part of lustre）——一份光芒。

tejomaya（adj. shining，brilliant）——灿烂辉煌的。

toya（n. water）——水。

tyakta-jīvita（adj. ready to abandon life）——准备捐躯的。

tyaktvā（ind p. fr. √ tyaj，to cast off；to give up）——放弃，舍弃［2.48，2.51］，抛弃。

tyajan（pres. P. fr. √tyaj，to give up，abandon）——抛弃（身体）。

tyajet（Pot. 3，sg. P. fr. √tyaj，ought to give up. abandon）——应舍弃。

tyāga（m. giving up，forsaking，abandoning）——舍弃。

tyāgaphala（n. fruit of renunciation）——舍弃之果［18.8（1）］。

tyāgin（adj. having renunciation，giving up）——舍弃的；舍弃者。

tyājya（verbal adj. to be given up）——应被舍弃的。

trayīdharma（m. three stages provided by the Vedas）——三规［9.21（2）］，三个阶段。

triguṇa（n. the 3 qualities）——三德［2.45（1）］。

tri-vidha（adj. three kinds）——三种。

trividhā（ind. in three parts，ways）——以三种方式。

triṣu（loc. pl. three）——三。

traiguṇya（n. the 3 guṇas）——三德［2.45（1）］。

traiguṇyaviṣaya（perculiar field of action of the 3 guṇas，perculiar element of the 3 guṇas）——三德的活动领域，三德的内容。

tvac（f. skin）——皮肤。

tvattas（m. abl. sg. from you）——从你那儿。

tvaṃ（pron. you）——你。

tvayi（pron. loc. sg. in you）——在你身上。

tvaramāṇa（pres. p. Ā. fr. √ tvar，hurrying，making haste）——急匆匆的。

tvad-anya (other than thee) ——除你以外的(人)。

tvadanyena (ind. except you) ——除了你之外。

tvāṃ (pron. acc. sg. you) ——你，您。

dakṣinā (f. donation) ——布施。

daksināyana (n. 'sun's progress south of equator', the winter half-year) ——太阳南去的过程，即进入冬季那半年。

datta (p. p. given, presented, granted) ——所给予的。

dadāmi (pres. 1, sg. P. fr. √dā, to give) ——给予。

dadhāmi (pres. 1, sg. P. fr. √dhā, cl. 3, to put, set, lay in) ——我放置。

dadhmuh (pf. 3, pl. P. fr. √dhmā, to blow) ——他们吹奏。

dama (m. self-restraint) ——自我克制。

dambha (m. deceit; hypocrisy) ——欺诈；伪善，虚伪。

dambhārtham (ind. for deceit or hypocrisy) ——为了欺骗。

dambhena (instr. sg. with hypocrisy) ——因欺诈或虚伪。

daṃṣṭrā (f. a long tooth) ——獠牙。

daṃṣṭrā-karāla (adj. frightful with one's tusks) ——由于獠牙而可怕的。

dayā (f. pity) ——怜悯。

darpa (m. pride) ——自负。

darśana (n. seeing, observing, ocular perception) ——洞察，观察。

darśana-kāṅkṣan (adj. desiring to see) ——想看的。

darśaya (Caus. Impv. 2, sg. P. fr. dṛś, to cause to appear) ——请您显现。

darśayāmāsa (Cir. pf. Caus. 3, sg. P. fr. √dṛś, to cause to appear) ——使显现，使看到，使现出。

darśita (adj. shown) ——被展现的。

daśanāntara (the space between the teeth) ——齿隙。

dākṣya (n. cleverness, skill) ——机智。

dātavya (verbal adj. fr. √dā, to be given) ——应被布施的。

dāna（n. donation）——布施；慷慨。

dānakriyā（f. the action of donation）——布施活动。

dānava（m. a class of demons）——魔鬼。

dāra [m. pl. a wife（wives）]——妻子。

dāsyante（fut. 3，pl. Ā. fr. √ dā，to grant，give）——他们给予，他们布施。

dāsyāmi（fut. 1，sg，P. fr. √dā，to give）——我将布施。

div（f. the sky）——太空；天。

divya（adj. divine，celestial，wonderful）——神圣的，奇妙的。

divya-gandha-anulepana（adj. having a celestial odour ointment）——擦有神圣香膏的。

divya-mālya-ambara-dhara（adj. wearing the celestial wreath and the vestments）——穿戴着神圣的花冠和衣服的。

divyau（adj. m. acc. du. divine）——神圣的，天赐的。

diś（f. the direction）——方向。

diśaḥ（f. acc. pl. fr. diś，the directions）——各方。

dīpa（m. a light，flame，lamp）——灯焰；灯。

dīpta（adj. shining，radiant）——辉煌的，光辉的。

dīptahutāśa（m. blazing fire）——炽火。

dīptānala-arka-dyuti（adj. one whose lustre is like the blazing fire and the sun）——其光芒恰似炽火灿阳。

dīpta-viśāla-netra（adj. one whose the large eyes are blazing）——广目闪闪的。

dīpta-hutāśa-vaktra（adj. one whose mouth is like a blazing fire）——其嘴犹炽火的。

dīpti（adj. brilliant，shining）——光灿的。

dīyate（pass. 3，sg. Ā. fr. √ dā，to be given）——被给予。

dīrghasūtrin（adj. dilatory）——拖沓的。

duḥkha（n. pain，sorrow）——痛苦、苦。

duḥkhaṃ (ind, difficultly, hard) ——困难地。

duḥkhayoni (f. the source of misery) ——痛苦的孕育之器。

duḥkha-saṃyoga (m. the infliction of pain, connection with pain) ——痛苦的蒙受，痛苦的联系，苦羁。

duḥkha-saṃyoga-viyoga (the disconnection from union with pain) ——与痛苦羁绊的脱离，与苦羁的脱离。

duḥkhahan (adj. removing pain) ——灭除痛苦的。

duḥkhahā (adj. m. nom. sg. fr. duḥkha-han, destroying misery) ——消灭痛苦的。

duḥkhānta (m. the end of pain) ——苦尽。

duḥkhālaya (m. the receptacle of pain) ——痛苦之源。

duratyaya (adj. difficult to be overcome) ——难以克服的。

durāsada (adj. difficult to be conquered) ——难以克服的。

durga (n. a narrowpassage, a place difficult of access) ——难关。

durgati (f. misfortune, distress) ——灾难，灾难之道。

durnigraha (adj. difficult to restrain) ——难以克制的。

durnirīkṣya (adj. difficult to be looked at) ——难以证实的。

durbudhi (adj. evil-minded) ——心肠歹毒的。

durmati (adj. ignorant, silly) ——无知的，愚昧的；蠢才。

durmedhas (adj. stupid, ignorant) ——头脑愚笨的。

Duryodhana (N. of a warrior) ——朵踰檀那，难敌 [1.2 (1)]。

durlabhatara (adj. more difficult to be obtained) ——更难以得到的。

duṣkṛt (adj. doing wickedly, criminal; devil-doer) ——行为恶劣的，邪恶的；作恶者。

duṣkṛta (adj. wrongly or wickedly done; n. evil ection, guilt) ——行径恶劣的；罪恶行径，罪过。

duṣkṛtin (adj. having guilts; doer of evil) ——作恶的；为恶者。

duṣpūra (adj. difficult to be filled or satisfied) ——难以满足的。

duṣprāpa (adj. hard to attain) ——难以得到的。

dūrastha (adj. so far) ——很远的。

dṛḍha (adj. firm, obstinate) ——坚定的，顽固的。

dṛḍham (ind. closely) ——亲密地。

dṛḍhavrata (adj. firm-vowed) ——坚守誓言的。

dṛṣṭa (p. p. perceived) ——被看见的。

dṛṣṭi (f. perception, view, notion) ——见，观点。

dṛṣṭvā (ind. p. fr. √dṛś, to see, look at) ——看到了（之后）。

deva (adj. celestial, divine; a deity, god) ——天上的；神圣的；天神。

devatā (f. divinity, image of deity) ——神性；神像。

Devadatta (N. of the conch of Arjuna) ——提婆达多，天授（阿周那的螺号名）[1.15 (4)]。

devadeva (m. the god of gods) ——神中之神。

devabhoga (m. pleasure of the gods) ——天神的享受。

devabhojya (n. 'food of gods' amṛta, nectar) ——天神馐，甘露。

devayaj (adj. sacrificing to the gods) ——敬仰神的（人）。

devarṣi (m. a saint of the celestial class) ——天仙，神仙。

Devala (N. of a saint) ——提婆罗 [10.13 (3)]。

devavara (m. a superior deity) ——无上神。

deva-vrata (adj. devoted to the gods) ——虔信神的。

deveśa (m. chief of the gods) ——神主。

Deveṣa (m. N. of Kṛṣṇa) ——神主（对克里希纳的称呼）。

deśe (m. loc. sg. at the place) ——在适当的地点。

diśaścānavalokayan (not looking about the quarters) ——不要顾盼四方。

deha (the body) ——身体。

dehabhṛt (m. 'carrying a body') ——维持身体者，灵魂 [14.14 (2)]；有形之生命体，生物；人。

deha-bhṛtāṃ (m. gen. pl. 'carrying a body', embodied, men) ——承载身体的（人）。

deha-bhṛtāṃ vara (m. voc. sg. the best of men!) ——人中的俊杰哟！

dehabhṛtṛ (m. havig a body, a living being) ——持身者，有形体者；生物，人。

dehavat (adj. embodied) ——有形体的；人。

dehāntara-prāpti (f. acquisition of another body) ——另一个身体的获得。

dehin ('having a body', Spirit) ——有身，灵魂 [2.13 (1)]；人。

daitya (m. a demon) ——鬼怪。

daiva (adj. divine; n. a deity) ——神性的；神，神明；天命 。

daivī (adj. f. nom. sg. divine, relating to gods) ——神的，神圣的。

doṣa (m. , n. sin, fault, guilt; wickedness) ——罪过，罪恶；弊病等。

doṣavat (adj. having fault) ——有罪过的。

daurbalya (n. weakness, impotence) ——软弱，怯懦，无能。

dyāvā-pṛthivyoḥ (f. gen. du. heaven and earth) ——天和地的。

dyuti (f. splendour, brightness) ——光辉。

dyūta (n. gambling) ——赌博.

drakṣyasi (fut. 2, sg. P. fr. √dṛś, to see, perceive) ——你将看到。

dravanti (pres. 3, pl. P. fr. √dru. to flow; run away) ——流动；逃跑。

dravya-maya (adj. material, of wealth) ——物质的；有财富的。

dravya-yajña (comp. m. one whose sacrifice is wealth) ——其献祭为财物的(人)。

draṣṭum (inf. fr. dṛṣ, to see) ——看（独立词)。

draṣṭṛ (m. one who see well) ——远见卓识者。

Drupada (m. N. of a great hero of the army of Pāṇḍavas) ——都鲁波陀(般度五子的岳父) [1.3 (2)]。

Droṇa (m. N. of a warrior) ——德罗纳 [1.25 (1)]。

Draupadeyāḥ (m. nom. pl. N. of warriors) ——陀劳波提诸子 [1.6 (3)] 。

Dvandva (n. the delusion characterized by a pair of opposites; N. of a compound) ——双昧 [2.45 (2)]；相违释 [10.33 (2)]。

dvandvamoha (m. the delusion characterized by a pair of opposites) ——双

昧［2.45（2）］，成双出现的迷惑。

dvandvātīta（adj. rising above the delusion made by a pair of opposites）——克服了双昧的。

dvija（adj. born twice；m. a man of any one of the first 3 class）——再生者。

dvi-vidha（adj. twofold，of 2 kinds）——双重的，两种的。

dveṣa（m. hatred，enmity）——怨恨，仇恨。

dviṣat（pres. p. fr. √dviṣ. hating，disliking；m. an enemy）——憎恨；敌人。

dveṣṭi（pres. 3，sg. P. fr. √dviṣ，to hate）——恨，憎恨。

dveṣya（adj. to be hated）——应憎恨的，仇人。

dhana（n. wealth）——财富。

Dhanaṃjaya（N. of Arjuna）——檀南遮耶，胜财［1.15（3）］。

dhanu（n. a bow）——弓。

dhanudhara（m. an archer）——弓箭手。

dharā（f. the earth，a god of the earth）——地神［10.23（1）］。

dharma（m. that which is established or firmed）——凡已确立的事物，音译：达磨［2.31（1）；4.7（1）］。

dharmakṣetra（n. ‘law-field’，a divine field）——法地，圣地［1.1（4）］。

dharma-ātman（adj. pious，religious- minded；m. a pious man）——虔诚的；虔诚的人。

dharmya（adj. conformable to the Dharma）——合乎达磨的，合理的，正确的。

Dhātṛ（m. a supporter）——浮载［8.9（1）］、载持［10.33（3）］。

dhāman（n. abode）——住所。

dhārayate（Caus. 3，sg. Ā. fr. √dhṛ，to hold，bear，possess，keep）——执著；拥有。

dhārayan（Caus. pres. p. m. nom. sg. holding，considering）——认为。

dhārayāmi（Caus. pres. 1，sg. P. fr. √dhṛ，cause to support，hold up）——使支持，使维持。

Dhārtarāṣtra (m. a son of Dhṛtarāṣtra) ——持国的儿子。

dhāryate (pass. 3, sg. Ā. fr. √ dhṛ, to be upheld) ——被承载。

dhīmat (adj. talented, intellective, wise) ——有才能的，贤明的，明智的，聪明的。

dhīra (adj. sensible) ——通晓事理的（人），聪明的（人）。

dhūma (m. smoke, vapour) ——烟，烟雾。

Dhṛtarāṣṭra (N. of a king) ——持国 [1.1 (1)]。

dhṛti (f. firmness) ——刚毅。

dhṛti-gṛhīta (adj. armed with constancy and firmness) ——拥有坚韧和刚毅的。

dhṛtyutsāha-samanvita (adj. full of fortitude and exertion) ——充满刚毅和努力的。

Dhṛṣṭaketu (N. of a warrior) ——猕施计都 [1.5 (1)]。

Dhṛṣṭadyumna (N. of a warrior) ——猕施特丢幕那 [1.17 (2)]。

Dhenu (f. a cow) ——母牛。

Dhyāna (n. meditation) ——禅定，静虑 [2.39 (4)]。

Dhyānayoga (m. the exercise of meditation) ——禅定瑜伽 [18.52 (1)]。

dhyāna-yoga-para (adj. devoted to dhyāna or profound meditation) ——专心于禅定瑜伽的。

dhyāyat (pres. p. fr. √dhyai, thinking , meditating) ——思念；冥想。

dhyāyante (pres. 3, pl. Ā. fr. √ dhyā, to meditate upon) ——冥想。

dhıruva (adj. immovable, perpetual) ——永恒的。

Dhruva (m. a god of the sky, N. of a son of Vasu-deva) ——空神 [10.23 (1)]；婆苏天一个儿子的名字。

dhruvam (ind. firmly) ——一定，必然。

dhvaja (=ketana, a sign, symbol; flag) ——标志；旗帜。

na (ind. not) ——不。

naḥ (pron. acc. gen. pl. to us) ——我们。

na kvacid (ind. never, nowhere, by no means) ——从来不，绝对不。

Nakula (N. of a son of Paṇḍu) ——无种（般度之子）[1.16 (3)]。

Nakṣatra (n. a star) ——星星。

nacirena (ind. without delay, shortly, soon) ——很快，立即。

nadī (f. a river) ——江河。

nabhaḥspṛśa (adj. ' sky-touching', attaining heaven) ——摩天的，高耸云霄的，达到天宫的。

nabhas (n. clouds; the sky) ——云；天，天空。

namaskṛtvā (ind. p. fr. namas-√kṛ, to bow down) ——弯腰鞠躬。

namaste (pres. 3, sg. Ā. fr. √ nam. to bow down) ——鞠躬。

namasyanta (Nom. pres. p. fr. √ namas, bowing down to, saluting) ——鞠躬的，敬礼的。

namasyanti (fut. 3, pl. P. fr. √ nam, to bow down) ——他们将鞠躬。

nameran (Pot. 3, pl. P. fr. √ nam, to bow down) ——他们要鞠躬。

nayana (n. the eye) ——眼睛。

nayet (Pot. 3, sg. P. fr. √ nī, to lead) ——要导引。

nara (m. a man) ——人。

naraka (m. hell) ——地狱。

niragni (adj. discarding the firc) ——放弃（圣）火的。

narapuṅgava (m. ' a bull among the peple ', an excellent hero) —— "人之雄牛"，杰英。

naralokavīra (m. a human hero) ——人世的英雄。

narādhama (m. a low or vile man, a wretch) ——人中的卑贱者，下等人；无赖。

narādhipa (m. ' a lod of men,' a king) ——君王。

navadvāra (adj. '9-doored', n. the body) ——九门城 [5.13 (1)]，身体。

naśyati (pres. 3, sg. P. fr. √ naś, to disappear) ——消失。

naṣṭa (p. p. lost, disappeared, perished) ——消失，泯灭。

naṣṭātman (adj. deprived of soul) ——没有灵魂的。

nasattannāsat (it is neither being nor is not being) ——它非亦非非 [13.13 (1)]。

nāga (m. a snake) ——蛇、龙。

nātinīca (adj. not too low) ——不太低的。

nātimānitā (f. not great haughtiness) 不太骄傲。

nātyucchrita (adj. not too high) ——不太高的。

nānābhāva (adj. manifold; m. various nature) ——各种不同的；差异性。

nānāvarṇa-ākṛtīni (adj. n. nom. pl. of various colours) ——有各种不同颜色的。

nānāvidhāni (adj. n. nom. pl. various) ——各种不同的。

nānyagāmin (adj. not going to another objects) ——不趋向它处的。

nāmayajña (m. a sacrifice only in name) ——仅名义上举行祭祀。

nāyaka (m. a leader, guide, general) ——将领。

Nārada (m. N. of a son of Brahmā) ——那罗陀 [10.13 (1)]。

nārī (f. feminine) ——阴性。

nāśa (m. destruction, annihilation) ——毁灭。

nāśana (adj. a destroying; n. destruction, destroyer) ——毁灭的；毁灭；毁灭者。

nāśita (adj. ruined; a destroyer,) ——毁灭的；毁灭者。

nāsā (f. the nose) ——鼻。

nāsikā (f. a nostril, the nose) ——鼻孔；鼻子。

nāsikāgra (n. the point of the nose) ——鼻尖。

niḥśreyasa (n. the ultimate bliss, final beatitude) ——无上福，极福。

niḥśreyasa-kara (adj. conferring final happiness or emancipation) ——导致无上幸福或解脱的。

niḥspṛha (adj. free from desire) ——无欲望的。

nigṛhītāni (p. p. n. pl. controlled; withdrawed) ——控制；缩回。

nigraha (m. restraint) ——控制，强制。

nitya (adj. eternal) ——永恒的，永存的，一贯的。

nitya-jāta（adj. continual born.）——不断生的。

nityatva（=nityatā，continual reception of）——不断接受，永远接受。

nityayukta（p. p. always practicing on yoga）——常修瑜伽的。

nityavairin（m. an etenal enemy）——宿敌。

nityaśas（ind. constantly，always）——经常不断地。

nitvasattvastha（adj. always abiding in truth）——坚持永恒的真理。

nityasaṃnyāsin（m. always renouncing the worldly desires，always a ascetic）——永久的舍弃者。

nidrā（f. sleep，slumber）——沉眠、嗜睡。

nidhana（adj. having no property，poor）——没有财产的，贫穷的。

nidhāna（n. a place of rest；a store）——住所，贮藏所；归所，归宿。

nindā（f. blame）——谴责。

nibadhnanti（pres. 3，pl. P. fr. ni-√bandh，to fetter）——（诸业）束缚。

nibodha（Impv. 2，sg. P. fr. ni-√budh，to know，lisen to）——你知道，请听。

nimitta（n. omen，mark，sign）——征兆。

nimittamātra（n. the mere symbolical instrument）——只是象征性工具。

nimiṣan（pres. p. closing the eyes）——闭眼。

niyata（p. p. controlled，fixed；constrained）——受控制的，既定的，规定的，被强迫做的。

niyataṃ（ind. surely，certainly）——肯定地（有的版本为 aniyataṃ）。

niyata-manasaḥ（m. no. sg. one whose mind is restrained）——控制了思虑的。

niyatātman（adj. restraining self）——克制自我的。

niyatāhāra（adj. restraining the food）——节食的。

niyama（m. performing five positive duties）——遵行［2.39（4）］。

niyamya（verbal adj. fr. ni-√yam，to be controlled）——应被控制的。

niyokṣyati（fut. 3，sg. P. fr. ni-√yuj，to join；to urge，appoint，order）——将促使，将命令。

niyojita（p. p. fr. ni- √ yuj，ordered，constrained）——被命令的，被强迫的。

niyojayasi（Caus. 2，sg. P. fr. ni-√ yuj，to urge）——你劝，你促使。

nirahaṅkāra（adj. free from the conception of one's individuality）——无我慢［2.71（2）］。

nirāśis（adj. hopeless，despairing）——无欲的，离却欲望的。

nirāśraya（adj. shelterless）——无所依赖的。

nirāhāra（adj. foodless，fasting）——禁食的；禁食者。

nirīkṣe（pres. 1，sg. Ā. fr. nir-√ īkṣ，to see，look at）——看看。

niruddha（p. p. restrained）——被克制的。

nirudhya（ind. p. fr. ni-√ rudh，to hold back，confine）——限制。

nirguṇa（adj. having no qualities or virtues）——无德性的［13.15（2）］。

nirguṇatva（n. the state of having no qualities or virtues）——无诸德的状态。

nirdeśa（m. indication）——象征。

nirdoṣa（adj. flawless）——无瑕疵的。

nirdvandva（adj. free from the delusion characterized by a pair of opposites）——脱离双昧的［2.45（2）］。

nirdhūta（p. p. fr. nir-√ dhū，removed，destroyed）——被消除的。

nirmama（adj. free from all worldly connection）——无我所［2.71（1）］。

nirmalatva（n. stainlessness）——无瑕，纯洁。

nirmānamoha（adj. free from the delusion of pride）——无傲慢愚痴的。

niryogakṣema（adj. free from anxiety about possession and happiness）——舍财产和幸福之忧的。

nirvāṇa（n. the emancipation）——涅槃。

nirvāṇaparama（adj. one whose the highest purpose is to attain the emancipation）——以涅槃为最高目的的。

nirveda（m. complete indifference，disregard of worldly objects.）——对世俗事物的彻底淡漠。

nirvaira（adj. free from enmity towards any beings）——对任何人均无敌

意的。

nivartate (pres. 3, sg, Ā. fr. ni-√vṛt, to return back) ——他复返。

nivartante (pres. 3, pl. Ā. fr. ni-√vṛt, to return back) ——他们复返。

nivasiṣyasi (fut. 2, sg. P. fr. ni-√vas, to dwell) ——将居住。

nivātastha (adj. standing in a windless place) ——在无风处的。

nivāsa (m. an abode) ——住所。

niviṣṭa (p. p. entered) ——进入。

niveśaya (Caus. Impv. 2, sg. P. fr. ni-√viś, to apply to; to place upon) ——应用于。

nivṛtti (f. ceasing from worldly acts, inactivity) ——停止活动。

niśā (f. nom. sg. night) ——夜晚。

niścaya (m. decision) ——决断。

niścarati (pres. 3, sg. P. fr. niś-√car, to come forth, go out) ——出现。

niścita (adj. assured) ——肯定的。

niścitya (ind. decidedly) ——明确地。

niṣṭraigunya (adj. free from the three qualities) ——从三德中获得解脱的。

niṣṭhā (f. faith, devotion) ——信仰，虔信。

nihatya (ind. p. fr. ni-√han, to kill) ——杀了（之后）。

nihraha (m. restraining, suppression) ——控制。

nīti (f. morality, moral conduct) ——道德，美德；策略。

nṛ (m. man) ——人。

nṛloka (m. the human world) ——人界。

netra (n. the eye) ——眼睛。

naiṣkarmya (n. inactivity) ——不活动，无为。

naiṣkarmyasiddhi (f. an efficiency made by inactivity) ——无为之功［18.49(1)］。

naiṣkṛtika (adj. malicious) ——阴险的，毒辣的。

naiṣṭhikī (adj. f. highest, perfect, complete) ——至高的，完美的。

nau (f. a ship, boat) —— 船。

nyāyya（adj. correct，right）——正确的。

nyāsa（m. giving up，abandoning）——舍弃。

pakṣin（adj. winged；m. a bird）——有翅的；飞禽，鸟。

pacanti（pres. 3，pl. P. fr. √pac，to cook）——他们煮，他们烹调。

pacāmi（pres. 1，sg. P. fr. √ pac，to digest）——我消化。

pañcendriyagocara（the five objects of the senses）——五根境，五种感官对象［2.58（2）］。

pañcaitāni kāranāni（n. nom. pl. the five reasons or causes）——五种原因，五因。

Paṇḍita（adj. learned，wise；m. a learned man，scholar，philosopher）——有学识的；学者，贤人哲士。

pataṅga（a moth，butterfly）——飞蛾，蝴蝶。

patanti（pres. 3，pl. fr. √pat，to fall down，degrade）——堕落，下堕，堕入。

pattra（n. a leaf）——树叶。

patha（n. a path，road）——道路。

pada（n. a station，state）——境界，境地，处所。

padma-pattra（n. the lotus-leaf or petal）——莲叶或莲花瓣。

para（adj. final，superior，highest，supreme）——最高的，无上的（目的），优越的，优胜的。

paratas（ind. beyond）——超越于。

paradharma（m. the dharma suitable for another）——别人的达磨。

paraṃ（ind. before，prior）——在前。

parama（adj. highest）——最高的。

Paramātman（m. the Supreme Self）—— 无上我［6.7（1）］。

Parameśvara（m. the Supreme Lord）——无上自在［13.28（1）］。

parameṣvāsa（m. an excellent archer）——杰出的弓箭手。

Paraṃtapa（m. an epithet of Arjuna）—— 敌人的惩罚者（阿周那的符号）［2.3（1）］。

parastasmāt（-prastāt，ind. beyond）——超越（不变词）。

parasparam (ind. mutually, each other) ——相互。

parasparāprāpta (adj. following from one another) ——相互传承的。

parikliṣṭa (adj. troubled, tormented) ——感到痛苦的。

parigraha (m. acquisition, possession) ——获得，占有。

paricakṣate (pres. 3, sg. Ā. fr. pari-√cakṣ, to call, name) ——称为，名之为。

paricaryātmaka (adj. serving, attendant) ——服侍性的。～karma 服侍性工作，侍奉。

paricintayan (pres. p. meditating on) ——冥想的。

parijñātṛ (m. one endowed with ability to recognize the objects) ——能识 [18.18 (3)]。

pariṇāme (ind. finally, in the end) ——最终，在末尾。

parityajya (adj. fr. pari-√tyaj, to be abandoned) ——应被抛弃的，应被舍弃的。

paritrāṇa (n. protection) ——保护。

paridahyate (pass. 3, sg. Ā. fr. pari-√dah, to be burnt complately) ——完全被烧。

paridevanā (f. lamentation, bewailing) ——悲伤，伤感。

paripanthin (anobstacle; an opponent, enemy) ——阻碍物；敌人，仇敌。

paripraśna (m. question, interrogation. inquiry) ——问，询问。

parimārgitavya (verbal adj. fr. pari-√mārg, to be sought after) ——应被找到的。

pariśuṣyati (pres. 3, sg. P. fr. pari-√śuṣ, to make dry) ——使干燥。

parisamāpyate (pass. 3, sg. Ā. fr. pari-sam-√āp, to be fully completed) ——臻于完善。

parjanya (m. rain) ——雨水。

paryavatiṣṭhate (pres. 3, sg. Ā. fr. pari-ava-√sthā, to become firm or steady; to be established) ——成为坚定的；被确定。

paryāpta (adj. limited, bounded) ——有限的。

paryāviṣṭa (adj. filled with) ——充满，满怀……的。

paryupāsate (pres. 3, sg. Ā. fr. pari-upa-√ās, to worship, approach respectfully) ——崇拜。

paryuṣita (adj. n. stale) ——霉味的。

pavat (adj. purified) ——净化的，净化者。

pavitra (n. a means of purification or sanctification) ——净化（圣化）的方法。

paśya (Impv. 2, sg. P. fr. √paś, to see, look) ——请看。

paśyataḥ (pres. p. m. gen. sg. 'right-seeing') ——善于观察的。

paśyati (pres. 3, sg. P. to see, perseive, regard) ——看到，观察；认为。

paśyan (pres. p. seeing) ——看。

paśyanti (pres. 3, pl. P. fr. √paś, to see, look) ——他们看到。

paśyet (Pot. 3, sg. P. fr. √paś, to see) ——应该看。

Pāñcajanya (N. of the conch of Kṛṣṇa) ——旁伽涅（克里希纳的螺号名）[1. 15 (2)]。

pāṇi (the hand) ——手。

Pāṇḍava (N. of Arjuna) ——般达婆，般度之子。

Pāṇḍavānīka (n. the army of Pāṇḍavas) ——般度儿子们的军队。

pātaka (n. sin, crime; the loss of caste) ——罪过；种姓的丧失。

pātre (n. loc. sg. to proper recipient) ——对于适当的接受者。

pāda (m. the foot) ——足，脚。

pānava (m. a smaller drum) ——小鼓。

pāpa (adj. bad, wicked, evil; n. sin, vice; m. a sinful man) ——坏的；罪，罪过，罪恶，罪孽；罪人。

pāpakṛittama (the greatest doer of sin) ——最大的造罪者。

pāpa-yonin (adj. low-born) ——出身卑贱的；出身卑贱者。

pāpman (m. sin, evil, unhappiness, misfortune; adj. hurtful, evil) ——罪恶；邪恶的。

pāruṣya (n. harshness; squalor) ——妄言；肮脏，卑鄙。

Pārtha (m. voc. sg. an epithet of Arjuna) —— 帕尔特（阿周那的称号）

[1.21 (2)]。

pāvana (n. purifying, freeing from sin) ——净化，罪过的清除。

pāśa (m. cord, fetter, chain) ——绳索，锁链，镣铐，束缚。

piṇḍa (m. a ball of rice cooked) ——供奉祖先的饭团。

pitaraḥ (m. nom. pl. fr. pitṛ, the ancestors) ——祖先（复数）。

pitāmaha (m. a paternal grand father) ——父系的祖父。

pitṛ (m. an ancestor, a father) ——祖先；父亲。

pitṛvrata (m. worshiper of the ancestors) ——虔信先祖者。

pīḍā (f. injury, harm) ——伤害。

puṇya (adj. holy, sacred, virtuous, pure; virtue) ——神圣的；有功德的，善良的；功德。

puṇya-karman (adj. one whose actions are of merits) ——其业有功德的，积功德的；善行者。

puṇyakṛt (adj. performing meritorious acts, virtuous) ——德高望重的；贤人。

puṇyaphala (n. the fruit or reward of good works) ——功德果 [8.28 (1)]。

putra (m. a son) ——儿子。

punar (ind. again) ——再。

punaḥ punaḥ (ind. again and again) ——一再；一而再，再而三。

punarāvartin (adj. returning to mundane existene, having the rebirth) ——轮回的，再生的。

punarjanman (n. re-birth; adj. born again, regenerated) ——再生，再次投生；再生的。

puṃs (m. a man) ——人。

purastāt (ind. in or from the front) ——从前面。

purāṇa (adj. primaeval; ancient) —— 太始的；古人；始祖。

purāṇī (adj. f. ancient, primaeval) ——古代的，太古的。

Puruṣa (m. the primaeval man as the soul and original source of the universe) —— 神我（音译布鲁舍）[8.4 (1)]，无上士。

puruṣaḥ（m. nom. sg. a person，peaple）——人（男）。

Puruṣaḥ purānaḥ（m. the primaeval man）—— 原人［11.38（1）］。

Puruṣarṣabha（m. an eminent or excellent man，N. of Arjuna）——人中的俊杰（阿周那的称号）。

Puruṣavyāghra（m. the man like a tiger，N. of Arjuna）—— 人虎（阿周那的称号）。

Puruṣottama（m. the best of man，N. of Arjuna or the Supreme Soul）——人中的俊杰（阿周那的称号）或无上的布鲁舍（宇宙灵魂）。

puṣkala（adj. best，complete）——最好的，完好的。

puṣṇāmi（pres. 1，sg. P. fr. √puṣ，to nourish）——养育，滋养。

puṣpa（n. a flower）——花。

pūjana（adj. worshiping）——崇拜，崇敬。

pūjā（f. honour，worship，respect）——尊敬，崇拜。

pūjā-arha（adj. worthy of reverence，respectable）——值得尊敬的。

pūjya（adj. to be honored，m. an honourable man）——值得尊敬的；值得尊敬的人。

pūta（p. p. fr. √pū，made clean，purified）——被净化的。

pūtapāpa（adj. purified or freed from sin）——罪恶净尽的。

pūti（adj. n. putrid）——腐烂（的）。

purā（ind. before）——以前。

pūrva（adj. previous，ancient，old；m. an ancestor；pl. the formers，the ancients）——从前的，古代的；祖先；前人，先民，古人。

pūrvataraṃ（ind. before，previously）——从前。

pūrvābhyāsa（m. the exercise of previous incarnation）——前生的修习。

pṛcchāmi（pres. 1，sg. P. fr. √prach，cl. 6，to ask，question，interrogate）——我问。

pṛthak（ind. differently，separately）——不同地，分别地。

pṛthakceṣṭā（f. motion，effort）——努力。

pṛthaktva（n. separateness）——不同，差异，区别。

pṛthaktvena (ind. separately) ——分别地。

pṛthagvidham (ind. variously, differently) ——不同地。

pṛthivī (f. the earth) ——大地。

pṛthivīpate (m. voc. sg. a lord of thr earth) ——大地之主啊！国王！

pṛṣṭhatas (ind. from behind) ——从后面。

Pauṇḍra (N. of the conch-shell of Bhima) ——旁陀罗 [1.15 (6)]。

pautra (adj. derived from a son; m. a grand son) ——孙子。

pauruṣa (n. human capacity, virility) ——人的能力，英气。

paurva-dehika (adj. belonging to a former body) ——属于前生身体的。

prākāśa (adj. visible, shining , manifest) ——显现的。

prakāśaka (adj. bright, shining, brilliant) ——光亮的，照亮的，光辉的。

prakāśayati (Caus. 3, sg. P. fr. pra-√kāś, to make visible, cause to appear or shine, illuminate) ——让……显现，让……闪烁光辉。

prakīrti (f. celebration, praising) ——颂扬，称誉，声誉。

prakīrtyā (f. instr. sg. fr. prakīrti, fame, renown) ——靠声望。

Prakṛti (f. original or primary substance, cause; nature, temper, disposition) ——原质 [7.5 (1)]，原初物质，原质；原因；自然，自性；本性，属性，禀性；自然本性。

prakṛtija (adj. springing from nature or original substance) ——生于自性的，出于原质的。

prakṛtiṣṭha (adj. being in the original substance) ——寓于原质的。

prakṛtisambhava (adj. one whose source is the original substance) ——由原质生出的。

pracakṣṭe (pres. 3, sg. Ā. fr. pra-√cakṣ, to declare; to name, call) ——称为。

prajana (m. begetting, bringing forth; generator) ——生殖；生殖者。

prajahāti (pres. 3, sg. P. fr. pra-√hā, cl. 3, to give up) ——摒弃。

prajahi (Impv. 2, sg. P. fr. pra- √han, to kill, destroy) ——杀灭，毁掉，诛灭。

prajā (f. offspring, children, descendants, man. mankind, creature) ——子

孙，后裔；人，人类；生物；（复数）众生。

prajānāti（pres. 3，sg. P. fr. pra-√ jñā，to know；to judge）——知道；判断。

prajāpati（m. a creator）——生主，创造者。

prajña（adj. wise）——聪明的；智者。

prajñā（f. wisdom）——般若，智慧 [2. 54 (1)]，聪明。

prajñāvāda（m. a word of wisdom）——聪明话。

praṇayena（ind. due to friendliness）——由于亲近。

Praṇava（m. the sacred syllable om）——“唵”（oṃ）音节。

praṇaśyati（pres. 1，sg. P. fr. pra-√ naś，to be lost，disappear）——他消失不见了。

praṇaśyāmi（pres. 1，sg. P. fr. pra-√ naś，cl. 4，to be lost，disapear）——我消失。

praṇidhāya（ind. p. fr. prani-√ dhā，to lay down）——放下。

praṇidhāya kāyaṃ（prostrating oneself）——五体投地。

praṇipāta（m. falling at a person's feet，reverence，salutation）——行触足礼，恭敬，尊敬，敬礼。

pratijāne（pres. 1，sg. Ā. fr. prati-√ jñā，to promise）——我承诺。

pratapanti（pres. 3，pl. P. fr. pra-√ tap，to burn）——他们烧；他们烘烤。

pratara（adj. higher）——更高的。

pratāpavān（adj. glorious，powerful，mighty）——光荣的；有力量的。

pratiyotsyāmi（fut. 1，sg. P. fr. prati- √ yudh，to fight against，fight）——我将战斗。

pratiṣṭhā（f. a residence，home；base，foundation）——住所，家；基础，根基。

pratiṣṭhāpya（Caus. ind. p. fr. pra-√ sthā，fixing；verbal adj. to be fixed）——设定；应该设定。

pratiṣṭhita（p. p. fr. prati-√ sthā，stand，stayed，abided，dwelled）——被

置于……的。

pratiṣṭhitā (p. p. f. nom. sg. firm, steady) ——坚定的。

pratyanīka (adj. hostile) ——敌方的。

pratyupakārārthaṃ (ind. for the sake of repayment) ——为了回报。

prathita (p. p. declared) ——被宣称。

prada (adj. giving) ——给予。

pradadhmatuḥ (pf. 3, du. P. fr. pra-√dhmā, to blow) ——他俩吹。

pradigdha (p. p. tainted) ——染污的。

pradiṣṭa (p. p. fr. pra-√ diṣ, pointed out, told) ——被讲述的。

praduṣyanti (pres. 3, pl. P. fr. pra-√ duṣ, to lose their chastity) ——失贞。

pradviṣanta (pres. p. fr. pra-√dviṣ, despising) ——轻视，蔑视。

pranamya (ind. p. fr. pra- √ nam, saluting) ——行礼。

pranaśyati (pres. 3, sg. P. fr. pra-√naś, to be lost, disappear, ruin) ——消失，毁灭。

pranaśyanti (pres. 3, pl. P. fr. pra-√naś, to disappear) ——他们消失，他们毁灭。

pranaṣṭa (p. p. fr. pra√naś, cl. 4, perished, died) ——消失，死亡。

prapadyate (pres. 3, sg. Ā. fr. pra- √pad, to revert to, resort to) ——归依；求助于。

prapadyanti (pres. 3, pl. P. fr. pra-√ pad, to resort to) ——求助于，依靠。

prapadyante (pres. 3, pl. Ā. fr. pra- √ pad, to go to , come to, approach) ——走向，趋近；归依。

prapadye (pres. 1, sg. Ā. fr. pra-√ pad, to arrive at, attain; to become) ——我达到；我成为。

prapanna (adj. submissive to; come to) ——服从的；归依的。

prapaśya (Impv. 2. sg. P. fr. pra-√paś, to look at) ——看。

prapaśyadbhiḥ (pres. p. m. instr. pl. seeing, looking) ——看到……的。

prapaśyāmi (pres. 1, sg. P. fr. pra-√paś, to see, observe, perceive) ——我看到。

prapitāmaha (m. a paternal great-grandfather) ——人类的父系始祖。

prabhava (m. producer) ——产生者，起源。

prabhavanti (pres. 3, pl. P. fr. pra-√bhū, to become, come forth) ——成为，出现。

prabhaviṣṇu (m. the all-pervader, i. e. the cause of existence) ——创生者。

prabhāva (m. might, efficacy) ——力量，性能，功效。

prabhāṣeta (Pot. 3, sg. Ā. fr. pra-√bhāṣ, to speak, tell, declare) ——说，讲。

prabhu (m. a master; the lord of gods) ——主人；神主。

pramāṇa (n. measure, standard) ——范例，样板，楷模，准则。

pramāthin (adj. boisterous; harassing, troubling) ——焦躁不安的，狂暴的；困扰的，烦恼的。

pramāda (m. negligence, carelessness about) ——嬉忽，玩忽，疏忽。

pramādāt (abl. sg. due to incaution) ——由于粗心。

pramukhatas (ind. in front of) ——在……前面。

pramukhe (ind. in front of) ——在……面前。

pramucyate (pass. 3, sg. fr. pra-√muc, to be released, be free from) ——被解脱。

prayacchati (pres. 3, sg. p. fr. pra-√yam, to give, offer) ——奉献。

prayata-ātman (one whose self is purified) ——其心得到净化的，心地纯洁的。

prayatnāt (abl. sg. owing to the efforts) ——因为努力。

prayāṇa (n. death) ——死亡。

prayāṇakāla (m. time of death) ——寿终时，临死时。

prayāta (adj. dead) ——逝世的。

prayāti (pres. 3. sg. P. fr. pra-√yā, to go away, depart from the world, die) ——过世，死亡。

prayukta（p. p. impelled）——被强迫。

prayujyate（pass. 3，sg. Ā. fr. pra-√yuj，to be employed）——被使用。

pralapan（pres. p. talking）——谈话。

pralaya（m. dissolution，destruction，death；destroyer）—— 分解；死亡，毁灭；宇宙的毁灭；毁劫；毁灭者。

pralaya-anta（adj. one whose end is death）——其终点是死亡的。

pralīna（adj. disappeared，died）——死的。

pralīyate（pres. 3，sg. Ā. fr. pra-√ lī，to become dissolved）——被分解，死亡。

pravakṣyāmi（fut. 1，sg. P. fr. pra-√vac，to tell，speak）——我将讲解。

pravakṣye（fut. 1，sg. Ā. fr. pra √vac，to say，tell）——我将讲。

pravadat（m. a speaker）——雄辩者。

pravadanti（pres. 3，pl. P. fr. pra-√vad，to say）——他们说。

pravartate（pres. 3，sg. Ā. fr. pra √ vṛit，to roll or go onwards；to work）——运转，劳作，工作。

pravartante（pres. 3，pl. Ā. fr. pra-√vṛt，to commence，start）——开始。

pravartita（p. p. fr. pra- √vṛit，turned，turned round，revolved，rolled）——转动的，回旋的。

pravibhakta（p. p. separated，divided）——不同的。

pravilīyate（pass. 3 sg. Ā. fr. pra-vi-√ lī，to melt，dissolve）——被消融。

praviśanti（pres. 3，pl. P. fr. pra-√viś，to enter）——进入。

pravṛtta（p. p. engaged in，occupied with）——从事于（忙于）……的。

pravṛtti（f. origin；conduct，activity；active life）——起源；活动，活力；生灵。

pravṛtte（p. p. m. loc. sg. begun；resulted）——开始，发生。

pravṛddha（adj. full-grown）——成熟的。

pravyathita（adj. tremble；frightful）——战栗的，恐怖的。

praśaste（p. p. loc. sg. fr. pra-√śaṃs，praised）——在赞美（事业）时。

praśānta（adj. calm，tranquil）——平静。佛经旧译：寂，寂静，至极寂静，

寂灭，寂然，静默。

praśānta-manasa（adj. one whose mind is fully tranquil）——思想完全平静的，心境完全平静的。

praśāntātman（adj. composed in mind）——心神平静的。

prasakta（adj. addicted to）——耽于，沉湎于。

prasanna-cetas（comp. one whose mind is tranquil）——心境平静的（者）。

prasannātman（adj. mind-pleased）——心情舒畅的。

prasabhaṃ（ind. rashly）——鲁莽地，冒昧地。

prasaviṣyadhvam（fut. Impv. 2，pl. Ā. fr. pra-√sū，to bear，produce）——将要生。

prasāda（m. calmness，tranquility；satisfaction，favour，kindness）——平静；欢乐，愉快；偏爱，仁爱；恩惠。

prasādaye（Caus. 1，sg. Ā. fr. pra-√sad，to propitiate）——请谅解（开恩）。

prasidhyet（Pot. 3，sg. P. fr. pra-√sidh，to effect，accomplish）——会实现，会成功。

prasīda（Impv. 2，sg. P. fr. pra-√sad，to be appeased）——平息吧！

prasṛta（adj. spread，extended；come forth，issue from）——伸展，蔓延；出现，发源于。

prahasan（pres. p. m. nom. sg. with a slight smile）——面带微笑。

prahāsyasi（fut. 2，sg. P. fr. pra-√hā，cl. 3，to cast off）——你抛弃。

prahṛṣyati（pres. 3，sg. P. fr. pra-√hṛṣ. cl. 4，to be delighted）——喜悦。

prahṛṣyet（Pot. 3. sg. P. fr. pra-√hṛṣ，cl. 4，to rejoice，be glad）——要喜悦。

prākṛta（adj. low，vulgar，unrefined）——粗野庸俗的。

prāk-śarīra-vimokṣāt（before one's release from the body）——从身体解脱前。

prāñjalayaḥ（adj. nom. pl. fr. prāñjali，folding the hollowed open hands as a mark of respect and humility）——双手合十（作为敬意和谦逊的标志）。

prāṇa (n. the breath; a vital air; the upward life-breatrh) ——布罗那；气息；呼吸；肺脏之气；呼气；居首之气 [4.29 (1)]。

prāṇa-karmāṇi (n. acc. pl. the operations of life-breaths) ——维持生命的呼吸活动。

prāṇān (m. acc. pl. lives) ——生命。

Prāṇāpāna (m. inspiration and expiration) ——吸呼 [4.29 (1)]。

prāṇāpāna-gatī (m. acc. du. both procedures of the upward and downward life-breath) ——呼吸的活动；呼吸过程。

prāṇāyāma (m. N. of the three breath-exercises) ——布罗那耶摩，调息。

prāṇāyāma-parāyaṇa (adj. devoting onesely to restraint of life-breath) ——专注于调息的。

prādhānyatas (ind. chiefly) ——概要地。

prānin (m. a living being) ——生物；(复数) 众生。

prāpnuyāt (Pot. 3, sg. P. fr. pra-√āp, to obtain) ——应得到。

prāpnuvanti (pres. 3, pl. P. fr. pra-√āp, to obtain; to reach; to meet with) ——达到；与……相合。

prāpasyase (fut. 2, sg. fr. pra-√āp, to obtain) ——你将得到。

prāpya (ind. p. fr. pra-√āp, to meet with; to obtain, reach to) ——遇到；达到，获得。

prāpyate (pass. 3, sg. fr. pra-√āp, to obtain, arrive at) ——被获得，被达到。

prārabhate (pres. 3, sg. Ā. fr. pra-ā-√rabh, to begin, commence) ——开始。

prāha (pf. 3, sg. P. fr. pra-√āh, to tell) —— 说，讲授。

prāhuḥ (pf. 3, pl. P. fr. pra √āh, to say, call) ——他们说，称。

priya (adj. beloved, liked, favourite; an agreeable thing) ——愉快的事情。

priyakṛttama (adj. doing that which pleases most) ——做使人最高兴事情的。

priya-cikīrṣavaḥ (adj. m. nom. pl. wishing to do a kindness to) ——想

讨好……的。

priyatara（adj. m. more favour）——更亲爱的（人）。

prītamanas（adj. pleased or gratified in mind）——心情喜悦的。

prītamanāḥ（adj. m. nom. sg. fr. prīta-manas. pleased or gratified in mind）——心里喜悦的。

priyamāṇa（pass. pres. p. Ā. fr. √ prī，cl. 9，to be pleased，delighted with）——可爱的。

preta（m. a ghost，an evil being）——鬼怪。

pretya（ind. referring to ' in the next world'）——特指"在来世"。

prokta（p. p. called）—— 被名之的。

proktavat（adj. told，declared）——告诉的，讲授的（者）。

proktā（p. p. f. fr. √ vac，spoken，mentioned，declared）——被讲过的，被提到过的。

procyate（pass. 3，sg. Ā. fr. pra-√vac，to say，tell）——被说。

procyamāna（pass. pres. p. Ā. fr. pra-√vac，to lell）——被讲述的。

prota（adj. weaved，threaded）——被串起来的。

bata（ind. an interjection expressing astonishment or regret，generally = ah，oh，alas）——表示感叹和哀伤的感叹词，通常译为：哎，噢等。

bandha（m. binding，fetter）——束缚［5. 3（1）］。

bandhu（m. a relative）——亲属，亲戚。

badhnāti（pres. 3，sg. P. fr. √bandh，to bind）——束缚。

baddhyate（pass. 3，sg. Ā. fr. √ bandh，to tie down）——被束缚。

babhūva（pf. 3，sg. P. fr. √ bhū，to become）——成为。

bala（n. power，force，strength；military force，troops）——力量，权力；军事力量，军队。

balavat（adj. having power，strong）——有力量的，强大的。

balavān（adj. m. nom. sg. having power）——有力量的。

bahu（adj. more，many）——很多。

bahudhā (ind. in many ways, variously) ——用不同方式。

bahunā-etena kiṃ jñātena (what is the use of knowing so much?) ——知道那么多有什么用？(kiṃ十第三格名词表示"有什么用")。

bahulāyāsa (adj. having manifold pain) ——有很多艰辛的。

bahu-vaktra-netra (adj. having many mouths and eyes) ——有许多面、目的。

bahu-vidhāḥ (adj. of many kinds, of various sorts) ——有很多种的。

bahūdura (adj. having many stomachs) ——有许多肚腹的。

bāla (m. a ignorant person) ——愚夫。

bāhu (m. the arm) ——胳臂。

bāhya (adj. external) ——外面的。

bāhyasparśa (m. contact with external objects) ——与外界的接触。

bibharti (pres. 3, sg. P. fr. √ bhṛ, to support) ——支持，维持。

bīja (n. a seed) ——种子。

bījaprada (m. a giver of the seed) ——播种者。

buddha (m. a wise man) ——智者。

boddhavya (verbal adj. fr. √ budh, to be known) ——应该被知道的。

buddhi (f. intelligence, intellect, mind, judgment; perception, understanding, etc.) ——智慧 [2.65 (1)]；判断力；智能，智力；理智；观点 [2 .39 (2)]；知觉；思想，心灵。

buddhi-grāhya (adj. to be apprehended by the mind) ——为心灵所执取（感受）的，由知觉所感知的。

buddhināśa (m. ruin or disappearance of intellect) ——智慧泯灭。

buddhibheda (m. aberration of mind) ——思想混乱。

buddhimān (adj. m. nom. sg. endowed with intelligence) ——有智慧的。

buddhiyukta (adj. endowed with intelligence) ——有智慧的；智者。

buddhiyoga (m. intelligence-exercise, intellectual union with the Supreme Spirit) ——智慧瑜伽，智瑜伽 [2.49 (1)]。

buddhisaṃyoga (m. contact with the knowledge; impression of intelligence）——与智慧的联系；智慧印象。

buddhvā（ind. p. fr. √ budh，to know）——知道。

Bṛhatsāma（adj. having the metre of Bṛhat-sāman）——普利诃娑摩［10.35（2）］。

Bṛhaspati（m. 'lord of prayer or devotion'，N. of a deity）——蒲厉贺斯帕底［10.24（1）］。

bodhayantaḥ（Caus. pres. p. m. nom. pl. advising，instructing）——劝勉的。

braviṣi（pres. 2，sg. P. fr. √brū，to say，tell）——你说，你讲。

bravīmi（pres. 1，sg. P. fr. √ brū，to say，tell）——我说，我讲。

Brahmakarman（m. the action of Brahman；the office of Brāhmans）——梵业；婆罗门的职分。

Brahma-karma-samādhin（comp. bringing Brahma and action into one）——将梵和业等同看待的。

Brahmacarya（the state of an unmarried religious student，a state of continence）——梵行生活［8.11（2）］（宗教学生的未婚生活，禁欲生活）。

Brahmacārivrata（n. the vow or the obedience of the living of continence）——梵行之誓［6.14（1）］（对梵行生活的遵守）。

Brahman（the sacred word ；a prayer）——梵［3.15（1）］；祈祷者［10.25（2）］。

Brahmanirvāṇa（n. extinction in Brahmā，absorption into the one self-existent Brahma）——梵涅槃［2.72（2） 5.24（1）］。

Brahma-bhūta（adj. absorbed in Brahma，identified with Brahma，becom Brahma）——与梵合一的，融于梵的，成为梵的。

Brahma-bhūya（n. identity with Brahma，absorption into Brahma,）——与梵一同，融没于梵。

Brahmayoga（m. an exercise of absorption into the one self-existent Brahma）—— 梵瑜伽［5.21（1）］（融没于自在梵的修炼）。

Brahmavādin（adj. teaching or expounding the Vedas；m. a persons who expounds the Vedas）——讲授吠陀的；讲授吠陀者。

Brahmavid（adj. knowing the one Brahma）——通晓梵的。

Brahmavidyā（f. knowledge of the one self-existent Brahma）——梵学［1. 结尾（2）］。

Brahma-saṃsparśa（m. contact with the Brahman）——与梵的接触。

Brahmasūtra（N. of an ancient literture）——梵经。

Brahmāgnau（m. loc. sg. Brahman-fire）——梵火，梵即火。

Brahmārpaṇa（n. the offering，i. e. Brahma）——祭献即梵。

Brāhmaṇa（m. a man belonging to lst of the 3 twice-born class；a class of works）——婆罗门；梵书。

brūhi（Impv. 2，sg. P. fr. √ bru，to say，tell）——请说，说吧。

bhakta（p. p. devoted，worshipped；m. a worshipper）——虔信的，虔诚的；虔信者，信仰者。

bhakti（f. faith，worship，devotion，piety）——信仰，虔诚。

bhaktimat（adj. accompanied by devotion）——虔敬笃诚的。

Bhaktiyoga（m. all exercise of devotion）—— 信仰瑜伽，信瑜伽［14.26（1）］。

bhakty-upahṛta（adj. presented with devotion）——虔诚奉献的（物）。

Bhagavān（adj. adorable，venerable）—— 薄伽梵［2.2（1）］。

bhajati（pres. 3，sg. P. fr. √ bhaj，to worship）——他崇拜。

bhajate（pres. 3. sg. Ā. fr. √bhaj，to worship）——他崇拜。

bhajante（pres. 3，pl. Ā. fr. √bhaj，to worsip）——他们崇拜（敬仰）。

bhajāmi（pres. 1，sg. P. fr. √bhaj，to accept）——我接受。

bhaya（adj. fear）—— 畏惧。

bhayānaka（adj. fearful，terrible）——害怕的。

bhayāvaha（adj. dangerous，risky）——危险的。

Bharatarṣabha（m. the best of the Bharata，N. of Arjuna）——婆罗多族的俊杰（阿周那的称号）。

Bharataśreṣṭha (meaning ' outstanding person ', an epithet of Arjuna) —— "婆罗多之杰英"(阿周那的称号)。

Bhartṛ = bhūtabhartṛ (m. a supporter) ——载承，万有的载承 [13.17 (1)]。

bhala (n. a fruit) ——果实。

bhava (Impv. 2, sg, P. fr. √bhū, to be, become) ——你要成为。

bhava (m. birth; being, existence) ——生；存在。

bhavataḥ (m. gen. sg. fr. bhavat, your) ——您的。

bhavati (pres. 3, asg. P. fr. √ bhū, to be, become, arise, come into being) —— 他生起，他出现，生出。

bhavantaḥ (m. nom. pl. fr. bhavat, all of you) ——你们大家。

bhavān (adj. m. nom. sg. fr. bhavat, used respectfully for the 2nd persoanal pronoun.) ——第二人称的尊称，常译"您"。

bhavāpyayau (m. nom. du. creation and destruction) ——生和灭。

bhavitā (Cir. fut. 3, sg. P. fr. √bhū, to be) ——将是，将成为。

bhaviṣya (adj. future) —— 将来的。

bhaviṣyat (fut. p. about to become or be) ——将要成为的，将要存在的。

bhaviṣyati (fut. 3, sg. P. fr. √bbū, to be) ——将是，将成为。

bhaviṣyanti (fut. 3. pl. P. fr. √bhū, to be, become) ——他们将成为。

bhaviṣyāmaḥ (fut. 1, pl. P. fr. √bhū, to exist) ——我们将存在。

bhavet (Pot. 3, sg. P. fr. √ bhū, to be) ——应是，要成为。

bhasman (n. ashes) ——灰。

bhasmasāt (with √ kṛ, ind. to or into ashes) ——不变词，与动词√kṛī 搭配，为"化为灰烬"之义。

Bhārata (adj. descended from Bharata; n. the land of Bharata, i. e. India) 婆罗多 [1.24 (1); 2.28 (1)]。

bhāva (m. thing, living being , existence, etc.) ——存在，有；万有；众生；性；气质；思想；观念；真诚；性状等。

bhāvana (m. a creator, producer) ——创造者，生产者。

bhāvanā (f. nom. sg. meditation, contemplation) ——冥想，专注 [2.66 (1)]。

bhāva-bhāvita (adj. pondered on the thing) ——沉思存在之物的。

bhāvayata (Caus. Impv. 2, pl. P. fr. √ bhū, to foster, nourish) ——你们要养育。

bhāvayantaḥ (Caus. pres. p. nom. pl. fr. √bhū, to nourish) ——养育……的（致使动词的现在分词）。

bhāvayantu (Caus. Impv. 3, pl. P. fr. √ bhū, to foster, nourish) ——他们要养育。

bhāva-samanvita (adj. endowed with love or full of love or emotion) ——充满爱心的，心怀感激之情的。

bhāva-saṃśuddhi (f. purity o f mind) ——心地纯洁。

bhāvita (Caus. p. p. fr. √bhū, thought about, imagined, pondered) ——思虑，想象，沉思等。

bhāvaiḥ (m. instr. pl. being, existing) ——凡存在的事物。

bhāvo'vyaktaḥ (the invisible nature) ——冥性 [8.20 (2)]。

bhāṣase (pres. 2. sg. P. fr. √bhāṣ, to say) ——说。

bhāsayate (Caus. 3, sg. Ā. fr. √bhās, to shine, illumine; to appear) —光照，照亮；显现。

bhinna (adj. divided) ——不同的。

bhīta (adj. afraid) ——害怕的。

bhītabhīta (adj. sorely afraid) ——极度恐慌的。

Bhīma (m. N. of the second son of Paṇḍu) ——毗摩，意译：怖军（般度次子）[1.4 (2)]。

bhīmakarma (adj, terrible in act, dreadful) ——行为可怖的。

Bhīṣma (m. N. of a warrior who took the side of the sons of Dhṛtarāshṭra in the great war of the Bharatas) ——毗湿摩 [1.8 (2)]。

bhuṅkte (pres. 3, sg. Ā. fr. √bhuj, cl. 7, to enjoy) ——他享受。

bhuṅkṣva (Impv. 2, sg. Ā. fr. √ bhuj, cl, 7, to enjoy) ——请享受。

bhuñjate（pres. 3，sg. Ā. √ bhuj，to enjoy）——他享受。

bhuñjāna（pres. p. enjoying）——享受。

bhuñjīya（Pot. 1，sg. Ā. fr. √ bhu，to enjoy）——我将会享受（品尝）。

bhuti（f. welfare，happiness）——幸福。

bhuvi（f. loc. sg. fr. bhū. means ‘ in the earth’）——在大地上。

Bbūta（n. being；pl. the 5 gross elements）—— 万物，万有［4.6（1）］，众生；［复数］五大（五种粗大物质）。

bhūtagaṇa（m. a multitude of ghosts）——一群鬼怪。

bhūta-grāma（m. the multitude of beings）——万物，万有。

bhūtabhartṛ（m. ‘ a lord of beings ’）—— 万有的载承［13.17（1）］。

bhūta-bhava（adj. existing in all beings，or appearance of all beings）——存在于万有的，万有的出现。

bhūtabbāvana（m. the creator of beings）——万有的创造者，万有之源。

Bhūtabhāvana（m. the creator of beings，N. of Kṛṣṇa）——万有之源（克里希纳的称号）。

bhūtabhṛt（adj. sustaining the elements or creatures）——维持万有的。

Bhūtamaheśvara（m. the self-existent lord of the creatures）万有的大自在主［9.11（2）］。

bhūtasarga（m. a creation of beings）——众生世界。

bhūdāti（m. original or originator of all beings）——万有之源。

bhūtāni（n . nom. pl. all things）——万有，万物。

bhūti（f. well-being）——幸福。

bhūtejya（adj. making oblations to or worshiping the ghost or devil）——祭献（敬仰）魔鬼的。

Bhūteśa（m. a lord of beings）——万有之主（克里希纳的称号）。

bhūtvā（inf. fr. √ bhū，to exist，arise，come to being ; to be born）——存在，生成；被生出。

bhūmi（f. the earth）——大地。

bhūmao（f. loc. sg. on the earth）——在大地上。

bhūyas（ind. again）——再。

Bhṛgu（m. N. of a ṛshi）——步厉古［10.25（1）］。

bheda（n. difference，distinction）——不同，区别。

bheryaḥ（f. nom. pl. fr. bheri，a kettle-drum）——铜鼓。

bhaikṣya（n. a food got by begging）——乞讨的食物。

bhoktuṃ（inf. fr. √ bhuj，to enjoy）——享受。

bhoktṛ（m. an enjoyer，eater）——享受者。

bhoktṛtva（n. the state of being an enjoyer）——作为享受者的身份。

bhoga（m. enjoyment，fruition）——享受，享乐，享受。

bhogī（m. nom. sg. fr. bhogin，eating，enjoying）——享受的（人），享有的（人）。

bhogaiśvaryagati（f. the goal for enjoy ment and glory）——为了享乐和荣华的目的。

bhogaiśvarya prasaktānām（adj. indulging in enjoyment and welfare）——耽于享乐和富贵的。

bhojana（n. a food）——食物。

bhramati（pres. 3，sg. P. fr. √ bhram，to wander about，wag，agitate）——动摇不定。

bhrātṝn（m. acc. pl. the brothers）——众兄弟。

bhrāmayan（Caus. pres. p. m. nom. sg. fr. √ bhram，to turn or whirl round）——转动的，轮转的。

Bhrū（f. an eyebrow）—— 眉毛。

makara（m. a shark）——鲨鱼。

maccitta（comp. adj. concentrating on me）——心神专注于我的。

maṇi（m. a jewel，pearl）—— 宝珠。

maṇi-gaṇa（m. pearls）——许多珍珠。

Maṇipuṣpaka（N. of the conch of Sahadeva）——宝石花（偕天的螺号名）［1. 16（6）］。

mata (p. p. known, esteemed; n. think, doctrine, advice) ——被认为；思想；教诲，劝勉。

mati (f. idea, opinion, notion) ——观点，看法，想法。

matkarmakṛt (m. nom. sg. performing actions for me) ——为我从事事业的。

matkarma-parama (adj. regarding the acts for me as the highest aim) ——把为了我的事情当作最高目的的。

mattas (m. abl. sg. fr. mad, than me) ——比我；从我。

matpara (comp. m. one whose the highest destination is me) ——以我为最高终的的。

matparāyaṇa (adj. devoted to me) —— 虔敬于我的。

matsaṃsthā (f. union with me; adj. staying in the Self) ——与我的联系；寓于我的。

matstha (adj. staying in the Self) —— 含于我内的，寓于我中的。

Matsya (N. of a people) ——鱼族（一部落的名称）[1.17 (3)]。

mada (m. madness, insanity) ——疯狂，狂妄。

madartham (ind. for me) ——为了我。

mad-arpaṇa (n. an offering for me) ——对我的奉献。

madāśraya (adj. one whose shelter is me) ——以我为庇护所的。

madgata (adj. intent on me) ——对我专诚的，归于我的。

madbhakta (adj. devoted to me) ——对我虔敬的。

madbhaktṛ (m. one devoted to me) —— 虔信我的人。

madbhāva (m. the state of me) ——我的性态 [4.10 (2)]，我的状态；我的产物。

madbhāvāgata (adj. coming into my own state) ——进入（成为）我的状态的。

madyājñin (adj. wosiping me) ——崇拜我的，献祭我的，虔信我者。

madyoga (m. my superhuman power, my yoga) ——我的神奇之力，我的瑜伽 [12.11 (1)]。

Madhusūdana (m. 'destroger of the demon', N. of Kṛṣṇa) —— 摩涂苏陀

那，意译：朱摩涂者［1.35（1）］。

madhya（adj. or n. middle；the midst）——中间的；中间。

madhyastha（adj. impartial）——公正的。

manaḥprasāda（m. the serenity of mind）——意念平静，心境平静。

manaḥṣaṣṭha（adj. taking the mind as a sixth organ）—— 以心为第六的（诸根）［15.7（1）］。

manas（n. the mind）——心，心识，心虑，心神。

manīṣin（adj. wise，m. a learned person）——智者。

Manu（m. the legendary father of the human race）—— 摩奴［4.1（2）；10.6（2）］

manuṣya（m. a man，human）——人，人类。

Manusmṛti（f. Manu's law -book）—— 摩奴法典［10.6（2）］。

manogata（adj. ' mind-gone'，n. thought，notion，idea）——"由心产生的"，思想，观念等。

manoratha（m. a desired object）——想要得到的东西。

mantra（n. a song of praise，a hymn）——赞词。

mantra-hīna（adj. having no hymns chanted）——不诵赞词的。

mantavya（verbal adj. to be deemed）——应当被认为的。

manda（adj. lazy，sluggish，dull）——懒惰的，迟钝的，愚蠢的。

Mandukyopaniṣad（an ancient book）——蛙氏奥义书［8.13（1）］。

manmanas（adj. concentrating the attention on me）——专心于我的。

manmaya（adj. full of me）——（心里）唯有我的。

manyate（pres. 3，sg. Ā. fr. √man，to regard，consider）——考虑，认为。

mama（pron. gen. sg. indicating 'my'）——我的。

mamātman（my self）——我的自我［9.6（2）］。

mayā（pron. instr. sg. fr. mad，by me）——被我……。

mayyarpitamanobuddhi（adj. one whose mind and wisdom are placed upon me）——把心和智慧都奉献给我的。

mayyāveśitacetasa（adj. one whose attention is offered to me）—— 心神专注

于我的。

mayyāsakta-manas（adj. one whose mind is merged with me）——其心与我相应（融合）的。

maraṇa（n. death）—— 死，死亡。

Marīci（m. N. of one of the sages）——摩利支［10.6（1）；10.21（2）］。

Marut（m. N. of the storm-gods）——摩录多，风神［10.21（2）］。

Martya（adj. mortal；m. a mortal，man）—— 终有一死的；人。

martyaloka（n. the world of mortals）——死域，终有一死的境域，人类世界。

mala（n. dust）——灰尘。

mahat（adj. great，vast）——伟大的，庞大的。

mahatī（adj. f. mighty）——强大的，庞大的。

maharṣi（m. a great sage）——大仙。

Mahātman（m. the great Self）——大我［7.19（2）］。

mahātman（adj. ‘ high-soul ，’ high-mined，noble）——崇高的；高尚的人。

mahātmya（w. r. for māhātmya. n. greatness；majesty，dignity）——威严；伟大。

mahā-anubhāva（adj. mighty；high-minded）——伟大的，威严的，思想高尚的。

mahāpāpman（adj. very sinful）——罪大恶极的。

Mahābāhu（adj. ‘ long-armed’，an epithet of Arjuna）—— 大胳臂者，大力士，雄臂（阿周那的称号）。

mahābhūtāni（n. nom. pl. the 5 gross elements）—— 五大（数论哲学术语）。

mahāratha（m. a great warrior）——大勇士，英雄。

mahāśana（adj. all-devouring）——毁灭一切的。

mahimāna（n. greatness）——伟大（名词）。

Mahī（f. the earth）——大地。

mahīkṣit（m. ‘earth-ruler，’ a king）——国王，国君。

mahīpate（m. voc. sg. a lord of the earth, a king）——大地之主，国王。

Maheśvara（m. the great Lord）——大自在主，大自在天［5.29（1）］，大自在。

maheṣvāsa（m. a great archer）——大弓箭手。

mātula（m. a maternale uncle）——舅父。

mātṛ（f. a mother）——母亲。

mātrā（f. matter, the materal world）——物境［2.14（1）］，物质世界。

mātrā-sparśa（m. contact with objects）——与物境（感官对象）的接触。

Mādhava（m. an epithet of kṛṣṇa）——摩闼婆［1.14（1）］。

māna（m. respect, honour; haughtiness, pride）——尊敬；光荣，荣誉；骄傲，骄矜。

mānava（m. a man, people, human being）——人，人们，人类。

mānasa（adj. relating to mind; n. mind）——属于思想的，思想的；思想，心。

mānasatapas（n. the mental penance, i. e. the pureness of mind）——思想苦行［4.10（1）］。

mānāpamāna（the honour and dishonour）——荣辱。

mānuṣa（adj. belonging to mankind, human, mortal）——人类的，尘世的；人。

mā bhūḥ（aor. negative Impv. 2, sg. P. fr. mā √bhū, not to become）——不要成为（不定过去时的否定命令语气，主动语态，单数，第二人称）。

māṃ（pron. m. acc. sg. fr. mad）——我。

māmaka（adj. my; mine）——我的，我方的；我的东西。

māmāśritya（adj. seeking my prtotection）——寻求我庇护的。

mām-upāśrita（adj. taking refuge with me）——求我庇护的。

māmevaiṣyasi（you will enter me or merge into me）——你确将进入我，将与我合一。

māyā（f. delusion）——摩耶［4.6（2）］，幻。

Mārgaśīrṣa（m. N. of the month in which the full moon enters the constellation Mārgaśīraṣa）——摩伽湿利舍［10.35（4）］。

mārdava（n. softness，pliancy，weakness）——温柔。

mā vimūḍha-bhava（adj. m. be not perplexed or confused）——不要受迷惑（mā＋bhava 构成√bhū 第五种不定过去时的否定命令式）。

mā vyathiṣṭhāh（aor. negative Impv. 2，sg. Ā. fr. √ vyath，do not be frighted or alarmed）——不要恐惧（mā＋ vyathiṣṭhāḥ构成√vyath 第五种不定过去时的否定命令式）。

māśucaḥ（aor. negative impv. 2，sg. P. fr. √śuc，do not be sorrowful，grieve）——不要忧伤，不要悲伤（mā＋śucaḥ构成不定过去时的否定命令式）。

mā sma gamaḥ（aor，negative Impv. 2 sg. P. fr. √ gam，do not go to）——不要到……那里去（不定过去时，否定命令语气）。

mitra（a friend）——朋友。

mitra-droha（m. injury or betrayal of a friend）——对朋友的伤害或背叛。

mithyā（ind. falsely，wrongly，fruitless，in vain）——虚伪地，错误地，徒劳地。

mithyācāra（m. a rogue，hypocrite）——恶棍，伪善者。

mukta（p. p. liberated，emancipated）——解脱，解除，超脱。

muktasaṅga（adj. freed from attachment，casting off attachment）——排除迷恋的，无迷恋的。

muktvā（ind. p. emancipating）——解脱。

mukha（n. the mouth）——嘴。

mucyate（pass. 3，sg. fr. √ muc，to be released）——被解脱。

muni（m. a sage）——仙人，圣人。

mumukṣubhiḥ（m. instr. pl. wishing for emancipation）——希望解脱的。

muhur-muhuḥ（ind. over and over again，often and often）——一而再，再而再三。

muhyati（pres. 3，sg. P. fr. √muh，cl. 4，to become confused，to be bewildered）——糊涂，受迷惑，受困惑。

mūḍha（adj. deluded）——被迷惑的，受迷惑的；愚昧者。

mūdhagrāha (m. confused notion, misconception) ——糊涂观点；执迷。

mūḍha-grāhena (ind. due to the wrong notion, misconception) ——由于错误的观点，由于执迷。

mūḍhayoni (f. the womb of a foolish woman) ——愚者之胎。

mūrti (f. a figure) ——形象；有形之物。

mūrdhan (m. the forehead, head in general) ——前额，头。

mṛga (m. a forest animal) ——走兽。

mṛgendra (m. ' king of beasts', a lion) ——兽王，狮子。

mṛta (adj. dead) —— 死的；死者。

mṛtyu (m. death) ——死。

me (pron. my) ——我的。

medhā (f. intelligence) —— 智力。

medhāvin (adj. very intelligent) ——非常聪明的，明智的。

maitra (adj. friendly) ——友好的。

mokṣa (m. emancipation) ——解脱。

mokṣakāṅkṣi (adj. desiring the final emancipation) ——希望最终解脱的。

mokṣa-parāyaṇa (adj. one whose highest goal is final emancipation) ——以解脱为最高目的的。

mokṣyase (pass. 2, sg. Ā. fr. √ muc, to be released from) ——你被解脱。

mogha (adj. vain) ——无益的，徒劳的。

moghakarma (adj. one whose actions are fruitless) ——行事徒劳的（人）。

moghajñāna (adj. one whose knowledgc is useless) 知识无用的（人）。

moghāśa (adj. one whose hopes are vain) ——愿望落空的（人）。

modiṣye (fut. 1, sg. Ā. fr. √mud, to rejoice, be glad or happy) ——我将欢乐。

moha (m. bewilderment, delusion) —— 愚痴。

mohakalila (n. thicket of illusion) ——谜团。

moha-jāla-samāvṛta (adj. encompassed by delusion-mesh) ——为迷惑之网所笼罩的，堕入迷网的。

mohana (adj. bewildering, confusing) ——欺骗的，迷惑的，迷乱的。

mohana-ātmanaḥ（adj. self-deluding，self-bewildering）——自我迷惑的，迷惑自我的。

mohayasi（Caus. 2，sg. p. fr. √ muh，to cause to delude）——你让……糊涂。

mohita（p. p. fr. √ muh，to delude）——被迷惑的。

mohin（adj. confusing，illusive）——迷惑人的；错觉的，迷惑的。

mauna（n. silence）——沉默。

mriyate（pass. 3，sg. Ā. fr. √ mṛ，to die）——死。

mṛta（adj. dead）——死了，死的。

Yakṣa（n. ghost）—— 夜叉，魔鬼。

yakṣye（fut. 1，sg. P. fr. √ yaj，to sacrifice，worship）——我将祭祀。

yajante（pres. 3，pl. a. fr. √ yaj，to sacrifice，worship with sacrifices）——祭祀；敬仰，崇拜。

Yajus（N. of Yajurveda）——夜柔吠陀。

yajña（m. sacrifice，oblation）——祭祀［4.31（2）；9.16（1）；1 0.25（2）］；牺牲，祭品。

yajña-kṣapita-kalmaṣa（adj. one whose sins are destroyed by sacrifice）——靠祭祀涤除诸罪的。

yajña-tapas（n. the sacrafice，i. e. the penance）——祭祀即苦行。

yajña-dāna-tapaḥ-kriyā（comp. f. nom. sg. the performances or actions of sacrifice，donation and ascetic practice）——祭祀、布施和苦行活动。

yajña-bhāvita（adj. nourished by sacrifice；honoured with sacrifice）——靠祭祀养育的；因祭祀感到荣耀的。

yajña-vid（adj. conversant with the sacrifice）——精通祭祀的，通晓祭祀的。

yajña-śiṭa-amṛita-bhuj（adj. enjoying the nectar left after the sacrifice）——食祭祀剩余甘露的。

yajñaśiṣṭāśin（m. eating the remnants of a sacrifice）—— 食祭祀余物的人。

yajñārtha (comp. one whose purpose is sacrifice) ——以祭祀为目的的。

yata-citta-ātman (adj. one whose mind and self have been restrained) ——控制了心识和自我的。

yata-cittendriya-kriya (adj. one whose activities of the mind and the sense-organs are restrained) ——其心和感官活动已被控制的。

yataḥ yataḥ (wherever) ——无论哪里，在任何地方。

yataḥ yataḥ……tatat tatat (wherever……in that place) ——无论哪里……就在那里……

yatacetas (adj. mind-restrained) ——克制了思虑的。

yatat (pres. p. striving) ——努力的。

yatati (pres. 3, sg. P. fr. √ yat, to strive after) ——努力。

yatatā (ind. by assiduousness) ——靠勤奋，靠努力。

yatatām (pres. p. m. gen. pl. striving after) ——努力者的。

yatate (pres. 3. sg. Ā. fr. √ yat, to strive after, work for) ——努力。

yatamāna (pres. p. striving after) ——努力奋争的。

yatayaḥ (m. nom. pl. ascetics) ——苦行者。

yata-vāk-kāya-mānasa (adj. one whose speech, body and mind are restrained) ——克制了语、身和心的。

yatātmān (m. ones whose self have been restrained) ——克制自我的。

yatātmavān (m. nom. sg. self- restrained) ——克制自我的。

yati (m. an ascetic) ——苦行者，禁欲者 [4.28 (1)]。

yatin (m. an ascetic) ——禁欲者，苦行者。

yatra (ind. where, wherein, wherever) ——何处，在何处，无论哪里。

yathā……tathā (as surely as……so truly; as……therefore) ——像……一样确实……；当……就……

yathābhāgam (comp. ind. each in his respective place) ——各就各位。

yathāvat (ind. duly, properly, rightly) ——适当地，正确地。

yad (pron. who, which, what, whichever, whatever, that) ——关系代词。

yadato anyathā (otherwise, in the contrary case) ——否则，反之。

yadā……tadā（when……then）——当……就……

yadā yadā（whensoever，as often as）——任何时候，每逢，每当。

yadi（ind. if）——如果。

yadīdṛsa（adj. such）——像这样的。

yadṛcchayā（ind. fr. yadṛcchā，by chance，accidentally）——偶然。

yad yad（ind. whatever）——无论什么。

yad yad……tadt tad……（whatever……that）——无论什么……就是什么。

yadyapi（=yadi-api，ind. even if，although）——即便。

yadvā……yadi vā（'if……or if'，'whatever……or'）无论是……还是……

yantra（n. apparatus，engine，machine）——器具，转轮。

yantrārūḍha（adj. mounted on the revolving engine）——登上转轮的。

Yama（m. N. of a God）—— 焰摩［10.29（4）］。

Yama（self -restraint）—— 禁戒［2.39（4）］。

yaśas（n. splendour，glory）——光荣，声望。

yaṣṭavya（verbal adj. fr. √yaj，to be sacrificed）——应被祭祀的。

yātayāma（adj. n. spoiled）——变坏的，腐败的。

yāti（pres. 3. sg. P. fr. √yam，to reach）——达到。

yādas（n. any large aquatic animal）—— 水族，水中的生物。

Yādava（m. N. of Kṛṣṇa；descendant of Yudu）——雅达婆（克里希纳的称号）；雅达婆族［1.17（4）］。

yānti（pres. 3. pl. P. fr.√ ya，to go ；to enter；to reach，fall in）——去，进入，达到，堕入。

yāṃ yāṃ（pron. f. acc. sg. whichever）——无论哪个（做宾语）。

yāvān（pron. m. nom. sg. fr. yāvat，all，whole）——一切，全部。

yāvat（ind. so that，adj. as many）——以便；如此多的。

yukta（adj. yoked，joined；engaged in；intent upon，devoted to，persisted in yoga，i. e. persisted in the equal view，possessed of）——结合的；适当的；相应的；相应者［6.18（1）］；从事于，瑜伽行，行；拥有；坚持；使用；既瑜伽者

[5.12 (1)]，瑜伽状态 [6.47 (1)]；坚持瑜伽的，即坚持等同看待苦乐、荣辱的。

yuktacetas (adj. one whose mind has been absorbed in the Self) ——全神贯注于（自我）的，心相应的 [7.30 (4)]。

yuktaceṣṭa (adj. behaving properly) —— 举止适当的，活动适当的。

yuktatama (m. the best yogin; adj. devoted to, intent upon) ——最杰出的行者，行者精英 [6.47 (1)]；专注于。

yukta-svapana-avabodha (adj. moderate in sleeping and waking) ——适度睡眠和清醒的。

yuktātman (adj. concentrated in mind) ——全神贯注于，其心与我相应的 [7.18 (1)]。

yuktāhāra-vihāra (adj. moderate in diet and pleasure) ——饮食、娱乐适度的。

Yuga (n. an age of the world) —— 世，载；时 [4.8 (1)]。

yugapad-utthita (adj. risen at the same time) ——同时升起的。

yugasahasra (one thousand ages of the world) —— 千时。

yuga-sahasra-anta (adj. passing the period with the thousand yugas) ——其时段为一千时的，过千载的。

yujyasva (pass. Impv. 2, sg. Ā. fr. √ yuj, to be made ready or prepared for) ——准备。

yujyāt (Pot. 3. sg. P., he ought practise on yoga) ——他应当修习瑜伽。

yuñjan (pres. p. concentrating the mind often in order to obtain union with the Unversal Spirit) ——入定冥想以求自我与宇宙我合一的。

yuñjanneva sadātmānaṃ (concentrating the mind often in order to obtain union with the Unversal Spirit) ——常修瑜伽冥想我。

yuñjita (Pot. 3, sg. Ā. fr. √ yuj, to be atsorted in meditation) ——要凝神冥想，要修持瑜伽，与相结合的。

yuddha (m. battle) ——战争。

yuddha-viśārada (adj. skilful in war) ——熟谙战争的。

Yudhāmanyu（m. N. of a warrior）——尤坦曼牛［1.6（1）］。

yudhi（f. loc. sg. fr. yudh。fight，war）——在阵中。

Yudhiṣṭhira（m. N. of a warrior）——坚战［1.16（1）］。

yudhya（Impv. 2，sg. P. fr. √yudh，cl. 4，to fight）——战斗吧！

yudhyasva（Impv. 2. sg. Ā. fr √yudh，to fight）——你战斗吧。

yuyutsu（adj. wishing to fight）——想打仗的。

yuyutsavaḥ（adj. m. nom. pl. fr. yuyutsu。wishing to fight）——想战斗的。

Yuyudhāna（m. N. of a great hery of the army of Pāṇḍavas）——尤尤坦那（般度军的一勇士名）［1.4（4）］。

yeṣām-arthe（ind. for these people）——为了那些人。

yoktavya（verbal adj. to be practised on Yoga）——应修炼瑜伽的。

Yoga（m. yoke，joining，union，contemplation，meditation as a system）——瑜伽［2.39（4）；2.53（1）；9.5（1）；10.7（2），（3）；11.8（1）］；用轭连接，连系，联系；相应，合一；和谐；瑜伽哲学［2.39（4）］等。

yoga-dhāranā（f. perseverance in meditation）——坚持瑜伽，执著瑜伽［8.12（2）］。

yogabala（n. the force of yoga，the supernatural power）——瑜伽之力［8.10（1）］，超然之力。

yoga-bhraṣṭa（adj. fallen from the practice of yoga）——从瑜伽修炼失落的。

yogamāyā（f. magic，the power of God in the creation of the world）——瑜伽摩耶［7.25（1）］，瑜伽幻力。

yoga-yajña（comp. m. one whose sacrifice is deep meditation）——其牺牲（祭品）为瑜伽的，以奉献为瑜伽的。

yogayukta（adj. immersed in deep meditation，absorbed in Yoga）——耽于冥想的，耽于瑜伽的。

yoga-yukta-ātma（adj. one whose self has reached the highest state of yog）——自我已至瑜伽状态的。

yogavittama (adj. being proficient at the Yoga) ——精通瑜伽的。

Yogaśāstra (m. the doctrine of Yoga) ——瑜伽论 [1. 尾注 (3)]。

yoga-saṃjñita (adj. being called as connection) ——被称为联系的。

yoga-saṃnyasta-karmāṇaṃ (m. acc. sg. one whose actions has been cast away by Yoga) ——靠瑜伽舍弃所为的。

yogasaṃsiddhi (f. perfection in Yoga; adj. one whose perfection has been obtained in Yoga) —— 借瑜伽获得的圆成；借瑜伽而获圆成的。

yoga-siddha (adj. perfected by means of Yoga) ——凭借瑜伽获得圆满成就的（人）。

yoga-sevayā (ind. in the practice of Yoga) ——靠瑜伽修炼。

yogārūḍha (adj. reached or brought to yoga, absorbed in abstract meditation) ——达到瑜伽的，专注于瑜伽的。

yogin (m. a follower of Yoga system) ——瑜伽体系的追随者（信仰者），瑜伽者 [4. 25 (1)]，瑜伽行者，瑜伽士，瑜伽师。

yogeśvara (m. a master or adept in Yoga) ——谙熟瑜伽者。

yotsyamāna (fut. p. being ready to fight) ——将要打仗的。

yotsye (fut. 1, sg. Ā. fr. √yudh, to fight) ——我将打仗。

yoddhavya (adj. to be fought with) ——将和……交锋。

yoddhukāma (adj. desire to fight) ——想打仗的。

yodha (m. a warrior) ——勇士。

yodha-mukhya (m. a pricipal warrior) ——主要战将。

yodha-vīra (m. a combat hero, warrior) ——战斗英雄。

yonin (= yoni, f., the womb) ——孕育者，子宫，胎藏。

yo yo (pron. m. nom. sg. whoever) ——无论哪位。

yauvan (n. youth) ——青年。

rakṣas (n. an evi being or demon) ——罗刹，邪恶的生灵，鬼神。

rajas (n. one of the three qualities; passion) ——罗阇 [3. 37 (1)]；强烈的情感。

rajoguṇa（n. the quality Rajas）——罗阇之德。

rajo-guṇa-samudbhava（comp. adj. born from the quality Rajas）——产生于罗阇之德的。

raṇa（m or n. war; battle）——战争；战场。

rataḥ（adj. m. nom. pl. delighting in）——乐于，欢乐。

ratha（m. a chariot）——战车。

rathottama（m. an excellent chariot）——非常豪华的战车。

rathopastha（m. the seat of a chariot）——车座。

ramate（pres. 3. sg. Ā. fr. √ram, to enjoy）——他喜欢，他愉悦。

ramanti（pres. 3, pl. P. fr. √ ram, to be pleased）——他们愉悦。

Ravi（m. the sun）—— 太阳。

rasa（m. a taste）——味，滋味。

rasana（n. a taste）——味觉。

rasavarjaṃ（ind. except taste）——除了味之外。

rasātmaka（adj. having juice for its essence）—— 饱含汁液的，其本质为汁液的。

rasya（adj. palatable）——可口的，味美的。

rahas（n. a deserted place, loneliness,）——幽静处；幽静。

rahasya（m. secret）——秘密。

rākṣasa（adj. belong to a Rakṣas）—— 罗刹的，魔鬼的。

rāga（m. any feeling or passion, love, affection）——情感，热望，强烈的情感；情欲。

rāgadveṣa（m. love and hatred）——爱憎。

rāga-dveṣa-viyukta（adj. freed from affection and aversion）——脱离爱憎的。

rāgātmaka（adj. characterized by passion）——以贪欲（酷爱）为本质的，具有贪欲本质的。

rāgin（adj. passionately fond of or attached to）——痴爱……的，耽于……的。

rājan（m. a king）——君王。

rājarṣi（m. a royal saint）——王仙。

rājarṣayaḥ (m. nom. pl. the royal sages) ——王仙们。

rājavidyā (f. royal science; the highest science) ——王学，学问之王 [9.2 (1)]。

rājasa (adj. belong to the quality rajas) —— 属于罗阇性的。

Rājasuya (m. a great sacrifice performed at the coronation of a king) ——即位礼 [10.25 (2)]。

rājya (n. kingdom, sovereignty) ——王国；王权，王位。

rātri (f. night) —— 夜。

rātry-āgame (ind. on the advent of night) ——当夜晚来临时。

Rāma (m. N. of a mythical personage) —— 罗摩 [10.31 (1)]。

Rāmānuja (m. N. of an author) —— 罗摩奴阇 [6.8 (1)]。

ripu (m. an enemy, foe) ——敌人。

ruddhvā (ind. p. fr. √ rudh, to restrain, withhold) ——控制。

Rudra (m. N. of a god) —— 楼陀罗 [10.21 (1)]。

rudhira (n. blood) ——血。

rupa (=rūpa, n. form, figure) ——形象，容貌。

rūkṣa (adj. harsh, rough) ——粗糙的。

Receka (m. the act of breathing out) —— 利阇羯 [4.29 (1)] (调息的三式之一)。

roman (the hair on the body of men and animals) ——毛发。

roma-harṣa (m. the bristling of the hair of the body) ——毛发竖立。

labdha (p. p. fr. √labh, obtained, greedy) ——被得到的，贪婪的。

labdhvā (ind. p. fr. labh, to obtain) ——要获得。

labhate (pres. 3. sg. Ā. fr. √labh, to attain) ——获得。

labhe (pres. 1. sg. P. fr. √labh, to obtain) ——我得到。

labhante (pres. 3. pl. Ā. fr. √ labh, to obtain) ——他们得到。

labhasva (Impv. 2. sg. P. fr. √ labh, to obtain) ——要获得。

labhya (verbal adj. fr. √ labh, to be attained. capable of being acquired）——能被得到的。

lavaṇa（adj. salt；m. saline taste）——咸的；咸味。

lābha（m. obtaining）——获得。

lāghava（n. slight，disrespect）——轻蔑，失敬。

lābha-alābhe（m. du. acc. profit and loss）——得失。

lipyate（pass. 3 sg. Ā. fr. √lip，to taint）——被玷污。

limpanti（pres. 3，pl. p. fr. √ lip，to defile，stain，pollute）——损害名声，玷污。

lupta（p. p. fr. √lup，to take away，cause to disappear）——被掳去的，使消失的。

loka（m. people；n. world）——人，人民；世界。

loka-kṣaya-kṛt（m. nom. sg. destroying the world）——造成世界毁灭的。

loka-traya（n. the three worlds；）——三界。

loka-saṃgraha（m. the welfare of the world）——世界的幸福。

Lokāyatika（m. the followers of the school of Lokāyata）——路伽耶陀派[16. 8（2）]。

lobha（m. covetousness，cupidity）——贪婪，贪欲。

loṣṭa（m. n. clay，clod）泥土。

vaḥ（pron. acc. gen. pl. your）——你们，你们的。

vaktra（n. the mouth，face）—— 嘴，脸。

vakṣyāmi（fut. 1，sg. p. fr. √ vac，to tell）——我将告诉，我将讲述。

vacana（adj. speaking，a peaker；n. speech，word）——讲话的，讲话者；话语。

vacas（n. speech）——话，语言。

Vajra（m. a thunderbolt）——金刚杵。

vada（impv. 2，sg. p. fr. √ vad，to say）——请说。

vadati（pres. 3，sg. P. fr. √vad）——说。

vadana（n. the mouth）——口。

vayam (pron. we) ——我们。

vara (m. voc. sg. the best) ——俊杰。

Varuṇa (m. N. of a god) ——伐楼拿 [10.21 (1)]。

Varuṇavṛkṣa (N. of a mythical tree) —— 伐楼拿树 [15.1 (1)]。

varṇa-saṅkara (m. confusion of castes) ——种姓的混乱。

varṇa-saṃkara-kāraka (adj. leading into the confusion of castes) ——导致种姓混乱的。

vartante (preo 3, pl. Ā. fr. √ vṛt, to move; to exist) ——活动；存在，有。

varte (pres. 1, sg. Ā. fr. vṛt, to engage in; to remain; to move) ——从事；保持原状；活动。

vartet (Pot. 3. sg. P. fr. √vṛt, to be, exist) ——要成为，要存在。

varteyaṃ (Pot. 1, sg. P. fr. √vṛt, to move, go on; to engage in) ——我要活动；我要从事。

vartman (n. way, path, road) ——道路，路径。

vartamāna (pres. p. turning, moving, conducting, living) ——转动的，从事活动的，活动的；活着的。

varṣa (n. rain) ——雨水。

vaśaṃ (m. acc. sg. restraint, control) ——控制，压制，克制。

vaśin (adj. having the mastery of one's passions; m. a sage with subdued passions) ——控制其情欲的；控制情感的圣人。

vaśya-ātmanā (adj. m. instr. sg. by a person whose self is restrained; through the restrained self) ——靠控制自我的（人）；通过克制自我。

Vasiṣṭha (N. of a mythical personage) ——婆悉湿陀 [10.6 (1)]。

Vasu (N. of the gods) ——婆苏 [10.23 (1)]（集团神名）。

vahāmi (pres. 1, sg. P. fr. √ vah, to convey, transport) ——转给。

vahni (m. the conveyer of obligations to the gods, especially implying 'fire') ——供神祭品的传予者，特指火。

vā (ind. or) ——或者。

vākya（n. speech，word）——语言，言辞。

vācya（verbal adj. ought to be told）——应该被告诉的。

vāṅmaya（adj. n. consisting of speech，relating to speech）——由语言构成的，属于语言的。

Vāṅ mayatapas（n. penance of speech— speaking is not to injure others）——语言苦行［4.10（1）］。

vāṇijya（n. trade）——商业。

vāda（m. speech，argument，explanation）——语言，争论，解释，说明。

vāyu（m. wind，air）——风；空气，大气。

Vāyu（m. the god of the wind）——风神。

Vāṣṇeya（an epithet of Kṛṣṇa）——瓦湿内耶［1.41（1）］。

vāsa（m. abidance）——居住。

Vāsava（an epithet of Indra）——伐娑婆［10.22（1）］。

vāsas（n. clothes）——衣裳。

Vāsuki（the king of serpents）——伐苏启［10.28（3）］。

Vāsudeva（patronymic of Kṛṣṇa）——婆苏天，遍居天［7.19（1）；10.37（4）］，婆苏提婆。

Vikarṇa（N. of a son of the king of Kuru）——维羯那［1.8（5）］。

vikarman（n. prohibited or unlawful action）——非为［4.17（1）］，违反传统伦理之行为。

vikārin（adj. liable to change，variable）——必变的，易变的。

vikrānta（adj. courageous，valiant，mighty）——勇敢的，有力量的。

vigata-kalmaṣa（adj. free from stain or dirt）——没有污点的。

vigata-jvara（adj. freed from trouble or distress of mind）——心里没有烦恼的。

vigatabhi（adj. devoid of fear）——无惶遽的。

vigataspṛha（adj. devoid of wish or desire）—— 无欲望的。

vigata-icchā-bhaya-krodha（adj. freed from desire，fear and wrath）——离却欲望、惧怕和嗔怒的。

viguṇa (adj. void of qualities, imperfect) —— 有缺陷的。

vicakṣaṇa (adj. far-seeing; m. penetrating person) ——远见卓识的；真知灼见者。

vicālayet (Caus. Pot. 3, sg. P. fr. vi-√cal, to shake) ——让某人动摇。

vicālyate (Caus. pass. 3, sg. Ā. fr. vi-√cal, to shake) ——为……所动摇。

vicetas (adj. absent-minded, ignorant) —— 心地愚昧的。

vijaya (m. victory, triumph, conquest) ——胜利。

vijānīyāṃ (Pot. 1, sg. P. fr. vi- √ jñā, to know) ——我应该知道。

Vijitātman (adj. self-subdued) ——控制了自我的。

vijñāna (n. worldly knowledge) ——世俗的智慧；知识，识 [3.41 (2); 6.8 (1)]。

vitata (p. p. fr. vi-√tan, to spread out or over) ——伸展，展开。

Vitteśa (N. of a god) ——维帖奢 [10.23 (2)]。

vidadhāmi (pres. 1, sg. P. fr. vi- √dhā, to render) ——我给予。

vidāhina (adj. burnt, scorched) ——焦煳的。

vidita-ātman (adj. knowing the Self) ——了解自我的，认识自我的。

viditvā (ind. p. fr. √ vid, to know) ——懂得了（之后）。

viduḥ (pf. 3, pl. P. fr. √ vid, to know) ——他们知道。

viddhi (Impv. 2, sg. P. fr. √ vid, to know) ——要知道。

vidmaḥ (pres. 1, pl. P. fr. √ vid, to know) ——我们知道。

vidyatc (pass. pres. 3, sg. Ā. fr. √vid, cl. 6, to produce, effect) ——被产生，被引起。

vidyate (pres. 3, sg. Ā. fr. √ vid. cl. 4, to be found; to exist) ——被发现；存在，有。

vidyā (f. science, learning) —— 学问（旧译“明”）。

vidyāt (Pot. 3, sg. P. fr. √ vid, to know) ——他要知道。

vidyām (Pot. 1, sg. P. fr. √ vid, to know) ——我应知道，我应认识。

vidyā-vinaya-saṃpanna (adj. possessed of learning and humility) ——博学、谦恭的。

vidvat（adj. learned；wise man）——有学问的；智者。

vidvāṃsaḥ（m. nom. pl. fr. vidvas，a wise man）——智者。

vidhāna-ukta（adj. proclaimed or enjoined according to rule）——按规定所说的。

vidhi-dṛṣta（adj. prescribed by rule）——规则的，规定的。

vidhi-hīna（adj. devoid of rule）——不遵从规章的。

vidheya-ātmā（adj. m. nom. sg. one whose own self is overcome）——其自我受到克制的（人）。

vinaṅkṣyasi（fut. 2，sg. P. fr. vi-√naś，to disappear；to perish，die）——你将消失（死亡）。

vinadya（ind. p. fr. vi-√nad，to cry）——吼叫。

vinaya（m. modesty）——礼貌，谦恭。

vinaśyati（pres. 3，sg. P. fr. vi-√naś，to ruin，die，be destroyed）——他消失，灭亡。

vināśa（m. destruction，ruin）——毁灭，消失，消亡；消除。

vināśāya duṣkṛtām（for destruction of the wicked acts）——为了消除邪恶。

viniyamya（ind. p. fr. vi-ni-√yam，to restrain）——控制，克制。

vinivṛttakāma（adj. having extinguished desires）——根绝了诸种欲望的。

viniścita（adj. determined，certain）——明确的。

vindati（pres. 3，sg. P. fr. √vid，to find，obtain）——找到，得到。

viparita（adj. reversed）——被颠倒的，错误的。

viparivartate（pres. 3. sg. Ā. fr. vi-pari-√vṛt，to revolve）——回转，运行，循环。

viparīta（adj. inauspicious）——不吉祥的。

vipaścit（pres. p. learned；sage）——有学问的；智者。

vibhakta（adj. divided，different，various）—— 不同的，有差别的。

Vibhu（m. a lord of gods）——神主。

vibhu（adj. all-pervading）——遍透一切的。

vibhūti（adj. pervading，abundant；mighty；f. manifestation of great power,）——遍满的，大量的；有力量；威力的表现［10.7（1）］。

vibhūtimat（adj. mighty，powerful，superhuman）——有威严的，力量超人的。

vibhūtiyoga（m. the Yoga of the maniferstation of great power）——威力的表现瑜伽。

vibhrānta（adj. confused）——受迷惑的。

vimatsara（adj. free from jealousy）——没有嫉妒的。

vimṛśya（adj. fr. vi-√mṛś，to be sensible of，orconsidered）——应了解，考虑的。

vimokṣyase（fut. 2，sg. Ā. fr. vi-√muc，to release）——你将解脱。

vimukta（adj. released）——被解脱的。

vimūḍha（adj. deluded）——受迷惑的。

vimūḍhabhāva（adj. one whose mind has been deluded）——思想受到迷惑的。

vimūḍhātman（adj. foolish- minded，perplexed in mind）——思想糊涂的；心地愚昧的人。

vimohayati（Caus. 3，sg. P. fr. vi-√muh，to cause to delude）——使迷惑。

viyataṃ（adj. restrained）——被克制的。

viyoga（m. seperation）—— 分离。

Virāṭa（m. N. of a great hero of the army of Pāṇḍavas）——维罗陀（般度军的一勇士名）［1.4（3）］。

vilagna（adj. clung or attached to）——被挂住的，被卡住的。

Vivaha（m. N. of one of the seven winds）——毗婆阿（七风神之一）［10.21（2）］。

Vivasvan（N. of a god）—— 毗婆思万［4.1（1）；10.21（1）］。

vivikta-sevin（adj. dwelling alone；not having sexual intercourse with）——单独居住的，无性行为的。

vividha（adj. various，diverse，manifold，multiform）——各种不同的。

viśanti（pres. 3. pl. P. fr. √viṣ，to enter）——进入。

viśiṣṭa（adj. outstanding）——杰出的，超群出众的。

viśiṣyate（pass. 3，sg. Ā fr. vi-√śiṣ，to be superior；to be distinguished）——更好，更优胜，更杰出，最优胜。

viśuddhātman（adj. of pure nature，of the mind purified）——心灵已被净化的。

viśuddhi（f. purity）—— 纯净。

viśeṣa（m. distinction）——优越，优胜。

viśva（adj. all-pervading）——遍及一切的。

Viśva（N. of the group of gods）——毗湿婆［11.22（2）］。

viśvatas（adj. all-subduing；all-pevading）——征服一切的；遍满一切的。

Viśvatomukha（an epithet of Kṛṣṇa）——遍宇之容［9.15（1）］（对克里希纳的称呼）。

viśvato-mukha（having faces in all directions）——形貌遍宇的。

Viśva-mūrte（adj. m. voc. sg. existing in all forms；N. of Kṛṣṇa）——形貌遍宇的！遍宇貌！（克里希纳的称号）

Viśvarūpa（N. of Kṛṣṇa）—— 形貌遍宇（对克里希纳的称呼）。

Viśveśvara（N. of Kṛṣṇa）——宇宙之主（对克里希纳的称呼）。

viṣa（n. poison）—— 毒药。

viṣame（n. loc. sg. in critical moment，in dangerous position）——在紧要关头。

viṣaya（m. an object）——境，感官对象，物境，根境［2.62（1）］。

viṣaya-pravāla（adj. one whose new sprouts are sensuous objects）——其嫩芽为根境（感官对象）的。

viṣaya-indriya-saṃyogāt（comp. abl. sg. owing to the connection of the organs and their objects ）——由于根（感官）与境（对象）的接触。

viṣādin（adj. dejected，despondent）——颓唐的，沮丧的。

viṣīdan（adj. m. nom. sg. despairing；grieving）——绝望的，忧伤的，心情沉重的。

viṣīdantaṃ（pres. p. m. acc. sg. fr. vi-√ṣad，being dejected）——沮丧的。

Viṣṇu（N. of a god）——毗湿奴［8.13（1）；10.21（1）；11.24（1）］。

Viṣṇu-sahasranāman（n. one thousand names of Viṣṇu）——毗湿奴千名。

visarga（m. creation，product，offspring；producer）——创造，产物，子孙；创造者。

vistara（adj. extension，expansion，vastness）——辽阔。

vistaraśas（ind. in detail）——详细地。

vistareṇa（ind. in detail）——详细地。

visṛjan（pres. p. throwing）——抛。

visṛjya（verbal adj. to be cast away）——应被抛弃的，应被扔掉的。

vismaya（m. wonder）——奇妙，惊奇，震惊。

vismita（p. p. amazed）——吃惊的。

vihata-spṛha（adj. void of desire）——无欲望的。

vihāra（m. sport，play，pastime）——娱乐，游戏，消遣。

vihita（p. p. fr. vi-√ dhā，preordained，constructed）——预先注定的，规定的。

vīkṣanti（peres. 3，pl. P. fr. vi √ikṣ，to look at）——盯着。

vīta-rāga（adj. free from passions）——无欲的，离却贪欲的。

vīta-rāga-bhaya-krodha（comp. devoid of passion，fear and wrath）——抛却贪欲、畏惧和嗔怒的。

vīryavān（adj. m. nom. sg. possessing vigour or might）——有勇气的，勇武的。

Vṛkodara（N. of Bhīma）—— 乌里乔陀罗［1. 15（5）］，意译：狼腹。

vṛkṣa（m. a tree）——树。

vṛjina（n. sin，vice，trespass）——罪恶，罪过。

vṛiddha（adj. old，senior；eminent，distinguished）——有名的，高贵的，优秀的，卓越的，德高望重的。

Vṛṣṇi（N. of a tribe）——屋湿腻族［1. 41（1）；10. 3（3）］。

vega（n. rush，dash，impetus）——冲击，冲力，撞击。

vetti（pes. 3，sg. P. fr. √ vid，to know；to think，consider；to experience，feel）——他知道，他认为；感受，体验。

vettā（m. nom. sg. fr. vettṛ，knower）——知者［1.38（2）］。

vettha（pf. 2，sg. P. fr. √vid，to know）——你知道。

Veda（N. of ancient literatures）——吠陀［2.42（1）］。

veda（pf. 1，or 3，sg. P. fr. √vid，to know）——知道。

Vedavāda（m. the literatures of Veda）——吠陀经典。

Vedavid（adj. conversant with the Veda）——通晓吠陀的。

Vedānta（m. N. of a philosophical school）—— 吠檀多。

Vedāntakṛt（m. nom. sg. an author of Vedānta）——吠檀多的作者。

vadanti（pres. 3，pl. p. fr. √ vad，to call，name）——称为，名之。

veditavya（verbal adj. fr. √ vid，to be known）—— 可知的。

veditum（inf. fr. √vid，to know）——知道。

vedya（adj. to be known or learned or understood；famous）——可知的；可知者；著名的。

vepathu（m. shaking，trembling）——发抖。

vepamāna（adj. trembling）——颤抖。

Vainateya（m. N. of Garuḍa）——金翅鸟［10.30（1）］。

vairāgya（n. absence of worldly desires or passions）——无欲，不耽于俗欲。

vairin（m. an enemy，foe）——敌人。

vaiśvānara（m. an epithet of fire）——火的称号。

Vaiśya（N. of the third caste）——吠舍［4.13（1）］（第 3 种姓名）。

Vaiśyakarman（n. the occupation of Vaiśya caste）——吠舍的职业。

vyakta（adj. caused to appear，manifested，visible）—— 显现的，显露的。

vyakti（f. visible appearance；inflection）—— 显现；词形变化（的形式）。

vyatitariṣyati（fut. 3，sg. P. fr. vy-ati-√ tṝ，to pass completely across，overcome）——超越，超脱；克服。

vyatīta（p. p. past away）——过去的。

vyathanti（pres. 3，pl. P. fr. √ vyath，to be fear，frightened）——他们恐惧。

vyathayanti (Caus. 3, pl. P. fr. √ vyath, causing to tremble; to disquiet) ——它们使……烦恼（忧虑）。

vyathā (f. alarm, fright) ——惊慌，害怕。

vyadārayat (Caus. impf. 3, sg. P. fr. vi-√dṛ, to split, tear) ——撕裂。

vyanunādayan (Csus. pres. p. fr. vyanu-√ nad, to cause to resound) 响彻……的。

vyapāśritya (ind. p. fr. vi-apa-ā-√śri, resorting to) ——依靠。

vyapeta-bhīḥ (adj. nom. sg. free from fear) ——恐惧消失的。

vyavasāya (m. strenuous effort; determination) ——奋发努力；决定，决心。

vyavasāyātmika (adj. full of resolve, energetic) ——充满决心的，充满活力的。

vyavasita (p. p. determinated, resolved) ——下定决心的。

vyavasthita (p. p. placed in order, settled) ——被安排次序的，被安置好了的。

vyādhi (m. disease) —— 疾病。

vyāpta (p. p. pervaded) ——充满，遍及。

vyāpya (ind. p. fr. √vyāp, cl. 5, to fill completely, pervade) ——充满。

vyāmiśra (adj. mingled, intermixed) ——混乱的。

Vyāsa (N. of a sage) —— 毗耶娑 [1 0.12 (4)]。

vyāharan (pres. p. fr. vi-ā-√hṛ, speaking, declaring) ——称。

vyudasya (ind. p. fr. vi-√udas, cl. 4, to throw off, cast away) ——抛掉。

vyūḍha (adj. drawn up for battle, arranged for battle) ——摆好了阵势。

vrajeta (Pot. 3, sg. Ā. fr. √ vraj, to move) ——活动。

śaknoti (pres. 3, sg. P. fr. √ śak, to be able) ——能够。

śaknomi (pres. 1, sg. P. fr. √śak, to be able) ——我能。

śakya (adj. able, possible, capable of) ——能够。

śaṭha (adj. deceitful) ——欺诈的。

Śaṅkra（N. of a celebrated teacher of the Vedānta philosophy；of Śiva）——商羯罗［6.8（1）；湿婆 10.23（5）］。

śaṅkha（m. n. the conch-shell used as a horn or trumpet）——贝螺，螺号。

śaṅsasi（pres. 2，sg. P. fr. √śaṅs，to praise）——你赞扬。

śataśas（ind. in hundreds）——成百地。

śatru（m. a foe，enemy）——敌人。

śatrutva（=śatratā，hostility，enmity）——敌意，仇恨。

śatruvat（adj，like a foe）——像敌人一样，犹如敌人。

śanaiḥśanaiḥ（ind. gradually）——逐步地，一步一步地。

śabda（m. sound，noise，voice，tone）——声音，声响。

Śabdabrahman（n. the Veda considered as a revealed sound）——吠陀经典。

śabdādīn（m. acc. pl. the sound and so forth）——声音等的（感觉对象）。

śama（m. tranquillity）——平静。

śayyā（f. a bed；sleeping）——床；睡眠。

śaraṇa（adj. protecting；n. shelter）——保护；庇护所。

śarīra（n. the body）——身体，肢体。

śarīratapas（n. the penance on which is practiced by the body）——身体苦行［4.10（1）］。

śarīra-yatrā（f. nom. sg. the support of the body，subsistence）——身体的维持，生计之道。

śarīrastha（adj. existing in the body）——寓于体内的。

śarīrin（adj. having a body）——有身，灵魂［2.13（1）］。

śarman（n. happiness，protection，comfort）——幸福，安慰；保护，舒适。

Śaśaṅka（m. 'hare-marked'，the moon）——月亮；月神。

Śaśin（m. 'containing a hare，' the moon）——月亮。

śaśisūryanetra（adj. one whose eyes are the moon and the sun）——以月日为目的。

śaśvat（ind. perpetually，eternally，for ever）——永久，永恒，永远。

śastra（m. a weapon，sword）——武器，刀、剑等。

śastra-pāṇayaḥ (adj. m. nom. pl. having the weapons in the hand) ——手里拿着武器的。

śastrabhṛt (adj. bearing a sword; m. a warrior) ——持剑的（者）；勇士。

śastra-sampāte (m. loc. sg. at the moment of ' descent of weapons ', battle, fight) ——正当武器袭来时，正要开战时。

śādhi (Impv. 2, sg. P. fr. √ śās, to teach, instruct) ——教导，开导。

śānta (adj. tranquil, calm) ——平静的。

śānta-rajas (adj. one whose quality rajas has subsided) ——罗阇之德已平息的。

śāntātmā (m. nom. sg. one whose self has been restrained) ——自我平静的。

śānti (f. tranquillity) ——严静，安谧，安恬。

śāśvat (adj. eternal) —— 永久的，永恒的。

śāśvatam (ind. eternally, perpetually, for ever) ——永恒地，永久地。

śāśvatīḥ (adj. f. acc. pl. fr. śāśvati, eternal, ever-lasting) ——长久的，永久的。

śāstra (n. any scientific treatise) ——理论。

śāstra-vidhi (f. a sacred precept, scriptural rules) ——神圣的训诫，经典规定。

Śikhaṇḍin (N. of a warrior) ——施康底［1.17 (1)］。

śiras (n. the head) —— 头。

Śiva (N. of one of three great gods) ——湿婆［8.13 (1)］。

śiṣya (m. a pupil, disciple) ——学生，门徒。

śīta (adj. cold) ——冷。

śīta-uṣṇa-sukha-duḥkha-da (adj. giving cold, heat, pleasure and pain) ——给以冷和热，幸福和痛苦的（与物境的接触）。

Śukla (m. the bright half of a lunar month) —— 白半月［8.24 (1)］。

śuklakṛṣṇa (n. light and dark, light and dark fortnight) —— 一明一暗，白半月和黑半月。

śuci（adj. pure，clean）——纯洁的。

śuni（m. fr. śvan，a dog）——狗。

śubha（adj. bright，beautiful；good，auspicious）——美好的；善；吉祥的。

Śūdra（N，of one of the four castes）——首陀罗［4.13（1）］。

śūra（adj. strong，powerful；m. hero）——有力量的；英雄。

śṛṇu（Impv. 2，sg. P. fr. √śru，cl. 5，to hear）——请听。

śṛṇuyāt（Pot. 3，sg. P. fr. √śru，to listen to）——应倾听。

śṛṇvan（pres. p. fr. √śru，hearing）——听。

śeṣtha（adj. best）——最好的，最高贵的。

Śaibya（N. of a warrior）——卑尸［1.5（6）］。

śoka（m. sorrow，grief）——忧愁，悲伤，悲怆，忧伤。

śocati（pres. 3，sg. P. fr. √ śuc，to be sorryow，grieve）——忧伤，悲伤。

śocitum（inf. fr. √śuc，to feel pain or sorrow，grieve）——忧伤，悲痛。

śauca（m. cleanness，purity）——纯洁。

śaurya（n. heroism，valour）——勇武，勇气。

śyāla（m. a brather-in-law）——内兄弟。

śraddhayā-anvitāḥ（adj. m. nom. pl. possessed of faith）——有信仰的。

śraddhayā-upeta（adj. having faith）——有信仰的。

śraddhā（f. faith，faithfulness，belief）——信仰，虔诚。

śraddhāmaya（adj. full of faith，believing）——有信仰的。

śraddhāvantaḥ（adj. m. nom. pl. having a faith，devoted）——有信仰的，虔诚笃信的。

śraddhāvirahita（adj. deprived of faith，empty of faithfulness）——没有信仰的，没有虔诚之心的。

śrī（f. auspiciousness；splendour，glory；dignity）——吉祥，吉利；光辉；尊贵。

Śrībhagavadgītā（f. the Splendid Poems of the God）——光辉的薄伽梵歌。

śrīmat（adj. glorious，dignified）——辉煌的，威严壮丽的，富贵的。

śruta（p. p. heard）——被听到的。

śruti (f. that which is heard, i. e. the Veda) —— 所听到的，所闻，即天启，吠陀。

śruti -parāyaṇa (adj. resorting to being heard) ——依赖于所闻。

śrutvā (ind. p. fr. √śru, to hear) ——听了（之后）。

śreyas (adj. superior, better; n. good; welfare, bliss, fortune, happiness; the bliss of final emancipation) ——更优越的，更好的；幸福，最终解脱之幸福。

śreṣṭha (the best) —— 最好的；高贵者。

śrotra (n. the act of hearing; the organ of hearing, ear) ——听；听觉器官，耳。

śrotra-ādīni (n. acc. pl. the ear and others) ——耳等知根，耳等感官。

śroṣyasi (fut. 2, sg. P. r. √śru, to listen to) ——你将听。

śvapāka (m. a man of an outcaste tribe) ——贱民。

śvaśura (m. a father-in-law) —— 岳父。

śvaśurān (m. acc. pl. the father-in-laws) ——岳父（复数）。

śvasan (pres. p. breathing) ——呼吸。

śveta (adj. white) ——白色的。

śvetair-hayair-yukta (adj. yoked by the white horses) ——由几匹白马挽曳的。

ṣaṇmāsa (the six months) ——六个月，半年。

sa (pron. nom. sg. he) ——他。

saḥ (pron. m. nom. sg. fr. tad) ——他，那个。

sakta (adj. attached to) ——被迷恋的，执著的。

sakhā (m. nom. sg. fr. sakhi, a friend) ——朋友。

sagadgatam (ind. stammeringly) ——口吃地，结结巴巴地。

saṅkalpa (m. fancies, desire) ——想象；欲望。

saṅkalpa-prabhavān (m. acc. pl. producing from fancies) ——产生于想象的。

saṅga（m. attachment，addiction to）—— 迷恋［2.48（1）］，执著［2.47（3）］。

saṅga-vivarjita（adj. freed from attachment）——无迷恋的，驱除了迷恋的。

saṅgha（m. collection）——集聚。

sacarācara（adj. including the movable and immovable）—— 包含动静之物的。

sacetas（adj. having consciousness）—— 有意识的。

sacetāḥ（adj. nom. pl. fr. sacetas，recovering intellect，conscious）——恢复了智力的，知觉的。

sacchabda（m. the sound ‘ sat ’）——“萨多”这个声音。

sajjate（= sajyate，pass. 3，sg. Ā. fr. √sajj=√sañj，to be attached，fastened）——他被迷恋。

sajjante（pass. 3，pl. Ā. fr. √sajj=√sañj，to be attached，fastened）——他们被迷恋。

sañjayati（Caus. 3，sg. P. fr. √sañj，to attach）——使迷恋。

sat（pres. p. fr. √ as，to be）——是，有，存在的；萨多［17.23（4）］。

sataḥ（pres. p. abl. sg.，owing to the existence）——因存在（有）。

satataṃ（ind. constantly，eternally，always）——经常，不断地，总是。

satkāra（m. honour，favour，reverence）——尊敬，喜爱。

sattva（n. being；true essence；the quality of purity；the highest of three qualities in Sāṃkhya philosophy）——存在，存在物；本质；美德［10.36（1）］；萨埵［2.45（1）］等。

sattvabala（n. spiritual power，energy）——活力。

sattvavat（adj. endowed with the quality of purity；courageous）—— 有美德的，高尚者；勇敢的。

sattva-samāviṣṭ a（adj. endowed with the sattva-quality）——拥有萨埵之性的。

sattvastha（adj. characterized by sattva）——赋有萨埵性的。

sattvānurūpa（adj. corresponding to the true essence or innate disposition）——与本质相符的，与天生秉性相符的。

satya（n. truth；sincerity，virtue，purity）——真理；真诚；美德，纯洁。

sadasat（being and not being）——是，亦非是。

sadā（ind. for ever，eternally，often，always）——永远，经常地，不断地，总是。

sadā tadbhava-bhāvita（adj. having been used to ponder on this thing）——常沉思此物的。

sadṛśa（adj. like，resembling，similar to）——像，类似，相同的，比喻，符合（要求属格，具格，依格或复合词）。

sadoṣa（adj. having a faults）——有缺陷的，有弊病的。

sadbhāva（m. reality）——真实。

san（pres. p. m. nom. sg. fr. √ as，being）——是，存在。

sanātana（adj. perpetual，eternal）——永恒的。

santaḥ（pres. p. nom. pl. fr. sat，good）——好的；善人。

santuṣṭa（adj. quite satisfied or contented）——非常满意的。

sapatna（m. an enemy，rival）——敌人，竞争者。

sama（adj. same，equal，equivalent）——相同的，同样的。

samakṣam（ind. in the presence of，before the very eyes）——在……面前。

samagra（adj. all，whole，entire）——全部的，所有的。

samagraṃ（ind. wholly，completely）——完全地。

sama-cittatvam（n. nom. sg. one whose state of mind is equal）——心态平等的。

samatā（f. equality）——平等。

samatīta（adj. gone，passed by）—— 往昔的，过去的。

samatva（n. equality，equableness）—— 等同，等视。

sama-darśana（adj. looking on all things with equal eyes，equating）——（对一切众生）持等同观点的；等观者。

samadarśin（adj. looking equally on）—— 等同看待的（人）。

sama-duḥkha-sukha（adj. equating both pain and happiness）——把痛苦和

幸福等同看待的，把苦和乐等同看待的。

samadhigacchati（pres. 3，sg. P. fr. sam-adhi-√gam，to attain，obtain）——获得。

samantas（= samantena ind. ' on all sides，around'，wholly，completely）——完全彻底地。

samantāt（abl. sg. from all sides）——从各方。

samanvita（adj. endowed with，full of）——拥有，赋有，充满。

sama-buddhi（f. an equal view；adj. possessed of the equal view on all things）——等同观念，等同观；持等同观的（人）。

samam（ind. alike）——同等地，均匀地。

sama-loṣṭa-aśma-kāñcana（adj. equating a clod，stone and gold）——把泥土、石头和黄金等同看待的。

samavasthita（p. p. abided）——寓于……的。

samaveta（adj. come together，assembled）——云集的，咸集的。

samā（f. a year）—— 年。

samāḥ（f. acc. pl. fr. samā，years）——年。

samāgata（adj. come together）——云集在一起的。

samācara（Impv. 2，sg. P. fr. sam-ā-√car，to perform，undertaka）——你要从事。

samācaran（pres. p. m. nom. sg. performing）——从事（诸业）的（人）。

samādhāya（ind. p. fr. sam-ā-√dhā，to concentrate）——集中。

samādhi（m. abstract meditation）——三昧［2.44（1）；2.39（4）］。

samādhin（m. absorbed in meditation）——凝神冥想的人。

samādhiṣṭha（adj. abiding in the meditation）——入定者。

samāpnoṣi（pres. 2，sg. P. fr. sam-√āp，to obtain；fill；to complete）——获得；遍充，成圆满。

samāyukta（=sama-ā-yukta，adj. mixed well）——调顺的。

samārambha（m. undertaking，enterprise）——事业。

samāvṛta（p. p. concealed，covered）——为……所覆盖的。

samāsatas (ind. briefly) ——概要地。

samāsena (ind. in short, briefly, summarily) ——概要地。

samāhartum (inf. fr. saṃ-ā-√hṛ, to destroy) ——毁灭。

samāhita (p. p. fr. saṃ -ā-√dhā, fixed in abstract meditation) ——旧译：定，无不定，平等住，住平等，安住三昧，即思想处于等同状态的。

samiddha (p. p. fr. sam-√indh, kindled) ——被点燃的。

samīkṣya (ind. p. fr. sam-√īkṣ, to see, look at) ——看见。

samuddhartṛ (m. one who extricates from) ——拯救者。

samudbhava (m. origin) ——根源。

samudyame (m. loc. sg. setting about, readiness to) ——开始，准备。

samudra (m. the sea, ocean) ——海。

samupasthita (p. p. fallen to; come upon; standing near) ——降临；突然发生的；站在近前。

samupāśrita (adj. resorted to) ——凭借。

samṛdha (adj. prosperous, flourishing) —— 富裕的，繁荣的。

samṛdha-vega (adj. increasing in speed, excessively swift) ——很急匆的。

saṃkara (m. confusion, commingling) ——混乱，混合。

saṃkhya (n. a battle-field) ——战场。

saṃgrāma (m. battle, war) ——战争。

saṃgha (m. community, congregation) ——群落，群体。

saṃghāta (m. combination,) —— 和合，聚合。

saṃjanayan (Caus. p. m. nom. sg. fr. saṃ-√jan, causing to produce) ——使产生的。

Saṃjaya (m. conquest, victory; N. of a follower of Dhṛtarāṣṭra) ——遮桑耶，意译：全胜（持国的御者名）[1. 1 (5)]。

saṃjāyate (pres. 3, sg. Ā. fr. saṃ-√jan, to be born) ——产生。

saṃjñārthaṃ (ind. for your information) ——为了让你知道。

saṃtariṣyasi (fut. 3, sg. P. fr. sam-√tṝ, to cross over) ——你将渡过。

saṃdṛśyante (pass. 3, pl. fr. sam-√ dṛś, to look at) ——他们被看见。

saṃnyasanāt（n. abl. sg. by renunciation）——靠（对业的）舍弃。

saṃnyasya（ind. p. fr. saṃ-ny-√as，to dedicate；to give up）——奉献；舍弃。

saṃnyasya（Impv. 2，sg. P. fr. saṃ-ny-√as，to dedicate）——奉献。

saṃnyāsa（m. renunciation or abandonment of the would）——舍弃。

saṃnyāsayoga（m. the exercise for the sake of renunciation）——舍弃瑜伽[9.28（1）]，为了舍弃的修炼。

saṃnyāsin（m. one who abandons worldly affairs，a renouncer）——舍弃者。

sampad（f. possession；wealth）——占有物；财富；天资。

saṃpaśyan（pres. p. m. nom. sg. fr. saṃ-√paś，seeing，looking at）——着眼于……的。

saṃprakīrtita（adj. proclaimed，declared，called）——被称为……的。

saṃpratiṣṭhā（f. foundation；continuance）——根基；持续。

saṃprekṣya（ind. p. fr. saṃ-pra√īkṣ，looking at）——注视。

saṃplutodaka（adj. flooded with water）—— 洪水泛滥的。

saṃbandhin（m. a relative）——亲属，亲戚。

saṃbhava（m. birth，origin，production）——诞生，产生。

saṃbhavāmi（pres. 1，sg. P. fr. sam-√bhū，to come into birth，bear）——我出生。

saṃbhāvita（adj. honoured，most respected）—— 最受尊敬的，高尚的。

saṃmoha（m. delusion）——迷惑。

samyag-vyavasita（p. p. correctly resolved）——正确决定的。

saṃyatendriya（adj. one whose organs of senses have been restrained）——控制了诸根（感官）的。

saṃyamāgni（m. the fire of abstinence）—— 禁欲之火，控制之火。

saṃyamin（adj. one who subdues his passions，self-controlled；m. an ascetic）——克制了贪欲的；克己的；苦行者。

saṃyamya（ind. p. or verbal adj. fr. saṃ-√yam，to tocontrol，restrain；to be restrained）——控制；应被专制的。

saṃyāti (pres. 3. sg. P. fr. sam-√ yā, to go away, depart, walk away) —— (带……一起) 走开。

samyoga (m. connection) ——相合，和合。

saṃvāda (m. speaking together) ——对话。

saṃvṛtta (adj. grown; secured) ——成熟的；安定的。

saṃvigna (p. p. fr. sam-√ vij, overcome with; agitated, flurried, terrified) ——为……所压倒；躁动的；慌张的；恐惧的。

saṃśaya (m. doubt, hesitation) ——怀疑，疑虑；犹豫。

saṃśayātman (adj. having a doubtful mind) ——心神疑惑的，心存疑虑的。

saṃśita-vrata (adj. firmly adhering to a vow) ——严守誓言的。

saṃśuddhakilbiṣa (adj. cleared of sins) ——清除了罪孽的。

saṃśrit (adj. clung to) ——执著于。

saṃsāra (m. transmigration) —— 轮回。

saṃsiddhi (f. success) ——成功，圆成 [3.20 (2)]。

saṃsiddhao (f. loc. sg. perfection, success) ——成功。

saṃstabhya (ind. p. fr. saṃ-√ stambh, to restrain, control) ——克制。

saṃsparśaja (adj. produced by contact or sensible perception) ——从接触产生的。

saṃsmṛtya (ind. p. fr. √ smṛ, to remember, call to mind) ——回想起。

saṃharati (pres. 3, sg. P. fr. saṃ-√ hṛ, to draw or take back, withdraw) ——缩回，抽回。

saras (n. a lake) —— 湖泊。

sarga (m. a creature, universe, world) ——创造之物；宇宙，世界。

sarpa (m. a snake) —— 蛇。

sarva (all, every) ——全部的，所有的；万有，万物。

Sarva (m. an epithet of Kṛṣṇa) —— 万有 (克里希纳的称号)。

sarva-karma (n. all kinds of works) ——诸业。

sarvakṣetra (n. all kinds of fields) —— 诸田 [13.1 (1)]。

sarvagata (adj. all-pervading) —— 遍及一切的。

sarvajñānavimūḍha (adj. puzzled over all knowledges) ——对一切知识都迷惑的；白痴。

sarvatas (ind. in every direction, on all sides) ——在各方。

sarvatra (ind. everywhere) ——到处。

sarvatragata (adj. all-pervading) ——弥漫于各处的。

sarvathā (ind. in every way, by all means, at all time) ——无论在任何方面；尽一切努力；任何时候；无论如何。

sarvathā vartamāna (however living) ——无论如何生活。

sarvaduḥkha (n. all pains) ——一切痛苦。

sarva-durgāṇi (n. acc. pl. all difficulties) ——一切困难。

sarvadvāra (n. all holes) ——诸窍。

sarvapāpa (n. all kinds of sins) ——所有的罪过。

sarvabhāvena (ind. sincerely) ——真诚地。

sarvabhūta (n. all beings) ——万有，众生。

sarva-bhūtastha (adj. abiding in all livings) ——在万有中的，寓于众生的，寓于万有的。

sarva-bhūta-sthita (adj. abiding in all beings) ——寓于万有的，遍居于众生之内的。

sarva-bhūta-hita (n. the welfare of all beings) ——众生的利益。

sarva-bhūtāśayasthita (adj. abiding in the hearts of all beings) ——寓于众生心中的。

sarvabh ṛ t (adj. all-sustaining; m. a suporter of all the beings or things) —— 维系万有的；万有的维系者。

sarvayajña (m. all kinds of sacrifices) —— 诸祭。

sarva-loka (m. the whole world) ——全世界。

sarva-vid (adj. all-knowing, omniscient) ——全知的。

sarvaveda (m. all the Vedas) —— 诸吠陀。

sarva ś as (ind. in every way, wholly, completely, entirely; everywhere) ——在各方面，完全；到处，全都，任何地方。

sarva-saṅkalpa-saṃnyāsin（comp. adj. abandoning all desires）——舍尽欲望的。

sarvahara（adj. all-destroying）—— 吞灭一切的，毁灭一切的。

sarvārambha（comp. m. all things or works; the beginning of all works）——一切事情，一切工作；诸业的创始。

sarvārtha（m. all things or objects）——各种事物。

sarvāścaryamaya（adj. consisting of all marvels）—— 充满奇异的。

savikāra（adj. endowed with modification）——有变异性的。

Savyasācin（adj. drawing a bow with the left-hand，N. of Arjuna）——用左手拉弓的，"左臂子弓"——阿周那的称号［11.33（1）］。

saśara（adj. furnished with an arrow）——带箭的。

saha（ind. with）——和，连同。

sahaja（adj. inborn，natural）——生来就有的，天然的，先天生定的。

saha-yajña（adj. with sacrifices）——连同祭祀。

Sahadeva（m. with the gods; N. of a son of paṇḍu）—— 偕天［1.16（5）］。

sahasā（ind. suddenly）——突然，顷刻。

sahasra（n. a thousand）——一千。

sahasrakṛitvas（ind. a thousand times）——千次。

sahasrayuga（n. a period of a thousand ages）——千时。

sahasra-yuga-paryanta（adj. one whose a circuit consists of one thousand yugas）——周期为一千时的。

sahasraśas（ind. in thousands）——成千地。

sākṣāt（ind. in person; directly）——亲自；直接。

sākṣin（adj. putting before the eyes; witness）—— 见证。

sāgara（m. the ocean）——海。

sāttvika（adj. relating to or endowed with the quality Sattva）—— 属于萨埵性的。

sāttvika-priya（adj. liked by the people endowed with the quality Sattva）——为萨埵性者所喜爱的。

sāttvikī（adj. f. nom. sg. endowed with the quality sattva）——萨埵性的。

Sātyaki（N. of a warrior）——萨铁基［1.17（4）］。

sādharmya（n. homogeneousness）——等同性，同质。

sādhu（adj. good，virtuous，noble，m. good or virtuous man）—— 善良的，好的；善良的行为；善者，圣贤。

sādhubhāva（m. goodness）——善性，善。

Sādhya（N. of a group of the gods）——萨睇耶［11.22（1）］。

sāman（n. a metrical hymn or song of praise）—— 赞美诗，赞歌。

sāmarthya（n. ability to，or capacity for）——能力。

Sāmaveda（N. of a anciet book）——娑摩吠陀［2.42（1）］。

Sāmāsika（adj. relating or belonging to Sāmāsa）——离合释的［10.33（1）］。

Sāṃkhya（m. one of the schools of ancient philosophy of India）——数论，僧佉论［2.39（1）］（印度古代哲学之一支）。

Sāṃkhyakārikā（f. N. of a literature of Sāṃkhya）——数论颂（数论派的经典）。

Sāṃkhya-Yoga（m. N. of the Sāṃkhya-Yoga system）——数论—瑜伽体系。

Sāṃkhyasūtra（N. of a literature of Sāṃkhya）——数论经［2.39（1）］（数论派晚期经典）。

Sāṃkhyaiḥ（m. instr. pl. the followers of Sāṃkhya）——数论派的信徒。

sāmya（n. sameness，likeness，equal state，identity）——相同，等同，等同性。

sāhaṅkāra（adj. attaching to self-conseiousness）——执着我慢的。

siddha（adj. successful）—— 成功的；成功者。

siddhaye（f. dat. sg. perfection）——圆成。

Siddhasaṃgha（m. an assemblage of perfected beings）——成就仙群。

siddhi（f. achievement，success）——成功，成绩，成功，圆成。

siddhyasiddhi（f. success and failure）—— 成功与失败。

siddhy-asiddhyor-nirvikāra（adj. equating the success and the failure）——同等看待成功失败的。

siṃha-nāda（m. a lion's roar）——狮子吼。

sīdanti（pres. 3，pl. P. fr. √ sīd，to be languid）——发软。

sukṛta（n. a good or righteous deed，virtue，moral merit）——善举，善为，善行；道德；道德品质。

sukṛtin（adj. doing good actions，virtuous，generous）——做善事的，行善的，有道德的，慷慨的。

sukha（n. happiness）—— 快乐，舒适；幸福；享乐。

sukha-duḥkhe（n. acc. du. happiness and pain）——苦乐；祸福。

sukhaṃ（ind. easily，comfortably，pleasantly，joyfully）——很容易，愉快地。

sukhasaṅga（m. attachment to pleasure）——对幸福的迷恋。

sukhī（adj. m. nom. sg. fr. sukhin，having happiness）——有福的，享有幸福的（人）。

sukhena（ind. easily）——容易地。

Sughoṣa（m. N. of the conch of Nakula）——妙声（无种的螺号名）[1. 16(4)]。

sudurācāra（adj. very ill-conducted）——行为特别恶劣的。

sudurdarśa（adj. very difficult to see）—— 很难以见到的。

sudurlabha（adj. very difficult to be obtained）——非常难得的。

suduṣkara（adj. very difficult to be done，most arduous）——很难做到的，非常费力的。

suniścitam（ind. determinately）——肯定地，明确地。

Suparṇa（m. N. of a mythical bird）——金翅鸟。

Sumeru（N. of a mythical mountain）—— 须弥山，妙高山，迷卢。

sūyate（pres. 3，sg. Ā. fr. √sū，cl. 4，to bring forth，produce）——产生。

sura（m. a god，deity）——神。

surasaṅgha（m. the group of gods）——群神。

Surendraloka（m. the region of Indra）—— 因陀罗界，帝释界。

sulabha（adj. easy to be obtained）——容易得到的。

suvirūḍhmūla（adj. having the roots being full grown up）—— 根深蒂固的。

suhṛid（adj. 'good-hearted', 'kind-hearted'; m. a friend）——心地善良的；朋友。

sūkṣmatva（n. subtlety, minuteness）—— 微妙，极微。

Sūtaputra（N. of a son of Sūta）—— 苏多之子。

sūtra（n. thread, yarn; any book）——线；经书［10.25（2）］。

Sūrya（m. the sun）——太阳，苏利耶［10.21（1）］。

sṛjati（pres. 3, sg. P. fr. √ sṛj, to create）——创造。

sṛjāmi（pres. 1, sg. P. fr. √ sṛj, to create）——我创生。

sṛti（f. a path, road）——道路。

sṛṣṭa（p. p. fr. √ sṛij, created）——被创造的。

sṛṣṭvā（ind. p. fr. √sṛij, to create, produce）——创造。

sena（m. an army）——军队。

senayoḥ（m. gen. du. an army）——两军的。

senānin（m. a leader of an army, general）—— 将领。

sevā（f. service）——服务，服侍。

soḍhum（inf. fr. √sah, to bear）——忍受。

sopama（adj. similar）——似乎，犹如。

Soma（m. the juice of Soma plant; the moon）—— 苏摩汁；月亮，月神。

somapa（adj. drinking the juice of Soma plant）——饮苏摩汁的。

saukṣmya（n. minuteness, fineness）——微妙。

sauca（n. purity, clearness）——纯洁。

Saubhadra（m. N. of a son of Arjuna）——缫婆陀［1.6（3）］。

saumyatva（n. gentleness）——文雅，温和。

saumya-vapus（n. a mild form）——温和的形象。

Skanda（m. N. of the god of war）—— 塞建陀［10.24（2）］。

stabdha（adj. obstinate）——顽固的，固执的。

stuti（f. praise, panegyric）—— 赞誉，赞词。

stuvanti (pres. 3, pl. p. fr. √stu, to praise) ——赞美。

stena (m. a thief) ——小偷。

striyaḥ (f. nom. pl. fr. strī, women) ——女子。

strī (f. a woman) —— 妇女。

sthāṇu (adj. firm) ——坚定的。

sthāne (ind. in the right place, at the right time, seasonably, justly) ——正当其时；恰当地，正好。

sthāpaya (Caus. Impv. 2, sg. P. fr. √sthā, to cause to stand) ——使(车)停。

sthāpayitvā (ind. p. fr. √sthā, to cause to stand) ——使停止。

sthāvara (adj. immovable) ——不能活动的，不动的，静止的。

sthita (p. p. stayed, remained, adhering to) ——处于……的，坚持的，保持原状；住留于……的。

sthitadhī (adj. steady-minded) —— 智慧坚定的（人）[2.54 (2)]。

sthitaprajña (adj. firm in wisdom) —— 智慧坚定的（者）。

sthiti [f. continuance in being, continued existance (i. e. the 2nd of the three states of all created things. the 1st being utpatti, 'coming into existance' and the 3rd laya, 'dissolution')] ——创造物的三种状态生、住、灭中的第二种：住，即存续阶段。

sthira (adj. firm, changeless; permanent) ——坚定的；不变的，永恒的。

sthira-buddhi (m. one whose wisdom is steady) ——智慧坚定的。

sthiramati (adj. steady-minded) —— 思想坚定的。

sthairya (n. firmness, steadfastness) ——坚定，坚毅。

snigdha (adj. lovely, agreeable, charming) ——可爱的，惬意的，迷人的。

sparśa (m. touch, sense of touch) ——接触；触觉。

sparśana (n. sense of touch, organ of sensation or feeling) —— 触觉，感觉器官。

spṛśan (pres. p. m. nom. sg. touching) ——触摸，接触。

spṛhā (f. desire) —— 欲望，奢望。

smrati (pres. 3, sg. P. fr. √smṛ, to remember) ——回忆。

smaran (pres. p. m. nom. sg. thinking of, remembering) ——想着，回忆。

smṛta (p. p. fr. √smṛ, declared, regarded) ——被称为，被认为。

smṛtā (f. mind, thinking) ——心，思想。

smṛti (f. memory, remembrance) —— 记忆。

smṛtibhraṃśa (m. loss of memory) ——记忆消失。

smṛti-vibhrama (m. confusion of memory, loss of memory) ——记忆混乱，记忆消失。

syandana (m. a war-chariot) ——战车。

syāt (Pot. 3, sg. P. fr. √as, to be, become; to exist) ——应该是，应该成为；存在。

syām (Pot. 1, sg. P. fr. √as, to be, become) ——我会成为。

syuḥ (Pot. 3, pl. P. fr. √as, to be) ——他们会是，他们会成为。

sraṃsate (pres. 3, sg. Ā. fr. √sraṃs, to fall) ——滑落。

srotas (n. a river) ——河流。

sva (adj. own, one's own, my own, their own, etc.) ——自己的。

svajana (m. a kinsman) ——男性亲戚，亲族。

svatejasā (n. instr. sg. with one's own lustre or radiance) ——用自己的光辉。

svadharma (m. one's own dharma or duty) —— 自己的达磨；自己的职责等。

svanuṣṭhita (p. p. fr. su-anu-√sthā, to practice or perform well) ——很好从事的，很好履行的。

svapan (m. a sleeping) ——睡眠。

sva-bandhavān (comp. m. acc. pl. one's own relatives) ——自己的亲属。

svabhāva (m. own nature, nature) ——自己的本性，自性［8.3 (1)］；原质［5.14 (3)］；自己的天性。

svabhāvaja (adj. born from the self-nature, innate) ——生于自性的，天然的，先天生定的。

svabhāva-niyata (p. p. ordained by one's own nature) ——由其自性所决定

的，先天生定的。

svabhāva-prabhava（adj. produced from the self-nature）——生于自性的。

svayam（ind. oneself，by one's self，spontaneously）——某人自己，靠自己，自然地。

svarga（m. heaven）——天，天堂。

svargati（f. the road to heaven）—— 升天之路。

svargadvāra（n. the door to heaven）—— 通天之门。

svargapara（adj. one whose fina purpose is to reach heaven，desirous of heaven）—— 以至天堂为最高目的的，欲升天的。

svargaloka（m. the celestial world）——天界，天宇。

svasti（f. welfare；ind. 'may it be well with'）——祝愿安好！祝好！

svādhyāya（m. recitation of the Vedas）——背诵吠陀。

svādhyāya-abhyasana（comp. the exercises of the recitation of the Veda）——习诵吠陀，自我习诵。

svādhyāya-jñāna-yajña（comp. m. one whose sacrifice is self-recitation and knowledge）——其祭献是自我习诵和智慧的。

ha（ind. indeed）——加强语气的不变词。

hata（p. p. fr. √ han，killed）——被杀的。

hatvā（ind. p. fr. √ han，to kill）——杀。

haniṣye（fut. 1，sg. P. fr. √ han，to kill）——我将杀死。

hanta（ind，exclamation）——喔（感叹词）。

hantāraṃ（m. acc. sg. fr. hantṛ，a slayer）——杀者。

hanti（pres. 3. sg. P. fr. √ han，to kill）——他杀。

hantum（inf. fr. √ han，to kill）——杀。

hanyate（pass. 3，sg. fr. √ han，to be killed）——他被杀。

hanyamana（pass. p. Ā. fr. √ han，to kill）——被杀的。

hanyuḥ（Pot. 3，pl. P. fr. √ han，to kill）——如果杀死。

haya（m. a horse）——马。

harati (pres. 3, sg. P. fr, √hṛ, to lead away) ——带走，抓走；诱惑。

Hari (m. an epithet of Kṛṣṇa) —— 赫黎（克里希纳的称号）。

harṣa (m. joy) ——喜悦。

harṣaṇa (adj. causing thrilling, awe-inspiring) ——令产生敬畏之感的。

harṣaśoka-anvita (adj. endowed with joy and sorrow) ——怀有喜悦和忧伤的。

havis (n. an oblation) ——祭品。

hasta (m. the hand) ——手。

hastin (m. an elephant) —— 大象。

hāni (f. abandonment, loss) ——舍弃，消失。

hi (ind. for, because, on account of; indeed) ——因为；语助词（加强语气）。

hita (adj. beneficial, advantageous; n. profit, welfare) ——有益的；利益，幸福。

hita-kāmyayā (f. instr. sg. out of a wish for onather's welfare) ——出于良好的心愿。

Himālaya (m. N. of a famous mountain) —— 喜马拉雅山。

hiṃsā (f. injury) ——伤害，危害，杀害。

hiṃsā-ātmaka (adj. of injury nature) ——嗜杀成性的，伤害成性的。

huta (p. p. fr. √hu, offered in fire, sacrificed) ——向火中投放祭品的，奉献的，祭祀的。

hetavaḥ (m. nom. pl. fr, hetu, cause, reason) ——原因。

hṛtajñāna (adj. one whose knowledge is deprived) ——其智被剥夺的。

hṛtstha (adj. being in the heart) ——寓于心中的。

hṛdi (n. loc. sg. in the heart) ——在心中。

hṛdaya (n. the heart) ——心，心灵。

hṛdya (adj. greeable) ——宜人的。

hṛṣita (p. p. fr. √hṛiṣ, delighted) ——高兴的，愉快的。

Hṛṣīkeśa (m. an epithet of Kṛṣṇa) ——赫里史给舍（克里希纳的称号）。

hṛṣṭaroman (adj. thrilling) —— 毛骨悚然的。

hṛṣyati (pres. 3, sg. P. fr. √hṛṣ, to be glad, pleased, to enjoy) ——他喜悦。

hṛṣyāmi（pres. 1，sg. P. fr. √hṛṣ，to be delighted or rejoiced）——我高兴。

hetu（m. cause，reason）——原因。

hetumat（adj. having a reason，proceeding from a cause）——有理性的，富于推理的。

hriyate（pass. 3，sg. Ā. fr. √hṛ，to be carried，subdued）——被吸引，被强制。

hrī（f. modesty）——谦虚。

后　记

“文化大革命”后期，于1975年春，被废除的梵文、巴利文专业几经周折终于在北京大学东方语言文学系恢复了。我不甘于以往那种碌碌无为的生活，总想用我所学过的梵文、巴利文为社会作一点有益的工作，就在那一年的4月，在季羡林和金克木教授的鼓励下，我开始了梵本《薄伽梵歌》的翻译。这部书是印度宗教哲学和文学名著，对于初试译笔的我说来，困难是很多的，特别是它的哲学术语，一般都要经过多方查证、比较、综合或者经过长时间的推究才能确定它的内涵。幸运的是有两位老师的指导和帮助，使翻译工作得以顺利进行。完稿后，季羡林先生和金克木先生都审阅了译稿，并提出了宝贵意见。从印度回国定居的徐梵澄先生惠赠了1957年他在印度的译著《薄伽梵歌》，使我受益匪浅。在定稿的过程中，又得到了韩廷杰、张光璘和方广锠等同志的热情帮助，在此一并表示诚挚的谢意。

此外，还有必要提及的是，这部译作主要是依据我国民族图书馆收藏的《薄伽梵歌》的梵文写本译出的；这部写本的编号是182，在正文的前面有一段后人添加的综述性质的说明；正文之后又有一段后记，注明这部写本是在印度桑婆多（Saṃvat）纪元1687年即公元1629年由一位名叫阿沙德·苏提帕（Āṣaḍha Sudhipa）的人抄写的。

在翻译的过程中，还参考了提拉克（B. G. Tilak）、拉达克里希南（Radhakrishnan）和奥罗宾多（Aurobindo）所使用的梵文本。民族图书馆藏本第十三章比提拉克的本子多出一颂（即首颂），我照译了，并把这一颂列为第一颂，而后依次编序，故这一章颂序与提拉克的本子有所不同。每一章末尾的篇名，民族图书馆藏本与其他本子也有些不同，在翻译上没有泥于民族图书馆藏本，而是采用了比较规范的名称。此外，"馆藏本"在书写方式上有些不同于其他本子的明显特点，即在 r 之后的 v、y、m、t、l、d、j、n、p、dh、c 等辅音一般都双写（dh 前加 d）；c 在 ch 前丢掉；初音 a 在 e、o 后消失，一般不用 s 符号代替等。这些特征带有尼泊尔和北印度一些区域的地方书写特色。因此，在译本中所出现的梵文词一般不采用这种书写形式，而采用规范化的形式。

《薄伽梵歌》流传于世的梵文本很多，各种文字的译本更是多得数不胜数。各种梵本也有不同，译本之间更不会相应如一。实际上，由于《薄伽梵歌》成书的时代离当今已很久远，其内涵广覆深奥，更由于译者理解的不同，译文与译文之间不可能不出现差异。故将本书的所依写本陈述于上以供有志于此的学者参阅。

我学识微浅，虽历时多年，曾数易其稿，但译文仍不能令人满意。我切望专家学者赐教。

译　者

1988 年 8 月 5 日